W0001648

ullstein

## Das Buch

Die Journalistin Ashley Knox ist auf dem Weg zu ihrer Hochzeit, als ihr Flug wegen schlechten Wetters abgesagt wird. Auch der Chirurg Dr. Ben Payne ist davon betroffen: Er muss dringend zu einer Operation. Er chartert ein Flugzeug, das den Schneesturm umfliegen soll, und nimmt Ashley mit. Doch dann geschieht das Undenkbare: Der Pilot erleidet einen Herzinfarkt, und die kleine Maschine stürzt über den Rocky Mountains ab. Ashley und Ben überleben, aber Ashley ist schwer verletzt. Ben gelingt es, ihr Leben zu retten, doch sie haben wenig Hoffnung, in der abgeschiedenen Gegend gefunden zu werden. In Kälte und Schnee müssen sie sich den Gefahren der Wildnis stellen. Während sie ums Überleben kämpfen, entdeckt Ashley, dass Ben eine seelische Wunde hat, die er hinter der Fassade des erfolgreichen Mediziners zu verbergen sucht: Seine Ehe ist am Ende. Um die Trennung zu verarbeiten, nimmt Ben seine Gedanken auf ein Diktiergerät auf. Als Ashley Bens zärtliche Worte und seine Überlegungen über die Partnerschaft heimlich belauscht, beginnt sie sich mit ihrer eigenen Beziehung auseinanderzusetzen und gerät immer mehr ins Zweifeln, ob der Mann, den sie heiraten möchte, wirklich der richtige ist. Aus den Tagen in den Bergen werden Wochen und die Aussicht auf Rettung schwindet. Während der Kampf ums Überleben immer aussichtsloser wird, merkt Ashley, wie sehr sie sich zu Ben hingezogen fühlt.

## Der Autor

Charles Martin studierte Journalismus und Kommunikationswissenschaft. Vor einigen Jahren kündigte er seine Stellung und widmet sich seitdem ganz dem Schreiben. Charles Martin ist passionierter Angler und lebt mit seiner Frau und drei Söhnen in Jacksonville, Florida.

Von Charles Martin ist in unserem Hause bereits erschienen:

*Wohin der Fluss uns trägt*

Charles Martin

# Erzähl mir dein Herz

Roman

Aus dem Amerikanischen von
Ulrike Bischoff

Ullstein

Besuchen Sie uns im Internet:
www.ullstein-taschenbuch.de

Dieses Taschenbuch wurde auf FSC-zertifiziertem Papier gedruckt.
FSC (Forest Stewardship Council) ist eine nichtstaatliche, gemeinnützige Organisation, die sich für eine ökologische und sozialverantwortliche Nutzung der Wälder unserer Erde einsetzt.

Deutsche Erstausgabe im Ullstein Taschenbuch
1. Auflage September 2010

Titel der amerikanischen Originalausgabe: *The Mountain between us*
(Broadway Books, New York)
This translation published by arrangement with The Doubleday Broadway Publishing Group, a division of Random House, Inc.
Umschlaggestaltung: ZERO Werbeagentur München
Titelabbildung: Getty Images / Comstock
Satz: LVD GmbH, Berlin
Gesetzt aus der Bembo
Papier: Holmen Book Cream von Holmen Paper Central Europe, Hamburg GmbH
Druck und Bindearbeiten: CPI – Ebner & Spiegel, Ulm
Printed in Germany
ISBN 978-3-548-28019-6

# Prolog

*Hey …*
*Ich weiß nicht genau, wie spät es ist. Dieses Ding müsste das eigentlich aufzeichnen. Ich bin vor ein paar Minuten wach geworden. Es ist noch dunkel. Ich weiß nicht, wie lange ich weggetreten war.*

*Durch die Windschutzscheibe quillt Schnee. Er friert auf meinem Gesicht fest. Kann kaum die Augen aufmachen. Fühlt sich auf meinen Wangen an wie getrocknete Farbe. Schmeckt nur nicht wie getrocknete Farbe.*

*Ich zittere … und es fühlt sich an, als säße mir jemand auf der Brust. Kann kaum atmen. Vielleicht sind zwei oder drei Rippen gebrochen. Vielleicht ist eine Lunge kollabiert.*

*Hier oben bläst ein kräftiger Wind gegen den Rumpf des Flugzeugs … oder das, was davon übrig ist. Über mir schabt was über das Plexiglas, vielleicht ein Ast. Hört sich an wie Fingernägel auf einer Schultafel. Und hinter mir weht noch mehr kalte Luft rein. Von da, wo mal das Heck war.*

*Ich rieche Treibstoff. Vermutlich waren die Tanks in den beiden Tragflächen noch ziemlich voll.*

*Mir ist speiübel.*

*Eine Hand umklammert meine. Die Finger sind kalt und schwielig. An einem steckt ein Ehering, schon dünn an den Rändern. Das ist Grover.*

*Er war schon tot, bevor wir in die Baumwipfel gerast sind. Ich werde nie begreifen, wie er es geschafft hat, dieses Ding zu landen, ohne auch mich umzubringen.*

*Bei unserem Start lag die Bodentemperatur im zweistelligen Minusbereich. Keine Ahnung, wie kalt es jetzt ist. Fühlt sich jedenfalls kälter an. Wir dürften in einer Höhe von 3500 Meter sein. Um den Dreh. Wir können nicht mehr als 150 Meter abgesackt sein, als Grover die Maschine abgeschmiert ist. Das Instrumentenbrett ist dunkel, unbeleuchtet. Weiß gesprenkelt. Alle paar Minuten flackert das GPS auf und geht wieder aus.*

*Irgendwo war hier ein Hund. Nichts als Zähne und Muskeln. Ganz kurzes Fell. Etwa so groß wie ein Brotkasten. Knurrt wütend, wenn er atmet. Sieht aus, als sei er auf Speed. Moment mal …*

*»Hey, Bursche … warte … nein. Da nicht. Okay, leck ruhig, aber spring mich nicht an. Wie heißt du denn? Hast du Angst? Ja … ich auch.«*

*Mir fällt sein Name nicht ein.*

*Ich bin wieder da … war ich lange weg? Hier ist ein Hund. Duckt sich unter meinem Mantel in meine Achselhöhle.*

*Habe ich dir schon von ihm erzählt? Mir fällt sein Name nicht mehr ein.*

*Er zittert, und die Haut unter seinen Augen zuckt. Immer, wenn der Wind heult, springt er auf und knurrt ihn an.*

*Ich kann mich nur verschwommen erinnern. Grover und ich redeten, er flog, machte wohl eine Rechtskurve, auf dem Instrumentenbrett leuchteten eine ganze Menge blauer und grüner Lichter, unter uns war es schwarz, kein einziges Licht im Umkreis von hundert Kilometern, und … da war eine Frau. Wollte nach Hause zu ihrem Verlobten und ihrer Hochzeit. Ich seh mal nach.*

*Ich habe sie gefunden. Bewusstlos. Erhöhter Puls. Augen zugeschwollen. Geweitete Pupillen. Wahrscheinlich Gehirnerschütterung. Mehrere Schnittwunden im Gesicht. Ein paar müssen genäht werden. Rechte Schulter ausgekugelt und linker Oberschenkel gebrochen. Hat die Haut nicht durchspießt, aber ihr Bein steht schief ab, und ihre Hose ist straff gespannt. Ich muss es richten … sobald ich wieder Luft kriege.*

*Es wird kälter. Vermutlich hat uns das Sturmtief doch noch erwischt. Wenn ich uns nicht irgendwie eingemummelt kriege, erfrieren wir, bevor es hell wird. Um das Bein kümmere ich mich morgen.*

*Rachel … Ich habe keine Ahnung, wie viel Zeit wir haben und ob wir hier je wieder rauskommen … aber … ich nehme alles zurück. Ich hatte unrecht. Ich war wütend. Ich hätte so was nie sagen dürfen. Du hast an uns gedacht. Nicht an dich. Das wird mir jetzt klar.*

*Du hattest recht. Die ganze Zeit. Es gibt immer eine Chance.*

*Immer.*

# 1

## Flughafen Salt Lake City
## Zwölf Stunden zuvor

Die Aussichten waren trüb. Grauer, trister Januar. Auf dem Fernsehschirm hinter mir sagte ein Mann, der in einem Studio in New York saß, etwas von »Flugbetrieb eingestellt«. Ich lehnte die Stirn an die Scheibe. Auf dem Rollfeld lenkten Männer in gelben Schutzanzügen Gepäckzüge in Schlangenlinien um Flugzeuge herum und ließen Wolken von Auspuffgasen zurück, in denen Schneeflocken wirbelten. Neben mir saß ein müder Pilot auf seinem verwitterten Lederkoffer, die Mütze in der Hand – und hoffte auf die letzte Gelegenheit, nach Hause zu kommen und die Nacht im eigenen Bett zu verbringen.

Im Westen verhüllten Wolken die Startbahn; die Sicht war nahe null, aber das änderte sich durch den Wind ständig. Hoffnungsfenster. Der Flughafen von Salt Lake City ist von Bergen umgeben. Im Osten ragten schneebedeckte Berge über die Wolken. Berge hatten mich schon lange gereizt. Einen Moment lang fragte ich mich, was wohl hinter ihnen liegen mochte.

Mein Abflug war planmäßig für 18:07 Uhr angesetzt gewesen, aber angesichts der Verspätungen sah es allmählich so aus, als ob es ein Nachtflug werden sollte. Wenn überhaupt. Verärgert über die blinkende »Delayed«-Anzeige, ging ich in eine Ecke und setzte mich auf den Boden. Ich breitete Patientenakten auf meinem Schoß aus und begann, meine Berichte, Diagnosen und Verordnungen in ein digitales Diktiergerät zu sprechen. Patienten, die ich in der Woche vor meiner Abreise untersucht hatte. Ich behandelte zwar auch Erwachsene, aber die meisten Akten auf meinem Schoß betrafen Kinder. Vor Jahren hatte meine Frau Rachel mich überzeugt, mich auf Sportmedizin für Kinder zu spezialisieren. Sie hatte recht gehabt. Ich hasste es, sie hereinhumpeln zu sehen, liebte es aber, wenn sie wieder hinausliefen.

Da ich noch einiges an Arbeit zu erledigen hatte und das Batteriezeichen an meinem Diktiergerät rot blinkte, ging ich in den Terminalshop und stellte fest, dass es dort zwei AA-Batterien für vier Dollar gab oder zwölf für sieben Dollar. Ich gab der Kassiererin sieben Dollar, wechselte die Batterien in dem Aufnahmegerät und packte die restlichen zehn in meinen Rucksack.

Ich war auf der Heimreise von einer Fachtagung in Colorado Springs. Man hatte mich gebeten, an einer Podiumsdiskussion über »Die Schnittstellen von Kinderorthopädie und Notfallmedizin« teilzunehmen. Wir sprachen über Verfahrensweisen in der Notaufnahme und den speziellen Umgang mit verängstigten Kindern. Der Tagungsort war reizvoll, die Veranstaltung deckte gleich mehrere der vorgeschriebenen Fortbildungsveranstaltungen ab und bot mir vor allem einen Vorwand, vier Tage in den Collegiate Peaks bei Buena Vista in Colorado Bergtouren zu unternehmen. Es war eine Geschäftsreise, die eigentlich meine Bergsteigesucht befriedigte. Viele Ärzte kaufen sich einen Porsche, ein riesiges Haus und die Mitgliedschaft in einem Country Club, von der sie selten Gebrauch machen. Ich laufe Langstrecken am Strand und gehe auf Bergtour, wann immer es geht.

Eine Woche war ich nun fort gewesen.

Meine Rückreise führte von Colorado Springs nach Salt

Lake City, wo ich Anschluss an einen Direktflug nach Hause haben sollte. Flugreisen setzen mich immer wieder in Erstaunen: nach Westen zu fliegen, um nach Osten zu kommen!

Die Menge im Flughafen hatte sich gelichtet. An einem Samstag um diese Zeit waren die meisten zu Hause. Wer noch am Flughafen war, wartete entweder am Gate oder an der Bar bei einem Bier, einer Schüssel Nachos oder scharfen Chicken Wings.

Ihr Gang erregte meine Aufmerksamkeit. Lange, schlanke Beine; zielstrebiger Schritt, aber anmutig und rhythmisch. Sie fühlte sich wohl in ihrer Haut, wirkte selbstbewusst. Sie war vielleicht 1,75 m oder 1,77 m groß, dunkelhaarig und attraktiv, sah aber nicht eingebildet aus. Vielleicht dreißig. Kurze Haare. Typ Winona Ryder in *Durchgeknallt*. Oder Julia Ormond in Harrison Fords Remake von *Sabrina*. Nicht übertrieben aufgedonnert, aber in Manhattan fand man diesen Stil allenthalben bei Frauen, die eine Menge Geld ausgaben, um so auszusehen. Ich vermutete, dass sie sehr wenig dafür bezahlt hatte. Aber vielleicht hatte sie auch sehr viel dafür ausgegeben, damit es so aussah, als hätte sie wenig bezahlt.

Sie kam näher, ließ den Blick über die Menge im Terminal schweifen und suchte sich einen Platz drei, vier Meter von mir entfernt. Ich musterte sie aus den Augenwinkeln. Dunkler Hosenanzug, Aktenkoffer aus Leder und eine Reisetasche. Anscheinend war sie auf dem Heimflug von einer zweitägigen Geschäftsreise. Sie stellte ihr Gepäck ab, zog sich Nike-Turnschuhe an, warf einen Blick durch das Terminal, setzte sich auf den Boden und machte Stretching-Übungen. Da sie nicht nur mit dem Kopf, sondern auch mit Brust und Bauch ihre Oberschenkel und den Boden zwischen ihren Beinen berühren konnte, nahm ich an, dass sie das schon mal gemacht hatte. Ihre Beine waren muskulös wie die einer Aerobic-Trainerin. Nach ein paar Minuten Stretching holte sie einige gelbe Schnellhefter aus ihrem Aktenkoffer, blätterte handgeschriebene Notizen durch und fing an, auf ihrem Laptop zu tippen. Ihre Finger waren schnell wie Kolibris.

Nach einer Weile piepte ihr Computer. Stirnrunzelnd schob sie ihren Stift zwischen die Zähne und schaute sich suchend nach einer Steckdose in der Wand um. Eine Hälfte der Doppelsteckdose benutzte ich. Sie hielt das freie Ende ihres Netzkabels hoch.

»Darf ich die mitbenutzen?«

»Sicher.«

Sie schob den Stecker in die Dose und saß mit gekreuzten Beinen auf dem Boden, den Computer auf dem Schoß und ihre Akten um sich ausgebreitet. Ich machte mit meinen Akten weiter.

»Orthopädische Nachuntersuchung vom …« Ich schaute auf meinem Kalender das Datum nach, »23. Januar. Hier spricht Dr. Ben Payne. Name der Patientin: Rebecca Peterson, Kenndaten folgen. Geburtsdatum: 6. 7. 95, Aktenzeichen BMC2453, weiß, weiblich, Star in ihrem Fußballteam, rechter Stürmer, Torschützenkönigin in Florida, von Mannschaften im ganzen Land umworben, zuletzt hatte sie vierzehn Erstliga-Angebote; OP vor drei Wochen, Post-OP normal ohne Komplikationen, anschließend intensive Physiotherapie; zeigt volle Beweglichkeit, Beugetest 127 Grad, Krafttest zeigt deutliche Verbesserung, Beweglichkeit ebenfalls. Sie ist so gut wie neu oder sogar besser, wie sie selbst sagt. Nach Rebeccas Angaben ist sie bei Bewegung schmerzfrei, sie kann alle Aktivitäten wieder aufnehmen …

bis aufs Skateboardfahren. Sie soll die Finger von Skateboards lassen, bis sie mindestens fünfunddreißig ist.«

Ich wandte mich der nächsten Akte zu. »Orthopädische Erstuntersuchung vom 23. Januar. Hier spricht Dr. Ben Payne.«

Ich sage jedes Mal das Gleiche, weil in der elektronischen Welt, in der wir leben, jede Aufnahme für sich steht und identifizierbar sein muss, falls etwas verloren geht.

»Name des Patienten: Rasheed Smith, Kenndaten folgen. Geburtsdatum: 19. 2. 79, Aktenzeichen BMC17437, schwarz, männlich, hat als Verteidiger bei den Jacksonville Jaguars angefangen und ist einer der schnellsten Menschen, denen ich je begegnet bin. MRT bestätigt keinen Kreuz- oder Innenbandriss, empfehle intensive Physiotherapie. Außerdem soll er sich vom YMCA-Basketballfeld fernhalten, bis er seine Profikarriere im Football aufgibt. Beweglichkeit durch Schmerzen eingeschränkt, aber das müsste bei Therapie während der Saisonpause nachlassen. Mit nachlassenden Schmerzen kann eingeschränktes Kraft- und Lauftraining aufgenommen werden. Machen Sie einen Termin zur Nachuntersuchung in zwei Wochen und rufen Sie den YMCA an, damit sie seine Mitgliedschaft kündigen.«

Ich schob die Akten wieder in meinen Rucksack und bemerkte, dass sie lachte.

»Sind Sie Arzt?«

»Chirurg.« Ich hielt die Schnellhefter hoch. »Patienten der vergangenen Woche.«

»Sie lernen Ihre Patienten wohl sehr gut kennen, was?« Sie zuckte die Achseln. »Entschuldigung, ich konnte nicht umhin, mitzuhören.«

Ich nickte. »Das hat meine Frau mir beigebracht.«

»Was?«

»Dass Menschen mehr sind als die Summe aus Blutdruck und Puls, geteilt durch den Body-Mass-Index.«

Wieder lachte sie. »Sie sind ein Arzt nach meinem Geschmack.«

Ich deutete mit dem Kopf auf ihre Akten. »Und Sie?«

»Kolumnistin.« Sie wedelte mit der Hand über die Papiere auf ihrem Schoß. »Ich schreibe für verschiedene Frauenzeitschriften.«

»Über welche Themen?«

»Mode, Trends, viel Humor oder Satire, ein bisschen über Beziehungen, aber ich bin keine Tratschtante und schreibe keine Klatschgeschichten.«

»Ich könnte nicht mal beschreiben, wie man aus einer nassen Papiertüte herauskommt. Wie viele Kolumnen machen Sie im Jahr?«

Sie wiegte den Kopf. »Vierzig, vielleicht fünfzig.« Mit einem Seitenblick auf mein Diktiergerät sagte sie: »Die meisten Ärzte, die ich kenne, hassen diese Dinger.«

Ich drehte das Gerät in meiner Hand. »Ich habe es fast immer dabei.«

»Wie einen Klotz am Bein?«

Ich lachte. »So ungefähr.«

»Haben Sie lange gebraucht, sich daran zu gewöhnen?«

»Es ist mir ans Herz gewachsen. Mittlerweile könnte ich gar nicht mehr ohne leben.«

»Das klingt, als ob da eine Geschichte dahintersteckt.«

»Rachel ... meine Frau, hat es mir geschenkt. Ich musste damals unseren Umzugslaster nach Jacksonville fahren. Wir zogen wieder zurück in unsere Heimat. Ich fing im Krankenhaus an. Sie hatte Angst vor den Dienstplänen. Dass sie als Arzt-Strohwitwe mit einer Riesendose Häagen-Dazs-Eis auf dem Sofa sitzen und den Bibelsender gucken würde ... Das hier ... war eine Möglichkeit, die Stimme des anderen zu hören, zusammen zu sein, die Kleinigkeiten nicht zu verpassen ... zwischen OPs, Visiten und dem Piepser um zwei Uhr nachts. Sie behielt das Gerät einen Tag oder so und erzählte, was ihr durch den Kopf ging ... oder auf dem Herzen lag, und gab es mir. Dann behielt ich es einen oder zwei Tage und gab es ihr wieder.«

»Würde ein Handy nicht den gleichen Zweck erfüllen?«

Ich zuckte die Achseln. »Das ist anders. Probieren Sie es mal, dann werden Sie schon sehen, was ich meine.«

»Wie lange sind Sie verheiratet?«

»Wir haben ... in dieser Woche vor fünfzehn Jahren geheiratet.« Ich warf einen Blick auf ihre Hand. Ein einzelner Diamant schmückte ihre Linke. Ein Ehering fehlte. »Steht Ihre kurz bevor?«

Sie konnte sich ein Lächeln nicht verkneifen. »Ich versuche, rechtzeitig zur Hochzeitsprobe morgen nach Hause zu kommen.«

»Glückwunsch.«

Sie schüttelte den Kopf und schaute über die Menge hinweg. »Ich habe noch so viel zu erledigen, und da sitze ich hier und mache Notizen zu einer Story über einen angesagten Modetrend, den ich nicht mal mag.«

Ich nickte. »Sie schreiben bestimmt gut.«

Achselzucken. »Sie behalten mich. Ich habe gehört, dass es Leute gibt, die diese Zeitschriften nur kaufen, um meine Kolumnen zu lesen, aber getroffen habe ich noch niemanden.« Ihr Charme war unwiderstehlich. »Wohnen Sie noch in Jacksonville?«, fragte sie.

»Ja. Und Sie?«

»Atlanta.« Sie reichte mir ihre Visitenkarte. *Ashley Knox.*

»Ashley.«

»Für alle bis auf meinen Dad, er nennt mich Asher. Er wollte einen Jungen und war wütend auf meine Mom, als ich mit der falschen oder fehlenden Ausstattung auf die Welt kam, also hat er nur die Endung des Namens geändert. Statt zum Ballett und zum Softball hat er mich zum Taekwondo geschleppt.«

»Lassen Sie mich raten … Sie gehören zu diesen Verrückten, die anderen Leuten Zeug vom Kopf treten können.«

Sie nickte.

»Das erklärt wohl auch das Stretching mit der Brust bis zum Boden und so.«

Wieder nickte sie, als hätte sie es nicht nötig, mir zu imponieren.

»Welcher Grad?«

Sie hielt drei Finger hoch.

»Vor ein paar Wochen habe ich einem Mann das Schienbein mit ein paar Stangen und Schrauben zusammengeflickt.«

»Was ist ihm denn passiert?«

»Er hat seinen Gegner getreten, aber der hat ihn mit dem Ellbogen blockiert. Das Schienbein hat nachgegeben und sich praktisch falsch herum zusammengefaltet.«

»So etwas habe ich auch schon gesehen.«

»Das klingt, als hätte man Sie auch schon unter dem Messer gehabt.«

»Als Teenager und so bis Anfang zwanzig habe ich viele Wettkämpfe mitgemacht. Bundesmeisterschaften. Für mehrere Bundesstaaten. Ich habe meinen Teil an Knochen- und Gelenkbrüchen hinter mir. Es gab Zeiten, da hatte ich die Nummer meines Orthopäden in Atlanta im Kurzwahlspeicher. Und diese Reise jetzt, ist die beruflich oder zum Spaß oder beides?«

»Ich komme von einer medizinischen Fachtagung, wo ich an einer Podiumsdiskussion teilgenommen habe, und …« Ich grinste, »nebenbei bin ich ein bisschen geklettert.«

»Geklettert?«

»In den Bergen.«

»Damit verbringen Sie Ihre Zeit, wenn Sie gerade keine Leute aufschneiden?«

Ich lachte. »Ich habe zwei Hobbys. Eins ist Laufen … so habe ich Rachel kennengelernt. Das hat schon auf der Highschool angefangen. Schwer, sich das abzugewöhnen. Als wir wieder nach Hause gezogen sind, haben wir uns eine Wohnung am Strand gekauft, damit wir Ebbe und Flut hinterherjagen konnten. Das zweite Hobby ist Bergsteigen. Damit haben wir angefangen, als wir in Denver Medizin studiert haben. Also, ich habe studiert, sie hat mich bei Verstand gehalten. Jedenfalls gibt es in Colorado vierundfünfzig Gipfel, die über viertausend Meter hoch sind. Die Einheimischen nennen sie ›Viertausender‹. Die Leute, die alle bestiegen haben, sind eine Art inoffizieller Club. Wir haben während des Studiums angefangen, sie abzuarbeiten.«

»Und wie viele haben Sie schon geschafft?«

»Zwanzig. Gerade ist der Mt. Princeton dazugekommen. 4327 Meter. Er gehört zu den Collegiate Peaks.«

»Wie lange braucht man dafür?«

»Normalerweise einen Tag oder weniger, aber in diesem Jahr waren die Bedingungen ein bisschen …« Ich wiegte den Kopf, »härter.«

Sie lachte. »Braucht man da Sauerstoff?«

»Nein, aber es hilft, sich zu akklimatisieren.«

»Lag da oben Schnee und Eis?«

»Ja.«

»Und war es bitterkalt, hat's geschneit und gestürmt wie verrückt?«

»Ich wette, Sie sind eine gute Journalistin.«

»Also … war es so?«

»Manchmal.«

»Haben Sie es rauf und runter geschafft, ohne zu sterben?«

Nun musste ich lachen. »Offensichtlich.«

Sie zog eine Augenbraue hoch. »So, zu der Sorte gehören Sie also.«

»Zu welcher Sorte?«

»Zum ›Mensch-gegen-die-Wildnis-Typ‹.«

Ich schüttelte den Kopf. »Freizeitkämpfer. Auf Meereshöhe fühle ich mich am heimischsten.«

Sie musterte die Reihen der Wartenden. »Ihre Frau ist nicht mit?«

»Dieses Mal nicht.«

Mein Magen knurrte. Der Duft von der California Pizza Kitchen wehte durch das Terminal. Ich stand auf. »Würden Sie mal auf meine Sachen aufpassen?«

»Klar.«

»Bin gleich wieder da.«

Als ich mit einem Salat Caesar und einer tellergroßen Peperoni-Pizza zurückkam, knisterte der Lautsprecher.

»Leute, wenn wir zügig einladen, schaffen wir es vielleicht noch vor dem Sturm. Wir sind nicht allzu viele, also, alle Passagiere aller Zonen bitte an Bord für Flug 1672 nach Atlanta.«

An den acht Gates um mich herum stand VERSPÄTUNG. Auf den Stühlen und an den Wänden waren frustrierte Mienen zu sehen. Eine Mutter und ein Vater rannten durch das Terminal und brüllten über die Schultern hinweg ihren beiden Jungen etwas zu, die *Star-Wars*-Koffer und Plastiksäbel mit Beleuchtung schleppten.

Ich nahm meinen Rucksack und mein Essen und folgte den sieben anderen Passagieren, einschließlich Ashley, zum Flugzeug. Sobald ich meinen Sitzplatz gefunden hatte, schnallte ich mich an, die Flugbegleiter hakten ihre Liste ab, und wir rollten rückwärts. Ich hatte noch nie erlebt, dass ein Flugzeug so schnell beladen wurde.

Die Maschine blieb stehen, und der Pilot sagte über die Lautsprecheranlage: »Leute, wir stehen in der Warteschlange für die Enteisung, wenn wir sie hier rüberholen können, schaffen wir es vielleicht noch vor dem Sturm. Übrigens, vorne ist jede Menge Platz. Wenn Sie nicht in der ersten Klasse sitzen, sind Sie selbst schuld. Wir haben Platz für alle.«

Alle setzten sich in Bewegung.

Der einzige freie Platz war neben Ashley. Sie schaute auf und lächelte, während sie sich anschnallte. »Glauben Sie, wir kommen hier weg?«

Ich schaute aus dem Fenster. »Ich bezweifle es.«

»Pessimist, was?«

»Ich bin Arzt. Das macht mich zum Optimisten mit realistischer Einschätzung.«

»Gute Einstellung.«

Eine halbe Stunde saßen wir da, während die Flugbegleiterinnen uns alles servierten, was wir bestellten. Ich trank einen scharfen Tomatensaft, Ashley einen Cabernet.

Wieder meldete sich der Pilot. Ich fand seinen Ton nicht gerade ermutigend. »Leute … wie Sie alle wissen, haben wir versucht, es vor dem Sturm zu schaffen.«

Mir fiel die Vergangenheitsform auf.

»Der Tower sagt, uns bleibt noch ein Zeitfenster von einer Stunde, bevor der Sturm hier ist …«

Alle seufzten kollektiv. Vielleicht gab es ja noch Hoffnung.

»Aber die Ground-Crew hat mich gerade informiert, dass einer der beiden Enteisungswagen ausgefallen ist. Das heißt, dass ein Wagen versucht, alle Maschinen auf der Startbahn zu bedienen, und wir sind an zwanzigster Stelle in der Schlange. Um's kurz zu machen, wir kommen heute Abend nicht mehr hier weg.«

Ein Stöhnen ging durch das Flugzeug.

Ashley löste kopfschüttelnd den Sicherheitsgurt. »Das ist ja wohl ein Witz.«

Links neben mir knurrte ein dicker Mann: »Verd...«

Der Pilot erklärte: »Unser Personal nimmt Sie am Ende des Gates in Empfang. Wenn Sie einen Hotel-Voucher möchten, wenden Sie sich bitte an Mark, das ist der in der roten Jacke und der Schutzweste. Nachdem Sie Ihr Gepäck abgeholt haben, bringt unser Shuttle Sie zum Hotel. Leute, es tut mir wirklich leid.«

Wir gingen zurück ins Terminal und schauten zu, wie sich ein DELAYED nach dem anderen in CANCELLED verwandelte.

»Das sieht nicht gut aus«, sagte ich, und sprach allen im Terminal aus der Seele.

Ich trat an den Schalter. Die Angestellte starrte auf einen Computermonitor und schüttelte den Kopf. Bevor ich noch den Mund aufmachen konnte, wandte sie sich dem Fernseher zu, auf dem der Wetterkanal eingeschaltet war. »Tut mir leid, ich kann nichts für Sie tun.«

Über meiner Schulter bewegte sich auf vier Bildschirmen ein riesiger grüner Fleck von Washington, Oregon und Nordkalifornien nach Ostsüdost. Das Nachrichtenband am unteren Bildschirmrand sagte Schnee, Eis, zweistellige Minustemperaturen und noch eisigere gefühlte Kälte voraus. Ein Pärchen links neben mir küsste sich leidenschaftlich. Strahlend. Eine unvorhergesehene Urlaubsverlängerung.

Mark fing an, Hotel-Voucher zu verteilen und die Leute zum Gepäckband zu drängen. Ich hatte mein Handgepäck – einen Tagesrucksack, der mir gleichzeitig als Aktentasche diente – und eine Reisetasche im Bauch des Flugzeugs. Wir mussten also alle zum Gepäckband, ob es uns gefiel oder nicht.

Auf dem Weg dorthin verlor ich Ashley aus den Augen, als sie an einem Laden mit Biosnacks stehen blieb. Ich suchte mir einen Platz in der Nähe des Fließbands und schaute mich um. Durch die Glastüren sah ich in gut einem Kilometer Entfernung das Leuchtfeuer eines Privatflugplatzes. Auf der Seitenwand des nächst gelegenen Hangars stand in riesigen Lettern: CHARTERFLÜGE.

In einem der Hangars brannte Licht. Meine Tasche tauchte auf. Ich hängte sie mir über die freie Schulter und prallte mit Ashley zusammen, die auf ihr Gepäck wartete. Sie beäugte meine Tasche.

»Das war wohl kein Witz, als Sie gesagt haben, dass Sie nebenher ein bisschen geklettert sind. Sieht aus, als wollten Sie auf den Everest. Brauchen Sie das wirklich alles?«

Meine Tasche ist ein verblichener orangefarbener 70-Liter-Rucksack von Osprey und hat schon einige Kilometer auf dem Buckel. Ich benutze ihn als Reisetasche, weil das geht, aber die besten Dienste erweist er mir beim Wandern, denn er sitzt wie angegossen. Im Augenblick enthielt er meine Wäsche zum Wechseln und die Schlechtwetterausrüstung für meine Bergtouren in den Collegiate Peaks. Schlafsack, Isomatte, Jetboil-Gaskocher – das wohl meistunterschätzte und wertvollste Stück meiner gesamten Ausrüstung –, zwei Trinkflaschen, ein paar Schaumstoffmatten und noch diverse Kleinigkeiten, die mir halfen, einigermaßen bequem zu überleben, wenn ich in über 3000 Meter Höhe übernachtete. Außerdem hatte ich einen dunkelblauen Nadelstreifenanzug, eine schicke blaue Krawatte, die Rachel mir geschenkt hatte, und ein Paar elegante Schuhe eingepackt, die dringend eine Schuhbürste brauchten, obwohl ich sie nur einmal bei der Podiumsdiskussion getragen hatte.

»Ich kenne meine Grenzen, und für den Everest bin ich nicht geschaffen. Oberhalb von 4500 Metern geht es mir ziemlich schlecht. Darunter geht's mir gut. Das hier« – ich hob den Rucksack an – »ist nur das Notwendigste. Gut, wenn man das bei sich hat.«

Sie entdeckte ihre Reisetasche, wandte sich ab, um sie vom Band zu nehmen, und drehte sich mit schmerzlicher Miene wieder zu mir. Ihr wurde wohl gerade bewusst, dass sie ihre Hochzeit verpassen würde. Sie reichte mir die Hand. Ihr Händedruck war fest, aber herzlich. »War nett, Sie kennenzulernen. Ich hoffe, Sie schaffen es nach Hause.«

»Ja, Sie …«

Sie hörte mich nicht mehr. Sie hatte sich schon umgedreht, hängte sich ihre Reisetasche über die Schulter und ging zum Taxistand, wo hundert Leute Schlange standen.

# 2

Ich ging mit meinem Gepäck nach draußen und winkte den Shuttlebus des Flughafens heran. Normalerweise brachte er Passagiere von einem Terminal zum anderen oder zum Privatflugplatz, aber da niemand den Flughafen verlassen wollte, war er leer. Der Fahrer trommelte mit den Fingern auf das Lenkrad.

Ich steckte den Kopf durch das Beifahrerfenster. »Könnten Sie mich zum Privatflugplatz bringen?«

»Steigen Sie ein. Ich hab gerade nichts Besseres zu tun.«

Als wir vor dem Hangar hielten, fragte er: »Soll ich warten?«

»Ja, bitte.«

Er blieb bei laufendem Motor in dem Kleinbus sitzen, während ich ausstieg. Ich schlug meinen Kragen hoch und schob die Hände in meine Achselhöhlen. Der Himmel war klar, aber der Wind frischte auf, und die Temperatur fiel.

Im Hangar brannte rotglühend ein Heizgerät. Ein weißhaariger Mann stand neben einem von drei Flugzeugen, einer kleinen einmotorigen Maschine. Auf dem Rumpf stand *Grover's Charter*, darunter: »Charterflüge an einsame Angel- und Jagdplätze«, und auf dem Leitwerk die Kennung 138GB.

Er hatte mir den Rücken zugewandt und zielte mit einem Compound-Bogen auf eine Scheibe an der hinteren Wand des Hangars. Knapp vierzig Meter entfernt. Als ich hineinkam, schoss er gerade einen Pfeil ab, der zischend durch die Luft sauste. Er trug eine verblichene Jeans und ein Hemd mit Druckknöpfen und aufgekrempelten Ärmeln. Hinten auf seinem Ledergürtel stand *Grover.* In einem Holster an seiner Hüfte steckte ein Outdoor-Multifunktionswerkzeug. Die Absätze seiner Stiefel waren schief gelaufen, was ihn O-beinig wirken ließ. Neben ihm stand ein Jack-Russel-Terrier, schnüffelte in die Luft und musterte mich von oben bis unten.

Ich winkte dem Mann zu. »Hi.«

Er ließ den Bogen sinken, drehte sich um und hob eine Augenbraue. Er war groß, sah gut aus und hatte ein markantes Kinn. »Hallo. Sind Sie George?«

»Nein. Nicht George. Ich heiße Ben.«

Er hob den Bogen und wandte sich wieder der Zielscheibe zu. »Schade.«

»Wieso?«

Die Bogensehne erreichte ihren maximalen Auszug, und während er die Scheibe anvisierte, sagte er: »Zwei Männer haben mich engagiert, sie in die San Juans zu fliegen. Ich soll sie unten bei Ouray absetzen.« Er schoss den Pfeil ab, der zischend davon schnellte. »Einer von ihnen heißt George. Ich dachte, das wären vielleicht Sie.« Er legte einen weiteren Pfeil ein.

Ich stellte mich neben ihn und musterte die Zielscheibe. Rund um das schwarze Scheibenzentrum ließen Spuren erkennen, dass er schon geraume Zeit mit Bogenschießen verbracht hatte. »Sieht aus, als ob Sie ein Anfänger wären«, sagte ich grinsend.

Lachend spannte er die Sehne ein drittes Mal, atmete halb aus und sagte: »Das mache ich, wenn ich auf Kunden warte und mir langweilig ist.« Er ließ den Pfeil ab, der dicht neben den beiden ersten ins Ziel ging. Dann legte er den

Bogen auf den Sitz im Flugzeug. Wir gingen gemeinsam zur Zielscheibe.

Er zog die Pfeile heraus. »Manche setzen sich zur Ruhe und machen nichts anderes, als hinter einem kleinen Ball voller Dellen herzujagen und mit einem teuren Metallstück drauf einzudreschen, bis die weiße Oberfläche abspringt.« Er grinste. »Ich fische und jage.«

Ich musterte sein Flugzeug. »Könnte ich Sie vielleicht überreden, mich heute Abend noch hier rauszufliegen?«

Er senkte das Kinn und hob eine Augenbraue. »Sind Sie auf der Flucht?«

Grinsend schüttelte ich den Kopf. »Nein. Ich will nur vor dem Sturm noch nach Hause kommen.«

Er warf einen Blick auf die Uhr. »Ich wollte gerade schließen und selbst nach Hause gehen, um zu meiner Frau ins Bett zu kriechen.« Er bemerkte meinen Ehering. »Ich könnte mir denken, das würden Sie auch gern tun.« Sein breites Grinsen ließ seine weißen Zähne sehen. »Allerdings nicht zu meiner Frau.« Er lachte unbekümmert, was etwas ungemein Beruhigendes hatte.

»Ja, allerdings.«

Er nickte. »Wo sind Sie zu Hause?«

»In Florida. Ich dachte, wenn ich es schaffe, dem Sturm zuvorzukommen, kriege ich vielleicht in Denver noch einen Nachtflug. Oder vielleicht den ersten Flug morgen früh.« Ich stockte. »Wäre es drin, dass ich Sie engagiere, mich an irgendeinen Flugplatz östlich der Rockies zu fliegen?«

»Warum die Eile?«

»Ich habe in …«, ich schaute auf meine Uhr, »dreizehn Stunden und dreiundvierzig Minuten eine Knie- und zwei Hüftoperationen.«

Grover lachte. Er zog einen Lappen aus der hinteren Hosentasche und verrieb das Fett auf seinen Fingern. »Dann dürfte es Ihnen morgen Abend wohl nicht sonderlich gut gehen.«

Ich lachte. »Ich operiere. Ich bin Chirurg.«

Er warf einen Blick durch die offene Hangartür in Richtung Flugplatz. »Die großen Vögel fliegen heute Abend nicht?«

»Annulliert. Einer der beiden Enteisungswagen ist kaputt.«

»Das passiert oft. Ich glaube, da stecken die Gewerkschaften hinter. Wissen Sie … Operationen lassen sich verschieben.« Er kaute auf seiner Unterlippe. »Habe ich schon ein paar Mal gemacht.« Er tippte sich auf die Brust. »Schrittmacher.«

»Ich bin seit einer Woche weg. Medizinische Tagung. Ich muss irgendwie zurück … Am Geld soll's nicht liegen.«

Er stopfte den Lappen in seine Hosentasche und steckte die Pfeile in den Köcher, der seitlich an seinem Bogen hing. Dann schob er den Bogen in ein mit Schaumstoff ausgekleidetes Fach hinter dem Rücksitz im Flugzeug und machte die Klettverschlüsse zu. Neben dem Bogen ragten drei Röhren nach hinten in den Rumpf des Flugzeugs. Er klopfte auf die Enden. »Fliegenruten.«

Neben den Angelruten war etwas befestigt, was einen hölzernen Stiel hatte. »Was ist das?«

»Eine Axt. Ich fliege an einsame Orte. Mit dem, was ich an Bord habe, kann ich fast alles machen.« Er klopfte auf einen Packbeutel unter dem Sitz, in dem ein Schlafsack steckte. »Wo ich hinfliege, zahlt es sich aus, wenn man sich selbst versorgen kann.«

Hinter dem Sitz hing eine Weste mit Fliegen, einer kleinen Schere und einem Netz, das am Kragen befestigt war. Er deutete mit der Hand über die Ausrüstung. »Durch meine Kunden komme ich an herrliche Plätze. Allein könnte ich es mir gar nicht leisten, dahin zu fliegen. Also nehme ich sie als Vorwand, zu tun, was mir Spaß macht. Manchmal kommt meine Frau sogar mit.« Er wirkte wie Anfang siebzig mit dem Körper eines Fünfzigjährigen und dem Herzen eines Teenagers.

»Gehört das Flugzeug Ihnen?«

»Ja. Eine ACA Scout.«

»Sieht ganz ähnlich aus wie das Flugzeug von Steve Fossett.«

»Ziemlich ähnlich. Der Motor ist ein Lycoming 0360 mit 180 PS. Höchstgeschwindigkeit 225 Stundenkilometer bei Vollgas.«

Ich runzelte die Stirn. »Das ist nicht sonderlich schnell.«

»Auf Geschwindigkeit kommt's mir schon lange nicht mehr an.« Er legte die Hand auf den dreiblättrigen Propeller. »Sie kann bei sechzig Stundenkilometern landen. Das heißt, ich kann sie auf einer Fläche runterbringen, die nicht größer ist als dieser Hangar.«

Der Hangar war gut zwanzig Meter breit und vierzig Meter lang.

»Und das heißt, ich komme an ziemlich einsame Plätze zum Jagen und Fischen. Und das macht mich bei meinen Kunden ziemlich beliebt.« Er grinste, saugte die Luft zwischen den Zähnen ein, schaute auf die Uhr und rechnete. »Selbst wenn ich Sie nach Denver bringe, kommen Sie von da heute Abend vielleicht nicht mehr weiter.«

»Das Risiko gehe ich ein. Die Leute am Schalter sagen, der Sturm könnte genug Schnee bringen, dass heute und morgen hier alles am Boden bleiben muss.«

Er nickte. »Wird aber nicht billig.«

»Wie viel?«

»Hundertfünfzig die Stunde. Und Sie müssen mir Hin- und Rückflug bezahlen. Das kostet Sie um die neunhundert Dollar.«

»Nehmen Sie auch Kreditkarten?«

Er sog wieder die Luft zwischen den Zähnen ein, kniff ein Auge zu und musterte mich eingehend. Als ob er mit sich selbst diskutierte. Schließlich nickte er, grinste schief und reichte mir die Hand. »Grover Roosevelt.«

Ich schüttelte seine Hand. Sie war schwielig und fest. »Verwandt mit dem ehemaligen Präsidenten?«

»Entfernt. Aber sie wollen nichts von mir.«

»Ben Payne.«

»Tragen Sie wirklich einen weißen Kittel mit einem Namensschild, auf dem *Dr. Payne* steht?«

»Ja.«

»Und Patienten bezahlen Sie, damit Sie sie behandeln?«

Ich reichte ihm meine Visitenkarte. »Manche bekomme ich sogar unters Messer.« Unten auf der Karte stand:

*Know Pain? No Payne.*
*Know Payne? No Pain.*

Er tippte auf die Karte. »Jesus könnte sauer werden, weil Sie ihm seinen Slogan geklaut haben.«

»Na ja, bis jetzt hat er mich noch nicht verklagt.«

»Haben Sie Jesus operiert?«

»Nicht dass ich wüsste.«

Grinsend zog er eine Pfeife aus seiner Hemdtasche, stopfte sie und holte ein Benzinfeuerzeug aus der Hosentasche. Er klappte den Deckel auf und zog an der Pfeife, bis er die Flamme in den Tabak saugte. Als die Mitte rot glühte, klappte er das Feuerzeug zu und steckte es wieder ein. »Orthopäde, was?«

»Ja, und Notfallmediziner. Beides geht oft Hand in Hand.«

Er schob die Hände in die Hosentaschen. »Lassen Sie mir eine Viertelstunde Zeit. Muss meine Frau anrufen. Ihr sagen, dass es spät wird, aber dass ich mit ihr ein Steak essen gehe, wenn ich zurückkomme.« Er deutete mit dem Daumen über seine Schulter in Richtung Waschraum. »Außerdem hab ich noch was zu erledigen.« Auf dem Weg zum Telefon sagte er über die Schulter. »Werfen Sie Ihr Gepäck hinten rein.«

»Gibt's hier drahtloses Internet?«

»Ja. Das Passwort ist *Tank*.«

Ich klappte meinen Laptop auf, bekam eine Internetverbindung, loggte mich ein und lud meine E-Mails herunter. Sie enthielten auch sämtliche geschäftlichen und persönlichen Telefonnachrichten, die man mir als Voice-Mail auf mein E-Mail-Konto geschickt hatte. Da ich terminlich stark eingespannt war, hatte ich mir angewöhnt, die meisten Nachrichten per E-Mail zu beantworten. Anschließend schloss ich meinen Rekorder an den Computer an und schickte meine diktierte Datei an unser Schreibbüro und an zwei weitere Server, falls wir ein Backup und eine Sicherheitskopie des Backups brauchen sollten. Nur zur rechtlichen Absicherung. Ich klappte meinen Laptop zu und nahm mir vor, die unbeantworteten E-Mails während des Fluges zu beantworten und nach der Landung automatisch abschicken zu lassen.

Nach ein paar Minuten kam Grover zurück und ging vom Telefon zum Waschraum. Plötzlich fiel mir Ashley Knox ein, die auch versuchte, nach Hause zu kommen.

»Wie viele Passagiere können Sie mitnehmen?«

»Zwei, wenn es Ihnen nichts ausmacht, dicht an dicht zu sitzen.«

Ich warf einen Blick über die Schulter in Richtung Flughafen. »Könnten Sie noch zehn Minuten warten?«

Er nickte. »Ich gehe schon mal die Flugvorbereitungen durch.« Er schaute nach draußen. »Sie müssen sich aber beeilen. Das Zeitfenster wird immer kleiner.«

Mein Freund im Shuttlebus brachte mich zurück an die Gepäckausgabe und bot wieder an, auf mich zu warten, da ich sein einziger Fahrgast war. Ich fand Ashley am Straßenrand, wo sie immer noch auf ein Taxi wartete. Über ihr Jackett hatte sie eine Daunenjacke gezogen.

»Ich habe ein Flugzeug gechartert, das mich nach Denver bringt. Vielleicht schaffen wir es ja, dem Sturm zuvorzukommen. Ich weiß, dass Sie mich gar nicht kennen, aber es ist noch Platz für einen Passagier.«

»Ist das Ihr Ernst?«

»Dürfte kaum länger als zwei Stunden dauern.« Ich streckte beide Hände aus. »Ich weiß, es könnte ein bisschen ... ich weiß auch nicht ... komisch aussehen. Aber ich habe diesen ganzen Hochzeitstrubel schon hinter mir, und wenn Sie auch nur im Geringsten Ähnlichkeit mit meiner Frau haben, bekommen Sie in den nächsten beiden Tagen nicht viel Schlaf, weil Sie sich darum kümmern müssen, dass jedes Detail perfekt ist. Es ist nur ein durchaus anständiges Angebot unter Akademikerkollegen. Ohne Haken.«

Misstrauen überschattete ihre Miene. »Und Sie wollen wirklich nichts von mir?« Sie musterte mich von oben bis unten und schüttelte den Kopf. »Denn glauben Sie mir, ich habe mich schon gegen Stärkere gewehrt als Sie.«

Ich drehte meinen Ehering am Finger. »Auf der Terrasse meiner Wohnung, wo ich Kaffee trinke und auf das Meer hinausschaue, hat meine Frau drei Schälchen hingestellt, um sämtliche Katzen zu füttern, die ständig auf dem Parkplatz herumlungern. Jetzt trinken sie jeden Morgen mit mir Kaffee. Ich habe ihnen Namen gegeben und mich an ihr Schnurren gewöhnt.«

Zwischen ihren Augenbrauen bildete sich eine Furche. »Wollen Sie etwa sagen, dass ich eine streunende Katze bin?«

»Nein. Ich will nur sagen, dass ich die Katzen gar nicht bemerkt hatte, bis meine Frau mich auf sie aufmerksam machte. Mir die Augen öffnete. Und ich sie zu füttern anfing. Jetzt sehe ich sie fast überall. Es hat sich darauf ausgewirkt, wie ich Menschen sehe. Und das ist gut, weil wir Ärzte dazu neigen, nach einer Weile ein bisschen eingebildet zu werden.« Ich stockte. »Ich möchte einfach nicht, dass Sie Ihre Hochzeit verpassen. Das ist alles.«

Zum ersten Mal fiel mir auf, dass sie herumhopste, als hätte sie kalte Füße.

»Darf ich mich denn an den Kosten beteiligen?«

Ich zuckte die Achseln. »Wenn Sie sich dann besser fühlen – aber Sie sind mir so oder so willkommen.«

Sie starrte unentschlossen auf die Fahrbahn und trat von einem Fuß auf den anderen. »Morgen früh soll ich mit meinen sechs Brautjungfern frühstücken und anschließend ein paar Stunden im Spa verbringen.« Sie schaute auf den Shuttlebus und die Hotellichter in der Ferne. Dann atmete sie tief durch und lächelte. »Heute Abend noch hier wegzukommen wäre ... fantastisch.« Sie warf einen Blick zurück in die Abflughalle. »Können Sie drei Minuten warten?«

»Sicher, aber ...« Auf dem Fernsehbildschirm hinter uns rückte der grüne Fleck dem Flughafen immer näher.

»Entschuldigung. Zu viel Kaffee. Ich wollte noch bis zum Hotel durchhalten. Aber ich nehme an, die Toiletten sind hier größer als im Flugzeug.«

Ich lachte. »Höchstwahrscheinlich.«

# 3

Grover saß im Flugzeug, hatte Kopfhörer auf, drückte Knöpfe und drehte an Schaltern. »Fertig?«

»Grover, das ist Ashley Knox. Sie ist Journalistin aus Atlanta. Heiratet in achtundvierzig Stunden. Ich dachte, wir könnten sie mitnehmen.«

Er half ihr mit dem Gepäck. »Gern.«

Als er ihre Sachen hinter dem Rücksitz verschwinden ließ, fragte ich neugierig: »Gibt es im Heck auch Stauraum?«

Grinsend öffnete er eine kleine Luke im hinteren Teil des Hecks. »Ist schon belegt.« Er deutete auf ein leuchtend orangerotes, batteriebetriebenes Gerät. »Ein ELT.«

»Sie hören sich an wie ein Arzt, der nur in Abkürzungen redet.«

»Ein Notsender. Wenn wir eine Bruchlandung machen und das Ding einen Aufpralldruck von über dreißig Pfund abbekommt, sendet es ein Notsignal auf Frequenz 122,5. So erfahren andere Flugzeuge, dass wir Probleme haben. Die Flugüberwachung empfängt das Signal, lässt zwei Flugzeuge starten, die unsere Position orten, und schickt dann die Rettungstrupps aus.«

»Und warum hat man so lange gebraucht, um Steve Fossetts Flugzeug zu finden?«

»ELTs sind nicht dafür gebaut, einen Aufprall mit über 300 Sachen zu überstehen.«

»Aha.«

Wir stiegen ins Flugzeug. Grover schloss die Tür hinter uns und ließ den Motor an, während Ashley und ich die Kopfhörer aufsetzten, die über unseren Sitzen hingen. Er hatte recht. Es war wirklich eng. Hüfte an Hüfte.

Wir rollten aus dem Hangar. Grover betätigte weitere Schalter, bewegte den Steuerknüppel zwischen seinen Knien und drehte an Knöpfen herum. Ich bin kein Flugzeugnarr, aber Grover wirkte auf mich so, als ob er die Maschine im Schlaf fliegen könnte. An jedem Ende des Instrumentenbretts waren zwei GPS-Geräte montiert.

Da ich von Natur aus neugierig bin, tippte ich ihm auf die Schulter. »Wieso zwei?«

»Für alle Fälle.«

Ich tippte ihm noch mal auf die Schulter. »Für welche Fälle?«

Er lachte. »Dass eins versagt.«

Während er die Flugvorbereitungen traf, hörte ich die Nachrichten auf meinem Handy ab. Eine Nachricht. Ich hielt das Handy ans Ohr.

»He ... ich bin's.« Ihre Stimme war leise. Müde. Als ob sie geschlafen hätte. Oder geweint. Im Hintergrund hörte ich das Meer rauschen. Die Wellen rollten gleichmäßig auf den Strand. Sie stand also auf der Terrasse. »Ich finde es nicht gut, wenn du gehst.« Sie atmete tief durch. Pause. »Ich weiß, dass du dir Sorgen machst. Das brauchst du nicht. In drei Monaten ist das alles vergessen. Du wirst sehen. Ich warte auf dich.« Sie versuchte zu lachen. »Wir alle. Kaffee am Strand. Beeil dich ... ich liebe dich. Es wird alles gut. Vertrau mir. Und glaub ja nicht, dass ich dich weniger liebe. Ich liebe dich noch genauso. Sogar noch mehr. Das weißt du doch ... Sei nicht böse. Wir schaffen es schon. Ich liebe dich. Ich liebe dich mit Leib und Seele. Komm schnell nach Hause. Wir treffen uns am Strand.«

Ich klappte das Handy zu und starrte aus dem Fenster.

Grover warf mir aus den Augenwinkeln einen Blick zu, drückte den Steuerknüppel nach vorn und ließ uns über den Asphalt rollen. Über die Schulter hinweg sagte er: »Wollen Sie sie zurückrufen?«

»Was?«

Er deutete auf mein Handy. »Wollen Sie sie zurückrufen?«

»Nein ...« Ich winkte ab, steckte das Handy ein und starrte hinaus in den Sturm. »Schon okay.« Ich hatte keine Ahnung, wie er es beim Lärm des Propellers geschafft hatte, etwas mitzuhören. »Sie haben ziemlich gute Ohren.«

Er deutete auf das Mikrofon an meinem Kopfhörer. »Ihre Stimme war durch das Mikro so gut zu verstehen, als hätte ich es selbst abgehört.« Er deutete auf Ashley. »In einem so kleinen Flugzeug gibt's keine Geheimnisse.«

Lächelnd tippte sie an ihren Kopfhörer, nickte und schaute zu, wie er die Geräte bediente.

Er ließ die Maschine ausrollen. »Ich kann warten, wenn Sie sie anrufen wollen.«

»Nein ... wirklich, ist schon okay«, sagte ich kopfschüttelnd.

Grover sagte in sein Mikrofon: »Tower, hier eins – drei – acht – bravo, bitte um Starterlaubnis.«

Ein paar Sekunden vergingen, bis wir über Kopfhörer eine Stimme sagen hörten: »Eins – drei – acht – bravo, Starterlaubnis erteilt.«

Ich deutete auf das GPS-Gerät. »Zeigt das Ding auch den Wetterradar?«

Er drückte auf einen Knopf. Auf dem Display erschien

ein ähnliches Bild, wie wir es in der Abflughalle beim Wetterkanal gesehen hatten. Der grüne Fleck wanderte von links nach rechts, rückte uns näher. Er tippte auf das Display. »Das da ist ein Brecher. In der grünen Wolke steckt eine Menge Schnee drin.«

Zwei Minuten später hoben wir ab. Über Mikrofon sagte Grover zu uns: »Wir steigen auf zwölftausend Fuß und fliegen etwa achtzig Kilometer in südöstlicher Richtung über das San Juan Valley Richtung Strawberry Lake. Sobald er in Sicht ist, drehen wir nach Nordosten über die High Uintas Wilderness Area und fliegen rüber nach Denver. Die Flugzeit beträgt etwas mehr als zwei Stunden. Sie können sich zurücklehnen, entspannen und sich ungehindert in der Kabine bewegen. Essen und Unterhaltungsprogramm kommen gleich.«

Ölsardinen hatten mehr Platz als wir beide.

Grover griff in die Seitentasche an der Tür, reichte uns zwei Beutel geräucherte Mandeln über die Schulter und fing an zu singen »I'll Fly Away«.

Mitten im Lied brach er ab. »Ben?«

»Ja.«

»Wie lange sind Sie verheiratet?«

»In dieser Woche werden es fünfzehn Jahre.«

»Seien Sie ehrlich«, schaltete Ashley sich ein, »ist es immer noch aufregend oder nur so lala?« Hinter ihrer Frage steckte mehr.

Grover lachte. »Ich bin seit fast fünfzig Jahren verheiratet, und es wird immer besser, glauben Sie mir. Nicht schlechter. Nicht langweilig. Ich liebe sie heute mehr als an unserem Hochzeitstag, und das hätte ich nie für möglich gehalten, als ich damals in der Julisonne stand und der Schweiß mir den Rücken runterlief.«

Sie schaute mich an. »Und wie ist es bei Ihnen? Haben Sie etwas Besonderes vor?«

Ich nickte. »Ich dachte, ich bringe ihr Blumen mit. Mache eine Flasche Wein auf und schaue den Wellen zu, die auf den Strand rollen.«

»Sie bringen ihr immer noch Blumen mit?«

»Jede Woche.«

Sie legte den Kopf schief, zog eine Augenbraue und einen Mundwinkel hoch, wie Frauen es machen, wenn sie einem kein Wort glauben. »Sie bringen Ihrer Frau jede Woche Blumen mit?«

»Ja.«

»Toll, Mann«, schaltete sich Grover ein.

Die Journalistin in ihr brach sich Bahn. »Was ist ihre Lieblingsblume?«

»Orchideen im Topf. Aber sie blühen nicht immer, wenn man sie braucht. Wenn ich keine Orchidee bekomme, gehe ich in das Blumengeschäft in der Nähe des Krankenhauses und nehme, was gerade blüht.«

»Im Ernst?«

Ich nickte.

»Was macht sie mit all den Orchideen?«, fragte sie kopfschüttelnd. »Sagen Sie bitte nicht, sie wirft sie weg.«

»Ich habe ihr ein Gewächshaus gebaut.«

Eine Augenbraue hob sich. »Ein Gewächshaus?«

»Ja.«

»Wie viele Orchideen haben Sie schon?«

Ich zuckte die Achseln. »Als ich das letzte Mal gezählt habe, waren es 257.«

Grover lachte. »Ein echter Romantiker.« Über die Schulter hinweg fragte er: »Ashley, wie haben Sie Ihren Verlobten kennengelernt?«

»Im Gericht. Ich arbeitete an einer Reportage über einen Promi-Prozess in Atlanta. Er vertrat die Gegenpartei. Ich interviewte ihn, und er lud mich zum Abendessen ein.«

»Perfekt. Wohin macht ihr beiden eure Hochzeitsreise?«

»Italien. Zwei Wochen. Von Venedig bis Florenz.«

Das Flugzeug geriet in Turbulenzen.

Nun richtete sie ihrerseits eine Frage an Grover. »Nur aus Neugier, Mr. …« Sie schnippte mit den Fingern.

»Nennen Sie mich einfach Grover«, winkte er ab.

»Wie viele Flugstunden haben Sie auf dem Buckel?«

Er ließ das Flugzeug im Sturzflug eine scharfe Rechtskurve fliegen und zog dann am Steuerknüppel. Wir schossen nach oben, dass mir der Magen in die Kehle sprang. »Sie wollen wissen, ob ich Sie nach Denver zu Ihrer Hochzeit bringen kann, ohne die Nase in einen Berg zu bohren?«

»Ja, etwas in der Art.«

Er schob den Steuerknüppel von rechts nach links und senkte abwechselnd die Tragflächen. »Mit oder ohne Militärzeit?«

Ich klammerte mich in Todesangst an den Griff über meinem Kopf, bis meine Knöchel weiß wurden.

Ashley machte es ebenso. »Ohne.«

Er richtete die Maschine waagerecht aus wie eine Tischplatte. »Gut fünfzehntausend.«

Ihre Hand entspannte sich. »Und mit?«

»Über zwanzigtausend.«

Ich atmete aus und ließ den Griff los. Die Innenseite meiner Finger war rot. Als er sich nun an uns beide richtete, konnte ich das Grinsen in seiner Stimme förmlich hören.

»Geht's Ihnen jetzt besser?«

Sein Hund kroch unter seinem Sitz hervor, sprang auf seinen Schoß und schaute uns über Grovers Schulter hinweg an. Knurrend und zuckend wie ein mit Steroiden gedoptes Eichhörnchen. Sein Körper war ein Muskelpaket, aber seine Beine waren nur zehn bis zwölf Zentimeter lang. Es sah aus, als hätte man sie an den Knien abgeschnitten. Er beanspruchte viel Raum für sich, und seine Körpersprache zeigte, dass dieses Cockpit sein Revier war.

Grover erklärte: »Darf ich Sie beide mit Tank bekannt machen. Mein Copilot.«

»Wie viele Flugstunden hat er absolviert?«, fragte ich.

Grover legte den Kopf schief und sagte nach einer Weile: »Zwischen drei- und viertausend.«

Der Hund drehte sich um und schaute durch die Windschutzscheibe. Zufrieden sprang er von Grovers Schoß und kroch wieder in seine Höhle unter dem Sitz.

Ich beugte mich leicht vor und musterte über die Rückenlehne des Sitzes hinweg Grovers Hand. Knorrig. Fleischig. Trockene Haut. Kräftige Knöchel. Ein Ehering, der an den Rändern schon dünn geworden war. Er saß locker am Finger, ließ sich aber sicher nur mit Seife über den Knöchel schieben.

»Wie lange werden wir brauchen?«

Er zog eine silberne Taschenuhr aus seinem Hemd und klappte sie mit einer Hand auf. In der Innenseite des Deckels steckte das Bild einer Frau. Er schaute auf seine Instrumente. Sein GPS-Gerät gab eine geschätzte Ankunftszeit an, aber ich hatte den Eindruck, dass er die Angaben lieber selbst überprüfte. Das hatte er sicher schon oft gemacht. Er klappte die Uhr zu. »Bei dem Gegenwind … gut zwei Stunden.«

Das Foto, das ich flüchtig gesehen hatte, war rissig und zerknittert, aber selbst verblichen war die Frau noch schön.

»Haben Sie Kinder?«

»Fünf und dreizehn Enkel.«

Ashley lachte. »Sie waren fleißig.«

»Früher mal.« Er grinste. »Drei Jungen. Zwei Mädchen. Unsere Jüngste ist wahrscheinlich älter als Sie.« Er warf einen Blick über die Schulter. »Wie alt sind Sie, Ben?«

»Neununddreißig.«

»Und Sie, Ashley?«, fragte er.

»Wissen Sie denn nicht, dass man eine Dame nie nach ihrem Alter fragen darf?«

»Na ja, genau genommen darf ich auch nicht zwei Leute auf dem Rücksitz mitnehmen. Aber ich bin von der alten Schule. Davon habe ich mich nie abhalten lassen, und Sie beiden kommen ja offensichtlich ganz gut zurecht.«

Ich tippte ihm auf die Schulter. »Wie ist das mit einem oder zwei Passagieren?«

»Die Luftfahrtbehörde hat von ganz oben festgelegt, dass ich nur eine Person auf dem Rücksitz befördern darf.«

Grinsend hob Ashley einen Finger. »Das ist also nicht legal?«

Er lachte. »Definieren Sie mal legal.«

Sie schaute aus dem Fenster. »Und wenn wir landen … gehen wir dann zum Terminal oder ins Gefängnis?«

Er lachte. »Praktisch weiß ja niemand, dass Sie in diesem Flugzeug sitzen. Darum bezweifle ich, dass sie darauf warten, Sie zu verhaften. Falls doch, sage ich ihnen, dass Sie mich gekidnappt haben und ich Sie anzeigen will.«

Sie schaute mich an. »Jetzt fühle ich mich gleich besser.«

»Das Flugzeug ist dafür gebaut, niedrig und langsam zu fliegen«, erklärte Grover. »Daher fliege ich nach Sichtflugregeln.«

Ich verstand kein Wort. »Und was heißt das?«

»Das heißt, dass ich keinen Flugplan einreichen muss, solange ich vorhabe, auf Sicht zu fliegen. Und genau das habe ich vor. Und dann gilt für die Behörden: Was ich nicht weiß, macht mich nicht heiß. Klar?« Er drehte den Kopf in Ashleys Richtung. »Und Ihr Alter?«

»Vierunddreißig.«

Er schaute erst auf sein Instrumentenbrett, dann auf eins der beiden GPS-Geräte und schüttelte den Kopf. »Die Abdrift ist mörderisch. Da zieht ein mächtiger Sturm auf. Gut, dass ich weiß, wo ich bin, sonst kämen wir weit vom Kurs ab.« Er lachte in sich hinein. »So jung. Alle beide. Das ganze Leben noch vor euch. Was würde ich nicht drum geben, noch mal Mitte Dreißig zu sein und die Erfahrung von heute zu haben.«

Wir beide saßen schweigend auf der Rückbank. Ashleys Haltung hatte sich verändert. Sie war nachdenklicher geworden. Weniger charmant. Mir war nicht sonderlich wohl bei dem Gedanken, dass ich sie in eine heikle Lage gebracht hatte.

Grover griff die Sache noch einmal auf. »Machen Sie sich keine Sorgen. Es ist nur illegal, wenn man erwischt wird. Und mich hat man noch nie erwischt. In zwei Stunden sind Sie wieder am Boden.« Er hustete, räusperte sich und lachte wieder.

Durch das Plexiglas über meinem Kopf war der Nachthimmel zu sehen. Die Sterne wirkten zum Greifen nah.

»Na gut, ihr beiden.« Grover machte eine Pause, schaute prüfend auf seine Instrumente und hustete wieder.

Ich hatte es schon beim ersten Mal gehört, aber erst beim zweiten Mal wurde ich darauf aufmerksam.

»Wir wollen dem Sturm davonfliegen, der sich über eurer linken Schulter zusammenbraut, und in Anbetracht der Abdrift und der Tatsache, dass wir gerade ganz guten Rückenwind haben und ich keine Sauerstoffflaschen an

Bord mitführe, müssen wir unter 15 000 Fuß bleiben, sonst kriegt ihr Kopfschmerzen.«

»Ich höre da ein *Also* kommen«, sagte Ashley.

»Also«, fuhr Grover fort, »haltet euch fest, denn wir kommen jetzt an die Uintas.«

»An die was?«

»Die High Uintas Wilderness. Die größte Gebirgskette des Kontinents, die in Ost-West-Richtung verläuft, eine halbe Million Hektar unberührter Wildnis. Hier fallen zwölf bis siebzehn Meter Schnee im Jahr, in den höheren Lagen auch mehr. Es gibt über siebenhundert Seen und einige der besten Fisch- und Jagdgründe.«

»Klingt einsam.«

»Haben Sie mal den Film *Jeremiah Johnson* gesehen?«

»Einer meiner Lieblingsfilme.«

Er deutete nach unten und nickte sehnsüchtig. »Da unten wurde er gedreht.«

»Im Ernst?«

»Im Ernst.«

Der Flug gestaltete sich allmählich holperig. Mein Magen machte mir zu schaffen. »Grover? Kennen Sie diese 3-D-Attraktionen in Vergnügungsparks, die sich bewegen, aber eigentlich nirgendwo hinführen?«

Er schob den Steuerknüppel an sein linkes Knie. »Ja.«

»Ich nenne sie Kotzkometen. Wird das hier so ähnlich?«

»Nein, nein. Kaum schlimmer als eine Achterbahnfahrt. Nett und angenehm. Es müsste Ihnen eigentlich Spaß machen.«

Er schaute aus dem Fenster, und wir taten es ihm nach. Der Hund sprang auf seinen Schoß.

»In der Mitte ist ein Nationalforst, der als Wildnisgebiet unter Schutz steht. Das heißt, dass er für sämtliche Motorfahrzeuge gesperrt ist. Daher ist das einer der einsameren Orte der Erde. Erinnert mehr an den Mars als an die Erde. Schwer rein- oder rauszukommen. Wenn man eine Bank überfallen hat und sich verstecken will, ist das genau der richtige Ort.«

Ashley lachte. »Sprechen Sie aus Erfahrung?«

Wieder ein Husten. Wieder ein Lachen. »Ich verweigere die Aussage.«

Unter uns erstreckte sich die Wildnis. »Grover?«

»Ja.«

»Wie weit kann man von hier aus sehen?«

Er stockte. »Vielleicht hundert Kilometer, mehr oder weniger.«

Rundum war kein Licht zu sehen.

»Wie oft sind Sie diese Strecke schon geflogen?«

Er legte den Kopf schief. »Hundert Mal oder öfter.«

»Dann würden Sie es also mit geschlossenen Augen schaffen?«

»Schon möglich.«

»Gut, denn wenn wir den Schneegipfeln unter uns noch näher kommen, schrammen sie das Flugzeug unten auf.«

»Nein ...« Er spielte mit uns. »Wir haben noch gut hundert Fuß Platz. Aber wenn Sie anfangen, sie anzustarren, müssen Sie den Hintern zusammenkneifen.«

Ashley lachte. Grover holte eine Packung Tabletten aus der Hemdtasche, steckte zwei in den Mund und kaute. Wieder musste er husten. Er klopfte sich auf die Brust, deckte sein Mikrofon ab und rülpste.

Ich tippte ihm auf die Schulter. »Erzählen Sie mir von Ihrem Herzschrittmacher. Wie lange husten Sie schon und nehmen Tabletten gegen Sodbrennen?«

Er zog am Steuerknüppel, und die Flugzeugnase hob

sich. Im Steigflug ging es über ein Plateau zwischen zwei Bergen hindurch. Vor dem linken Seitenfenster tauchte der Mond auf und schien auf eine verschneite Welt.

Er schwieg eine Weile und schaute nach rechts und links. »Schön, was?«

Ashley antwortete für uns beide: »Ganz unwirklich.«

»Doc«, sagte Grover, »ich war vergangene Woche bei meinem Kardiologen. Er hat mir die Tabletten gegen Sodbrennen empfohlen.«

»Hatten Sie den Husten da schon?«

»Ja, darum hat meine Frau mich ja hingeschickt.«

»Hat er ein EKG gemacht?«

»Ja. Alles in Ordnung.«

»Tun Sie sich einen Gefallen und gehen Sie noch mal hin. Vielleicht ist ja nichts. Aber vielleicht doch.«

»Meinen Sie?«

»Ich denke, er sollte es sich noch mal ansehen.«

Er nickte. »Ich lebe nach zwei einfachen Regeln. Eine davon ist, dass ich mache, was ich gut kann, und es zu schätzen weiß, wenn andere machen, was sie gut können.«

»Sie gehen also hin?«

»Morgen schaffe ich es wahrscheinlich nicht, aber vielleicht Mitte der Woche. Reicht das?«

Ich lehnte mich zurück. »Aber gehen Sie noch in dieser Woche. Abgemacht?«

»Erzählen Sie mir von Ihrer Frau«, unterbrach uns Ashley.

Wir flogen haarscharf über Berggipfel hinweg. Grover schwieg einen Moment, bevor er mit leiserer Stimme sagte: »Sie kommt aus dem Mittleren Westen. Sie hat mich geheiratet, als ich nichts hatte außer Liebe, Träumen und Lust. Schenkte mir Kinder, blieb bei mir, als ich alles verlor, glaubte mir, als ich ihr sagte, dass alles gut würde. Nichts gegen Anwesende, aber sie ist die schönste Frau der Welt.«

»Und, haben Sie einen Rat für eine Frau, die in achtundvierzig Stunden zum Traualtar geht?«

»Wenn ich morgens aufwache, hält sie meine Hand. Ich mache Kaffee, und wenn wir ihn trinken, sitzt sie so neben mir, dass ihre Knie meine berühren.«

Grover redete gern, also ließen wir ihn. Nicht dass wir eine Wahl gehabt hätten.

Er nahm sich Zeit. »Ich erwarte gar nicht, dass Sie das begreifen.« Er zuckte die Achseln. »Eines Tages vielleicht. Wir sind schon lange verheiratet, haben viel erlebt, viel durchgemacht, aber die Liebe wird mit der Zeit immer besser. Man sollte meinen, ein alter Mann wie ich würde nicht mehr in Wallung geraten, wenn sie in einem verwaschenen Flanellnachthemd durchs Schlafzimmer geht. Aber das ist nicht so. Und ihr geht es mit mir genauso.« Er lachte. »Obwohl ich keine Flanellnachthemden trage. Es mag ja sein, dass sie nicht mehr so knackig ist wie mit zwanzig, dass ihre Haut unter den Armen und am Hintern schlaffer wird. Sie mag Falten haben, die ihr nicht gefallen, und hängende Lider, ihre Unterwäsche ist vielleicht nicht mehr so klein wie früher, das mag ja alles stimmen … aber ich bin auch nicht mehr der Mann von unserem Hochzeitsfoto. Ich bin ein weißhaariger, runzliger, langsamerer, sonnengegerbter Abklatsch dieses jungen Mannes. Es klingt vielleicht klischeehaft, aber ich habe eine Frau geheiratet, die zu mir passt. Ich bin eine Hälfte eines zweiteiligen Puzzles.«

»Und was ist das Beste?«, fragte Ashley.

»Wenn sie lacht, lächele ich. Und wenn sie weint, laufen mir die Tränen über die Wangen.« Er nickte. »Das würde ich nicht eintauschen … gegen nichts.«

Das Dröhnen des Motors ließ das Flugzeug vibrieren, während wir über Berg und Tal flogen. Grover deutete auf das GPS-Gerät, dann aus dem Fenster und mit einer ausladenden Handbewegung über die Erde. »Da unten habe ich meine Flitterwochen verbracht. Wandern. Gayle liebt die freie Natur. Wir kommen jedes Jahr hierher.« Er lachte. »Jetzt fahren wir einen Winnebago. Schlafen unter Heizdecken. Elektrische Kaffeemaschine. Ganz primitiv.«

Er rutschte auf seinem Sitz zurecht. »Sie haben mich nach einem Rat gefragt. Ich werde Ihnen dasselbe sagen, was ich meinen Mädchen vor der Hochzeit gesagt habe. Heirate den Mann, der mit dir durch die nächsten fünfzig, sechzig Jahre geht. Dir die Tür aufhält, deine Hand hält, dir Kaffee kocht, die rissigen Füße einreibt, dich auf das Podest hebt, auf das du gehörst. Heiratet er dein Gesicht und deine blondierten Haare oder liebt er dich auch noch, wenn du so aussiehst, wie es in fünfzig Jahren der Fall sein wird?«

In die Stille sagte ich: »Grover, Sie haben den Beruf verfehlt.«

Kichernd prüfte er seine Instrumente. »Wieso?«

»Dr. Phil ist nichts gegen Sie. Sie sollten eine eigene Fernsehsendung kriegen. Nur Sie, ein Sofa und jeweils ein Zuschauer.«

Wieder ein Lachen. »Als Sie beide heute Abend in meinen Hangar kamen, sahen Sie ein blau-gelbes Flugzeug und einen barschen Piloten mit Altersflecken auf den Händen und einem wütenden kleinen Hund neben sich. Er sollte sie schnell nach Denver fliegen, damit Sie Ihr geschäftiges Leben voller Termine, E-Mails, Mailbox-Nachrichten und SMS weiterführen können.« Er schüttelte den Kopf. »Ich sehe eine geschlossene Kapsel, die einen über die

Probleme auf der Erde hinaushebt und eine Sicht verschafft, die man am Boden nicht bekommt. Wo man klarsehen kann.«

Mit einer ausholenden Handbewegung deutete er auf die Landschaft, die unter uns im Dunkeln lag. »Wir alle schauen ständig durch schmutzige, beschlagene, verkratzte und manchmal zerbrochene Brillengläser. Aber das hier ...«, er klopfte auf den Steuerknüppel, »zieht einen hinter den Brillengläsern hervor und verleiht einem für einen ganz kurzen Moment Scharfblick.«

»Lieben Sie deshalb das Fliegen?«, fragte Ashley leise.

Er nickte. »Manchmal kommen Gayle und ich hier herauf und bleiben zwei, drei Stunden. Ohne ein Wort zu reden. Das brauchen wir gar nicht. Kein bisschen Spannung in der Luft. Sie sitzt da hinten, legt ihre Hand auf meine Schulter, und wir fliegen über die Erde. Und wenn wir landen, ist die Welt in Ordnung.«

Wir schwiegen eine Weile.

Dann hustete Grover.

Er stöhnte tief und kehlig. Packte sich an die Brust, beugte sich vor, zog seinen Kopfhörer ab und knallte mit dem Kopf gegen das Seitenfenster. Er bäumte sich auf, riss an seinem Hemd, dass die Knöpfe absprangen. Mit einem Satz nach vorn krümmte er sich über den Steuerknüppel und riss ihn so fest nach rechts, dass sich die Tragfläche im 90-Grad-Winkel zur Erde neigte.

Der Berg kam uns entgegen. Es fühlte sich an, als rutschten wir von einer Tischplatte. Kurz vor dem Aufprall korrigierte er die Maschine, zog den Knüppel zurück, und der Motor stotterte. Wir verloren an Geschwindigkeit. Ich erinnere mich, dass ich Baumwipfel an der Unterseite des Rumpfs entlangschaben hörte.

Und dann ließ er das Flugzeug in Richtung Berg absacken, als hätte er das schon Tausende Male gemacht.

Das Leitwerk setzte zuerst auf, dann die linke Tragfläche. Sie prallte gegen etwas und brach ab. Das Gewicht der rechten Tragfläche ließ das Flugzeug zur Seite kippen und wirkte wie ein Anker. Irgendwann stellte Grover den Motor ab. Das Letzte, woran ich mich erinnere, ist, dass wir uns drehten, überschlugen und das Leitwerk abbrach. Dann hörte ich einen lauten Knall, Ashley schrie, der Hund bellte und flog durch die Luft. Schnee trieb mir ins Gesicht, Äste brachen ab, gefolgt vom Aufprall.

Als Letztes sah ich den grünen Fleck, der sich über das bläuliche Display des GPS-Geräts bewegte.

# 4

*Durch die Begegnung mit Ashley, die mich übrigens sehr an dich erinnert, musste ich an den Tag denken, an dem wir uns kennengelernt haben.*

*Ich stand nach der Schule auf dem Sportplatz. Damals war mir wesentlich wärmer als jetzt. Wir trainierten 400-Meter-Lauf, als das Crosslauf-Team über den Platz kam. Das Feld lief mehrere hundert Meter hinter einem einzelnen Mädchen her, das sich abgesetzt hatte.*

*Hinter dir.*

*Du schwebtest geradezu. Berührtest kaum das Gras. Ein Zusammenspiel von Armen und Beinen, gelenkt von einem unsichtbaren Marionettenspieler. Da du schon länger zum Crosslauf-Team gehörtest, hatte ich dich schon vorher gesehen. Es hieß, deine Spezialität seien Langstrecken. Dein Haar war kurz geschnitten wie bei Julie Andrews in* Meine Lieder – meine Träume. *Du sprangst mühelos über die Bank neben der Bahn und dann über die hohe Hürde neben mir. Du atmetest tief, rhythmisch, konzentriert. Als du über der Hürde warst, warfst du mir einen flüchtigen Blick zu. Das Weiß deiner Augen wanderte nach rechts und ließ mich die jadegrünen Irisringe sehen.*

*Von deinen peitschenden Armen und Fingern flog Schweiß auf meine Beine und meinen Bauch. Mir entfuhr ein »Wow«. Dann stolperte ich über eine Hürde, die mit lautem Poltern umfiel. Für einen Augenblick störte es deine Konzentration. Oder du ließest zu, dass sie gestört wurde. Einer deiner Mundwinkel verzog sich nach oben. Deine Augen leuchteten auf. Dann berührten deine Füße den Boden, die jadegrünen Augen verschwanden, das Weiß kehrte zurück, und du warst vorbei.*

*Ich sah dir nach. Du liefst über Hindernisse. Selten um sie herum. Unter dir hob und senkte sich der Boden, ohne dass es sonderliche Auswirkungen auf deinen Bewegungsablauf gehabt hätte. Fokussiert wie ein Laserstrahl, und doch wirkte dein Gesicht wie losgelöst. Ich muss wohl ein zweites Mal »Wow« gesagt haben, denn mein Teamkollege Scott versetzte mir einen leichten Schlag gegen den Hinterkopf.*

*»Denk nicht mal dran.«*

*»Was?«*

*»Rachel Hunt. Sie ist vergeben, da hast du keine Chance.«*

*»Wieso nicht?«*

*»Zwei Worte.« Er hob zwei Finger zum Peace-Zeichen. »Nate Kelsey.«*

*Mein Blick folgte dir immer noch. Nates Bild erstand vor meinem inneren Auge. Er spielte als mittlerer Linebacker im Football-Team. Stiernacken. Und hielt seit drei Jahren den Bundesstaat-Rekord im Bankdrücken. Du überquertest das Innenfeld und den angrenzenden Trainingsplatz und verschwandest bei den Damenumkleiden aus meinem Blickfeld.*

*»Mit ihm kann ich es aufnehmen.«*

*Scott gab mir noch einen Klaps auf den Hinterkopf. »Junge, du brauchst jemanden, der auf dich aufpasst.«*

*Mehr brauchte es wirklich nicht.*

*Die Frau des Trainers arbeitete im Sekretariat des Dekans. Sie versuchte immer, mir zu helfen. Als ich sie nach deinem Stundenplan fragte, gab sie ihn mir ohne Zögern. Kurz darauf entdeckte ich ein unstillbares Verlangen, mein Wahlfach zu wechseln. Mein Studienberater war nicht überzeugt.*

*»Was willst du wählen?«*

*»Latein.«*

*»Wieso?«*

*»Weil ich es cool finde, wenn Leute es sprechen.«*

*»Latein wird seit dem Fall Roms nicht mehr gesprochen.«*

*»Rom ist gefallen?«*

*Er war nicht beeindruckt. »Ben.«*

*»Na ja … es sollte aber gesprochen werden. Es ist Zeit für eine Latein-Renaissance.«*

*Er schüttelte den Kopf. »Wie heißt sie?«*

*»Rachel Hunt.«*

*Seufzend unterschrieb er mein Formular für den Wahlfachwechsel und grinste. »Wieso hast du das nicht gleich gesagt?«*

*»Beim nächsten Mal mache ich das.«*

*»Viel Glück. Du wirst es brauchen.«*

*Er beugte sich über seinen Schreibtisch. »Hast du eine Krankenversicherung?«*

*»Ja. Wieso?«*

*»Hast du ihren Freund gesehen?«*

*Ich saß schon früh im Klassenzimmer und sah dich hereinkommen. Hätte ich nicht schon gesessen, hätten mir die Knie versagt. Du schautest mich an, lächeltest und kamst geradewegs auf mich zu. Legtest deine Bücher auf den Tisch links neben mir. Drehtest dich um, legtest den Kopf schief, strahltest und strecktest die Hand aus.*

*»Ich bin Rachel.«*

*»Hi.« Okay, okay. Vielleicht stammelte ich ein bisschen.*

*Ich erinnere mich noch, dass ich dir in die Augen sah und dachte, noch nie etwas so Grünes gesehen zu haben. Groß, rund. Sie erinnerten mich an die Schlange im* Dschungelbuch, *die ständig Leute zu hypnotisieren versuchte.*

*Du sagtest: »Du bist Ben Payne.«*

*Ich nickte mit offenem Mund. Im Flur schlug sich einer meiner Teamkollegen auf die Schenkel und lachte mich an. »Du kennst mich?«*

*»Jeder kennt dich.«*

*»Wirklich?«*

*»Wieso nicht, so schnell, wie du läufst.«*

*Vielleicht war mein Dad ja doch nicht so übel.*

*Du lächeltest und sahst aus, als ob du noch etwas sagen wolltest, wandtest dich aber nur kopfschüttelnd ab.*

*Vielleicht war ich ein bisschen verlegen. »Was?«*

*Mit dem Anflug eines Lächelns drehtest du den Kopf zur Seite. »Hat dir schon mal jemand gesagt, dass du eine schöne Stimme hast?«*

*Mein Finger fuhr an meinen Kehlkopf. Meine Stimme wurde um acht Oktaven höher. »Nein.« Ich räusperte mich. »Ich meine …« Dieses Mal tiefer: »Nein.«*

*Du klapptest ein Heft auf und fingst an, darin zu blättern. Du schlugst die Beine übereinander. »Es stimmt aber. Sie ist … warm.«*

*»Ach.«*

*Den Rest des Schuljahrs blieben wir »Freunde«, weil ich nicht den Mumm hatte, mich mit dir zu verabreden. Ganz zu schweigen von der Tatsache, dass mich Mr. Stiernacken ohne weiteres auseinandernehmen könnte, wenn er es schaffen sollte, mich einzuholen.*

*Im folgenden Schuljahr liefen wir uns über den Weg, als ich in die Schule kam und noch eine halbe Stunde Zeit hatte, bis es zur ersten Schulstunde klingelte. Du kamst aus der Damenumkleidekabine, die Haare noch nass vom Duschen.*

*Deine Augen waren schmal und deine Stirn gefurcht.*

*»Alles okay?«*

*Du drehtest dich mit nassen Augen um und gingst in Richtung Sportplatz und Tribüne. Weg von der Schule. Deine Fäuste waren geballt. »NEIN!«*

*Ich nahm deine Tasche, und wir gingen gemeinsam auf den Sportplatz. »Was ist denn los?«*

*Du warst wütend. »Ich werde einfach nicht schneller, das ist los.«*

*»Möchtest du Hilfe?«*

*Deine Nase kräuselte sich. »Du kannst mir helfen?«*

*»Ja, also das glaube ich zumindest.« Ich deutete auf das Büro des Crosslauf-Trainers. »Ich bin ziemlich sicher, dass er dir nicht helfen kann. Sonst hätte er es dir inzwischen längst gesagt.«*

*Du warst nicht überzeugt. »Ach, und du siehst was, was er nicht sieht?«*

*Ich nickte.*

*Du bliebst stehen und warfst die Arme in die Luft. »Ja, was denn?«*

*»Deine Arme. Zu viel seitliche Bewegung. Nicht nach vorwärts. Und …« Ich deutete auf den Beugemuskel ihrer Hüften. »Hier drin bist du zu steif. Der Schritt ist zu kurz. Deine Füße sind schnell, aber du musst mit jedem Schritt mehr Boden gutmachen. Ein paar Zentimeter würden vielleicht schon helfen.«*

*Deine Mundwinkel sackten nach unten, als ob ich gerade gesagt hätte, du sähst in deinem Outfit zu dick aus. »Ach wirklich?«*

*Wieder ein Nicken. Allmählich hielt ich über die Schulter Ausschau nach deinem Freund. Soweit ich mich erinnern konnte, hatten wir noch nie so lange allein miteinander gesprochen, und das auch noch in aller Öffentlichkeit.*

*Du legtest die Hände an die Hüften. »Und du kannst das ändern?«*

*»Na ja … eigentlich kann ich das nicht ändern. Das musst du tun. Aber ich kann neben dir herlaufen und dir helfen, es anders zu sehen. Vielleicht helfen, einen Rhythmus zu finden, der dich dazu bringt, längere Schritte zu machen. Als ob man auf dem Bürgersteig läuft und automatisch versucht, entweder die Plattenfugen zu treffen oder zu meiden. Lauf mit jemandem, der einen längeren Schritt*

*hat, und warte, bis es in deinem Kopf Klick macht. Dein Schritt wird sich anpassen, ohne dass du darüber nachdenkst.«*

*»Und das würdest du tun?«*

*»Na ja, klar. Wer nicht?«*

*Du verschränktest die Arme. »Ausgerechnet du! Du bist der Einzige, der mich nicht mal grüßt.«*

*Ich schaute immer noch verstohlen über die Schulter. Fast spürte ich seinen Atem in meinem Nacken. »Was ist mit … Nummer 54? Der Bursche mit dem Stiernacken?«*

*»Falls du es noch nicht gehört hast, Einstein: Wir gehen nicht mehr miteinander … seit letztem Jahr nicht mehr!«*

*»Ach.« Ich kratzte mich am Kopf. »Wirklich?«*

*Du schütteltest den Kopf. »Hier draußen magst du ja schnell sein.« Du wedeltest mit der Hand über den Sportplatz und tipptest mir dann an die Brust. »Aber wenn es darum geht, kann ich im Kreis um dich herumlaufen.«*

*Das kannst du immer noch.*

# 5

Es war dunkel, und die Schmerzen waren schlimmer geworden. Ich drückte auf den Lichtschalter an meiner Armbanduhr. 4:47 Uhr. Seit dem Absturz waren vielleicht sechs Stunden vergangen. Noch zwei Stunden bis Tagesanbruch. In dieser Höhe vielleicht weniger. Allerdings war ich nicht sicher, ob ich in dieser Kälte noch eine Viertelstunde überstehen würde. Ich zitterte so stark, dass meine Zähne klapperten. Grover war mit einer zehn Zentimeter dicken Schneeschicht bedeckt. Ich war immer noch angeschnallt und mein Sitz am Scharnier gebrochen.

Links neben mir lag Ashley. Ich tastete an ihrem Hals nach der Schlagader. Ihr Puls war kräftig und schnell, aber sie war ruhig. In der Dunkelheit konnte ich sie nicht sehen. Ich tastete meine Umgebung ab. Wir waren von Schnee und Glassplittern bedeckt. Rechts von mir fand ich den Packbeutel, der unter Grovers Sitz festgeschnallt war. Ich zog daran, bis der Schlafsack allmählich herauskam. Ich öffnete den Reißverschluss und breitete ihn über uns, so weit es ging.

Ich konnte mich immer nur wenig bewegen, weil die Schmerzen in meinem Brustkorb mir den Atem raubten. So deckte ich sie mit dem Schlafsack zu und schob ihre Füße hinein. Ihr unnatürlich abgewinkeltes Bein zeigte mir, dass es ihr nicht gut ging. Der Hund kroch zu mir unter die Decke. Wieder schaltete ich das Licht an meiner Uhr ein.

5:59 Uhr. Das Licht war grünlich. Die Ziffern waren verschwommen schwarz. Vor mir sah ich den Propeller in die Luft ragen. Schneebedeckt. Ein Teil des Flügels fehlte.

In der Dämmerung wachte ich auf, weil der Hund auf meiner Brust stand und meine Nase ableckte. Der Himmel war grau, und es schneite immer noch. Grover war beinah unter der Schneedecke verschwunden, die aussah, als wäre sie mittlerweile dreißig Zentimeter dick. In der Nähe wuchs ein Nadelbaum, von dem nur ein Ast zu sehen war. Ich schob meine Hände in die Achselhöhlen. Der Daunenschlafsack war zugleich gut und schlecht. Er wärmte mich, was gut war. Es regte die Durchblutung an. Vielleicht würde ich also nicht erfrieren. Aber durch den angeregten Kreislauf schmerzten meine Rippen stärker.

Ashley lag still und reglos neben mir. Wieder tastete ich nach ihrem Hals. Ihr Puls war nach wie vor kräftig, aber nicht mehr so schnell. Das hieß, dass ihr Körper das Adrenalin abgebaut hatte, das beim Absturz ausgeschüttet worden war.

Ich setzte mich auf und untersuchte sie. Ihr Gesicht war geschwollen und blutverkrustet von den Schnittwunden über den Augen und in ihrer Kopfhaut. Ich tastete ihre Schulter ab. Es sah aus, als hätte jemand eine Socke unter ihre Daunenjacke gesteckt. Ihre Schulter war ausgekugelt und hing weit herunter.

Ich schob meinen Arm in ihren Ärmel, zog und ließ die Sehnen die Schulter wieder einrenken. Anschließend tastete ich das Gelenk ab. Es war locker und hatte seitlich viel Spiel, was mir verriet, dass sie es sich nicht zum ersten Mal ausgekugelt hatte. Aber immerhin saß es wieder, wo es hingehörte. Schultern lassen sich gut einrenken, wenn man sie in die richtige Richtung bringt.

Ohne sie auszuziehen und mit ihr zu sprechen, konnte ich nicht feststellen, ob sie innere Verletzungen hatte. Ich tastete ihre Hüften ab. Fit, schlank, muskulös. Dann die Beine. Ihr rechtes Bein war in Ordnung. Ihr linkes nicht.

Der Oberschenkel war gebrochen, als das Flugzeug gegen einen Felsen geprallt war. Wahrscheinlich hatte sie deshalb geschrien. Ihr Schenkel war stark geschwollen und wohl doppelt so dick wie normal, und ihr Hosenbein war straff gespannt. Zum Glück hatte der Knochen die Haut nicht durchstoßen.

Mir war klar, dass ich den Knochen richten musste, bevor sie aufwachte. Aber dazu brauchte ich Platz. Im Augenblick fühlte ich mich wie in einem MRT-Gerät, in dem alle Wände zu dicht an meinem Gesicht waren. Ich richtete mich auf und stellte fest, dass wir von einer Höhle aus Schnee und Flugzeugrumpf umgeben waren. In gewisser Hinsicht war das gut.

Durch den Aufprall und den Sturm steckten wir in einem Schneefeld, das uns nahezu vollständig in einen Schneekokon hüllte. Das war zwar schlimm, sorgte aber dafür, dass wir mehr oder weniger bei null Grad saßen, und das war immerhin besser als die Temperatur, die draußen herrschte. Außerdem hielt es den eisigen Wind ab. Licht sickerte vor allem durch die schneebedeckte Plexiglaskuppel des Flugzeugs und ermöglichte es mir, bei meiner Arbeit etwas zu sehen.

Während ich mich abmühte, im Schnee etwas Platz zu schaffen, damit ich mich um ihr Bein kümmern konnte, drehte sich der Hund jaulend im Kreis. Dann kletterte er auf Grovers Schoß und leckte ihm den Schnee vom Gesicht. Er wollte wissen, wann das Flugzeug starten würde. Mit bloßen Händen schaufelte ich den Schnee weg, aber schon nach einer Minute waren meine Finger eiskalt. Wenn ich so weitermachte, wären meine Hände bald nicht mehr zu gebrauchen. Ich tastete vor Grover herum und fand ein Plastikklemmbrett, das in der Seitentasche an der Tür steckte. Nachdem ich die Papiere herausgenommen hatte, benutzte ich es als Schaufel. Es ging langsam voran, aber nach und nach grub ich eine Höhle oder Nische in den Schnee, die lang genug war, um Ashley darauf zu legen. In dieser Position würde ich auch ihr linkes Bein untersuchen können.

Ich breitete den Schlafsack in der Nische aus. Dann hob und schob ich Ashley über den Sitz auf die Schneebank. Es strengte mich so an, dass ich erschöpft gegen Grovers Sitz sank und nach Luft schnappte. Allerdings in flachen, kurzen Zügen, um den Schmerz in meiner Brust so gering wie möglich zu halten.

Der Hund kam um mich herum, sprang auf meinen Schoß und leckte mir das Gesicht ab.

»Na, alter Junge«, flüsterte ich. Mir fiel sein Name nicht mehr ein.

Es dauerte eine halbe Stunde, bis ich genug Kraft gesammelt hatte, mich um ihr Bein zu kümmern.

Ich setzte mich auf und sprach sie an, aber sie reagierte nicht. Das war gut so, denn was ich gleich tun musste, würde mehr schmerzen als der Beinbruch.

Ich zog meinen Gürtel aus, schlang ihn um ihren Fußknöchel und um mein Handgelenk, um einen Zuganker zu haben. Dann zog ich meinen linken Wanderstiefel aus und schob meinen linken Fuß behutsam zwischen ihre Beine. Ich streckte mein Bein aus, presste es an sie, straffte den Gürtel und packte ihren Fuß mit beiden Händen. Ich atmete vier, fünf Mal durch, und spürte, wie ihre Hand sich auf meinen Fuß legte. Als ich aufschaute, sah ich, dass sie ein Auge halb geöffnet hatte. Sie tätschelte meinen Fuß und murmelte: »Zieh … fest.«

Ich zog, drückte mein Bein durch und wölbte gleichzeitig meinen Rücken. Vor Schmerz warf sie den Kopf zurück und stieß einen erstickten Schrei aus, bevor sie das Bewusstsein verlor. Das Bein gab nach. Ich drehte es und ließ es sich von selbst richten. Als ich es losließ, lag es beinah so natürlich da wie das rechte.

Zwei Dinge sind für die Heilung eines gebrochenen Beins entscheidend: Man muss es richten und anschließend fixieren, bis die Knochen zusammenwachsen. Keines von beiden ist einfach.

Nachdem ich das Bein gerichtet hatte, suchte ich nach einer Schiene. Über meinem Kopf hingen die Reste zweier Streben, die gebrochen waren, als die linke Tragfläche abgerissen war. Sie waren über einen Meter lang und etwa so dick wie mein Zeigefinger. Ich knickte sie vor und zurück, bis das Metall schließlich brach.

Beim Wandern hatte ich immer zwei Taschenmesser bei mir, ein Schweizer Offiziersmesser und ein feststellbares Klappmesser. Wegen der Sicherheitskontrollen am Flughafen hatte ich sie in meinen Rucksack gepackt, der im Laderaum des Flugzeugs befördert werden sollte. Er lag nun hinter uns, weitgehend unter dem Schneefeld begraben. Nur eine Ecke war noch zu sehen. Ich schob etwas Schnee beiseite, entdeckte den Reißverschluss und kramte mit einer Hand im Rucksack herum, bis ich die Messer fand.

Mein Schweizer Offiziersmesser hat zwei Klingen. Mit der kleineren schnitt ich Ashleys Hosenbein bis zur Hüfte auf. Das Bein war geschwollen und der Schenkel großenteils schwarz und blau. Sogar dunkelviolett.

Die Sicherheitsgurte an beiden Sitzen bestanden aus einem Schulterband mit dem typischen Schnappverschluss. Ich nahm die Gurte von unserem Sitz und befestigte sie an den beiden Tragflächenstreben, die ich gerade abmontiert hatte. Die Gurtschnallen waren zwar dick, ermöglichten es mir aber, die »Schiene« nach Bedarf straffer oder lockerer einzustellen. Diese Strebe legte ich ihrem Bein nun an, zog die Gurte stramm und richtete die Schnalle so aus, dass sie direkt über der Arterie saß.

Dann holte ich ein T-Shirt aus meiner Tasche, schnitt es in zwei Teile und drehte beide zu festen Rollen, die ich an den Seiten unter die Schnalle schob. So konnte ich den Gurt weiter anziehen und die Schiene straffen, zugleich aber den Druck von der Arterie nehmen, um dem Bein eine ausreichende Blutversorgung zu sichern.

Vermutlich hatten ihr schon meine bisherigen Maßnahmen große Schmerzen bereitet, aber was ich als Nächstes vorhatte, würde sie erst recht quälen. Um die Bruchstelle herum packte ich ihr Bein in Schnee ein. Dabei musste ich darauf achten, die Schwellung zu reduzieren, ohne ihre Kerntemperatur abzusenken.

Wieder kramte ich in meinem Rucksack und holte ein langärmeliges Funktionsunterhemd und einen Wollpullover heraus, den ich in den Bergen trug. Er war schon etwas abgetragen, besaß aber ein winddichtes Futter und wärmte sogar, wenn er nass war. Ich zog ihr Daunenjacke, Jackett, Bluse und BH aus und tastete ihren Oberkörper nach Anzeichen innerer Verletzungen ab. Es waren keine Prellungen auszumachen. Dann zog ich ihr das langärmelige Unterhemd und den Pullover an, der ihr zu groß, aber trocken und warm war. Anschließend legte ich ihr die Daunenjacke um, ohne ihre Arme in die Ärmel zu stecken. Nachdem ich den Schlafsack unter ihr hervorgezogen hatte, wickelte ich sie ein wie eine Mumie, ließ aber das linke Bein frei, lagerte es hoch und deckte den Fuß zu.

Die Hälfte seiner Körpertemperatur verliert der Mensch über den Kopf. Deshalb holte ich eine Wollmütze aus meinem Rucksack und zog sie ihr bis über Ohren und Stirn, ließ aber die Augen frei. Ich wollte nicht, dass sie aufwachte und meinte, tot oder blind zu sein.

Erst als sie trocken und warm eingepackt war, merkte ich, wie flach meine Atmung war und wie mein Puls raste. Die Schmerzen in meinen Rippen waren stärker geworden. Ich schob die Arme in meine Jacke und legte mich neben sie, um mich aufzuwärmen. Der Hund stieg über meine Beine, drehte sich zwei Mal im Kreis auf der Suche nach seinem Schwanz und wühlte sich zwischen uns. Es sah aus, als mache er das nicht zum ersten Mal. Ich schaute zu Grovers schneebedecktem Leichnam hinüber.

Als ich die Augen schloss, schob Ashley die linke Hand unter der Daunenjacke hervor und berührte meinen Arm. Ich setzte mich gerade noch rechtzeitig auf, um zu sehen, dass sie die Lippen bewegte, verstand aber nichts. Ich beugte mich zu ihr hinunter. Ihre Finger drückten meine Hand, und ihre Lippen bewegten sich wieder.

»Danke.«

# 6

*Es ist hell. Es schneit stark, und mein Atem bildet Wölkchen. Es ist ganz still. Als hätte jemand der Welt den Ton abgedreht.*

*Ashley geht es nicht sonderlich gut. Vielleicht hat sie innere Verletzungen. Ich habe ihr Bein gerichtet und ihre Schulter eingerenkt, aber beides muss geröntgt und ihr Bein operiert werden, sobald wir hier rauskommen. Als ich ihr Bein gerichtet habe, hat sie das Bewusstsein verloren. Seitdem schläft sie. Redet manchmal im Schlaf.*

*Sie hat ein paar Schnittwunden an Armen, Gesicht und Kopf, aber ich wollte sie nicht mehr bewegen als nötig. Außerdem kann ich die Wunden erst nähen, wenn sie wach und ansprechbar ist. Hinter meinem Sitz habe ich in einer Angelweste Angelschnur gefunden, die ich für die Naht benutzen kann.*

*Grover, der Pilot, hat es nicht geschafft. Habe ich dir das schon erzählt? Ich erinnere mich nicht mehr. Er landete das Flugzeug, nachdem sein Herz versagt hatte. Wie, weiß ich nicht. Das Flugzeug nach unten zu bringen, ohne uns alle umzubringen, war geradezu heldenhaft.*

*Und ich?*

*Ich habe ein paar gebrochene Rippen. Drei vielleicht. Beim Einatmen habe ich starke, stechende Schmerzen. Und vielleicht ist ein Lungenflügel kollabiert. Allerdings sind wir hier in über 3300 Meter Höhe, da fällt das Atmen ohnehin nicht so leicht.*

*Ich habe über die Möglichkeit einer Rettung nachgedacht, aber mir fällt kein Grund ein, warum wir damit rechnen sollten. Wir haben niemandem Bescheid gesagt, dass wir in dieses Flugzeug steigen würden. Grover musste keinen Flugplan anmelden. Er hat auch niemandem gesagt, dass er Passagiere an Bord hatte. Der Tower hatte also keine Ahnung, dass wir im Flugzeug saßen.*

*Im Profil sah Grover ein bisschen aus wie Dad. Von seinen besseren Seiten. Allerdings fand ich Grover netter.*

*Manche sagen, Dad sei ein Mistkerl gewesen. Dominant. Andere sagen, ich hätte Glück gehabt, einen so engagierten Vater zu haben. Diese Leute hätten es natürlich bei uns zu Hause keinen Tag ausgehalten. Mom auch nicht. Er schlug sie. Sie suchte Trost in der Flasche, und er sorgte dafür, dass er genug gegen sie in der Hand hatte, um sie von einer Entziehungskur in die nächste zu schicken und ihr für immer das Sorgerecht zu entziehen. Er verlor nur selten. Ich kenne nicht die ganze Geschichte. Er ließ mich mit ihr telefonieren. In einem Songtext von Fleetwood Mac ist von Lederriemen und Spitze die Rede. Mit Lederriemen konnte mein Dad umgehen. Aber Spitze gab es bei uns zu Hause nicht – zumindest nicht, bis du durch die Fenstergardinen schlichst.*

*Wenn er morgens um 4:55 Uhr das Licht einschaltete, musste ich fünf Minuten später an der Hintertür stehen. Angezogen. Zwei Sweatshirts, Shorts und Schuhe.*

*»Kilometer laufen sich nicht von selbst. Sieh zu, dass du mit dem Hintern aus dem Bett kommst.«*

*»Ja, Sir.«*

*Meist schlief ich angezogen. Ich erinnere mich noch an das erste Mal, als du dich zu mir hereinschlichst und mich an der Schulter rütteltest. Du warst überrascht. »Wieso hast du denn so viele Kleider an?«*

*Ich schaute auf die Uhr und dann zur Tür. »Bleib vier Stunden hier, dann wirst du es erfahren.«*

*Du hast nur den Kopf geschüttelt. »Nein danke.« Als du gese-*

*hen hast, dass ich zwei Sweatshirts übereinander trug, hast du gefragt: »Ist dir nicht zu warm?«*

*»Man gewöhnt sich dran.«*

*Du versuchtest, mich aus dem Bett zu zerren. »Komm, lass uns rausgehen.«*

*Zur Rettungsschwimmerstation und zurück. Zehn Kilometer. Ich weiß nicht, warum er sich auf zehn festlegte, aber es war so. Er nannte es eine Aufwärmrunde. Ich glaube, es hatte vor allem mit dem Doughnut-Laden zu tun. Schummeln war ausgeschlossen, denn er fuhr zu dem Laden, saß am Fenster, schaute aufs Meer, in einer Hand eine Tasse Kaffee, in der anderen einen Doughnut, die Zeitung auf dem Tisch, und stoppte meine Zeit, wenn ich den Strand entlanggetrottet kam und mit der Hand an den roten Stuhl der Rettungswache schlug. Wenn ich schnell war und meine Zeit um ein paar Sekunden unterschritt, aß er seinen Doughnut auf und fuhr ohne ein Wort nach Hause. War ich aber langsamer, stürmte er aus dem Laden und schrie über den Strand. »Sieben drüber!« oder »Zwanzig drüber!«*

*Ich lernte, meinen Laufrhythmus innerlich abzustimmen und Leistung und Geschwindigkeit einzuschätzen. Das machte die Angst.*

*Wenn ich nach Hause kam, wartete er schon am Strand auf mich. Ich durfte beide Sweatshirts ausziehen, bevor es an die Sprintstrecken ging. Montags liefen wir zwölf mal 660 Meter. Dienstags 550 Meter. Mittwochs 330 Meter. Und so weiter. Der Sonntag war mein einziger freier Tag. Aber es war ein gemischtes Vergnügen, weil schon der Montag drohte.*

*Zum Abschluss kamen dann Springseil, Sit-ups, Bauchpressen, Liegestützen, Medizinball und alle möglichen Folterwerkzeuge, die ihm einfielen. Er hatte ein Bambusstöckchen, das er mir über die Knie hielt.*

*»Höher!«*

*Ich hob die Knie, aber nie waren sie hoch genug.*

*Kopfschüttelnd zischte er: »Schmerz ist Schwäche, die den Körper verlässt.«*

*Ich stand da, hob meine Knie, starrte über den Strand und dachte: »Gut, warum treiben wir sie dann nicht mal deinem Körper aus. Meine ist weg.«*

*Ich hatte bei ihm viel zu leiden.*

*Um 7:00 Uhr war ich je nach Wochentag schon elf bis sechzehn Kilometer gelaufen. Dann ging ich in die Schule und versuchte im Unterricht nicht einzuschlafen. Anschließend hatte ich Sprint- oder Crosslauf-Training – beides fand ich vergleichsweise harmlos.*

*Dad leitete seine Firma, fünfzig Börsenmakler, die ihm unterstellt waren, und wenn sie ihre Leistung nicht brachten, warf er sie raus. Gnadenlos. Da die Börse um 16 Uhr schloss, tauchte er eine Viertelstunde später mit gelockerter Krawatte, Stoppuhr in der Hand, Sonnenbrille und gerunzelter Stirn auf und starrte mich über den Gartenzaun an.*

*Ja, er war wirklich ein engagierter Vater.*

*Im ersten Jahr an der Highschool gewann ich den 400-Meter-Lauf in 50,9 Sekunden, war Schlussläufer in der 4 x 400-Meter-Staffel und gewann den 1600-Meter-Lauf in 4,28 Minuten. Damit war ich in drei Disziplinen Floridameister.*

*Dad fuhr schweigend mit mir nach Hause. Kein Festessen. Kein freier Tag. Kein besonderer Augenblick. Er stellte den Wagen ab. »Es ist schnell wieder fünf Uhr morgens. Wenn du bis zum letzten Schuljahr unter vier Minuten kommen willst, musst du noch viel arbeiten.«*

*Irgendwann wurde mir klar, dass ich für meinen Vater immer nur so gut war wie meine letzte Zeit, und in Wirklichkeit keine Zeit je gut genug sein würde.*

*Was die Schule anging, waren B-Noten nicht akzeptabel. »Ein A- könnte genauso gut ein B+ sein, also reiß dich besser zusam-*

*men.« Ich hatte nur wenige Freunde, und wenn ich nicht in der Schule war, lief oder schlief ich.*

*Dann kam das zweite Highschool-Jahr. Ich hatte schon mehrere Rekorde auf Bundesstaats- und U. S.-Ebene gebrochen. Das machte mich zwar nicht gerade zum großen Star der Schule – die Position hatten die Football-Spieler fest gebucht –, aber es verschaffte mir eine gewisse Berühmtheit bei Leuten, die sich für diesen Sport interessierten. Wie die Crossläufer.*

*Wie du.*

*Denn dann tauchtest du auf und brachtest Lachen, Licht und Staunen in meine Welt. Willkommen und wärmend. Du liefst an mir vorbei, ein flüchtiger Blick, Schweiß, der von deinen Fingerspitzen spritzte, und ich wollte nur noch duschen, meinen Vater abwaschen und in dir baden.*

*So vieles, was ich bin, hat er geprägt. In mir geformt. Das weiß ich. Aber Dad bekämpfte Schmerz mit Schmerz. Machte mich leer und wund. Du fülltest diese Leere mit dir. Und zum ersten Mal spürte ich keinen Schmerz mehr.*

*Du gabst mir das Einzige, was er mir nie gab. Liebe, ohne Stoppuhr.*

# 7

Als ich aufwachte, war es dunkel. Ich schaltete das Licht an meiner Armbanduhr ein. 12:01 Uhr. Ein ganzer Tag war vergangen. Ich schaute auf das Datum und brauchte eine Weile, bis ich begriff, dass schon zwei Tage vergangen waren. Wir hatten sechsunddreißig Stunden geschlafen.

Milliarden Sterne schauten auf mich herab. Zum Greifen nah. Der große grüne Fleck war gekommen und gegangen und hatte eine dicke weiße Schneedecke hinterlassen. Über meiner linken Schulter schien der Mond. Weihnachtlich groß. Ich kniff die Augen zusammen. Wenn ich auf den Berg zu meiner Linken klettern würde, könnte ich direkt auf den Mond steigen und immer weiter gehen.

Bevor ich wieder einschlief, machte ich mir im Geist eine Liste. Vor allem brauchten wir Essen und Wasser, und zwar bald. Die Betonung lag auf Wasser. Wenn Ashley mit einer Infektion zu kämpfen hatte, musste ich dafür sorgen, dass ihre Nieren arbeiteten und ihr Körper ausreichend Flüssigkeit bekam. Ein Schock zehrt Flüssigkeit auf. Selbst wenn es mir vielleicht nicht bewusst war, hatte auch ich seit dem Absturz einen Schock und einen hohen Adrenalinspiegel. Der morgige Tag würde sich schwierig gestalten. Besonders in dieser Höhe. Wenn ich das GPS-Gerät in Gang setzen konnte, wollte ich versuchen, herauszufinden, wo wir uns befanden, denn mir war klar, dass ich nicht mit einem Rettungstrupp rechnen konnte.

Ich machte mir die Lage klar. Wir hatten niemandem Bescheid gesagt. Und selbst wenn jemand gewusst hätte, dass wir in dieses Flugzeug gestiegen waren, lagen wir durch den Sturm – nach Grovers Berechnungen – gut 150 Kilometer abseits von unserem Kurs. Es würde Wochen dauern, bis man die Suche, wenn überhaupt, so weit ausdehnen würde. Falls ein Flugzeug zu unserer Rettung unterwegs wäre und man genau wüsste, wo und was man suchen sollte, hätten wir etwas gesehen oder gehört. Das hatten wir aber nicht. Oder, was noch schlimmer war, wir hatten es verschlafen. Unsere einzige Hoffnung war der Notsender.

Bei Tagesanbruch herrschte blauer Himmel. Ich versuchte mich zu bewegen, war aber so steif, dass es schon weh tat, nur den Kopf zu heben. Wer schon einmal einen Autounfall hatte, weiß, was ich meine. Der eigentliche Unfall ist schmerzhaft, aber erst nach zwei bis drei Tagen machen die Schmerzen sich richtig bemerkbar. Ich setzte mich auf und lehnte mich an einen großen Felsen, der aus dem Schnee ragte. Seine Lage ließ mich vermuten, dass er Ashleys Beinbruch verursacht hatte.

Das Tageslicht und eine gewisse Klarheit verschafften mir einen Überblick, was beim Absturz passiert war. Offenbar war das Flugzeug in zweieinhalb Meter tiefem Schnee, Bäumen und einem riesigen Felsen gelandet. Als wir uns dem Boden genähert hatten, hatte ein Baum oder Felsvorsprung die linke Tragfläche abgerissen. Da das Flugzeug nun auf der rechten Seite schwerer war, hatte sich die rechte Tragfläche nach unten geneigt, wir waren ein zweites Mal aufgeschlagen und hatten uns gedreht. Bei der dritten oder vierten Drehung hatte sich die rechte Tragfläche verfangen, und die Reste der Nase hatten sich wie ein Korkenzieher in den

Schnee gebohrt. Dabei hatten wir einen weiteren Felsvorsprung gestreift, wahrscheinlich den neben meinem Kopf, der den Flugzeugrumpf aufgerissen und Ashleys Bein gebrochen hatte. Letzten Endes war der Rumpf weitgehend intakt geblieben und steckte in einem drei Meter dicken Schneefeld auf einer Felsbank mit einigen Bäumen, die aus dem Fels wuchsen.

Zuerst die schlechte Nachricht: Grovers Flugzeug war zwar leuchtend blau und gelb, aber bis auf die linke Tragfläche war alles unter dickem Schnee begraben. Mir fiel die Nadel im Heuhaufen ein. Ganz zu schweigen von dem Leitwerk, das beim Aufprall auf den Felsen zerschellt war. Ich fand leuchtend orangerote Plastikteile, aber keinen Notsender. Also gab es auch kein Notsignal auf Frequenz 122,5. Keine Ortung. Keinen Rettungstrupp. Die Wahrheit war schwer zu verkraften. Ich wusste gar nicht, wie ich es Ashley beibringen sollte.

Das einzig Gute – wenn man es denn so nennen konnte – war, dass unsere »Schneegruft« einen gewissen Schutz vor der Witterung bot. Sonst wären wir schon längst erfroren. Null Grad ist immer noch besser als minus fünfunddreißig Grad.

Ashley schlief. Ihr Gesicht war gerötet, was vermutlich Fieber bedeutete, und das zeugte wohl von einer Infektion. Beides war nicht gut, aber mit beidem hatte ich gerechnet. Ich musste ihr unbedingt etwas Flüssigkeit einflößen.

Ich selbst konnte bestenfalls kriechen. Daher robbte ich an meinen Rucksack, kramte meinen Jetboil-Gaskocher heraus und füllte den Topf mit frischem Pulverschnee, den ich vor unserer Höhle holte. Sobald ich den Kocher einschaltete, zündete die blaue Flamme. Während der Schnee schmolz, füllte ich weiteren nach. Das Geräusch des Brenners oder meine Bewegungen weckten Ashley. Ihr Gesicht war verquollen, die Augen nur schmale Schlitze, ihre Lippen dick. Da es nun taghell war, musste ich ihre Schnittwunden versorgen und, soweit nötig, nähen.

Ich hielt ihr einen Becher warmes Wasser an die Lippen. »Trink.«

Sie nippte. Irgendwo in meinem Rucksack hatte ich eine Packung Schmerztabletten. Am liebsten hätte ich vier genommen, wusste aber, dass ihre Schmerzen stärker waren als meine und sie die Tabletten in den nächsten Tagen eher brauchen würde als ich. Ich fand sie in einer Seitentasche, schüttete mir vier in die Hand und hielt eine an ihren Mund. »Kannst du die schlucken?«

Sie nickte. Ich legte ihr die Tablette auf die Zunge, und sie schluckte. Das wiederholten wir noch drei Mal. Langsam. Der Schnee an ihrem Bein war schon lange geschmolzen. Auch wenn die Schwellung zwischenzeitlich zurückgegangen sein mochte, nun war sie wieder stärker geworden. Und mit ihr auch die Schmerzen. Wenn ich den Umfang ihres Beines reduzieren könnte, würden auch die Schmerzen nachlassen. Das Schmerzmittel wirkte von innen, der Schnee von außen. Behutsam packte ich ihr Bein in Schnee und fühlte den Puls an ihrem Knöchel, um sicherzugehen, dass er gut durchblutet war. Immer wieder hielt ich ihr den Becher an den Mund, bis sie ihn ausgetrunken hatte. Das war ein Viertelliter. Mein Tagesziel waren weitere fünf Becher. Eineinhalb Liter Flüssigkeit würden ihre Nieren auf Trab bringen.

Ich füllte den Becher nach, schaltete den Gaskocher wieder ein und trank selbst etwas. Ashley öffnete mühsam die Augen, so weit, wie die Schwellung es zuließ. Sie schaute sich in der Höhle um, musterte die Überreste des Flugzeugs, den Hund, ihre zerrissenen Kleider, die Schiene an ihrem Bein und Grovers Leichnam. Ihr Blick ruhte eine Weile auf ihm, ehe sie mich ansah. »Ist er …?«

»Er war tot, bevor das Flugzeug den Boden berührte. Herz, vermute ich. Ich habe keine Ahnung, wie er das Ding gelandet hat.«

Sie betastete ihr Gesicht und ihren Kopf. Ihre Miene veränderte sich.

Langsam zog ich ihre Hand fort. »Ich muss die Wunden nähen.«

»Welcher Tag ist heute?«, fragte sie heiser.

Ich erklärte es ihr kurz. Als ich fertig war, schwieg sie.

Ich kramte in Grovers Anglerweste und fand etwas monofile Angelschnur. Dann nahm ich eine der Fliegen aus der Weste und entfernte alles, was nach Fliege aussah, bis nur noch ein Haken ohne Widerhaken übrig war. Ich musste ihn aufbiegen, aber dazu brauchte ich Werkzeug.

Grovers Gürtel.

Ich grub mich durch den Schnee um seine Taille herum und fand sein Outdoor-Multifunktionswerkzeug. Als ich die Schnalle am Holster öffnete, rührte sich sein steifer Körper nicht. Ich musste ihn begraben, aber ich musste auch Ashleys Wunden nähen und etwas zu essen suchen. Er würde noch warten müssen.

Ich bog den Haken auf, fädelte die Angelschnur ein und versuchte die Öse mit der Zange abzuflachen. Als ich einen Blick auf Ashley warf, liefen ihr Tränen über das Gesicht.

»Ich bin sicher, seine Frau macht sich Sorgen um ihn«, sagte sie.

Über unsere heikle Lage hatten wir noch kein Wort verloren. Darüber, dass wir hier festsaßen. In der Medizin wie auch beim Bergsteigen hatte ich gelernt, dass man eine

Krise nach der anderen angehen musste. Als Nächstes waren ihr Gesicht und ihr Kopf an der Reihe.

Mit dem Multifunktionswerkzeug grub ich eine zweite Nische in den Schnee, niedriger als die provisorische Höhlung, in der Ashley lag. Nach einer Operation gehe ich meist in das Krankenzimmer und schaue nach meinen Patienten. Oft ziehe ich einen Schemel ans Bett, auf dem ich niedriger sitze, als sie liegen, damit sie zu mir herunterschauen können oder zumindest auf Augenhöhe mit mir sind. Denn nach einer Operation fällt es schwer, aufzuschauen. Diese Nische neben Ashley diente demselben Zweck. Vielleicht hat das etwas mit dem Umgang mit Patienten zu tun.

Ein böiger Wind ließ den Ast über das Plexiglas schaben. Endlich konnte ich meinen Schlafsack aus meinem Rucksack holen und neben Ashley ausbreiten. Bisher hatten wir uns einen Schlafsack geteilt, jetzt hatten wir jeder einen eigenen.

Ich hielt den Becher an ihren Mund, und sie trank. Dann wischte ich ihr die Tränen vom Gesicht. »Was tut weh?«

Sie warf einen Blick auf Grovers Leichnam. »Das mit ihm.«

»Was noch?«

»Mein Herz.«

»Körperlich oder emotional?«

Sie legte den Kopf zurück. »Weißt du, wie lange ich schon heiraten will? Mich auf meine Hochzeit freue, alles plane? Mein Leben lang.«

»Und was tut dir körperlich weh?«

»Alles.«

»Ich muss dir noch mehr weh tun. Die Wunden müssen mit ein paar Stichen genäht werden.«

Sie nickte.

Drei Stellen. Die erste an ihrem Kopf brauchte drei Stiche, die relativ schmerzlos waren. Die zweite war über ihrem rechten Auge und verlief quer durch die Augenbraue. Beim Aufprall war dort eine ältere Narbe aufgeplatzt. Ich stach den Haken durch die Haut und sagte: »Hier ist eine ältere Narbe.«

»U. S.-Meisterschaften. Ich war achtzehn. Mein Gegner erwischte mich mit einem Seitwärtsfußkick. Hatte ich nicht gesehen.«

Ich knotete den ersten Stich und begann mit dem zweiten. »Bist du k. o. gegangen?«

»Nein. Ich war wütend.«

»Wieso?«

»Weil mir klar war, dass es mir meine Abschlussballfotos verderben würde.«

»Und was hast du gemacht?«

»Ich hab ihn mit einem rückwärts gedrehten Seitwärtskick erwischt, gefolgt von einem doppelten Seitwärtskick und abschließend einem Abwärtsfußschlag, der ihn zur Küchenschabe gemacht hat.«

»Küchenschabe?«

»Wir hatten Namen für die Positionen, in die jemand fiel, wenn er k. o. ging.«

Ich wollte sie ablenken: »Zum Beispiel?«

»Delphin, Tanz des weißen Mannes, Küchenschabe und noch ein paar andere.«

Ich verknotete den dritten Stich und schnitt den Faden ab. Mit einem Kopfnicken deutete ich auf ihre Augenbraue. »Das dürfte genügen, bis wir in ein Krankenhaus kommen und ein guter plastischer Chirurg meine Erste-Hilfe-Maßnahme ausbessern kann.«

»Und was ist mit meiner schönen Schiene? Mein Bein bringt mich um.«

»Mehr kann ich im Augenblick nicht tun. Ich habe es gerichtet, aber ohne Röntgenaufnahme ist das schwer zu beurteilen. Wenn wir in ein Krankenhaus kommen, können sie es röntgen und untersuchen. Wenn es nicht gut gerichtet ist, würde ich empfehlen – und sie werden sicher einer Meinung mit mir sein –, dass sie es noch einmal brechen und dir ein paar Dinge mit auf den Weg geben, die bei der Sicherheitskontrolle den Metalldetektor Alarm schlagen lassen. Auf jeden Fall bist du hinterher so gut wie neu.«

»Du hast gerade zwei Mal von einem Krankenhaus gesprochen. Glaubst du denn wirklich, dass jemand kommen wird?«

Wir schauten durch das Loch zwischen der geneigten Tragfläche und der zweieinhalb Meter dicken Schneewand in den blauen Himmel und sahen eine Verkehrsmaschine in wohl neuntausend Meter Höhe vorüber fliegen. Seit unserem Absturz waren annähernd sechzig Stunden vergangen, und wir hatten nichts gehört außer unseren eigenen Stimmen, dem Wind und dem Schaben des Astes. Und dieses Flugzeug flog so hoch, dass wir es nicht hörten.

Ich schüttelte den Kopf. »Wir können sie zwar ganz gut sehen, aber ich bin ziemlich sicher, dass sie uns nicht entdecken. Alle Hinweise auf unser Verschwinden liegen unter metertiefem Schnee. Sie kommen erst im Juli zum Vorschein, wenn der Schnee schmilzt.«

»Senden abgestürzte Flugzeuge nicht ein SOS-Signal oder so was aus?«

»Doch, aber das Ding, das es sendet, liegt in tausend Stücken um uns herum.«

»Vielleicht solltest du rauskriechen und mit deinem Shirt winken oder so.«

Ich musste kichern, was weh tat, und hielt mir die Seite.

Ihre Augen wurden schmal. »Was ist?«

»Ein paar gebrochene Rippen.«

»Zeig mal.«

Ich zog mein Shirt hoch. Bei Tageslicht hatte ich es mir noch nicht angesehen und vermutete, dass sich inzwischen ein blauer Fleck gebildet hatte. Die gesamte linke Seite meines Brustkastens war dunkelviolett. »Es tut nur weh, wenn ich atme.«

Wir lachten.

Sie schaute zu mir hoch und hielt den Kopf still, während ich den sechsten Stich an ihrem Arm verknotete. Sie wirkte besorgt. »Ich kann einfach nicht glauben, dass ich hier weiß Gott wo liege, dass du an mir herumnähst und wir lachen. Meinst du, dass mit uns was nicht stimmt?«

»Das ist ziemlich wahrscheinlich.«

Aufmerksam untersuchte ich ihren Arm. Der Felsen oder ein Ast hatte ihr die Haut an der nicht ausgekugelten Schulter auf einer Länge von zehn Zentimetern aufgeschlitzt. Als das Flugzeug zum Stillstand gekommen und sie bewusstlos liegen geblieben war, hatte ihr Gewicht sie zum Glück auf dieser Schulter gegen den Schnee gepresst. Der Druck und der Schnee hatten die Blutung gestillt. Die Wunde musste mit mindestens zwölf Stichen genäht werden. »Gib mir die Hand. Du musst den Ärmel ausziehen.«

Langsam und stöhnend zog sie den Arm heraus. »Übrigens, woher habe ich dieses schöne Hemd?«

»Ich habe dich gestern umgezogen. Du warst nass.«

»Das war mein Lieblings-BH.«

Ich deutete über meine linke Schulter. »Wenn er trocken ist, kannst du ihn wiederhaben.«

Die Schnittwunde an ihrem Arm war ihr neu. Sie betrachtete sie. »Ich wusste nicht mal, dass ich die hatte.«

Ich erklärte ihr die Wirkung des Schnees und Drucks und verknotete den nächsten Stich.

Sie sah mir bei der Arbeit zu und fragte, ohne mich anzusehen: »Was denkst du, wie unsere Chancen stehen?«

»Du redest nicht drum herum, was?«

»Wozu? Die Lage zu beschönigen bringt uns auch nicht schneller hier weg.«

»Guter Einwand.« Ich zuckte die Achseln. »Ich möchte dir ein paar Fragen stellen. Hast du jemandem gesagt, dass wir in dieses Flugzeug steigen wollten?«

Sie schüttelte den Kopf.

»Keine E-Mail? Kein Anruf? Gar nichts?«

Ein weiteres langsames Kopfschütteln.

»Also weiß kein Mensch auf der Welt, dass du in ein Charterflugzeug gestiegen bist, um nach Denver zu fliegen?«

Ein letztes Kopfschütteln.

»Ich habe auch niemandem Bescheid gesagt.«

»Ich nehme an, alle denken oder dachten bis gestern, ich sei noch in Salt Lake City. Mittlerweile dürften sie nach mir suchen, aber wo sollen sie anfangen? Sie wissen nur, dass ich einen Voucher geholt und mich auf den Weg ins Hotel gemacht habe.«

Ich nickte. »Nach allem, was Grover gesagt hat, fällt mir kein Grund ein, weshalb jemand kommen und nach uns suchen sollte. Es gibt keine offiziellen Unterlagen, dass wir geflogen sind, weil er keinen Flugplan eingereicht hat. Wie er sagte, brauchte er das nicht, weil er unter Sichtflugbedingungen flog. Und das Beste ist, dass wir beide, zwei Akademiker mit zusammen wohl zwanzig Jahren Hochschulbildung, keiner Menschenseele Bescheid gesagt haben. Es ist, als hätte es diesen Flug nie gegeben.«

Sie schaute zu Grover hinüber. »Ihn hat es aber gegeben.«

Sie stockte und hob den Blick. »Ich dachte einfach, es wäre nur ein kurzer Flug nach Denver, um dem Sturm zuvorzukommen, dabei zwei neue Bekanntschaften zu schließen, und dann würde alles wie gewohnt weitergehen.«

Ich schnitt ihr das Wort ab. »Ashley, es tut mir wirklich leid.« Ich schüttelte den Kopf. »Eigentlich solltest du jetzt bei der Maniküre oder Pediküre oder bei sonst was sitzen und dich für deine Hochzeitsprobe fertigmachen.«

»Lass das.« Sie schüttelte den Kopf. »Mach dir keine Vorwürfe, du hast es doch nur gut gemeint. Ich war ja froh über dein Angebot.« Sie schaute sich um. »Jetzt nicht mehr so sehr, aber in dem Augenblick schon.« Sie legte den Kopf zurück. »Ich hatte vor, mit meinen Freundinnen ins Spa zu gehen und mich massieren zu lassen. Kennst du diese Geschichte mit den heißen Steinen? Stattdessen liege ich jetzt mit nur einem Stein auf Eis.« Sie deutete mit dem Kopf auf ihren speziellen Freund hinter mir. »Und ohne Wärme. Irgendwo da draußen ist ein Kleid ohne Frau und ein Bräutigam ohne Braut.« Sie schüttelte den Kopf. »Hast du eine Ahnung, wie viel ich für dieses Kleid bezahlt habe?«

»Es wartet auf dich, wenn du zurückkommst. Und er auch.« Ich hielt ihr den Becher an den Mund, und sie trank ihn aus. Damit hatte sie drei Viertelliter geschafft. »Dein Humor ist ein Geschenk des Himmels.«

»Na ja, findest du es auch komisch, wenn ich dir sage, dass ich mal muss?«

»Einerseits ist das gut.« Ich musterte den Schlafsack und ihre Bewegungsunfähigkeit. »Andererseits nicht.«

»Und von welcher Seite betrachten wir es jetzt?«

»Von jeder Seite, die es dir erlaubt, zu machen, ohne das Bein zu belasten.« Ich schaute mich um. »Was würde ich jetzt für einen Katheter geben.«

»O nein, bloß nicht. Diese Dinger jagen mir Schauer über den Rücken. Dieser Teil von mir ist kein Eingang, sondern ausschließlich ein Ausgang.«

Ich kramte die Plastiktrinkflasche aus meinem Rucksack und legte sie neben sie. »Gut, ich mache dir einen Vorschlag.«

»Er wird mir nicht gefallen, stimmt's?«

»Er ist besser als die Alternative, und du kannst liegen bleiben, aber ich muss dir helfen.« Ich holte mein Schweizer Offiziersmesser heraus und klappte die Klinge auf. »Ich schneide jetzt deine Hose weiter auf bis zur Hüfte. So kannst du liegen bleiben und dich damit zudecken. Dann grab ich unter deinem Hinterteil ein Loch in den Schnee, das groß genug ist für die Flasche und für meine Hand. Anschließend schieben wir deine Unterhose beiseite und du machst in die Flasche.«

»Du hast recht, es gefällt mir nicht.«

»Wir müssen deine Urinmenge messen, und ich muss nachsehen, ob Blut darin ist.«

»Blut?«

»Innere Verletzungen.«

»Meinst du nicht, dass ich davon genug habe?«

»Was, Verletzungen?«

Sie nickte.

»Ja, aber wir müssen sichergehen.«

Ich schnitt ihre Hose auf, schob sie zur Seite, grub unter ihr ein Loch in den Schnee und hielt die Flasche in Position. Sie stützte sich leicht auf dem gesunden Arm ab, ohne ihr Bein zu verlagern, und sah mich an. »Kann ich?«

Ich nickte.

Sie schüttelte den Kopf. »Das ist bestimmt einer der peinlichsten Momente, die ich je mit einem Menschen erlebt habe.«

»Da ich nicht nur Orthopäde, sondern auch Notarzt bin, vergeht kaum ein Tag, an dem ich nicht von mehreren Menschen den Urin untersuche. Und sogar Katheter setze.«

Sie stöhnte, was den Urinfluss stoppte.

»Alles in Ordnung?«

Sie nickte. »Nur mein Bein.« Sie entspannte sich und machte weiter. Unter ihr plätscherte Flüssigkeit in die leere Flasche. Nach einer Weile sagte sie: »Deine Finger sind kalt.«

»Falls du dich dann besser fühlst: Meine Finger sind zu kalt, um irgendwas zu spüren.«

»Jesses, das ist eine Erleichterung.«

Ich bemühte mich, sie von ihrem Unbehagen abzulenken. »Die meisten Leute, die ich in der Notaufnahme sehe, haben ein Trauma hinter sich, also einen Unfall, und das heißt einen starken Aufprall, der innere Verletzungen bewirken und zu Blut im Urin führen kann.«

Sie sah mich an. »Soll das ein Versuch sein, mich aufzumuntern?«

Ich betrachtete die durchsichtige Plastikflasche und untersuchte die Färbung. »Ja.«

Sie schaute zuerst mich, dann die Flasche an. »Das ist viel Pipi.«

»Ja, und die Farbe ist gut.«

»Ich weiß nicht, ob ich schon jemals einen Kommentar zur Farbe meines Pipis gehört habe. Ich bin mir nicht ganz sicher, wie ich darauf reagieren soll.«

Ich half ihr, sich anzuziehen, schob den Schlafsack wieder unter sie und deckte sie zu. Dabei kam ihre Haut mit meiner in Berührung. Obwohl ich als ihr Arzt handelte, gingen ihre Nacktheit und ihre Verletzlichkeit nicht spurlos an mir vorüber.

Ich musste an Rachel denken.

Als wir fertig waren, zitterte sie, und ich fühlte mich, als hätte mir jemand ein Stilett in die Rippen gestoßen. Schwer atmend legte ich mich hin.

»Hast du etwas gegen die Schmerzen genommen?«, fragte sie.

Ich schüttelte den Kopf. »Nein.«

»Warum nicht?«

»Um ehrlich zu sein, wenn du glaubst, jetzt täte es weh, solltest du erst mal drei, vier Tage abwarten. Mein Vorrat an Schmerztabletten reicht gerade mal, um dich über eine Woche zu bringen. Danach bist du dir selbst überlassen.«

Sie nickte. »Mir gefällt deine Art zu denken, Doc.«

»Irgendwo im Rucksack habe ich ein paar verschreibungspflichtige Schmerztabletten, aber ich dachte, ich hebe sie besser für heute Abend auf, wenn du nicht schlafen kannst.«

»Du klingst beinah, als ob du so was schon mal erlebt hättest.«

»Rachel und ich wandern gern. Dabei haben wir unter anderem eines gelernt: Man mag einen Plan und eine Hoffnung haben, was man machen oder wie weit man an einem Tag kommen möchte. Aber letztlich entscheiden die Bedingungen, was man tatsächlich macht und wie weit man kommt. Daher lohnt es sich, auf alles vorbereitet zu sein, aber nicht so viel Gepäck mitzuschleppen, dass man sich kaum bewegen kann.«

Sie musterte das Loch im Schnee, in dem mein Rucksack lag. »Hast du Rotwein da drin?«

»Nein, aber ich könnte dir einen Gin Tonic anbieten, wenn du magst.«

»Das wäre toll.« Sie betrachtete ihr Bein. »Erzähl mir von diesem Ding an meinem Bein.«

»Unter Ärzten gelten Orthopäden als Zimmerleute. Ich fürchte, auf mich trifft das zu. Das Gute ist, dass diese Schiene ziemlich effektiv ist. Oder es zumindest kurzfristig sein wird. Du kannst dich zwar nicht bewegen und musst bleiben, wo du bist oder wo ich dich hinbringe, aber sie verhindert, dass du das Bein falsch bewegst, und hilft, es zu schützen. Wenn sie an Ober- oder Unterschenkel zu eng wird, sag Bescheid, dann lockere ich sie.«

Sie nickte. »Im Augenblick pocht es, als ob jemand mit einem Hammer drauf einschlagen würde.«

Ich schlug den Schlafsack zurück und packte neuen Schnee um die Bruchstelle. »Das werde ich noch mehrere Tage machen. Es fördert die Heilung und betäubt den Schmerz. Das einzige Problem ist, dass du frieren wirst.«

»Wirst?«

Ich drehte den Schraubverschluss auf die Plastikflasche und kroch in Richtung Tageslicht. »Ich schaue mich mal um und leere die Flasche aus.«

»Gut. Ich räume hier ein bisschen auf und bestelle vielleicht eine Pizza oder sonst was.«

»Ich möchte Peperoni.«

»Anchovis?«

»Rühre ich nicht an.«

»Verstanden.«

Ich kroch aus dem Flugzeugrumpf oder dem, was davon übrig geblieben war, unter der Tragfläche durch, um einen Baum herum und hinaus in den Sonnenschein. Es war sicher unter minus zehn Grad Celsius kalt, aber ich hatte Schlimmeres erwartet. Viele sagen, trockene Kälte sei nicht so schlimm wie feuchte. Aber für mich ist Kälte einfach Kälte. Und minus dreizehn Grad Celsius ist minus dreizehn Grad Celsius. Oder wie kalt es nun auch sein mochte.

Ich trat einen Schritt neben den verdichteten Schnee, auf dem das Flugzeug gelandet war, und sank bis zur Hüfte ein. Die Erschütterung fuhr mir durch die Brust und brachte mich zum Husten. Ich bemühte mich, nicht vor Schmerz aufzuschreien, allerdings wohl mit wenig Erfolg.

»Alles in Ordnung«, fragte Ashley aus dem Flugzeug.

»Ja. Ich wünschte nur, ich hätte Schneeschuhe.«

Ich leerte die Flasche und sah mich um, so gut ich konnte. Nichts als Schnee und Berge. Offenbar waren wir auf einer Art Plateau gelandet. Links von mir erhoben sich einige höhere Gipfel, aber ansonsten erstreckte sich die Landschaft vor und unter uns. Demnach waren wir also höher, als ich gedacht hatte. Vielleicht in 3500 Meter Höhe. Kein Wunder, dass das Atmen schwerfiel.

Ich hatte genug gesehen, kroch zurück und ließ mich auf die Schneebank neben ihr fallen.

»Und?«, fragte sie.

»Nichts.«

»Du kannst mir wirklich die Wahrheit sagen. Ich kann damit umgehen. Sag es mir ruhig ganz unverblümt.«

»Grover hatte recht. Mehr Mars als Erde.«

»Nein, im Ernst. Beschönige nichts. Ich bin gewohnt, dass die Leute ganz offen mit mir reden.«

Ich schaute sie an, wie sie mit geschlossenen Augen dasaß und wartete.

»Es ist ... schön. Ich kann es gar nicht abwarten, bis du es siehst. Ein richtiger Panoramablick. So was hast du noch nie gesehen. Einmalig. Ich habe zwei Liegestühle aufstellen lassen, und der kleine Bursche kommt gleich mit den Drinks mit Schirmchen. Er musste noch mal zurück, um Eis zu holen.«

Entspannt legte sie den Kopf zurück. Ich sah das erste

breite Grinsen, seit wir im Schnee steckten. »Einen Moment lang war ich beunruhigt. Schön, zu hören, dass es nicht so schlimm ist, wie ich dachte.«

Mir fiel auf, dass Ashley Knox zu den stärksten Menschen gehörte, denen ich je begegnet war. Da lag sie nun, halb tot, hatte wahrscheinlich heftigere Schmerzen, als die meisten in ihrem ganzen Leben je aushalten mussten, und verpasste ihre Hochzeit, ganz zu schweigen von der Tatsache, dass wir vermutlich keine Aussicht auf Rettung hatten. Wenn wir hier herauskommen wollten, waren wir ganz auf uns allein gestellt. Die meisten würden in dieser Situation in Panik geraten, verzweifeln, unlogisch reagieren, aber irgendwie schaffte sie es, zu lachen. Und mehr noch, sie brachte mich zum Lachen. Das hatte ich schon lange nicht mehr getan.

Ich war erschöpft. Ich musste etwas essen und mich ausruhen, aber ohne mich auszuruhen, konnte ich nichts zu essen besorgen. Ich machte einen Plan.

»Wir brauchen etwas zu essen, aber ich bin nicht in der Verfassung, etwas zu suchen. Ich gehe morgen. Jetzt versuche ich zuerst mal, ein Feuer zu machen, ohne die Höhle zum Schmelzen zu bringen. Ich versorge uns mit warmem Wasser und schone meine Kräfte.«

»Der Gedanke an ein Feuer gefällt mir.«

»Rettungskräfte sagen, man soll eine Absturzstelle niemals verlassen. Und das stimmt, aber wir sind hoch, sehr hoch, und atmen weniger als die Hälfte der Sauerstoffmenge, die wir gewöhnt sind und die wir beide für die Heilung brauchen. Besonders du. Morgen … oder übermorgen fange ich an, darüber nachzudenken, wie wir auf eine geringere Höhe kommen. Vielleicht versuche ich, die Gegend ein bisschen zu erkunden.« Ich löste die Befestigungsschrauben des GPS-Geräts und nahm es vom Instrumentenbrett. »Aber zuerst versuche ich, herauszufinden, wo wir sind, solange dieses Ding noch funktioniert.«

Sie starrte mich an. »Wie kommt es, dass du das alles kannst? Ich meine, was wäre, wenn nicht?«

»Als ich noch ein Kind war, merkte mein Vater, dass ich schneller laufen konnte als die meisten. Diese Fähigkeit machte er zu seiner Leidenschaft, seiner *raison d'être*, wie er es nannte. Auf Dauer hasste ich ihn dafür, weil keine Zeit je schnell genug war und er mich immer an einem Maßstab maß, der verflixt nach einer Stoppuhr aussah. Sobald Rachel und ich von zu Hause weg waren, zog es uns in die Berge. Ich hatte und habe gute Lungen und recht kräftige Beine. Also kauften wir uns nach und nach eine Ausrüstung und verbrachten die Wochenenden in den Bergen, wann immer wir von der Schule oder dem Sportplatz fort kamen. Vielleicht habe ich da das eine oder andere gelernt. Wir beide.«

»Ich würde sie gern mal kennenlernen.«

Ich lächelte. »Natürlich gab es da auch noch die Pfadfinder.«

»Du bist Pfadfinder?«

Ich nickte. »Die einzige Freiheit, die mein Vater mir ließ. Er sah das wohl als notwendiges Training, für das er mal nicht zuständig war. Er brachte mich hin und holte mich ab.«

»Wie weit hast du es gebracht?«

Ich zuckte die Achseln.

Sie senkte den Kopf und sah mich ungläubig an. »Du bist doch wohl nicht einer von diesen Hawks oder Ospreys oder ...«

»Etwas in der Art.«

»Nun sag schon, wie heißt das noch?«

»Eagle.«

»Ja, genau. Eagle Scout.«

Ich hatte den Eindruck, dass das Reden sie von den Schmerzen ablenkte.

Sie legte sich zurück und murmelte: »Ich schätze, wir werden bald feststellen, ob du alle diese Abzeichen wirklich verdient hast.«

»Ja.« Ich drückte auf den Power-Knopf, und das GPS-Gerät flackerte.

Eine Furche trat zwischen ihre Augen. »Gab es auch ein Elektronik-Abzeichen?«

Ich klopfte auf das Gerät. »Nein, aber ich glaube, es ist nur zu kalt. Macht es dir etwas aus, es in deinem Schlafsack aufzuwärmen?«

Sie schlug den Schlafsack zurück, und ich legte ihr das Gerät behutsam auf den Schoß. »Elektronik mag keine Kälte. Stört die Stromversorgung. Aufwärmen hilft.«

»Vince, mein Verlobter, hätte von alledem keine Ahnung. Wenn er in diesem Flugzeug gesessen hätte, würde er nach dem nächsten Starbucks Ausschau halten und fluchen, weil er keinen Handy-Empfang hat.« Sie schloss die Augen. »Was würde ich nicht für eine Tasse Kaffee geben.«

»Damit kann ich vielleicht dienen.«

»Sag bloß nicht, du hast Kaffee.«

»Drei Dinge machen mich süchtig: Laufen, Bergsteigen und schöner heißer Kaffee. Wenn auch nicht unbedingt in dieser Reihenfolge.«

»Ich gebe dir tausend Dollar für eine Tasse.«

Der Gaskocher ist wahrhaftig neben dem Kompass einer der größten Fortschritte in der Wanderausrüstung. Vielleicht sogar aller Zeiten. Der Daunenschlafsack ist natürlich auch ziemlich gut. Ich schaufelte Schnee in den Topf und zündete den Kocher an, während ich in meinem Rucksack nach dem Kaffeebeutel kramte. Die gute Nachricht war, dass ich ihn fand, die schlechte, dass er nicht mehr viel Kaffee enthielt. Bestenfalls für einige Tage, wenn wir sparsam damit umgingen.

Ich zog den Beutel aus meinem Rucksack. Als Ashley ihn sah, fragte sie: »Ben Payne, akzeptierst du eine Kreditkarte?«

»Eine gleichgesinnte Kaffeeliebhaberin. Es ist schon erstaunlich, worauf wir Wert legen, wenn wir ganz unten sind.«

Der Gaskocher bot als Zubehör eine Kaffeepresse an, die genau in den Topf passte. Sie hatte nur ein paar Dollar gekostet, aber ich hatte sie schon hundert Mal benutzt und immer wieder gestaunt, weil sie so simpel war, aber hervorragend funktionierte. Als das Wasser kochte, maß ich Kaffeepulver ab, gab es in den Topf, ließ es sich setzen und schenkte ihr einen Becher ein.

Sie hielt ihn sich mit der gesunden Hand unter die Nase. Ihr Strahlen war aufrichtig. Es sah aus, als wäre sie für einen kurzen Moment imstande, der Welt, die ihr so arg zusetzte, etwas entgegenzuhalten. Allmählich wurde mir klar, dass sie den Humor als Abwehr gegen den Schmerz einsetzte. Das hatte ich schon bei anderen erlebt. In der Regel hatten solche Menschen in der Vergangenheit emotionale Verletzungen erlebt und kaschierten das mit Humor oder Sarkasmus. Um sich davon abzulenken.

Ihre Schmerzen wurden stärker. Rasend. Ich hatte nur einige Tabletten des stärkeren Schmerzmittels Percocet bei mir, aber das würde sie heute Nacht brauchen. Und vermutlich auch in den kommenden Nächten. Vor sechs Stunden hatte sie zuletzt Schmerztabletten bekommen. Also schraubte ich die Packung Advil auf, schüttete vier in meine Hand und reichte sie ihr. Sie schluckte sie und kauerte dann über ihrem Becher.

»Es ist erstaunlich, wie eine Tasse Kaffee den Moment verzaubern kann«, flüsterte sie und reichte mir den Becher. Ich trank. Sie hatte recht. Die warme Flüssigkeit tat gut.

Sie deutete mit dem Kopf auf ihre Aktentasche. »Wenn du da mal hineingreifst, findest du einen Beutel Studentenfutter, den ich im Naturkostladen am Flughafen gekauft habe.«

Er wog fast ein Pfund und enthielt getrocknete Ananas, Aprikosen und verschiedene Sorten Nüsse. Ich reichte ihn ihr. Wir nahmen uns jeder eine Handvoll und kauten bedächtig.

Ich nickte. »Ich glaube, das ist das beste Studentenfutter, das ich je gegessen habe.«

Ich gab dem Hund eine Handvoll. Er schnupperte daran, schlang es hinunter, wedelte mit dem Schwanz und bettelte um mehr. Er stemmte seine Pfoten an meine Brust, lehnte sich gegen mich und schnüffelte in die Luft.

»Wie sagt man einem Hund, dass er nichts mehr bekommt?«

Sie lachte. »Viel Glück.«

Ich gab ihm noch eine kleine Handvoll, aber als er ein drittes Mal wiederkam, schob ich ihn fort und sagte: »Nein.« Enttäuscht kehrte er mir den Rücken zu und rollte sich am Fußende von Ashleys Schlafsack zusammen.

Lange saßen wir schweigend da und tranken den ganzen Topf Kaffee aus. Als wir fertig waren, sagte sie: »Verwahre den Kaffeesatz. Wir können ihn zwei Mal verwenden, und wenn wir ganz verzweifelt sind, können wir darauf herumkauen.«

»Dir ist es wohl wirklich ernst mit dem Kaffee.« Ich drückte auf die Power-Taste des GPS-Geräts, und es ging flackernd an. »Hast du einen Notizblock oder Schreibpapier in deiner Aktentasche?«

Sie nickte. »Müsste gleich vorne rechts sein.«

Ich holte einen gelben Schnellhefter heraus und versuchte, die Karte abzuzeichnen, so gut ich konnte. Einschließlich der minutengenauen Koordinaten. Sobald ich eine relativ detaillierte Zeichnung auf Kindergartenniveau hinbekommen hatte, sagte ich: »Bin gleich wieder da.«

Ich stieg aus unserem Loch und verglich das Bild auf dem Display mit dem vor meinen Augen, ordnete Berge zu und merkte mir Bergkämme und ihre Himmelsrichtung. So konnte ich Norden und Süden unterscheiden. Nicht zu wissen, wo man sich befand, war eine Sache, weiter in die Irre zu gehen, eine andere. Auch wenn ich nicht wusste, wo wir waren, konnte ich doch eine Richtung bestimmen und einhalten. Zudem war mir klar, dass die Batterien nicht ewig halten würden, und alles, was ich jetzt abzeichnen konnte, würde sich in den kommenden Tagen auszahlen. Je mehr Zeit verging und je klarer mir unser Dilemma wurde, umso besorgter war ich. Es stand rundum schlecht.

»Willst du die gute oder die schlechte Nachricht hören?«

»Die gute.«

»Ich weiß jetzt, wo wir sind.«

»Und die schlechte?«

»Wir sind in 3551 Meter Höhe, plus/minus ein Meter. Der nächste Holzweg ist über fünfzig Kilometer und etwa fünf Bergpässe entfernt in dieser Richtung.« Ich zeigte die Richtung an. »Wir sind fast achtzig Kilometer von allem entfernt, was auch nur annähernd nach Zivilisation oder einer befestigten Straße aussieht. Und zur Krönung liegt der Schnee da draußen fast überall über mannshoch.«

Sie biss sich auf die Lippe und ließ den Blick über die weißen Wände der Höhle schweifen. Schließlich verschränkte sie die Arme. »Du musst mich zurücklassen.«

»Ich lasse niemanden zurück.«

»Ich sehe die Schrift an der Wand. Du kannst mich nicht hier wegbringen. Allein hast du bessere Chancen. Gib mir den Kaffee, mach dich auf den Weg und nimm meine Koordinaten mit. Bring auf dem Rückweg einen Hubschrauber mit.«

»Ashley, trink deinen Kaffee.«

»Okay, aber du musst doch zugeben, dass es eindeutig eine Möglichkeit ist.« Ihre Augen wurden schmal. »Oder?«

»Hör zu, wir brauchen ein Feuer, etwas zu essen und ein paar hundert Höhenmeter weniger, dann reden wir darüber, was als Nächstes kommt. Eine Krise nach der anderen.«

»Aber …« Sie war stark. Sie hatte die Zähigkeit, auf die es ankam. Und die man nicht in der Schule lernte. Ihr Ton änderte sich. »Legen wir die Wahrheit offen auf den Tisch, wo sie hingehört. Es ist eine Möglichkeit.«

»Ich lasse niemanden zurück.«

Der Hund bemerkte meinen veränderten Tonfall. Er stand auf, stellte sich neben Ashley und schmiegte den Kopf in ihre Hand. Die Episode mit dem Studentenfutter hatte er mir noch nicht verziehen. Sie kraulte ihn hinter den Ohren. Sein Magen knurrte. Er schaute mich über die Schulter hinweg an und legte den Kopf langsam wieder in ihre Hand.

»Ich habe es gehört. Ich weiß, dass du Hunger hast.«

Wir saßen da und hörten, wie der Wind auffrischte. Ich legte mich in meinen Schlafsack, um mich aufzuwärmen, und schaute sie an. »Machst du das mit allen deinen Freunden?«

»Was?«

»Sie auf das Schlimmste vorbereiten?«

Sie nickte. »Wenn das Schlimmste möglich ist, muss man es offen auf den Tisch legen. Nicht die Augen davor verschließen. Nicht weglaufen. Es kann passieren. Und falls es passiert, muss man vorher darüber nachgedacht haben. So ist man nicht am Boden zerstört, wenn die schlimmsten Befürchtungen wahr werden.«

Ich schmolz noch mehr Schnee im Gaskocher und gab uns beiden das Wasser zu trinken, um unseren Flüssigkeitsspiegel zu heben. Immerhin würde es den Hunger in Schach halten. Den ganzen Nachmittag dösten wir vor uns hin. Das Studentenfutter hatte den schlimmsten Hunger gestillt, aber mir war klar, dass Nahrung ein echtes Problem war. Ohne Nahrung war ich nicht leistungsfähig, aber ich brauchte Kraft, um durch hüfthohen Schnee zu stapfen und etwas Essbares zu suchen. Morgen stand mir kein leichter Tag bevor. Vielleicht sogar der bislang schwerste. Die Schmerzen in meiner Brust breiteten sich aus.

Es wurde Abend und damit kälter. In der Dämmerung kroch ich hinaus, scharrte unter dem Schnee und den untersten Zweigen eines rundlichen Nadelbaums herum, sammelte einige Hände trockener Kiefernnadeln, Zweige und Äste und stapelte sie unter der Tragfläche. Dazu musste ich drei Mal hin- und hergehen, bis ich völlig außer Atem war und mir die Rippen hielt. Ashley sah mir aus schmalen Augen zu.

Grovers Tür bestand aus einem einzigen Stück dünnen Blechs, das nur noch an einer Angel hing. Es wog vermutlich nicht mal zehn Pfund. Ich hebelte es mit dem Fuß hoch, legte es flach unter die Tragfläche und häufte Kiefernnadeln und Zweige darauf. In unserer gegenwärtigen Lage war ein Feuer insofern problematisch, als es die mehr oder weniger schützenden Schneewände zum Schmelzen brachte, ganz zu schweigen von dem Schnee darunter. Die Blechtür würde das Schmelzwasser vom Feuer fernhalten, und die kalte Luft draußen würde unsere Höhle über Nacht erhalten. Die Temperatur war bei Sonnenuntergang drastisch gefallen.

Ich brauchte etwas, um das Feuer anzuzünden. Ich hätte zwar den Gaskocher nehmen können, aber ich musste mit dem Gas so sparsam wie möglich umgehen. Dann fiel mir Grovers Feuerzeug ein.

Ich fegte den Schnee beiseite, schob die Hand in seine Jeanstasche und fingerte das Messingfeuerzeug heraus. Als ich den Deckel aufklappte, machte es ein Geräusch, das mich an Dean Martin und John Wayne erinnerte. Mit dem Daumen drehte ich das Rädchen. Der Docht brannte.

»Danke, Grover.«

Ich drehte es um. Die Jahre in seiner Hosentasche hatten es zerkratzt und glatt gewetzt. Als ich es hochhielt, sah ich auf einer Seite eine Gravierung: *Ein Licht auf meinem Weg.*

Ich zündete einen Zweig an einem Ende an und ließ die Flamme in Richtung meiner Finger wachsen, bevor ich sie unter die Kiefernnadeln schob. Da sie abgestorben und trocken waren, brannten sie schnell. Mit der leeren Studentenfuttertüte schürte ich das Feuer und legte größere Stöcke auf, als die Flammen wuchsen und es knackte und knisterte.

Ashley sah die Tüte zu Asche verbrennen. »Das war gutes Studentenfutter.«

Der Hund spürte die Wärme, kam ans Fußende von Ashleys Schlafsack und rollte sich an einer flauschigen Stelle gut einen Meter von den Flammen entfernt ein. Das Feuer war eine willkommene Verbesserung und hob unsere Stimmung, die sich angesichts der fehlenden Nahrung und der geringen Hoffnungen, etwas Essbares zu finden, verdüstert hatte.

Ich überlegte mir, dass ich wohl eine Woche ohne Essen durchhalten könnte, solange wir Wasser hatten, aber danach wäre ich so geschwächt, dass ich niemandem mehr nützen könnte. Als ich vor Jahren den Film *Überleben* gesehen hatte, hatte es mich geschaudert. Als ich nun dasaß und Grover ansah, schauderte es mich noch viel mehr. Auf keinen Fall würde ich ihn essen. Wenn man sämtliche Optionen offen auf den Tisch legte und es darum ginge, ob wir überlebten oder starben, gab es ja immer noch den Hund. Das Problem war allerdings, dass wir von ihm nur einmal satt würden. Seine Größe war so vielleicht zum ersten Mal von Vorteil für ihn. Bei einem Labrador oder Rottweiler hätte ich ernsthafter darüber nachgedacht.

Wir schauten ins Feuer, bis unsere Augen müde wurden. Ashley brach das Schweigen: »Ich überlege, was ich Vince zur Hochzeit schenken könnte. Mit fällt einfach nichts ein. Hast du eine Idee?«

Ich legte noch Holz nach. »Unser zweiter Hochzeitstag. Eine Hütte in den Rockies in Colorado. Eingeschneit.« Ich rang mir ein Lachen ab. »Ein bisschen wie hier. Wir mussten die Studienkredite abzahlen und jeden Cent zweimal umdrehen und hatten abgemacht, uns am Hochzeitstag gegenseitig nichts zu schenken.

Sie lachte. »Was hast du ihr geschenkt?«

»Eine purpurrote Orchidee.«

Sie nickte. »Ach, darum die Orchideen und das Gewächshaus.«

Ich nickte.

»Es gefällt mir, wie du über deine Frau sprichst. Es klingt, als ob ihr tatsächlich zusammenlebt.« Sie legte den Kopf zurück. »In meinem Beruf treffe ich viele Kollegen und andere Leute, bei denen es nicht so ist. Sie behandeln ihre Ehepartner wie Mitbewohner in einer WG. Ihre Wege kreuzen sich, sie teilen sich die Hypothekenraten und haben vielleicht Kinder miteinander. Zwei Individualisten. Es ist erfrischend, dich über deine Frau reden zu hören. Wie habt ihr euch kennengelernt?«

Ich rieb mir die Augen. »Morgen. Wir müssen versuchen, ein bisschen zu schlafen.« Ich streckte die Hand aus. »Hier, nimm das.«

Sie hielt ihre Hand auf. »Was ist das?«

»Percocet.«

»Und was ist da drin?«

»Ein starkes Schmerzmittel, eine Kombination aus Oxycodon und Tylenol.«

»Wie viele hast du davon?«

»Drei.«

»Wieso nimmst du keine?«

»Meine Schmerzen sind nicht so stark, aber bei dir werden sie morgen und übermorgen schlimm sein. Nimm schon. Dann kannst du besser schlafen. Und hier oben, in der dünnen Luft, wirkt eine wie zwei.«

»Was heißt das?«

»Dass du die Wirkung stärker spürst.«

»Hilft das auch gegen meine Kopfschmerzen?«

»Wahrscheinlich nicht. Sie kommen von der Höhe und der Nachwirkung des Absturzes. Das dauert noch einen oder zwei Tage.«

»Hast du auch Kopfschmerzen?«

»Ja.«

Sie rieb sich Schultern und Nacken. »Ich bin ganz steif.«

Ich nickte. »Schleudertrauma.«

Sie schluckte. Ihr Blick fiel auf Grover. Er saß erstarrt etwa eineinhalb Meter vom Fußende ihres Schlafsacks entfernt und war weitgehend mit Schnee bedeckt. »Können wir etwas mit ihm machen?«

»Ich muss ihn begraben, kann ihn aber nicht bewegen. Im Augenblick fällt es mir schon schwer genug, mich selbst zu bewegen.«

»Wenn du atmest, hört es sich an, als ob du starke Schmerzen hättest.«

»Ruh dich aus. Ich bin draußen.«

»Kannst du mir noch einen Gefallen tun?«

»Sicher.«

»Ich muss schon wieder.«

»Kein Problem.«

Dieses Mal ging es schneller, es gab immer noch keine Rotfärbung und viel Flüssigkeit – alles gute Zeichen. Als ich ihr Bein noch einmal in Schnee einpackte, sagte sie: »Weißt du, von mir aus kannst du gern damit aufhören. Ich friere.«

Ich fühlte ihre Zehen und den Puls an ihrem Knöchel. »Halte durch. Wenn ich dein Bein zu warm werden lasse, steigt die Schmerzkurve, und das willst du doch nicht.« Ich schüttelte den Kopf. »Nicht hier draußen.« Ich grub den Schnee neben ihrer gesunden Seite etwas ab und breitete meinen Schlafsack neben ihr aus. »Die Temperatur fällt, und wenn wir unsere Körperwärme teilen, können wir beide besser schlafen und leben länger.«

Sie nickte. »Wie spät ist es?«

»Kurz nach sechs.«

Sie legte sich zurück und starrte nach oben. »Jetzt sollte ich zum Traualtar gehen.«

Ich kniete mich neben sie. Unser Atem bildete Wölkchen. »Warst du schon mal verheiratet?«

Sie schüttelte den Kopf. Tränen stiegen ihr in die Augen.

Ich hielt ihr meinen Ärmel hin, und sie beugte sich vor und wischte ihre Tränen daran ab. Ich prüfte die Stiche an ihrem Kopf und ihrem Auge und zog ihr behutsam die Mütze über die Ohren. Ihre Augen waren eingesunken und nicht mehr so verquollen, auch die Schwellung in ihrem Gesicht war etwas zurückgegangen.

»Du wirst heiraten. Wir kommen aus diesen Bergen raus, und du bekommst deine Hochzeit – nur ein bisschen später als geplant.«

Lächelnd schloss sie die Augen. Es war kein sonderlicher Trost.

»Du siehst bestimmt wunderschön aus in Weiß.«

»Woher willst du das wissen?«

»Wir hatten eine kleine Hochzeit ...«

»Wie klein?«

»Ich, Rachel und ihre Familie.«

»Du hast recht, das ist klein.«

»Aber in dem Moment, als die Tür aufging ... und sie dastand in dem weißen, bodenlangen Kleid ... Das ist ein Bild, das ein Bräutigam niemals vergisst.«

Sie wandte den Kopf ab.

»Entschuldigung. Ich dachte, es würde helfen.«

Als sie nach einer Stunde flacher atmete, kroch ich hinaus und holte das Diktiergerät aus meiner Tasche. Der Himmel senkte sich feuer- und karminrot über ein Meer aus Weiß mit silbrigen Adern und drohte mit der Erde zu verschmelzen, sobald die letzten Sonnenstrahlen im Westen verschwanden. Der Hund kam mir nach und ging um mich herum. Er war leicht genug, um über den verharschten

Schnee zu gehen, aber es gefiel ihm nicht. Er drehte einige Kreise, hob das Bein an einem kleinen Baum, scharrte wie ein wütender Stier Schnee hinter sich und schaute über das Plateau und die Berge. Nach einer Weile schüttelte er den Kopf, nieste und verschwand wieder in der Höhle, um sich zu Ashley zu legen.

Ich drückte auf die Aufnahmetaste.

# 8

*War ein langer Tag hier. Ende des dritten Tages, glaube ich. Wir leben noch – ob das so bleibt, ist eine andere Frage. Ashley hält durch, aber ich weiß nicht, wie oder wie lange noch. Wenn ich solche Knochenbrüche und Schmerzen hätte, würde ich mich in Embryonalhaltung zusammenkauern und betteln, dass mir jemand eins über den Kopf zieht oder genug Morphine gibt, um eine Kuh zu betäuben. Sie hat sich noch kein einziges Mal beklagt.*

*Gute Neuigkeiten? Ich weiß, wo wir sind. Schlechte Neuigkeiten? Wir sind weit weg von allem und in einem Terrain, das schon mit zwei gesunden Beinen schwierig ist. Für jemanden mit einem kranken Bein nahezu unmöglich. Das habe ich ihr nicht gesagt. Ich weiß … ich mache es noch.*

*Ich weiß wirklich nicht, wie wir hier herauskommen sollen. Ich kann aus Teilen der Tragfläche eine Art Trage bauen, aber wie weit kann ich sie darauf ziehen? Wir müssen uns einen Ort in geringerer Höhe suchen, wo wir uns entweder ausruhen können, bis Hilfe kommt – die nicht kommen wird, das weiß ich –, oder bis ich uns beide hier herausbringen kann. Und wir brauchen Nahrung. Seit 48 Stunden habe ich außer einem bisschen Studentenfutter nichts gegessen.*

*Ganz zu schweigen von dem Hund, dessen Name mir immer noch nicht einfällt. Mir ist klar, dass er Hunger hat, denn er kaut schon auf Zweigen herum. Er zittert ständig und mag den Schnee nicht. Er läuft, als ob ihm die Füße weh täten.*

*Ich glaube, ich habe Ashley aufgeregt. Das wollte ich nicht. Ich habe nur versucht, sie aufzuheitern. Bin vielleicht aus der Übung.*

*Wo wir gerade von Übung reden … hast du je ausgerechnet, wie viele Kilometer wir gemeinsam gelaufen sind? Ich auch nicht.*

*Jedes Mal, wenn wir zusammen liefen, fragtest du mich nach deiner Schrittlänge, und ich tat, als ob ich ernsthaft darauf geachtet hätte. Aber in Wirklichkeit konnte ich meine Augen gar nicht von deinen Beinen wenden. Ich denke, das war dir auch klar. Ich liebte es, hinter dir herzulaufen.*

*Wenn ich heute auf uns zurückblicke, auf unsere Anfänge, erinnere ich mich, dass wir gemeinsam etwas taten, was wir liebten und teilten. Wir mussten uns nie einen Grund ausdenken, zusammen zu sein. Und nichts trennte uns.*

*Sobald du den Führerschein gemacht hattest, fuhrst du an den Strand und klopftest morgens um vier Uhr an mein Fenster. Dann liefen wir gemeinsam am Strand entlang. Lange Strecken. Fünfzehn bis zwanzig Kilometer. Wir nannten es langsame Langstrecken. Zeit spielte keine Rolle. Keine Stoppuhr. Kein Messen von Erfolg oder Misserfolg. Wenn wir nicht am Strand liefen, holte ich dich vor eurer Einfahrt ab, und wir liefen die Brückenrunde durch die Innenstadt. Über Main Street und Landing und zurück über Acosta, um den Brunnen und wieder von vorn. Wenn einer von uns müde war, mit Schmerzen in den Schienbeinen zu kämpfen hatte oder einfach nur eine Pause brauchte, fuhren wir zu Dunkin' Donuts, bestellten zwei Becher Kaffee und fuhren mit offenem Verdeck durch die Stadt.*

*Ich glaube, damals habe ich dir beigebracht, wie man mit Schaltgetriebe fährt, und du hast mir ein Schleudertrauma verpasst. Na gut, so schlimm war es ja vielleicht gar nicht, aber du hast meine Kupplung ziemlich strapaziert. Und mein Nacken tat weh. Aber ich würde es dir nur zu gern wieder beibringen.*

*Dann war da dieser Samstagmorgen. Wir kamen nach einem*

*langen Lauf am Strand zurück. Rechts von uns erwischte dieser Junge auf dem Surfboard eine Welle, die Spitze seines Boards tauchte unter, und er geriet ins Wanken. Er wurde unmittelbar vor uns auf den Strand gespült. Kurz darauf tauchten zwei Teile seines Surfbretts auf. Er hatte eine Schnittwunde an der Stirn, war blutüberströmt, hatte eine Schulter ausgekugelt, war desorientiert und ihm war übel. Ich half ihm, sich hinzusetzen, und drückte die Wunde zu. Er deutete auf sein Haus, und du liefst, um seiner Familie Bescheid zu sagen, während ich bei ihm blieb und ihm half, seine Schulter einzurenken. Als du wiederkamst, lachte er und erzählte von dem neuen Surfbrett, das er sich kaufen würde. Seine Eltern bedankten sich und nahmen ihn mit nach Hause. Du drehtest dich zu mir um, schirmtest die Augen gegen die Sonne ab und sagtest, als hättest du es schon immer gewusst: »Du wirst mal ein großartiger Arzt.«*

*»Was?«*

*»Du.« Du tipptest mir mit dem Finger an die Brust. »Du wirst mal ein großartiger Arzt.«*

*Darüber hatte ich noch nie nachgedacht. Um ehrlich zu sein, ich hatte noch nie an etwas anderes gedacht, als von meinem Vater wegzukommen. Aber in dem Moment, als du das sagtest, machte es in mir Klick.*

*»Woher weißt du das?«*

*»Aus der Art, wie du mit Menschen umgehst.« Dann maltest du Gänsefüßchen in die Luft und sagtest: »Aus deinem Umgang mit Patienten.«*

*»Wovon redest du eigentlich?«*

*Du zeigtest auf den weggehenden Jungen. »Sieh ihn dir an. Als ich ging, war er kurz davor, sich zu übergeben. Jetzt lacht er und will sich gleich ein neues Surfbrett kaufen. Er kann es gar nicht abwarten, wieder ins Wasser zu kommen. Das liegt an dir, Ben. Irgendwas in der Art, wie du mit Leuten redest, wirkt beruhigend.«*

*»Wirklich?«*

*Ein Nicken. »Ich muss es schließlich wissen.«*

*Damals fiel mir zum ersten Mal auf, dass du die schlummernden Möglichkeiten in Alltäglichem sahst. In Nebensächlichem. Gewöhnlichem.*

*Das zweite Mal war, als ich dich auf der Arbeit besuchte. Nach der Schule halfst du ehrenamtlich im Kinderkrankenhaus. Überall waren kahlköpfige, kranke Kinder. Sauerstoffgeräte. Rollstühle. Schmutzige Laken. Unangenehme Gerüche. Beunruhigende Geräusche. Als ich dich fand, hattest du Gummihandschuhe an, eine Bettpfanne in der Hand und lachtest mit dem kleinen Mädchen, das gerade darauf gesessen hatte. Du strahltest. Sie ebenfalls.*

*Ich sah Krankheit und Elend in jedem Zimmer. Du nicht. Du sahst Möglichkeiten und Verheißungen. Selbst im Unwahrscheinlichen.*

*Irgendwann im Laufe des Schuljahrs merkte ich, dass du inzwischen meine beste Freundin warst. Du brachtest mir bei, was Lächeln bedeutete. Mit einem Herzen zu leben, das sich lebendig anfühlte. Mit jedem Lächeln arbeitetest du dich tiefer in den Steinbruch, der ich war, und klopftest die Narben und Felsen weg, die sich um meine Seele türmten. Du warst die Erste, die mich stückweise zusammensetzte. Was die Liebe angeht, so brachtest du mir bei, zu kriechen, zu gehen, zu laufen und dann irgendwann, als wir bei Mondschein und Gegenwind am Strand einen Kilometer nach dem anderen in jeweils drei Minuten liefen, drehtest du dich zu mir um, schnittest die Fesseln durch, die mich hielten, und lehrtest mich fliegen. Meine Füße berührten kaum den Boden.*

*Wenn ich jetzt über diese Eislandschaft schaue, aus der mich nur das Unmögliche anstarrt, erinnere ich mich daran.*

*Ich sehe, was ist. Du siehst, was sein könnte.*

*Ich muss wieder hinein. Es wird kälter. Ich vermisse dich.*

Im Laufe der Nacht packte ich noch zwei Mal Schnee um Ashleys Bein. Sie wachte nicht auf, stöhnte aber viel und redete im Schlaf. Ich war schon einige Stunden auf, als sie mit einem Schmerzensschrei, wie es sich anhörte, wach wurde. Ihre Augen waren schmale Schlitze.

»Wie geht es dir?«

»Als hätte mich ein Riesenlaster überfahren.« Ihre Stimme klang belegt. Sie drehte sich auf die Seite und übergab sich einige Minuten lang. Es war mehr ein trockenes Würgen und Magensaft. Schließlich legte sie sich wieder hin und versuchte die Luft anzuhalten. Sie hatte starke Schmerzen.

Ich wischte ihr den Mund ab und hielt ihr den Becher, während sie trank. »Du musst ein paar Schmerztabletten nehmen, obwohl ich bezweifle, dass es deinem leeren Magen gefallen wird.«

Mit geschlossenen Augen nickte sie.

Ich schürte das Feuer und zündete den Gaskocher an.

Der Kaffeeduft ließ sie die Augen öffnen. Sie war erschöpft, hatte keine Kraft mehr. »Wie lange bist du schon auf?«

»Ein paar Stunden. Ich habe mich ein bisschen umgesehen. Die Höhle gefällt mir zwar, aber wir müssen aus diesem Loch heraus. Hier wird uns niemand finden, und ich kann kein Signalfeuer machen.«

Sie beäugte die Vorrichtungen, die links neben mir lagen. »Hast du die gemacht?«

Ich hatte die Netzbespannung von den Rückenlehnen der Sitze genommen, die Metallrahmen mit Grovers Multifunktionsmesser abmontiert und daraus etwas gebastelt, was nach Schneeschuhen aussah. Die Rahmen waren länger als breit und vorne breiter als hinten. Das Drahtgeflecht hatte ich doppelt gelegt, über die Rahmen gespannt und mit Grovers Fliegenschnur befestigt. Sie waren gut gelungen. Ich hielt sie hoch. »Schneeschuhe.«

»Wenn du es sagst.«

»An den meisten Tagen stehe ich bei geplanten Operationen, oder wenn nachts ein Rettungswagen oder Rettungshubschrauber kommt, vor wesentlich schwierigeren Aufgaben, als solche Schuhe zu basteln.«

»Willst du damit angeben?«

»Nein, ich sage nur, dass ich durch meine alltägliche Arbeit auf Ungewöhnliches und Unerwartetes vorbereitet bin.«

Ich reichte ihr einen der Schneeschuhe, und sie betrachtete ihn eingehend, bevor sie ihn mir zurückgab. »Ich glaube, schon die Erwähnung irgendeiner Bewegung klingt schmerzhaft, aber ich bin dafür, dass wir hier wegkommen. Ein Tapetenwechsel wäre gut.«

Ich schenkte ihr Kaffee ein und reichte in ihr. »Geh sparsam damit um. Er reicht noch für zwei Tage.«

»Du rechnest nicht damit, dass jemand kommt? Ich meine, ernsthaft?«

»Nein.«

Sie nickte und schnupperte am Kaffee.

»Ich lasse dich für ein paar Stunden allein. Laufe ein bisschen in der Gegend herum.«

Ich kramte Grovers Leuchtpistole aus der Plastikbox im Heck, wo er sein Angelzeug aufbewahrte, lud sie und gab sie Ashley. »Wenn du mich brauchst, spanne und drücke hier drauf. Und achte darauf, dass du durch die Öffnung der Höhle schießt. Sonst könntest du dich und das alles hier in Brand setzen. In den Tragflächentanks ist noch etwas Treibstoff. Ich bin sicher den Rest des Tages unterwegs.

Sollte ich bei Einbruch der Dunkelheit noch nicht zurück sein, mach dir keine Sorgen. Ich nehme meinen Schlafsack, meinen Biwaksack, die Rettungsdecke und ein paar andere Dinge mit. Ich komme schon klar. Hier draußen sind die Wetterbedingungen das Entscheidende. Sie können schnell umschlagen, und wenn es schlechter wird, kann es sein, dass ich mir ein Lager machen und abwarten muss. Ich will versuchen, etwas Essbares aufzutreiben und eine andere Bleibe oder zumindest eine Stelle zu finden, an der ich uns eine bauen kann.«

»Und das kannst du alles?«

»Manches. Und was ich nicht kann, muss ich eben lernen.«

Ich holte Grovers Compound-Bogen aus dem Etui im Heck des Flugzeugs, außerdem eine Angelrute, seine Angelweste und eine der Rollen, die in der Weste steckten.

»Kannst du Fliegenfischen?«

»Ich habe es schon mal gemacht.«

»Und wie war's?«

»Du meinst, ob ich was gefangen habe?«

Sie nickte.

»Nein.«

»Das habe ich befürchtet.« Sie beäugte den Bogen. »Und was ist mit diesem Ding da?«

»Das habe ich wirklich schon mal gemacht.«

»Du kannst damit also was treffen?«

»Früher ja.«

»Und du glaubst, dass du es mit deinen Rippen schaffst, ihn zu spannen?«

»Keine Ahnung. Hab's noch nicht ausprobiert.«

»Du lässt es also drauf ankommen.«

»Im Gunde ja.«

»Hilfst du mir noch eben, bevor du gehst?«

Ashley benutzte die »Toilette«, und ich schmolz ihr noch etwas Wasser und deckte sie zu.

»Reichst du mir bitte meine Tasche?« Sie holte ihr Handy heraus. »Nur so.« Sie schaltete es ein, aber die Kälte hatte es ebenfalls lahmgelegt.

Ich zuckte die Achseln. »Du könntest Solitaire spielen.« Ich deutete auf meinen kleinen Rucksack, den ich auch als Aktentasche benutzte. »Du kannst gern meinen Laptop benutzen, aber ich bezweifle, dass er funktioniert. Und selbst wenn, dürfte er nicht mehr lange laufen.«

»Hast du etwas zu lesen?«

Ein Achselzucken. »Bin kein großer Leser. Ich fürchte, du bist mit deinen Gedanken und dem Hund allein.« Ich kraulte ihn hinter den Ohren. Er hatte sich an uns gewöhnt und aufgehört, Grovers Mund abzulecken. »Kannst du dich noch an seinen Namen erinnern?«

Sie schüttelte den Kopf. »Nein.«

»Ich auch nicht. Ich finde, wir sollten ihn Napoleon nennen.«

»Wieso?«

»Schau ihn doch an. Wenn jemals ein Tier einen Napoleonkomplex hatte, dann er. Er hat die Haltung eines wütenden Bullmastiffs, den man in ein Paket von der Größe eines Brotlaibs gesteckt hat. Er ist doch das Paradebeispiel für den Slogan: ›Nicht die Größe des Hundes entscheidet im Kampf, sondern die Größe der Kampfkraft im Hund.‹«

Sie nickte. »Können wir etwas für seine Füße tun?«

Ich musterte den Rücksitz, der schief in seiner gebrochenen Halterung hing und aussah, als hätte man ihm die Luft herausgelassen, nachdem ich einen Teil des Rahmens verarbeitet hatte. Ich klappte das Multifunktionsmesser auf und schnitt vier Quadrate aus dem Kunststoffbezug. Die Rückseite war mit zentimeterdickem Schaumstoff beschichtet. In die Ecken der Quadrate schnitt ich Löcher, fädelte ein Stück Angelschnur hindurch und band sie um Napoleons Füße. Er schaute mich an, als hätte ich den Verstand verloren. Dann schnupperte er daran, stand auf, ging auf dem Schnee herum, stemmte sich gegen mich und leckte mir das Gesicht.

»Okay, ich liebe dich auch.«

Ashley grinste. »Ich glaube, du hast einen Freund gewonnen.«

Ich streckte die Hand aus. »Das GPS-Gerät.«

Sie holte es aus ihrem Schlafsack, und ich steckte es in die Innentasche meiner Jacke. Zum Schluss öffnete ich den Reißverschluss einer kleinen Seitentasche meines Rucksacks, holte meinen Kompass heraus und hängte ihn mir um den Hals: ein mit Flüssigkeit gefüllter Marschkompass, den Rachel mir vor Jahren geschenkt hatte.

Als Ashley ihn sah, fragte sie: »Was ist das?«

Ich legte ihn auf meine Handfläche. Die Ränder waren glatt gewetzt. Stellenweise war die grüne Farbe so abgenutzt, dass das matte Aluminium darunter zum Vorschein kam. »Ein Kompass.«

»Sieht gebraucht aus.«

Ich setzte meinen Rucksack auf, schloss den Reißverschluss meiner Jacke und nahm den Bogen. »Denk daran: Wenn es dunkel wird und ich noch nicht zurück bin, ruf dir in Erinnerung, dass ich wiederkomme. Es kann sein, dass es der nächste Morgen wird, aber ich komme. Wir sind zum Kaffee verabredet, du und ich. Abgemacht?«

Sie nickte. Mir war klar, wenn ich bei Einbruch der Dunkelheit nicht zurück wäre, würde sie unruhig werden, und ihre Sorgen würden die Schatten bevölkern. Das hat Dunkelheit so an sich. Sie verleiht Ängsten Ausdruck, die zwar unausgesprochen bleiben, aber dennoch real sind.

»Selbst wenn es morgen Abend wird?«

Sie nickte. Ich gab ihr die Packung Schmerztabletten.

»Nimm davon alle sechs Stunden vier Stück. Und vergiss nicht, Holz nachzulegen.« Als ich aus der Höhle kroch, kam Napoleon mir nach. Sobald ich mich hinkniete, um meine Schneeschuhe anzuschnallen, kletterte er auf mich. »Du musst hierbleiben und dich um sie kümmern. Okay? Leiste ihr Gesellschaft. Ich glaube, sie ist einsam; heute ist für sie kein guter Tag. Eigentlich sollte sie jetzt in den Flitterwochen sein.«

Ashley rief aus dem Flugzeugwrack: »Ja ... an einem warmen Ort, wo mir ein sonnengebräunter junger Kellner namens Julio oder Francesco in weißer Leinenhose Drinks in hohen Gläsern mit Sonnenschirmchen bringt.«

Ich wandte mich ab und stapfte den Berg hinauf.

# 9

*Die Florida-Meisterschaften in meinem letzten Schuljahr: Du warst dabei, als ich einen neuen Bundesstaatenrekord über vierhundert Meter lief und die 50-Sekunden-Marke unterschritt. Auch in der 400-Meter-Staffel stellten wir einen neuen Rekord auf, im 3000-Meter-Lauf blieb ich knapp über dem Florida-Rekord und stand nun am Start für den 1600-Meter-Lauf. Sie hatten die Reihenfolge der Wettkämpfe geändert und den 1600-Meter-Lauf an den Schluss gelegt, um genügend Medienaufmerksamkeit zu bekommen. Jemand hatte das Gerücht in Umlauf gebracht, ich könnte ihn in vier Minuten laufen. Trainer aus dem ganzen Bundesstaat standen um Dad herum und klopften ihm auf den Rücken. Nach dem letzten Stand hatte ich mehr als zwanzig Angebote für Vollstipendien. Alles inklusive.*

*Ich hatte mein Päckchen zu tragen, Dad seins. Seine Lieblingssorge war die Finanzierung meines Studiums. »Sie bezahlen dir fünf Jahre Studium. Mach deinen Bachelor in zweieinhalb Jahren. Dann deinen Master of Business Administration. Sobald du mit dem Wirtschaftsstudium fertig bist, kannst du dich selbständig machen. Mit deiner Energie könntest du meine Firma übernehmen.«*

*Ich wollte nichts mit ihm, seinem Aktienmarkt oder seiner Firma zu tun haben. Ich wusste genau, wohin er sich das alles stecken konnte, aber das sagte ich ihm nie.*

*Du hattest zwei Angebote für Vollstipendien, und um ehrlich zu sein, war ich auf deine stolzer als auf meine.*

*Ich sah es aus den Augenwinkeln an seinem Gesicht. Die Vene an seiner Schläfe trat vor. Gleich oberhalb der rechten Schläfe. Er war schweißgebadet. Am Strand war ich mehrmals 4,04 Minuten gelaufen, allerdings auf Sand und bei etwas Gegenwind. Er war sicher, dass ich es in 3,58 Minuten schaffen könnte. Als ich mit dem Zeh an der Startlinie stand, war ich fix und fertig. Hatte Pudding in den Beinen. Wenn ich 4,04 liefe, könnte ich noch von Glück sagen. Du lehntest am Zaun. Die Hände fest gefaltet.*

*Der Startschuss fiel.*

*Nach der ersten Runde waren wir noch alle zusammen. Ein dichtes Feld. Ein Läufer aus dem Süden versuchte mich mit den Ellbogen abzudrängen. Mir war klar, wenn ich etwas erreichen wollte, musste ich mich von den anderen absetzen. Am Anfang der dritten Runde lief ich allein. Die Organisatoren hatten einen Schrittmacher angeboten, aber Dad hatte abgelehnt. »Das schafft er ganz allein.« Nach drei Runden hatte ich den Rhythmus gefunden. Ich schaffte es.*

*Und mir war klar, dass ich es schaffte.*

*Die Zuschauer auf den Tribünen sprangen auf. Schrien. Ich erinnere mich an eine Frau, die eine Milchflasche mit einem halben Dutzend Centstücken schüttelte. Dad stand mit versteinerter Miene da. Granit mit aufblasbaren Lungen. Noch hundert Meter, und ich lief einer 3,58, vielleicht sogar 3,57 entgegen.*

*Ich sah, dass er mich beobachtete. Alles, wofür ich gearbeitet hatte, ging in diesen wenigen Sekunden in Erfüllung. Du schriest aus vollem Hals. Sprangst einen Meter in die Luft. Als ich dich sah, ihn sah, wurde mir klar, dass keine Zeit, die ich lief, ihm je gut genug wäre. Und wenn es der U. S.-Rekord wäre. Er würde immer unterstellen, dass ich mich nicht genug bemüht hätte. Dass ich noch schneller laufen könnte.*

*Dieses versteinerte Mount-Rushmore-Gesicht löste etwas in mir aus. Die Anspannung ließ nach. Ich wurde langsamer. Ich sah die Uhr die 3,53 überschreiten. Dann die 3,57. Meine offizielle Zeit war 4,0037. Das Stadion tobte. Ich hatte etwas geschafft, was noch keinem anderen Läufer aus Florida gelungen war. Vier Jahre in Folge war ich bei zwölf Wettkämpfen Bundesstaatsmeister geworden, hatte mich für die U. S.-Meisterschaften qualifiziert und konnte mir mit meinem Notendurchschnitt jedes College aussuchen, das ich wollte.*

*Umringt von meinen Teamkollegen, stand ich an der Bahn. Aber es war mir egal. Das einzige Gesicht, das ich sehen wollte, war deins. Und dann kamst du.*

*Meinen Vater sah ich nicht. Ich bin ziemlich sicher, dass noch fünf Sekunden mehr in meinen Beinen steckten. Und ich bin ziemlich sicher, dass ihm das ebenfalls klar war.*

*Wir gingen aus. Die ganze Mannschaft. Um zu feiern. Ich kam nach Hause, um mich umzuziehen. Wir gingen ins Haus. Er saß in seinem Sessel. Ein leeres Kristallglas auf dem Oberschenkel. Die Flasche neben ihm war halb leer. Bräunlicher Alkohol. Er trank selten. Für ihn war Trinken nur etwas für primitive Schwächlinge.*

*Du schautest hinter meinem Rücken hervor. »Mr. Payne, haben Sie es gesehen?«*

*Er stand auf, hielt mir den Finger vor die Nase und stach ihn mir in die Brust. Speichel sammelte sich in seinen Mundwinkeln. Eine Vene pochte unter seinem Auge. »Mir ist noch nie was geschenkt worden. Du Scheiß …«*

*Kopfschüttelnd ballte er die Faust und holte aus. Der Schlag brach mir die Nase. Es fühlte sich an, als ob ein blutgefüllter Ballon in meinem Gesicht explodiert wäre. Damals war ich 1,88 Meter groß, fünf Zentimeter größer als er, und mir war klar, wenn ich zurückschlüge, würde ich vielleicht nicht mehr aufhören können. Aber als ich aufstand, hob er die Hand gegen dich. Und nach seiner Miene zu urteilen, gab er dir die Schuld.*

*Ich fing seine Hand ab, drehte ihn herum und schleuderte ihn in die Glasschiebetür. Das Sicherheitsglas zersprang in unzählige Splitter. Er lag auf der Terrasse und starrte mich an.*

*Du fuhrst mich ins Krankenhaus, wo sie meine Nase richteten, mir das Blut von Gesicht und Nase wischten und mir gratulierten. Einer der Pfleger reichte mir das Titelblatt der Tageszeitung, die mit einem ganzseitigen Foto von mir aufmachte, und bat mich um ein Autogramm.*

*Gegen Mitternacht fuhren wir in einen Village Inn, der rund um die Uhr geöffnet hatte und Pfannkuchen verkaufte. Wir bestellten ein Stück Schokoladentorte mit zwei Gabeln. Unsere Feier. Anschließend fuhr ich dich nach Hause. Deine Mom setzte sich mit uns an den Küchentisch, und wir redeten über den Wettkampf. Du saßest mit müden Augen in einem Frotteebademantel am Tisch, und dein Bein berührte meins. Schon Hunderte Male hatten deine Beine meine berührt, auf dem Sportplatz, im Auto oder sonst wo. Aber das … das war anders. Es war Absicht. Das war nicht das Bein der Läuferin Rachel, das meins berührte, es war das Bein des Mädchens Rachel.*

*Ein Riesenunterschied.*

*Gegen ein Uhr kam ich nach Hause. Ein paar Stunden später wurde es 4:55 Uhr, aber mein Vater kam nicht. Er weckte mich nie wieder. Ich lag wach. Lauschte auf Schritte. Überlegte, was ich tun sollte. Wer ich sein sollte. Da ich darauf keine Antwort fand, stand ich auf, zog mich an und ging am Strand spazieren. Ich sah die Sonne über den Booten der Krabbenfischer aufgehen. Immer weiter ging ich, bis es Mittag und schließlich Abend wurde. Die Sonne ging schon unter, als ich an den Hafenmolen in Mayport stehen blieb. Über dreißig Kilometer nördlich von meinem Ausgangspunkt. Ich kletterte auf den Felsbrocken bis ans Ende der Mole. Manche würden sagen, das sei gefährlich.*

*Hinter mir hörte ich deine Stimme. »Wovor läufst du weg?«*

*»Wie bist du hergekommen?«*

*»Zu Fuß.«*

*»Wie hast du mich gefunden?«*

*»Immer den Fußabdrücken nach.«*

*»Ziemlich gefährlich, meinst du nicht?«*

*Du lächeltest. »Ich wusste ja, dass ich nicht allein war.«*

*Du bist über die Felsblöcke geklettert. Unter dir huschten Winkerkrabben herum. Du zogst mich an dich, schobst deine Sonnenbrille hoch. Eine Costa Del Mar. Ich hatte sie dir geschenkt. Deine Augen waren gerötet. Du hattest geweint. Mit verschränkten Armen schautest du aufs Wasser, die Hände in den langen Ärmeln deines grauen Sweatshirts versteckt. »Glaubst du, es gibt Ärger, weil wir den Unterricht geschwänzt haben?«*

*»Das ist mir egal.« Ich wischte dir eine Träne weg. »Du hast geweint.«*

*Du nicktest.*

*»Warum?«*

*Du schlugst mir mit den Fäusten gegen die Brust und lehntest dich dann an mich. »Weil ich nicht will, dass es aufhört.«*

*»Was?«*

*Deine Augen flossen wieder über. Eine Träne hing an deinem Kinn. Behutsam wischte ich sie mit dem Handrücken fort.*

*»Das mit uns, Dummkopf.« Du legtest deine Hand flach an meine Brust. »Dich zu sehen … jeden Tag.«*

*»Ach … das.«*

*Vielleicht war es das, was mich den ganzen Tag am Strand hatte weitergehen lassen. Und auf über dreißig Kilometern hatte ich keine einfache Antwort gefunden. Uns beiden stand viel Schmerzliches bevor.*

*Eine Highschool-Liebe war eine wichtige Sache, aber alle warnten einen davor, diese Jugendliebe zum entscheidenden Grund für die College-Auswahl zu machen. Erinnerst du dich? Manchmal wünschte ich, wir hätten darauf gehört. Aber dann schüttle ich jedes*

*Mal den Kopf und denke, es war alles ganz anders. Ich gebe uns nicht die Schuld. Ich würde es wieder tun. Ehrlich. Wenn ich die Zeit zurückdrehen könnte, würde ich mich wieder so entscheiden.*

*Aber manchmal frage ich mich doch …*

# 10

Der Sturm hatte einen Meter Neuschnee gebracht. Frischen Pulverschnee. Ohne die Schneeschuhe wäre ich bis zu den Oberschenkeln eingesunken, und es hätte nicht lange gedauert, bis Nässe und Kälte meine Beine taub gemacht hätten. Für den Fall, dass etwas schiefgehen und ich stolpern sollte, schärfte ich mir ein, die Schneeschuhe nicht zu verlieren. Bei diesem Gedanken blieb ich stehen, schnitt zwei Stücke Kordel ab und band jeweils das eine Ende hinten am Schneeschuh fest und das andere um meinen Knöchel. Eine Art Sicherungsleine.

Ich suchte zwar einen Weg in tiefere Höhenlagen, musste aber zunächst weiter hinaufsteigen, um mir aus der Vogelperspektive einen Überblick zu verschaffen. Sobald ich eine bessere Aussicht hatte, wollte ich das GPS-Gerät einschalten und versuchen, die Abbildung auf dem Display mit der Wirklichkeit in Einklang zu bringen. Die Luft war dünn, der Boden leicht vereist und glatt. Immer wieder musste ich stehen bleiben, um die Schneeschuhe an- oder auszuziehen. Zudem war ich viel schwächer, als ich erwartet hatte. Bis zum Nachmittag stieg ich immer weiter bergauf, bis ich einen kleinen Grat oberhalb des Plateaus erreichte, der etwa dreihundert Höhenmeter über unserer Absturzstelle lag. Erst am späten Nachmittag fand ich den Ausblick, den ich erhofft hatte.

Was ich sah, beruhigte mich allerdings nicht.

Ich hatte auf Anzeichen von Zivilisation gehofft. Ein Licht. Rauch aus einem Kamin. Ein Gebäude. Irgendetwas, was mir eine Richtung vorgegeben hätte. Einen Grund zur Hoffnung. Ich drehte mich um und suchte eingehend den Horizont ab, bis die Wahrheit zu mir durchdrang.

Wir waren mitten in einer Einöde. Nichts war zu sehen, was auf Menschen hindeutete.

Rundherum erstreckte sich über gut hundert Kilometer eine einsame Schneelandschaft mit zerklüfteten Gipfeln und unbegehbaren Routen. Der Felsen, auf dem ich stand, war der Inbegriff der Abgeschiedenheit. Ich schaltete das GPS-Gerät ein, verglich die Landschaft vor meinen Augen mit dem GPS-Display und überprüfte die elektronischen Angaben gradgenau mit dem Kompass. Die einzige Überraschung war, dass das GPS unzählige Seen anzeigte. Hunderte. Vielleicht sogar tausend. Um diese Jahreszeit waren sicher alle zugefroren, aber ich zeichnete mir die nächstliegenden in meine Skizze ein und nahm mir vor, sie am nächsten Tag zu erkunden.

In der Südostecke des GPS-Displays erkannte ich vage eine Linie, die nach einem Weg für Holzfahrzeuge oder Schneemobile aussah. Er wand sich einen Pass zwischen zwei Bergrücken hinauf. Ich schaute in die Richtung, sah aber nichts außer Baumwipfeln und zerklüfteten Felsen. Ich richtete das GPS-Gerät nach den Gipfeln meiner Umgebung aus und führte eine genaue Kompassmessung durch. Auf eine solche Entfernung konnte eine Fehlmessung von nur einem Grad zu einer kilometerweiten Kursabweichung führen. Als ich die Darstellung gerade vergrößern wollte, wurde das Display schwarz. Ich klopfte auf das Gerät, als ob das etwas nützen könnte, aber es war tot. Die Kälte hatte der Batterie zugesetzt. Mit geschlossenen Augen versuchte ich, mich an alles zu erinnern, was ich auf dem Display gesehen hatte, und ergänzte die Skizze, die ich am Vortag vor dem Flugzeugwrack erstellt hatte. Sie war unvollständig und mangelhaft, aber immerhin besser als nichts.

Erst nach Einbruch der Dunkelheit machte ich mich auf den Rückweg. Ich war müde und hätte mich am liebsten hingelegt und geschlafen, aber der Gedanke an Ashley, die sicher mit großen, besorgten Augen dalag, ließ mich einen Fuß vor den anderen setzen. Sosehr ich mich auch bemüht hatte, sie auf meine späte Rückkehr vorzubereiten, war mir doch klar, dass sie sicher seit Sonnenuntergang auf meine Schritte lauschte. Und jede Minute, die verging, erschien ihr wahrscheinlich wie eine Stunde. Das kam vom Warten. Minuten wurden zu Stunden, Stunden zu Tagen und Tage zu mehreren Leben.

# 11

*Einen Moment lang dachte ich, wir hätten zum letzten Mal miteinander gesprochen. Dieses Ding wollte einfach nicht laufen. Kein grünes Licht. Kein rotes Licht. Gar nichts. Seit fünf Minuten drücke ich auf jede vorhandene Taste. Habe an den Batterien gerüttelt, sie sogar herausgenommen und vertauscht. Schließlich habe ich das Gerät unter mein Shirt geschoben und eine Weile an meine Brust gedrückt, um es aufzuwärmen. Ich weiß nicht, was ich gemacht hätte, wenn es den Geist aufgegeben hätte.*

*Mir fällt ein, dass ich damals meinen Lauftrainer anrief und ihn bat, er solle sich deine Trainingsaufzeichnungen und Zeiten anschauen. Er zögerte keinen Moment. »Würde das Ihre Entscheidung beeinflussen, an diesem College zu studieren?«*

*»Ja.«*

*Ich hörte Papiere rascheln.*

*»Komisch. Zufällig habe ich gerade ein Extrastipendium auf dem Tisch liegen.«*

*Einfach so.*

*Rückblickend war die College-Zeit eine der schönsten. Mein Vater war weit weg, und wir hatten die Freiheit, wir selbst zu sein. Zusammenzuwachsen. Zusammen zu lachen. Und du fandest deinen Rhythmus und wurdest zu der Läuferin, von der ich gewusst hatte, dass sie in dir steckte. Ich war nur froh, dass ich einen Anteil daran hatte.*

*Unser letztes College-Jahr. Das Medizinstudium stand an. Kurz vor dem Ende meiner Läuferkarriere. Medaillen an den*

*Wänden oder in Schubladen. Soweit ich weiß, kam mein Vater nie, um mich laufen zu sehen. Das Laufen hatte sich für mich verändert. Es war nicht mehr allein meine Sache, es war unsere Sache. So gefiel es mir besser.*

*Du bist die beste Trainingspartnerin, die ich je hatte.*

*Außerdem hatten wir die Rockies für uns entdeckt, sie boten uns einen Ausgleich. Wurden ebenfalls zu unserer gemeinsamen Sache.*

*Du warst seit einigen Tagen recht still. Ich dachte, du wärst mit dem College oder den Prüfungen beschäftigt. Ich hatte keine Ahnung, dass du über uns nachdachtest. Über dich und mich. Schatz, ich kann deine Gedanken nicht lesen. Damals nicht. Und heute nicht.*

*In den Frühlingsferien waren wir zu Hause. Deine Familie freute sich, dich bei sich zu haben. Dad war nach Connecticut gezogen, um eine andere Firma zu leiten. Die Wohnung in Florida hatte er als Zweitwohnsitz behalten. Ich hatte sie ganz für mich. Wir waren gerade gelaufen. Die Sonne ging unter. Der Wind frischte auf. Schweiß rann dir an den Armen herunter. Ein Tropfen hing an deinem linken Ohrläppchen.*

*Du setztest dich, zogst deine Schuhe aus und ließest deine Füße vom Wasser umspülen. Schließlich schautest du mich an. Mit einer Furche zwischen den Augenbrauen. An deinem Hals und auf deiner Schläfe pochte eine Vene. Du verkrampftest dich. »Wo liegt dein Problem?«*

*Ich schaute mich um. »Ich wusste gar nicht, dass ich eins habe.«*

*»Doch, hast du.«*

*»Schatz … ich …«*

*Du wandtest dich ab. Stütztest die Ellbogen auf die Knie und schütteltest den Kopf. »Was soll ich machen?«*

*Ich wollte mich neben dich setzen, aber du schobst mich fort. »Wovon redest du eigentlich?«*

*Du fingst an zu weinen. »Ich rede von uns.« Du tipptest mir mit dem Finger an die Brust. »Von dir und mir.«*

*»Es gefällt mir so, wie es ist. Anders will ich es gar nicht.«*

*»Das ist es ja gerade.« Du schütteltest den Kopf. »Du bist so was von begriffsstutzig.«*

*»Rachel, wovon redest du eigentlich?«*

*Tränen liefen dir die Wangen herunter. Du standest auf, stemmtest die Hände in die Hüften und gingst einen Schritt zurück. »Ich will heiraten. Dich. Ich möchte dich ganz für mich haben, für immer.«*

*»Ich doch auch. Ich meine, ich will dich.«*

*Du verschränktest die Arme. »Ben, dann musst du mich aber zuerst mal fragen.«*

*Mir fiel es wie Schuppen von den Augen. »Darum geht es dir?«*

*Du wischtest dir eine Träne fort und wandtest den Blick ab.*

*»Schatz …« Ich sank auf die Knie. Hielt deine Hand. Wellen schwappten über meine Schienbeine.*

*Du musstest lächeln. Elritzen knabberten an deinen Zehen. Winzige Muscheln hafteten an deiner Haut. Lachen perlte auf. Ich bemühte mich, die Worte über die Lippen zu bringen, aber meine Tränen hinderten mich.*

*»Rachel Hunt …«*

*Ein Lächeln breitete sich über dein Gesicht aus.*

*»Es tut mir weh, wenn ich nicht bei dir bin. Es tut mir an Stellen weh, von denen ich nicht einmal wusste, dass dort mein Herz hinreicht. Ich weiß nicht, was für ein Mann, Arzt oder Ehemann ich sein werde, und ich weiß, dass ich selten das sage, was du hören willst, aber ich weiß, dass ich dich liebe. Mit Leib und Seele. Du bist der Kitt, der mich zusammenhält. Bleib für immer bei mir. Willst du mich heiraten? Bitte …«*

*Du schlangst die Arme um mich, und wir fielen beide hin. Sand, Wasser und Gischt hüllten uns ein, und du küsstest mich. Tränen und Salz und Lachen und dein Nicken.*

*Es war ein guter Tag.*

*Eine gute Erinnerung.*

# 12

Gegen Mitternacht kam ich an das Flugzeug zurück. Napoleon hörte mich, steckte den Kopf heraus und verschwand wieder. Die Temperatur war in den zweistelligen Minusbereich gefallen. Meine Hosenbeine waren gefroren, und mir war kalt bis auf die Knochen. Ich brach einige trockene Zweige ab, schüttelte den Schnee herunter und nahm sie mit in die Höhle. Es fing wieder an zu schneien. Den ganzen Tag über hatte ich nur ein Mal Wasser gelassen, und auch dann nicht viel, was mir zeigte, dass ich nicht genug getrunken hatte. Ich hatte einiges nachzuholen.

Als ich Napoleon verschwinden sah, bemerkte ich die kleinen Abdrücke, die seine umwickelten Füße im Schnee hinterließen. Erst da fielen mir die größeren Spuren auf, die zu unserer Höhle und wieder fort führten. Ich bin kein Experte im Spurenlesen, aber als Erstes musste ich an einen Puma denken. Die Spuren kamen aus den Bergen oberhalb von uns eine Schneewehe herunter bis zum Höhleneingang, durch den ich hinaus- und hineingekrochen war. Außerdem fiel mir eine kleine Mulde auf, die aussah, als hätte dort etwas gesessen oder gelegen. Leichen verströmen einen Geruch. Selbst gefrorene Leichen. Dasselbe gilt für lebende Menschen und kleine Hunde.

Da ich unbedingt aus meinen nassen Sachen herausmusste, schürte ich das Feuer, zog mich aus, breitete meine Kleider aus und schlüpfte in Unterwäsche in meinen Schlafsack. Ich zitterte, und meine Finger waren steif, als hätte ich sie in Wachs getaucht. Ich gab etwas Schnee in den Gaskocher und schaltete ihn ein.

Ashley schaute mir zu. Ihre Augen verrieten Sorge. Ich rollte mich zitternd in meinem Schlafsack zusammen und versuchte, mich aufzuwärmen. »Hey.«

Sie sah erschöpft aus. Ihren Augen war anzusehen, dass sie Schmerzen hatte. Sie atmete tief durch. »Hi.« Ihre Stimme war matt.

»Hast du vor kurzem was eingenommen?«

Sie schüttelte den Kopf.

Ich legte ihr eine Percocet auf die Zunge, und sie trank ihr restliches Wasser. »Du siehst nicht gut aus«, sagte sie. »Warum nimmst du nicht ein paar Schmerztabletten?«

Mir war klar, dass ich am nächsten Tag kaum aus dem Schlafsack kommen würde, wenn ich nichts einnähme. »Okay.« Ich hielt zwei Finger hoch, die sich anfühlten wie Eis am Stiel. »Zwei.«

Sie schüttete mir zwei Advil in die Hand, und ich schluckte sie.

»Was hast du gesehen?«

»Ein paar hundert Meter von hier ist ein erstklassiges Unfallzentrum. Ich habe den Rettungssanitätern gewunken. Sie sind mit einer Fahrtrage unterwegs zu uns. Ich habe mit der Krankenhausverwaltung gesprochen und dir ein Einzelzimmer besorgt. In weniger als zehn Minuten bist du oben, geduscht, warm und vollgepumpt mit starken Schmerzmitteln. Ach, und ich habe mit Vince gesprochen. Er wartet schon auf dich, wenn du ankommst.«

»So schlimm?«

Ich kroch tiefer in meinen Schlafsack. »Nichts als Schnee, Eis, Felsen und Berge, so weit ich sehen kann.«

»Und was sagt das GPS?«

»Dasselbe.«

Sie legte sich zurück und atmete tief aus. Es klang, als hätte sie den ganzen Tag den Atem angehalten. Ich goss etwas warmes Wasser in den Becher und trank.

»Hast du eine Idee?«

»Unterhalb von uns gibt es einige Seen und Bäche. Ich bin zwar sicher, dass sie alle zugefroren sind, aber ich dachte, ich schaue morgen mal, ob ich mich nach unten durchschlagen und ein paar Fische auftreiben kann. Morgen ist der fünfte Tag nach dem Absturz und der vierte ohne Essen.«

Sie schloss die Augen und konzentrierte sich auf ihre Atmung.

»Wie geht's dem Bein?«

»Tut weh.«

Ich schlüpfte hinüber, packte das Bein in Schnee ein und sah, dass die Schwellung zurückgegangen war, aber ihre Haut sich vom Knie bis an die Hüfte dunkelviolett gefärbt hatte. Ich schaltete meine Taschenlampe ein, untersuchte die genähten Wunden und anschließend ihre Pupillen auf Reaktionsfähigkeit. Sie reagierten langsam und ermüdeten schnell. Das hieß, dass sie schwach war und die Höhe sich allmählich bemerkbar machte.

Ich legte Holz nach und tastete nach ihren Zehen. Sie waren kalt. Das war schlecht. Die Durchblutung war ein Problem. Indem ich ihr Bein ständig mit Schnee kühlte, gefährdete ich den Fuß und die Zehen. Ich musste die Durchblutung im Fuß anregen.

Ich legte mich mit dem Kopf an ihr Fußende, öffnete den Reißverschluss meines Schlafsacks und presste Brust und Bauch an ihre Fußsohle, ohne ihr Bein zu bewegen. Dann wickelte ich meinen Schlafsack um uns beide.

Sie konzentrierte sich weiter auf ihre Atmung und starrte durch das Plexiglas und die Äste. Große Schneeflocken legten sich lastend auf alles und dämpften die Welt.

»Gestern hatte ich einen Termin für die Pediküre. Oder war es vorgestern?«

»Tut mir leid. Der Nagellack ist gerade ausgegangen.«

»Bekomme ich einen Gutschein?«

Ich legte meine Hand um ihren Fuß. »Wenn wir hier rauskommen und du warm in einem Krankenhausbett liegst statt auf einer Eisbank, lackiere ich dir die Fußnägel in der Farbe, die du haben willst, vorausgesetzt, dass du mich nicht verklagst, weil ich dich am Tag vor deiner Hochzeit in Gefahr gebracht habe.«

»Seltsam, dass du das sagst. Seit du gegangen bist, habe ich den ganzen Tag hier gelegen und mir den Anfang der Klage überlegt, die mein Anwalt vor Gericht vertreten soll: ›Meine Damen und Herren Geschworenen …‹«

»Und wie sieht's aus?«

Sie zuckte die Achseln. »Wenn ich du wäre, würde ich mir einen hervorragenden Anwalt nehmen, aber selbst damit würde ich mir keine allzu großen Hoffnungen machen.«

»So schlimm?«

Sie neigte den Kopf zur Seite. »Mal sehen … angefangen hast du mit guten Absichten, dann hast du mir das Leben gerettet, mein Bein gerichtet und bist mir nicht von der Seite gewichen, obwohl ich dich mindestens zwei Mal habe Blut husten sehen.«

»Das hast du gesehen?«

»Blut im Schnee ist kaum zu übersehen.«

»Es wird uns beiden bessergehen, wenn wir erst mal ein paar hundert Höhenmeter tiefer sind.«

Ashley musterte den Kompass, der an meinem Hals hing. »Wann hat sie ihn dir geschenkt?«

»An unserem Strand legten Unechte Karettschildkröten ihre Eier ab und hinterließen große Hügel in den Dünen. Vor Jahren ernannte Rachel sich selbst zur Schildkrötenwächterin. Sie zäunte die Hügel mit Pflöcken und rotem Absperrband ein und hakte die Tage auf dem Kalender ab. Sie staunte jedes Mal wieder, wenn die Schildkröten schlüpften und genau wussten, wo es ins Wasser ging. Ich konnte mich schon immer ziemlich gut orientieren. Finde mich fast überall zurecht. Sie schenkte ihn mir, nachdem wir in einem Jahr ein Nest beobachtet hatten, bis die Schildkröten geschlüpft waren.«

»Warum hat sie dir nicht einfach ein GPS-Gerät wie das von Grover geschenkt?«

»Das Problem bei GPS-Geräten ist, dass die Batterien irgendwann leer sind und sie Kälte nicht mögen. Auf langen Wanderungen habe ich meist ein GPS-Gerät an einem Rucksackgurt befestigt und meinen Kompass um den Hals gehängt.«

»Das klingt vielleicht dumm, aber woher weiß ein Kompass, in welche Richtung er zeigen muss?«

»Eigentlich zeigt er immer nur eine Richtung an: den magnetischen Norden. Was man braucht, leitet man davon ab.«

»Vom magnetischen Norden?«

Ihr Fuß wurde allmählich warm. »Du warst wohl nicht bei den Pfadfinderinnen?«

Sie schüttelte den Kopf. »Ich hielt es eher mit Taekwondo, war zu sehr damit beschäftigt, Leute zu treten.«

»Die Erde hat ein Magnetfeld. Und die Linien dieses Magnetfelds verlaufen zum magnetischen Nordpol, daher spricht man vom magnetischen Norden.«

»Und?«

»Der geographische und der magnetische Norden weichen voneinander ab. Hier unten spielt das keine große Rolle. Aber wenn man sich in der Nähe des Nordpols mit Hilfe des Kompasses orientieren will, bringt er einen völlig durcheinander. Ich benutze ihn hauptsächlich, um von Punkt zu Punkt zu gehen.«

»Von Punkt zu Punkt?«

»Ein Kompass zeigt nicht an, wo man ist. Nur die Richtung, in die man geht oder aus der man kommt. Wenn ein Rechtshänder wie ich lange genug ohne Kompass wandert, geht er im Uhrzeigersinn im Kreis. Um auf einer geraden Linie zu gehen, bestimmt man seine Richtung durch die Gradzahl auf dem Kompass, sagen wir, 110, 270 oder 30 Grad oder was auch immer. Dann sucht man sich einen markanten Punkt in der Landschaft, der genau in dieser Richtung liegt. Einen Baum, einen Berggipfel, einen See, ein Gebüsch oder sonst etwas. Sobald man dort ankommt, sucht man sich einen neuen Geländepunkt, überprüft die Richtung nun aber auch anhand des Punktes, von dem man gekommen ist. Daher: von Punkt zu Punkt. Ist nicht schwierig, erfordert aber Geduld. Und ein bisschen Übung.«

»Hilft der Kompass uns, hier rauszukommen?« In ihrem Ton lag etwas, was ich bislang noch nicht gehört hatte. Das erste Anzeichen von Angst.

»Ja.«

»Pass bloß auf, dass du ihn nicht verlierst.«

»Bestimmt.«

Ich lag wach, bis Ashley anfing zu schnarchen. Das machten die Medikamente. Da ich nicht einschlafen konnte, schlüpfte ich aus dem Schlafsack, zog meine lange

Unterwäsche, Jacke und Stiefel an und ging hinaus. Ich öffnete den Kompass und wartete im Mondschein, bis die Nadel stillstand.

*Erinnerst du dich noch, wie begeistert wir waren, als das Stellenangebot aus Jacksonville kam? Wir nutzten die Gelegenheit. Zurück an den Strand. Ans Meer, in den Salzgeruch, in den Geschmack des Sonnenaufgangs und das Geräusch des Sonnenuntergangs. Wir zogen wieder in die Heimat, näher zu deinen Eltern.*

*Aber du warst im Kinderkrankenhaus für die Koordination des Beschäftigungsprogramms zuständig und konntest den Gedanken nicht ertragen, eine Woche vor Eintreffen deiner Nachfolgerin zu gehen. Also blieb es mir überlassen, den Umzugswagen von Denver nach Jacksonville, von den Rockies ans Meer zu fahren. 3088 Kilometer.*

*Ich sagte dir, ich würde dir eine Eigentumswohnung oder ein Haus kaufen, aber du erklärtest, dir gefalle meine Wohnung.*

*Du hast dich an die Fahrertür gehängt, deren Angeln quietschten, schwangst den linken Fuß durch die Luft und zeigtest auf den Fußraum des Lasters. »Ich habe dir ein Geschenk hingelegt. Aber du darfst es erst aufmachen, wenn du losgefahren bist.«*

*Im Fußraum vor dem Beifahrersitz stand ein Karton. Auf den Deckel war ein silbernes Diktiergerät geklebt. Daran hing ein Zettel, auf dem stand: »Drück die Play-Taste«.*

*Ich setzte rückwärts aus der Einfahrt, schaltete die Automatik auf Fahrbetrieb und drückte auf die Play-Taste. Deine Stimme erklang aus dem kleinen Gerät. Ich konnte dein Strahlen förmlich hören.*

*»Hey, ich bin's. Ich dachte, du hättest gern etwas Gesellschaft.« Du lecktest dir die Lippen, wie du es machst, wenn du nervös bist oder etwas ausheckst. »Ich mache dir einen Vorschlag. Ich … ich habe ein bisschen Angst, dich an das Krankenhaus zu verlieren.*

*Eine Strohwitwe zu werden, die mit der Fernbedienung auf dem Sofa hockt, Eis löffelt und den Katalog für Schönheitsoperationen durchblättert. Ich habe dir dieses Ding geschenkt, damit ich bei dir sein kann, auch wenn ich nicht da bin. Weil ich deine Stimme vermisse, wenn du fort bist. Und … ich möchte, dass du meine vermisst. Mich vermisst. Ich behalte es einen oder zwei Tage, erzähle dir, was ich denke, und gebe es dann dir. Wir können es immer abwechselnd nehmen. Wie den Stab beim Staffellauf. Außerdem muss ich mit allen hübschen Krankenschwestern mithalten, die für dich schwärmen werden. Ich werde sie mit einem Stock von dir fernhalten müssen. Oder mit einem Stethoskop. Ben …« Dein Ton änderte sich von ernsthaft in spielerisch. »Wenn du hören willst, wie eine für dich schwärmt, weiche Knie bekommt, rot wird … Doktor spielen will … drück einfach auf PLAY. Abgemacht?«*

*Ich nickte dem Rückspiegel zu. »Abgemacht.«*

*Du lachtest. »In dem Karton sind ein paar Dinge, die dir unterwegs helfen sollen. Das erste hältst du in der Hand. Die anderen sind nummeriert, aber du darfst sie erst öffnen, wenn ich es sage. Abgemacht? Im Ernst. Wenn du das nicht versprichst, schalte ich ab. Dann hörst du nichts mehr von mir. Verstanden? … Gut. Schön, dass wir das geklärt haben. Ich schätze, du kannst jetzt das zweite auspacken.«*

*Ich holte einen kleinen Umschlag mit einer CD heraus und schob sie in den CD-Spieler.*

*Deine Stimme sagte: »Unsere Songs.«*

*Es fiel dir nicht schwer, deine Gefühle zu zeigen. Du trugst das Herz auf der Zunge, du konntest einfach sagen, was du fühltest. Und das machtest du auch. Das hatte deine Familie dir dein Leben lang beigebracht. Mein Dad hatte mich mein Leben lang streng angesehen, wenn ich versucht hatte, ihm zu sagen, was in mir vorging. Für ihn war jeder Gefühlsausdruck eine Schwäche, die man ausmerzen musste. Mit Benzin übergießen und anzünden musste. Das Ergebnis machte mich zu einem ordentlichen Notfallchirurgen. Ich konnte emotionslos handeln.*

*In den folgenden vierundzwanzig Stunden hattest du das Diktiergerät ständig bei dir gehabt und nahmst mich mit, wohin du auch gingst. Plaudertest bei jedem Schritt. Du hattest schon immer ein Händchen für Kinder, also fuhren wir zuerst zur Arbeit – auf die Kinderstation –, wo du mit mir in jedes Zimmer gingst, jedes Kind beim Namen nanntest, es in den Arm nahmst, ihm einen Teddybär mitbrachtest, ein Videogame oder Verkleiden spieltest. Ohne Zögern ließest du dich auf ihre Ebene ein. In Wirklichkeit habe ich vieles über den Umgang mit Patienten von dir gelernt. Sie sahen das Diktiergerät und fragten dich, was du damit machtest. Du hieltest es ihnen hin, und jedes sagte etwas zu mir. Aus ihren Stimmchen klang Lachen und Hoffnung. Ich wusste nicht viel über ihre Krankheiten oder ihre Ärzte, aber ich konnte es an ihren Stimmen hören. Deine Wirkung auf sie war spürbar. Sie würden dich vermissen.*

*Du nahmst mich mit in den Lebensmittelmarkt und haktest die Posten auf deiner Einkaufsliste ab. Dann ging es ins Einkaufszentrum, um ein Paar Schuhe zu suchen und ein Mitbringsel für eine Party zu besorgen. Zum Frisör, wo die Frisörin dir von den Problemen ihres Freundes mit Körpergeruch erzählte. Als sie an die Kasse ging, um eine andere Kundin zu begrüßen, flüstertest du in das Diktiergerät: »Wenn sie glaubt, dass ihr Freund stinkt, sollte sie vielleicht mal mit dir laufen gehen.« Dann nahmst du mich mit zur Pediküre, wo die Dame dir sagte, du hättest zu viele Schwielen an den Füßen und solltest weniger joggen. In einer Matineevorstellung knabbertest du Popcorn an meinem Ohr und sagtest, ich solle die Augen schließen, weil der Junge das Mädchen küsste. »War nur Spaß. Du küsst besser als er. Er ist grob. Du willst wissen, woher ich das weiß. Ach …« Ich hörte sie grinsen. »Ich weiß es eben.« Nach dem Film gingst du zur Toilette und sagtest an der Tür: »Hier kannst du nicht mit rein. Nur für Mädchen.«*

*Als ich durch Alabama fuhr, nahmst du mich mit in unser Lieblingsrestaurant, schmatztest Key Lime Pie an meinem Ohr und sagtest: »Klingt gut, was?« Das stimmte. Dann sagtest du: »Guck in den Karton und hol die große Schachtel heraus, auf der NACHTISCH steht.« Ich gehorchte. »Jetzt mach sie auf, aber sei vorsichtig.« Ich hob den Deckel und fand ein Stück Limettentorte. »Du hast gedacht, ich hätte dich vergessen, stimmt's?« Ich bog auf einen Parkplatz, und wir aßen zusammen Kuchen. Du nahmst mich mit in unser Schlafzimmer, wo ich schon schlief, weltvergessen, und legtest dich zu mir. Du strichst mir durchs Haar. Kraultest mir den Rücken. »Ich werde jetzt schlafen. Neben dir. Aber du darfst erst schlafen, wenn du in unserer Wohnung am Meer angekommen bist. Ich schlinge meine Arme um dich. Du bist mager. Du musst zunehmen. Du hast zu viel gearbeitet.« Dann hast du eine Pause gemacht. Warst einige Minuten still. Ich merkte nur, dass du noch da warst, weil ich dich atmen hörte. Du flüstertest: »Ben, irgendwo meilenweit weg, zwischen damals und heute habe ich dir mein Herz geschenkt, und ich will es nicht wiederhaben. Niemals. Hast du gehört?«*

*Ich merkte, dass ich nickte.*

*Du unterbrachst mich. »Hey, nicht der Straße vor dir zunicken. Du musst es laut sagen.«*

*Ich grinste. »Ich hab's gehört.«*

*Es schneit schon wieder. Ashley hat starke Schmerzen und zeigt erste Anzeichen, dass die Höhenluft ihr zusetzt. Ich muss sie weiter nach unten bringen, sonst stirbt sie hier oben. Ich weiß das … und wenn ich es nicht versuche, sterben wir beide.*

*Grover?*

*Ich muss ihn begraben, aber ich weiß nicht, ob ich die Kraft dazu habe. Vielleicht hat der Schnee ihn schon begraben. Außerdem ist da oben in den Bergen etwas, was mich ein bisschen beunruhigt.*

*Ich muss mich ausruhen.*

*Der Wind frischt auf. Wenn er aus Süden kommt, weht er durch den Flugzeugrumpf und pfeift, als ob man über eine offene Bierflasche bläst. Es klingt wie ein Zug, der niemals näher kommt.*

*Ich habe mich eingehend mit dem Kompass umgesehen und versucht einen Ausweg zu finden. Aber rundherum sind Berge. Schwer zu entscheiden, in welche Richtung wir gehen sollen. Wenn ich die falsche Richtung einschlage … tja, es sieht schlimm aus. Wirklich schlimm.*

*Ich würde Ashleys Verwandten gern sagen, dass sie versucht hat, nach Hause zu kommen. Ich wünschte, sie wüssten Bescheid. Aber wahrscheinlich werden sie es nie erfahren.*

# 13

Bei Sonnenaufgang wurde ich wach, war benommen und hatte Schmerzen. Ich drehte mich auf die andere Seite, zog mir den Schlafsack übers Gesicht, und wachte erst gegen Mittag wieder auf. Sosehr ich mich auch bemühte, schaffte ich es nicht, aufzustehen. Ich konnte mich nicht erinnern, wann ich das letzte Mal einen ganzen Tag durchgeschlafen hatte, außer unmittelbar nach dem Absturz. Offensichtlich war mein Adrenalinvorrat zur Neige gegangen.

Ashley regte sich kaum. Die Höhe, der Nahrungsmangel, der Flugzeugabsturz und die starken Schmerzen forderten von uns beiden ihren Tribut. Kurz vor Sonnenuntergang kroch ich endlich aus meinem Schlafsack und taumelte über den Schnee. Mir tat alles weh, ich konnte mich kaum bewegen.

Als es am sechsten Tag hell wurde, war das Feuer längst erloschen. Aber meine Kleider waren trocken. Ich zog mich an und zwang mich, den Rucksack zu packen; dann zündete ich ein Feuer an, um Ashley zu wärmen, und gab einige Handvoll frischen Schnee in den Gaskocher, damit er bereitstand, wenn sie aufwachte. Dabei bemühte ich mich, Grover nicht anzusehen.

Wir brauchten etwas zu essen.

Ich setzte meinen Rucksack auf, schnallte den Bogen daran fest und trat hinaus, als die Sonne gerade aufging.

Die Luft war so kalt und trocken, dass in der Luft, die ich ausatmete, Eiskristalle schwebten. Die Spuren am Eingang deckte ich mit frischem Schnee zu, um später sehen zu können, ob sich während meiner Abwesenheit ein Tier genähert hatte. Ich band mir die Schneeschuhe unter die Füße, holte meinen Kompass heraus, legte eine Marschzahl fest und entdeckte einen Felsvorsprung in einem knappen Kilometer Entfernung, den ich als Orientierungspunkt nahm. Da ich nicht den Überblick wie von einem Berggipfel aus hatte, war der Kompass von unschätzbarem Wert.

Drei Stunden lang suchte ich mir Geländepunkte und pflügte mich durch den Schnee. Er war trocken und verharscht, nicht nass und pappig, aber immer wieder musste ich stehen bleiben, um meine Gamaschen über den Knien festzubinden. Am ersten See ergab sich nichts. Also ging ich am gefrorenen Ufer entlang, bis ich den Bach fand, der im See entsprang. Der See war zugefroren, der Bach nicht. Das Wasser war sauber, klar und schmeckte beinah süß. Es war so kalt, dass ich Gefahr lief, meine Kerntemperatur abzusenken, aber da ich ja ständig in Bewegung blieb, zwang ich mich, immer wieder zu trinken. Endlich wurde mein Urin nahezu klar. Ein gutes Zeichen.

Nach gut eineinhalb Kilometern machte der Bach eine scharfe Linkskurve und bildete einen tiefen Teich unter einem Felsüberhang. Die Ufer waren schneebedeckt. Ich hatte kein sonderliches Zutrauen zu meiner Fähigkeit, mit meinen Händen die Fliegenrute zu bedienen. Sie waren viel zu kalt und rissig. Und da ich nicht viel Erfahrung im Fliegenfischen besaß, konnte ich mir kaum vorstellen, warum ein Fisch nach Fliegen schnappen sollte, obwohl er genau wusste, dass sie in solchen Bedingungen nicht leben konnten. Fische sind schließlich nicht blöd.

Grover hatte ein Fläschchen mit falschen Lachseiern, die aussahen wie orangerote Erbsen. Eines steckte ich auf einen Haken, fädelte die Schnur durch die Öse und warf dieses einzelne »Ei« ins Wasser.

Als nach zwanzig Minuten noch kein Fisch angebissen hatte, packte ich zusammen und suchte einen größeren Tümpel. Eineinhalb Kilometer weiter entdeckte ich einen. Die gleiche Prozedur, das gleiche Ergebnis. Nur sah ich dieses Mal dunkle Schatten unter dem Felsen und in der Strömung huschen. Viele schwarze Schatten. Hier gab es doch eindeutig Fische, warum bissen sie nicht an?

Vermutlich heißt es deshalb fischen, nicht fangen.

Nach einer halben Stunde war ich zu einem nutzlosen Eisklumpen erstarrt, packte zusammen und trottete weiter durch den Schnee auf der Suche nach einem anderen Tümpel. Ich war müde, durchgefroren und hungrig. Dieses Mal musste ich einen kleinen Hang hinauf und zu einem anderen Bach hinuntersteigen. In dieser Höhe und mit den schmerzenden Rippen war selbst eine kleine Steigung schon mühsam, und ich verbrauchte Kalorien, die ich eigentlich nicht erübrigen konnte. Ich stieg über den Hang, auf der anderen Seite hinunter und kam an das Ufer eines weiteren Bachs. Er war vielleicht doppelt so breit wie die anderen und flacher, hatte aber immer noch eine ausreichende Wassertiefe.

Die schwarzen Schatten tauchten auf. Viele.

Ich schob den Schnee beiseite und legte mich auf den Bauch wie ein umgekehrter Schneeengel. Beim Anblick der Bergforellen lief mir das Wasser im Mund zusammen. Dieses Mal tauchte ich Grovers Handkescher langsam unter den Köder ins Wasser. Problematisch war an dieser Methode allerdings, dass ich eine Hand ins eiskalte Wasser halten musste. Es tat höllisch weh, bis die Hand taub wurde – was nicht lange dauerte.

Die Schatten verschwanden, kamen dann aber allmählich zurück. Schwammen dichter heran. Langsam näherten sie sich dem Ei und knabberten daran. Vielleicht lag es am kalten Wasser, dass sie ebenfalls etwas träge waren. Vorsichtig hob ich das Netz an und fing sieben fingerdicke Forellen. Ich warf sie ein gutes Stück vom Bachufer entfernt in den Schnee und grub meine kalte Hand in die Tasche meiner Daunenjacke. Dann schlug ich mit dem Beil einen Ast ab und band ihn an das Netz. Wieder tauchte ich es mit einem Ei ins Wasser und fing noch einige Forellen.

Ich verschlang alle, und ließ nur die Köpfe übrig.

Anschließend robbte ich wieder ans Bachufer und »fischte« mit Unterbrechungen über eine Stunde lang weiter. Als die Sonne allmählich meinen Schatten auf den Schnee warf, zählte ich meinen Fang. Siebenundvierzig. Genug für diesen und den kommenden Tag. Ich packte meine Sachen zusammen und folgte meinen Spuren zurück. Durch den verdichteten Schnee, der mit sinkenden Temperaturen verharscht war, kam ich auf dem Rückweg schneller voran. Unterwegs holte ich einen Pfeil aus dem Köcher und nockte ihn ein. Dann atmete ich tief durch und zog an der Sehne. Der Widerstand war spürbar, aber schließlich gab sie nach, und ich zog sie bis an mein Gesicht. Ein stechender Schmerz fuhr durch meine Rippen, aber ich hatte den Bogen gespannt. Ich zielte auf den faustdicken Stamm eines Nadelbäumchens in gut zwanzig Metern Entfernung und schoss. Der Pfeil verfehlte den Stamm um etwa fünf Zentimeter und verschwand rechts davon im Schnee. Fünf Minuten suchte ich herum, bis ich ihn im gefrorenen Boden fand. Es war mir zwar nicht mühelos gelungen, den Bogen zu spannen, aber immerhin hatte ich es geschafft. Und obwohl ich den Baum nicht getroffen hatte, hatte ich ihn nur knapp verfehlt. Auf diese Entfernung war das gut genug.

Es war längst Abend, als ich unser Plateau wieder erreichte. Seltsamerweise war es recht hell. Die letzten achthundert Meter legte ich langsam zurück und achtete sorgsam darauf, ob sich etwas bewegte. Ich sah nichts, aber der Eingang unserer Höhle besagte etwas anderes. Im Mondschein war ein Irrtum ausgeschlossen. Die Spuren waren näher gekommen. Unmittelbar vor dem Eingang mündeten sie in einer Mulde, wo ein Tier sich im Schnee niedergelassen hatte. Wahrscheinlich hatte es noch hier gelegen, als ich mich genähert hatte. Und wahrscheinlich lag es jetzt keine hundert Schritte von mir entfernt auf der Lauer.

Ashley war schwach, und ihre Augen schmerzten. Klassische Anzeichen von Höhenkrankheit, gepaart mit einer Gehirnerschütterung und Nahrungsmangel. Ich suchte Holz, schürte das Feuer, nahm sechs Forellen aus und reihte sie auf einen langen, dünnen Stock wie auf einen Kebab-Spieß. Während ich sie briet, machte ich Kaffee. Koffein würde ihr helfen, die Nahrung zu verdauen, und außerdem den Hunger dämpfen. Sie trank und aß langsam, als ich ihr den Becher an die Lippen hielt, einen Fisch vom Spieß zog und sie abbeißen ließ. Nach vierzehn Fischchen und zwei Bechern Kaffee schüttelte sie schließlich den Kopf.

Napoleon saß still daneben und leckte sich die Schnauze. Ich legte sechs Fische vor ihm auf den Schnee und sagte: »Na los.« Er stand auf, schnupperte daran, wedelte mit dem Schwanz und verschlang sie mitsamt Kopf.

Ich gab Ashley die letzte Percocet, packte ihr Bein in Schnee, lagerte es hoch und prüfte die Durchblutung ihres

Fußes. Erst als sie eingeschlafen war, fiel mir auf, dass wir seit meiner Rückkehr keine zwei Worte miteinander gesprochen hatten. Ich blieb noch einige Stunden auf, legte Holz nach, aß, schaute zu, wie Ashley allmählich wieder Farbe bekam, und hörte, wie ihre flache Atmung kräftiger wurde. Lange saß ich in meinem Schlafsack und presste ihren Fuß an meinen Bauch. Kurz vor Mitternacht ging ich hinaus. Ein langer Schatten huschte einen Felsen hinauf und verschwand links von mir unter Bäumen. Napoleon stand knurrend neben mir. Er hatte es ebenfalls gehört.

# 14

*Habe heute ein paar Fische gefangen. Sehen aus wie große Sardinen, aber ohne Senfsauce und Konservendose. Nichts, womit man angeben könnte, aber immerhin leben wir noch. Und ich habe mit dem Bogen geschossen. Wenn es drauf ankäme, könnte ich, glaube ich, etwas treffen. Solange es nicht weiter als zwanzig bis fünfundzwanzig Meter entfernt ist. Ich weiß, es gibt nicht viel, an was ich so nah herankomme, aber es ist schließlich immer noch besser, als herumzuhüpfen und mit den Armen zu wedeln.*

*Ashley schläft. Ich habe ihr die letzte Percocet gegeben in der Hoffnung, dass sie etwas Schlaf findet und vielleicht etwas Kraft sammelt. Ich muss einen Plan machen. Ich weiß, alle sagen, man soll die Absturzstelle niemals verlassen, aber wir müssen unbedingt weiter runter. Selbst wenn ein Hubschrauber dreißig Meter über uns schweben würde, bin ich nicht sicher, ob er uns sehen könnte. In den letzten fünf Tagen ist fast 1,20 Meter Schnee gefallen. Mittlerweile sind wir ziemlich eingeschneit.*

*Übrigens, morgen muss ich Grover wegbringen. Ihm einen Platz suchen, an dem er die Sonne auf- und untergehen sieht. Und nachts die Sterne zählen kann. Einen Platz, der ein gutes Stück von uns entfernt ist. Ich muss eine Trage basteln. Ich kann sie ja später auch benutzen, um Ashley zu transportieren.*

*Erinnerst du dich an die Hütte in den Bergen? An unsere Tageswanderungen, das Feuer abends, an den Schnee, der an den Fens-*

*tern klebte, als der Wind von den Gipfeln pfiff, gegen die Tür drückte und im Kamin heulte?*

*Unsere Flitterwochen.*

*Am zweiten Abend saßen wir nach dem Essen am Feuer. Die Rückzahlung unserer Studienkredite und die Lebenshaltungskosten fraßen so viel auf, dass wir jeden Cent zweimal umdrehen mussten. Um die Hütte zu bezahlen, hatten wir, glaube ich, unsere Kreditkarte bis an die Grenze belastet. Wir tranken eine billige Flasche Cabernet. Du trugst deinen Morgenmantel … und meinen Schweiß.*

*Wenn ich mich recht erinnere, hatten wir vereinbart, uns nichts zur Hochzeit zu schenken. Hatten uns versprochen, es nachzuholen, wenn wir es uns leisten könnten. Gut, dass ich mich darauf nicht verlassen habe. Du holtest hinter der Couch eine Schachtel hervor und reichtest sie mir. Kunstvoll verpackt. Mit roter Schleife. Jedes Eckchen perfekt. Mit hochgezogenen Augenbrauen sagtest du: »Das ist etwas, was du dringend brauchst.«*

*Der Schein des Kaminfeuers tanzte auf deiner Haut. Auf der Vene an deinem linken Arm.*

*»Ich dachte, wir hätten abgemacht, uns nichts zu schenken.«*

*»Das ist kein Hochzeitsgeschenk. Es ist etwas, was du brauchst, wenn du siebzig Jahre mit mir verheiratet bleiben willst.«*

*»Siebzig Jahre?«*

*Du nicktest und fragtest: »Bist du sicher, dass du mich noch lieben wirst, wenn ich alt und runzlig bin und kein Wort mehr höre, das du sagst?«*

*»Bestimmt noch mehr als jetzt.«*

*Du schlugst das rechte Bein über das linke, und dein Morgenrock öffnete sich bis zur Hälfte deiner Oberschenkel. »Wirst du mich noch lieben, wenn meine Brust bis zum Bauchnabel hängt?«*

*Da saß ich und staunte über deinen Anblick, während du an Hängebrüste dachtest. Ich kann bis heute nicht fassen, dass du das gesagt hast.*

*Ich schaute zu den Deckenbalken hinauf, schüttelte einmal den Kopf und verkniff mir ein Grinsen. »Keine Ahnung. Könnte schwierig werden. Du bist Läuferin. Du hast nicht viel, was hängen könnte.«*

*Du schlugst mir auf den Arm. »Das nimmst du zurück.«*

*Ich lachte. »Als kleiner Junge habe ich so was im* National Geographic Magazine *gesehen. Schön ist das nicht. Hat mich von dem Wunsch kuriert, mir Mädchenmagazine anzugucken.«*

*Du hobst einen Finger und warntest lauter: »Ben Payne.« Dein gekrümmter Finger zeigte überall hin, nur nicht auf mich. »Du flirtest mit dem Sofa. Pass bloß auf.«*

*»Okay, aber bevor es bei dir bis zur Taille hängt, könnten wir ja hier und da ein bisschen fummeln und straffen lassen.«*

*Du nicktest. »Glaub mir, fummeln werden wir schon vorher. Und jetzt mach das Päckchen auf.«*

*Ich erinnere mich, dass ich auf den Spalt deines Morgenrocks starrte und mich wunderte, wie unbefangen du in meiner Gegenwart warst. Dein Lächeln. Deine müden Augen. Schweißnasse Haare. Gerötete Wangen. Kaminfeuer. Lachen, Schönheit, Sexappeal. Du. Ich erinnere mich, dass ich kurz die Augen schloss und mir das Bild einprägte, weil ich es mitnehmen wollte.*

*Es hat sich mir eingebrannt.*

*Rachel, du bist immer noch der Maßstab. Keine kann dir das Wasser reichen.*

*Du lächeltest verschmitzt. »So wie ich das sehe, gibt es die geltende Ortszeit und eine Ben-Zeit. Und die Ben-Zeit kann zwischen fünfzehn und neunzig Minuten nachgehen. Das könnte diesem kleinen Problem abhelfen.«*

*Du hattest recht. Es tut mir leid, dass ich jemals zu spät gekommen bin.*

*Ich wickelte das Päckchen aus. Es enthielt eine Armbanduhr, eine Times Ironman. Du zeigtest auf die Anzeige. »Sieh her, sie hat keine Zeiger. So kannst du auf die Sekunde genau sehen, wie spät es ist. Und um dir zu helfen, habe ich sie eine halbe Stunde vorgestellt.«*

*»Ist dir schon mal die Idee gekommen, dass vielleicht alle anderen zu früh dran sind?«*

*»Netter Versuch«, sagtest du kopfschüttelnd. »Aber, nein.« Du schmiegtest dich mit dem Rücken an meine Brust, legtest den Kopf auf meinen Arm, und wir redeten und lachten, bis die Glut nur noch glimmte und der Schnee Muster an die Fenster malte.*

*Gut eine Stunde später, kurz bevor wir einnickten, sagtest du: »Ich habe den Wecker gestellt.«*

*»Wozu?«*

*Du schmiegtest dich an mich, zogst meinen Arm fester um dich, und wir schliefen ein.*

*Als der Wecker piepte, war ich irgendwo jenseits des Tiefschlafs. Ich fuhr auf und versuchte, klar zu sehen: 3:33 Uhr. Ich drückte auf jeden Knopf an der Armbanduhr, um den Wecker zum Schweigen zu bringen. Ich wollte nicht, dass er dich weckte. Der Mond schien durch das Dachfenster, tauchte uns in sein Licht und warf unsere Schatten an die Wand. Beschien deine Haarspitzen. Schließlich stopfte ich die Uhr einfach unter mein Kopfkissen, weil ich es nicht schaffte, sie abzustellen. Sie piepte eine volle Minute lang. Lachend rutschtest du tiefer unter die Bettdecke. Im Zimmer war es kalt. Das Feuer glimmte nur noch mattrot. Mein Atem hinterließ eine Nebelwolke. Ich schlüpfte aus dem Bett, stand nackt auf dem Boden und bekam eine Gänsehaut.*

*Du zogst dir die Decke bis unters Kinn, sahst mich an, lächeltest verschlafen und rauntest: »Ist dir kalt?«*

*Meine Verlegenheit war nicht zu übersehen. »Sehr komisch.«*

*Ich schürte das Feuer und legte drei Scheite nach. Als ich wieder unter die Decke kroch – wenn ich mich recht erinnere, war es ein falsches Bärenfell –, glitt dein Bein über meins und deine Brust schmiegte sich an meine. Warm. Du wiegtest mich im Arm. »Warum hast du den Wecker mitten in der Nacht klingeln lassen?«*

*Du rücktest näher an mich heran. Deine Füße waren kalt. Mit den Lippen an meinem Ohr sagtest du: »Um mich zu erinnern.«*

*»Woran?«*

*»Dass dir kalt ist.«*

*Manchmal frage ich mich, wie du dich jemals in mich verlieben konntest. Du glaubst an Dinge, die du nicht sehen kannst, und sprichst eine Sprache, die nur Herzen kennen.*

*»Ach.«*

*Nach einer Weile kroch die Morgendämmerung über den Bergrücken. Feuerrot ergoss sich über ein Meer aus Schwarz. Du nahmst meine Hand und drücktest auf den Knopf an meiner Armbanduhr. Ein grünlicher Lichtschein erhellte uns. »Wenn du darauf drückst und das Licht siehst, denk an uns. An mich«, rauntest du, lehntest den Kopf an mich, schautest nach oben und drücktest meine Hand flach an deine Brust. Verbargst nichts. Mit klopfendem Herzen sagtest du: »Daran.«*

# 15

Napoleons Knurren weckte mich. Tief und fremd. Sein Ton sagte mir, dass es ihm ernst war. Ich öffnete die Augen und sah Eiskristalle in meinem Atemnebel. Ashley lag still da. Sie atmete wieder mühsam. Der Hund stand zwischen uns und blickte zum Eingang. Mondschein drang herein und warf Schatten. Es war hell genug, ohne Taschenlampe nach draußen zu gehen. Napoleon senkte den Kopf und ging zögernd zwei Schritte auf den Eingang zu. Ein Augenpaar starrte uns an. Dicht über dem Boden wuchs es scheinbar aus einem Schatten. Die Augen sahen aus wie zwei rote Glasstücke. Hinter dem Schatten bewegte sich etwas, wie eine wehende Fahne. Da war es wieder. Dieses Mal eher wie Rauch von einem Feuer. Ich stützte mich auf einen Ellbogen und rieb mir die Augen. Napoleon knurrte tiefer, lauter und wütender. Ich legte ihm die Hand auf den Rücken und sagte: »Ruhig.«

Offensichtlich verstand er das nicht. Wie aus der Pistole geschossen, stürzte er sich auf das Etwas, das uns fixierte. Die beiden prallten aufeinander und wirbelten als wütendes Knäuel herum. Mitten aus dieser Kugel drang ein lauter katzenhafter Schrei und verschwand. Napoleon blieb bellend am Eingang zurück und sprang mit den Vorderpfoten in der Luft herum.

Ich kroch zu ihm, schlang die Arme um seinen Körper

und zog ihn herein. »Ruhig, Junge. Er ist weg. Ganz ruhig.« Er zitterte, und seine Schulter war nass.

Ashley schaltete die Taschenlampe ein. Meine Hand war klebrig rot und der Schnee unter uns rot gesprenkelt.

Ich brauchte nicht lange, die Wunde zu finden. Sie war tief und reichte von der Schulter bis auf den Rücken.

Ich holte Nadel und Faden, und Ashley hielt den Hund fest, während ich die Wunde nähte. Es gefiel ihm nicht, als ich ihn mit der Nadel stach. Aber ich schloss die Wunde mit vier Stichen. Zum Glück war sie an einer Stelle, an die er mit seiner Schnauze nicht herankam. Er drehte sich einige Male im Kreis, gab es dann aber auf, starrte auf den Eingang und leckte schließlich mein Gesicht ab.

»Ja, das hast du gut gemacht. Es tut mir leid, dass ich je daran gedacht habe, dich zu essen.«

Ashley räusperte sich. »Was war das?«

»Ein Puma.«

»Kommt er wieder?«

»Ich denke schon.«

»Was will er?«

»Uns.«

Sie schloss die Augen und schwieg.

Den Rest der Nacht schliefen wir unruhig. Napoleon kroch in meinen Schlafsack, behielt aber den Eingang im Auge. Als ich ihm den Kopf kraulte, schlief er bald ein. Ich legte den Bogen griffbereit neben meinen Rucksack, nockte einen Pfeil ein und lehnte mich mit dem Rücken an den Flugzeugrumpf.

Erst bei Sonnenaufgang schlief ich ein.

Als ich aufwachte, lag Ashley halb auf der Seite, blickte nach links und hielt die Signalpistole in der Hand.

Auch Napoleon starrte gebannt auf den Eingang.

Etwas knirschte unterhalb von uns im Schnee. Ich kroch hinaus, nahm den Bogen und brachte das Release an der Sehne an. Compound-Bögen sehen kompliziert aus, sind aber in Wirklichkeit einfach in der Handhabung. Das Release ist wie der Abzug eines Gewehrs. Wenn man die Sehne statt mit den Fingern mit dem Release spannt und ablässt, verläuft der Vorgang immer gleich und damit genauer. Man spannt, richtet das Pinvisier auf das Ziel aus und drückt den Abzug. Er gibt die Sehne frei, die den Pfeil auf das Ziel abschießt. Grovers Bogen war gut. Sein Auszug war etwas länger als meiner, aber ich kam damit zurecht.

Ich kroch vor und sah eine Art Fuchs unterhalb von uns um die Felsen streichen. Er war schneeweiß und gehörte zu den schöneren Exemplaren, die ich je gesehen hatte. Ich hielt den Atem an, spannte den Bogen, zielte auf den Fuchs und schoss. Der Pfeil flog über das Tier hinweg, vielleicht fünf Zentimeter zu hoch.

Der Fuchs verschwand.

Mit zusammengebissenen Zähnen umklammerte Ashley die Signalpistole so fest, dass ihre Knöchel weiß waren, und flüsterte: »Was ist passiert?«

»Verfehlt. Zu nah.«

»Wie kann man etwas verfehlen, das zu nah ist? Ich dachte, du könntest mit dem Ding umgehen.«

Ich schüttelte den Kopf. »Hab drüber weggeschossen.«

»Was war es denn?«

»Eine Art Fuchs.«

Die Lage hatte sich verschlechtert.

# 16

*Es war merkwürdig, die Wohnung zu besitzen, die für mich mit so vielen harten oder schlechten Erinnerungen verbunden war. Aber du schütteltest nur den Kopf und strahltest. »Lass mir ein halbes Jahr Zeit, lass mich umbauen, anstreichen, ein paar neue Möbel besorgen und ... dir neue Erinnerungen verschaffen.« Du stemmtest die Hände in die Hüften. »Außerdem ist sie bezahlt und direkt am Meer, und beides ist wirklich cool.«*

*Also rissen wir Wände heraus, strichen an, fliesten und bauten so gut wie alles um. Es wirkte wie eine völlig andere Wohnung. Dad mochte geschlossene Jalousien, dunkle Farben, wenig Licht und keine Besucher. Wie in einer Höhle. Du warst für kühle Blautöne, sanfte Brauntöne, offene Fenster mit hochgezogenen Jalousien und Glasschiebetüren, die einen Spalt offen standen, damit man die Wellen hören konnte. Welle auf Welle.*

*Wie viele Nächte hat das Meer uns in den Schlaf gesungen?*

*Erinnerst du dich an den Abend, an dem dieser Unfall passierte? Ich musste länger arbeiten, weil ein Abschleppwagen mit zwei vollbesetzten Cadillacs zusammengestoßen war. Die Notaufnahme war voll. Mein Dienst hätte eigentlich um vier Uhr nachmittags enden sollen, aber fünf Minuten vor Schichtende traf der erste Krankenwagen ein, und mit weiteren war zu rechnen. Ich blieb, bis wir alle stabilisiert hatten, zumindest alle, die sich stabilisieren ließen. Ich war hundemüde. Dachte über das Leben nach und darüber, wie kurz es ist. Dass wir immer einen Atemzug davon entfernt sind, im Straßengraben zu landen und uns von einem Feuerwehrmann mit der Rettungsschere aus dem Wagen schneiden zu lassen. Es war einer jener Momente, in denen mir klar war, wirklich klar war, dass es keine Garantie fürs Leben gibt. Dass ich es als selbstverständlich nehme. Jeden Tag wache ich auf und gehe wie selbstverständlich davon aus, dass ich auch morgen wieder wach werde.*

*Aber das stimmt nicht unbedingt.*

*Es war früher Morgen. Vielleicht drei Uhr. Das Meer toste vor einem herannahenden Unwetter. Seitenwind. Peitschender Regen gemischt mit Sand. Schäumende Gischt. Kabbelwellen. Donnernder Lärm. Ein Sturm zog auf, und jeder Laie konnte sehen, dass eine starke rückläufige Brandung herrschte.*

*Ich stand am Fenster, rang mit der Vergänglichkeit des Lebens und starrte auf den Strand. Du kamst in einem seidenen Morgenmantel. Mit verschlafenen Augen.*

*»Alles okay?«*

*Ich erzählte dir, was passiert war. Worüber ich nachdachte. Du schobst deine Schulter unter meine und schlangst die Arme um meine Taille. Eine Weile verging. Blitze zuckten über den Himmel.*

*»Du schuldest mir etwas, das möchte ich jetzt haben.«*

*Ich fand diesen Auftakt für ein Gespräch merkwürdig, nachdem ich dir meine innersten Gedanken anvertraut hatte. Es irritierte mich. Vermutlich war es meinem Ton anzuhören. »Was?«*

*Zugegeben, emotional bin ich ziemlich begriffsstutzig. Es tut mir bis heute leid.*

*Ich weiß nicht, wie lange du dieses Thema schon anschneiden wolltest. Weiß nicht, wie lange ich die Signale übersehen hatte. Rückblickend hattest du mir schon seit Monaten Winke mit dem Zaunpfahl gegeben, aber ich war zu sehr in meine Arbeit vertieft gewesen, um sie zu verstehen. Aber du hattest Geduld aufgebracht. Immer wieder hatte ich gesagt: »Lass mich erst mal das Medizinstudium fertigmachen.«*

*Ich nehme an, du hieltest die Zeit für gekommen, deine Bemü-*

*hungen zu verstärken. Du tratest beiseite, bandest deinen Morgenrock auf und ließest ihn zu Boden gleiten. Dann gingst du in Richtung Schlafzimmer. An der Tür drehtest du dich um. Eine Kerze in unserem Schlafzimmer erhellte eine Seite deines Gesichts. »Ich möchte ein Baby machen. Jetzt.«*

*Ich erinnere mich, wie ich dich im warmen Kerzenlicht verschwinden sah und ein Schatten unten über deinen Rücken huschte. Ich erinnere mich, wie ich in die Fensterscheibe starrte und den Kopf über den Idioten schüttelte, der mich aus dem Spiegelbild anstarrte. Ich erinnere mich, dass ich ins Schlafzimmer ging, mich neben unser Bett kniete und sagte: »Verzeihst du mir?« Ich erinnere mich, dass du lächelnd nicktest und mich an dich zogst. Ich erinnere mich, dass du später auf meinem Bauch lagst, deine Brust sich an meine schmiegte, deine Tränen auf meine Brust tropften, du müde lächeltest und deine Arme zitterten. Und ich erinnere mich genau an den Moment, in dem ich wusste, dass du in mir etwas ausgelöst hattest, was nur Liebe auslösen kann. Dass du dich mir ganz hingegeben hattest. Selbstlos. Rückhaltlos.*

*Etwas an diesem Geschenk berührte mich. Es war so enorm, dass es mich traf, wo Worte nicht hinreichen. Wo jeder Ausdruck versagt. Wo es keine Geheimnisse gibt. Wo es nur dich und mich und alles gibt, was uns ausmacht.*

*Ich erinnere mich, dass ich weinte wie ein Kind.*

*Das war der Moment, als ich es erkannte. Als ich zum ersten Mal wusste, was Liebe ist. Nicht, wie sie sich anfühlt. Nicht, welche Gefühle sie in mir weckte. Nicht, was ich von ihr erhoffte. Sondern, was sie ist. Und wie sie ist, wenn ich ihr nicht in die Quere kam.*

*Du hast es mir gezeigt. Es war die ganze Zeit schon da. Aber in dieser Nacht kam so vieles zusammen. Diese Leute, das Gefühl von Gewinn, Verlust, Kummer und Freude – das alles wirbelte mich auf und floss in diesen Moment ein … Mein Leben lang hatte ich lieben wollen, war aber nie dazu fähig gewesen, weil ich diesen*

*Schmerz mit mir herumschleppte. Den Schmerz durch meinen Vater. Über die Abwesenheit meiner Mutter. Darüber, nie schnell genug zu laufen. Nie den Ansprüchen gerecht zu werden.*

*Aber damals, in jener Nacht, in jenem Augenblick war ich zum ersten Mal befreit. Und konnte tief genug durchatmen, so dass es mich ganz erfüllte. Mein Leben lang hatte ich mich in den Wellen abgekämpft, hin- und hergeworfen und herumgeschleudert wie eine Stoffpuppe. Ich hatte ständig versucht, aufzutauchen, schreiend nach Luft gerungen, aber eine unsichtbare Hand hatte mich unter Gischt und Brandung gehalten. Doch in diesem Moment teiltest du die Wellen, hobst mich über die Oberfläche und fülltest mich aus.*

# 17

Grover war steif gefroren, als ich ihn zu bewegen versuchte. Im Sitzen erstarrt. Sein Kopf neigte sich etwas zur Seite. Eine Hand hielt noch immer den Steuerknüppel. Seine Augen waren geschlossen.

Ashley wandte den Kopf ab.

Ich brach einen Teil der Tragfläche heraus, legte ihn darauf und schob ihn durch den Eingang. Dann zerrte ich ihn über den Schnee an einen Felsen voller Pumaspuren. Ich fegte den Schnee weg, setzte ihn auf den Felsen und lehnte ihn mit dem Rücken an.

Dann ging ich zurück und zählte: achtzehn Schritte.

Ich legte einen Pfeil in den Bogen ein, zielte auf die Schneewehe dicht neben Grover und schoss. Dieses Mal verfehlte ich mein Ziel nicht. Die Entfernung war weit genug für eine flache Flugbahn des Pfeils, aber nicht so weit, dass ich mein Ziel nicht treffen konnte.

Immer wieder lief Napoleon zwischen Grover und mir hin und her. Er fing schon an zu humpeln, und er sah fragend zu mir auf.

»Ich pass schon auf, dass ihm nichts passiert.«

Napoleon verkroch sich wieder in unsere verfallende Höhle. Alles an diesem Ort war schlecht. Ich musste uns von hier fortbringen, aber ich hatte zwei Probleme. Das erste war meine Kraft, die von Tag zu Tag weniger wurde. Das zweite war, dass ich während meines praktischen Jahrs an der Westküste erlebt hatte, was Pumas Menschen antun konnten, wenn man nicht aufpasste, und wie oft so etwas vorkam. Ich hatte nicht vor, in den nächsten Tagen ständig über die Schulter schauen zu müssen.

Ich kroch in die Höhle.

Ashleys Gesicht war kreidebleich. Sie war kurz vor einem Zusammenbruch. »Was machst du?«

»Jagen.«

»Und du benutzt Grover als Köder?«

»Ja.«

Sie sagte nichts.

»Aber wenn es so läuft, wie ich es mir vorstelle, passiert ihm nichts.«

»Ich will ja nicht auf Dingen herumhacken, die offensichtlich sind, aber seit wir uns in Salt Lake City begegnet sind, ist noch nichts so gelaufen, wie du es gehofft hast.«

Sie hatte recht. Da ich darauf nichts erwidern konnte, nickte ich nur. Aber mir war einfach klar, dass ich nicht in unserer Höhle sitzen und warten würde, bis dieses Tier zurückkäme. Grover zu benutzen half, die Chancen zu erhöhen. Wenn schon nicht zu meinen Gunsten, dann zumindest auch nicht zugunsten dieses Tiers.

Wenn alles nach Plan liefe, würde Grover nichts abbekommen. Wenn nicht, na ja, er war ohnehin schon tot, und ich würde ihn begraben, bevor Ashley sehen könnte, was passiert war.

Den Rest des Tages sprachen wir nicht viel. Auch nicht am Abend und am nächsten Tag. Als es Abend wurde, hatte ich seit achtundvierzig Stunden nicht mehr richtig geschlafen und lief auf Reserve. Ashley ging es ebenso.

Es war kälter geworden. Mit Bestimmtheit konnte ich es nicht sagen, aber die eisige Kälte tat weh. Das ließ vermuten, dass die Temperaturen unter minus zwanzig Grad Celsius lagen. Wolken zogen auf und verdeckten den Mond. Das war schlecht. Ich brauchte den Mond. Ohne ihn konnte ich das Pinvisier nicht sehen.

Gegen Mitternacht fing es an zu schneien. Ich war schläfrig. Nickte immer wieder ein. Durch den Schneefall konnte ich Grovers Umrisse gerade noch erkennen. Nach der Schneeschicht zu urteilen, die ihn bedeckte, waren mittlerweile weitere zehn Zentimeter Schnee gefallen.

Ich musste wohl eingeschlafen sein, denn ich fuhr mit einem Satz aus dem Schlaf auf. Napoleon lag neben mir. Geduckt. Die Augen auf Grover gerichtet.

Etwas beugte sich über Grover. Etwas Großes. Über 1,80 Meter lang. Meine Hände waren steif vor Kälte, aber ich spannte den Bogen und suchte das Pinvisier. Im Dunkeln war es nicht zu sehen. »Komm schon, nur ein Funken Licht.«

Nichts. Ich schwenkte den Bogen, und wusste, dass mir nur eine oder zwei Sekunden Zeit blieben. Meine Arme verkrampften sich, meine Brust fühlte sich an, als hätte mir jemand eine Eisenspitze hineingerammt. Ich hustete und schmeckte Blut. Meine Kraft ließ nach. Ich brauchte unbedingt Licht. Meine Arme zitterten.

Neben mir streifte etwas mein Bein. Ich hörte ein Klicken, dann schoss eine Leuchtkugel aus dem Höhleneingang. Sie beschrieb einen langgestreckten Space-Shuttle-Bogen und schwebte schließlich metallisch-orange etwa hundert Meter über uns. Das Licht regnete herab und warf Schatten. Der Puma hatte beide Vorderpfoten an Grovers Hemd gelegt, als ob die beiden miteinander tanzten. Das Tier sah auf und drehte den Kopf. Ich fand das Pinvisier, zielte auf die Schulter des Pumas und drückte ab.

Den Pfeil sah ich nicht.

Ich ließ den Bogen fallen, sank nach hinten, hielt mir die Seite und rang nach Atem. Ich musste husten, schmeckte wieder Blut und spuckte auf den Schnee.

Ashley lag rechts neben mir und schaute hinaus. »Er ist weg.«

»Habe ich ihn getroffen?« Ich hatte mich zusammengekauert und hielt mir den Brustkorb. Die Krämpfe wanderten bis in meinen Rücken und raubten mir noch mehr den Atem.

»Ich weiß nicht. Er ist ziemlich schnell verschwunden.«

Unsere Hände fanden sich im Dunkeln.

Wir lagen da und rangen nach Atem. Ich war viel zu müde, sie wieder in ihren Schlafsack zu tragen. Also zog ich sie an mich, wickelte uns in meinen Schlafsack und schlang die Arme um sie. Es dauerte nicht lange, bis ihr Kopf zur Seite fiel und ihr Puls sich beruhigte.

Als wir am Morgen aufwachten, lag Napoleon zwischen uns. Ich schlüpfte aus dem Schlafsack und sah, was Ashley in der vergangenen Nacht gemacht hatte. Schleifspuren im Schnee ließen es deutlich erkennen.

Ich musste nach ihrem Bein sehen. Also schlug ich den Schlafsack zurück und tastete es behutsam ab. Die Haut war dunkel, die Schwellung wieder stärker. Zehn Tage alte Haarstoppeln überzogen ihr Bein. Der Puls in ihrem Knöchel war kräftig. Aber die Schwellung war problematisch, die Haut straff gespannt. Die Bewegung am vorigen Abend war für das Bein traumatisch gewesen. Nicht gut. Es warf sie zurück. Sie würde starke Schmerzen bekommen, aber wir hatten kein Percocet mehr.

Ich hob ihren Kopf an und legte ihr zwei Advil auf die Zunge. Sie trank und schluckte.

Nachdem ich ihren Kopf auf meinen Schlafsack gebettet hatte, zog ich mich an, band meine Stiefel zu, legte einen Pfeil in den Bogen und ging zu Grover hinüber. Er war umgefallen oder gestoßen worden und sah aus, als ob er auf der Seite läge und schliefe. Eine Blutspur führte über die Felsen weg. Eine durchgehende Spur.

Es waren mehrere Stunden vergangen, was entweder sehr gut oder sehr schlecht war. Wenn der Puma tödlich verwundet war, konnte er in dieser Zeit gestorben sein. War er aber nur leicht verletzt, hatte er in diesen Stunden Zeit genug gehabt, wieder zu Kräften zu kommen und böse zu werden.

Ich drehte mich zu Napoleon um und zeigte ihm abweisend meine Handfläche. »Bleib hier. Pass auf Ashley auf.« Er kroch in ihren Schlafsack, bis nur noch seine Schnauze herausschaute. Mein Atem bildete eine dichte Wolke und stach mir in der Nase. Die Kälte schmerzte.

Ich kletterte die Felsen hinauf und folgte der Blutspur. Sie wurde allmählich dünner – ein schlechtes Zeichen, denn es bedeutete einen ungenauen Treffer und vermutlich einen wütenden, verletzten Puma. Nach knapp hundert Metern war nur noch hier und da ein Blutstropfen zu sehen. Ich hörte auf, mir Gedanken zu machen. Der schneidende Wind wehte förmlich durch mich hindurch und trieb mir feinen Pulverschnee in die Augen.

An einem großen Felsvorsprung nahmen die Tropfen wieder zu und verdichteten sich schließlich zu einer Linie. Nach weiteren hundert Metern stieß ich auf eine große Lache. Offenbar hatte das Tier sich hier niedergelassen. Ein gutes Zeichen. Ich grub mit der Fußspitze den Schnee auf. Das Blut war mehrere Zentimeter tief eingesickert.

Das war gut. Zumindest für uns.

Die Spur führte noch zweihundert Meter weiter über mehrere kleinere Felsen bis an einige dicht stehende Bäume. Zuerst sah ich den Schwanz. Die dunkle Spitze ragte unter den Ästen hervor und lag flach auf dem Schnee. Ich atmete tief durch, spannte den Bogen und ging langsam auf das Tier zu. In zweieinhalb Metern Entfernung richtete ich das Pinvisier auf seinen Kopf, senkte den Bogen etwas wegen der kurzen Distanz und schoss. Der Pfeil bohrte sich durch den Nacken. Nur die Federn waren noch zu sehen. Der Puma regte sich nicht mehr.

Ich zog den Pfeil heraus, steckte ihn in den Köcher, setzte mich auf einen Felsen und schaute den Puma an. Er war nicht groß, vom Kopf bis zum Schwanzansatz etwa eineinhalb Meter lang, und wog schätzungsweise hundert Pfund. Ich hielt die Tatze in der Hand.

Ob klein oder nicht, er hätte mich in Stücke gerissen. Ich musterte die Zähne. Sie waren abgenutzt, was vielleicht erklärte, warum er sich auf leichte Beute verlegt hatte.

Mir war klar, dass Ashley sich Sorgen machte.

Ich ging zurück und sah, dass sie starke Schmerzen hatte. Sie zitterte und war wieder kurz vor einem Schockzustand. Ich zog mich bis auf die Unterwäsche aus, öffnete ihren Schlafsack und legte meinen dicht neben ihren. Dann kroch ich hinein, schmiegte mich fest an sie und nahm sie in den Arm. Sie zitterte noch nahezu eine Stunde lang.

Als sie eingeschlafen war, schlüpfte ich hinaus und deckte sie fest mit beiden Schlafsäcken zu. Dann schürte ich das Feuer, legte Holz nach und ging zurück zu dem Puma. Ich weidete ihn aus und zog ihm das Fell ab. Übrig blieb ein Pumarumpf aus Knochen und Muskelfleisch, der annähernd fünfzig Pfund wog und uns vielleicht fünfzehn Pfund essbares Fleisch lieferte. Ich schleifte ihn durch den Schnee zurück, schnitt einige grüne Äste ab und baute daraus rund um das Feuer ein Gestell, an das ich Fleischstreifen hängte.

Der Geruch weckte sie.

Sie hob den Kopf, schnupperte in die Luft und flüsterte heiser. »Ich möchte etwas.«

Ich nahm ein Stück herunter, warf es wie eine heiße Kartoffel von einer Hand in die andere, blies darauf und hielt es ihr an den Mund.

Sie kaute langsam und aß es auf. Als sie nach einer Weile den Kopf hob, schob ich einen Teil ihres Schlafsacks als Kissen darunter. Um ihre Augen lagen dunkle Ringe. Ich riss ein weiteres Fleischstück ab und ließ sie nach und nach abbeißen. Kauend legte sie den Kopf zurück. »Ich hatte gerade einen grässlichen Traum, du kannst dir gar nicht vorstellen, wie grässlich.«

»Erzähl.«

»Ich habe geträumt, mein Flug von Salt Lake City wurde annulliert. Aber dann kam ein Fremder, ein netter Mann, irgendwie unscheinbar, aber nett. Er bot mir an, mich in seinem Charterflugzeug mit nach Denver zu nehmen. Ich nahm an, und irgendwo über einem endlosen Wald hatte der Pilot einen Herzinfarkt und machte eine Bruchlandung. Ich brach mir ein Bein, und fast eine Woche lang hatten wir nichts anderes zu essen als ein bisschen Studentenfutter, Kaffeesatz und einen Puma, der uns hatte fressen wollen.«

»Unscheinbar? Nett? Das sagten wir in der Highschool über Mädchen mit starker Persönlichkeit.«

»Du bist völlig anders als sämtliche Ärzte, die ich kenne.« Sie kaute bedächtig. »Das Komische an dem Traum war, dass ich mich auf einen Charterflug mit einem wildfremden Mann eingelassen habe. Eigentlich sogar mit zwei Fremden. Was habe ich mir nur dabei gedacht?« Sie schüttelte den

Kopf. »Ich muss unbedingt meine Entscheidungsprozesse überdenken.«

»Lass mich wissen, was dabei herauskommt«, erwiderte ich lachend.

Im Tageslicht untersuchte ich noch einmal ihr Bein. Sie wollte gar nicht hinschauen, und das war auch besser so, denn es war kein schöner Anblick.

»Du hast Glück, dass es nicht wieder gebrochen ist. Die Knochenenden fangen gerade an zusammenzuwachsen, und da gehst du hin, und machst einen Stunt mit der Signalpistole. Ich glaube nicht, dass der Knochen verrutscht ist, aber die Schwellung ist wieder schlimmer geworden.«

Sie war blass und sah schweißfeucht aus. Ich packte ihr Bein wieder in Schnee, passte die Schiene neu an, um die Durchblutung zu fördern, und presste ihren Fuß an meinen Bauch, um ihn aufzuwärmen.

Den Rest des Tages aßen wir gegrilltes Pumafleisch und tranken warmes Wasser. Immer wieder packte ich Schnee unter und um ihr Bein und achtete darauf, dass sie genug Flüssigkeit trank und ausschied. Sie lag seit zehn Tagen still und atmete weniger als die Hälfte der Sauerstoffmenge ein, die ihr Körper gewohnt war. Die Gefahr von Muskelschwund und Infektionen machte mir Sorgen. Ich war nicht sicher, ob ihr Körper mit einer Infektion fertig werden könnte.

Sobald der Proteinschub sich bei mir bemerkbar machte, rieb ich ihr gesundes rechtes Bein ab, um die Durchblutung zu fördern, und streckte es, so weit ich konnte, ohne ihr gebrochenes Bein zu bewegen. Eine heikle Gratwanderung. Den ganzen Tag schnitt ich immer wieder lange Fleischstreifen zu, spießte sie auf frische Äste und hängte sie über das Feuer. Mehrmals sammelte ich in immer größerem

Umkreis neues Brennholz, um das Feuer in Gang zu halten. Bis zum Abend hatte ich jeden verfügbaren Fleischfetzen vom Kadaver des Pumas gelöst und über dem Feuer gegrillt. Es war nicht viel und nicht einmal sonderlich gut. Aber es sättigte, versorgte uns mit Proteinen, gab Kraft und ließ sich mitnehmen, was ebenso wichtig war. So brauchte ich nicht jeden Tag neue Nahrung zu suchen.

Bis zum Spätnachmittag hatten Ashleys Wangen wieder Farbe bekommen. Vor allem aber waren ihre Augen feucht und klar.

Als ich zwei Stunden vor Einbruch der Dunkelheit aus dem Eingang der Höhle schaute, fiel mein Blick auf Grover, der immer noch auf der Seite lag. Er sah aus wie eine vom Podest gestürzte Statue. Ich band meine Stiefel zu. »Ich bleibe in der Nähe.«

Sie nickte. Als ich an ihr vorbeiging, hielt sie mich an meiner Jacke fest. Sie schaute zu mir auf und zog meine Stirn an ihre Lippen. Sie waren warm, feucht und zitterten. »Danke.«

Ich nickte. Als ich ihr Gesicht aus solcher Nähe sah, fiel mir auf, wie schmal ihre Wangen geworden waren. Regelrecht eingefallen. Eine Woche zu zittern, längere Schockzustände zu überstehen und kaum etwas zu essen, dürfte durchaus zu einer gewissen Hagerkeit beigetragen haben.

»Ich weiß nicht, wie du das geschafft hast, was du gestern gemacht hast. Dazu gehört eine Stärke, wie ich sie bisher nur einmal erlebt habe.« Ich wandte den Blick ab und legte ihr die Hand auf die Stirn, um zu fühlen, ob sie Fieber hatte. »Morgen früh brechen wir auf. Ich weiß nicht genau, wohin wir gehen, aber wir gehen hier weg.«

Sie ließ meine Hand los und grinste. »Mit dem ersten Flug?«

»Ja. Erster Klasse.«

Ich kroch hinaus. Mein Magen war voll, und zum ersten Mal seit zehn Tagen hatte ich weder Hunger, noch fror ich. Ich schaute mich um und kratzte mich am Kopf. Irgendwas war merkwürdig. Etwas, was schon lange nicht mehr vorgekommen war. Als hätte sich etwas von hinten angeschlichen, ohne dass ich es bemerkt hatte. Ich kratzte mich am Kinn, und da fiel es mir auf.

Ich lächelte.

# 18

*Erinnerst du dich an die Schildkröten? Ich frage mich, wie es ihnen geht. Wo sie sind, wie weit sie geschwommen sind. Ob sie es bis nach Australien geschafft haben? Besonders dein kleiner Freund.*

*Du tipptest mir auf die Schulter und fragtest: »Was ist das für ein Geräusch?« Offenbar hatten wir die Schildkröte entdeckt, als sie gerade anfing, ihr Nest zu bauen. Wir stiegen auf die Düne, legten uns auf den Boden und beobachteten, wie sie ihr Loch grub. Sie war riesig und grub lange. Dann legte sie ihre Eier. Wie in Trance. Es müssen gut hundert Eier gewesen sein. Als sie fertig war, deckte sie das Loch zu, kroch ans Meer zurück und verschwand im dunklen Wasser.*

*Wir rutschten die Düne hinunter und betrachteten den Erdhügel. Es war einer der größten, den wir je entdeckt hatten. Sorgsam steckten wir ein Dreieck mit Pflöcken ab und markierten den Hügel mit rotem Absperrband. Dann brachtest du mich dazu, kleine Fähnchen auszuschneiden, damit jeder am Strand sie auf eineinhalb Kilometer Entfernung sehen konnte.*

*Dieses Nest war sicher vom Flugzeug aus zu erkennen.*

*Du zähltest die Tage. Wie ein Kind vor Weihnachten. Strichst sie am Kalender an. Ich nahm eine Woche Urlaub, und ab dem fünfundfünfzigsten Tag kampierten wir draußen.*

*»Sie wissen schließlich nicht, dass sie erst nach sechzig Tagen schlüpfen sollen. Was ist, wenn sie früher kommen?«*

*Wir breiteten auf der Düne eine Decke aus, und du bandest dir eine Taschenlampe um die Stirn. Sahst aus wie ein verirrter Bergmann. Ich versuchte in deinen Schlafsack zu kriechen, aber du zogst den Reißverschluss hoch und hobst warnend einen Finger. »Nein. Jetzt nicht. Was ist, wenn sie anfangen zu schlüpfen?«*

*Schatz, wenn du dir etwas in den Kopf gesetzt hast, bist du eine ganz schön harte Nuss.*

*Also lagen wir da und schauten zu, wie der Schatten des Mondes über das Absperrband wanderte. Am Strand war es in dieser Nacht warm. Von Südwesten wehte eine kühle Brise, das Wasser wirkte daher eher wie ein See als wie ein tosendes Meer. Dann kam der neunundfünfzigste Tag. Du schliefst. Dein Speichel lief auf deinen Schlafsack. Ich tippte dir auf die Schulter, und wir schoben unsere Nasen über den Dünenrand und schauten zu, wie das erste Schildkrötenbaby sich den Sand abschüttelte und in Richtung Wasser zockelte. Nach kurzer Zeit war der ganze Strand voller Unechter Karettschildkröten.*

*Du warst ganz aufgeregt. Zähltest leise. Zeigtest mit dem Finger auf jede einzelne, als ob du sie mit Namen kennen würdest. Ich erinnere mich, dass du den Kopf schütteltest. »Woher wissen sie bloß, in welche Richtung sie gehen müssen? Wieso verlaufen sie sich nicht?«*

*»Sie haben einen inneren Kompass. Der sagt ihnen, wo das Wasser ist.«*

*Dann kam unser kleiner Freund. Er krabbelte heraus, aber im Gegensatz zu seinen hundertsiebzig Brüdern und Schwestern marschierte er in die falsche Richtung. Die Düne hinauf, auf uns zu. Er schaffte es einen guten Meter weit, dann sank er immer tiefer ein. Deine Stirn furchte sich, als du sahst, dass er sich sein eigenes Grab schaufelte.*

*»Er geht in die falsche Richtung. Das schafft er nie.« Du schlüpftest aus dem Schlafsack, rutschtest die Düne hinunter und trugst ihn an den Rand des Wassers. Du setztest ihn ab. Er entdeckte seinen*

*Seemannsgang, und die nächste Welle nahm ihn mit. Du versetztest ihm einen Schubs. »Ab mit dir, Bürschchen. Ab nach Australien.«*

*Wir schauten zu, wie der Mond seinen Panzer beschien und funkeln ließ wie einen schwimmenden schwarzen Diamanten. Der Wind wehte dir das Haar ins Gesicht. Du strahltest. Ich glaube, wir blieben lange da stehen, sagten nicht viel, schauten nur zu, wie er ins Meer hinausschwamm. Er war ein guter Schwimmer.*

*Damals entdecktest du es. Du drehtest dich um, schautest auf die Düne, in der wir uns versteckt hatten, auf die Straucheichen und das Dünengras. Auf dem höchsten Punkt stand ein Schild: »Zu verkaufen«, damit die Vorbeifahrenden es von der Landstraße aus sehen konnten. »Wem gehört es?«*

*»Keine Ahnung.«*

*»Was glaubst du, wie viel sie dafür haben wollen?«*

*»Ein ordentliches Sümmchen, schätze ich. Es steht schon eine ganze Weile zum Verkauf.«*

*»Das Grundstück hat einen ungewöhnlichen Zuschnitt. Dürfte schwierig sein, ein größeres Haus darauf zu bauen. Die bebaubare Fläche ist ziemlich klein, und die geschützte Dünenfläche recht groß. An der Straße ist es vielleicht dreißig Meter breit, zu den Dünen sicher zweihundertvierzig Meter. Sieht aus wie ein abgeschnittenes Dreieck.«*

*»Ja. Und es grenzt rundum an Naturschutzgebiet. Wahrscheinlich gelten bestimmte Auflagen, was für eine Art von Haus man da bauen darf, wie groß der Fußabdruck sein darf und so weiter. Die meisten, die eine Million Dollar für ein Grundstück ausgeben, möchten doch bauen können, was sie wollen.«*

*Du breitetest die Hände aus. »Hier sind doch mindestens zehn Schildkrötennester. Das Absperrband würde ja ausreichen, eine ganz neue Parzelle abzutrennen. Wieso kauft der Bundesstaat es nicht, wo hier so viel los ist?«*

*Ich zuckte die Achseln. »Aus Geldgründen, nehme ich an.«*

*Du nicktest. »Wir sollten es kaufen.«*

*»Was?«*

*Du stiegst die Düne hinauf und schautest dir das Grundstück an. »Wir brauchen kein großes Haus. Wir könnten es da drüben bauen. Ein Strandhaus mit der Rückseite zum Meer und großen Fenstern. Da könnten wir abends sitzen und die Nester beobachten.«*

*Ich deutete den Strand entlang. »Schatz, wir haben eine perfekte Eigentumswohnung gleich da hinten. Wir können jederzeit zu Fuß herkommen, wenn wir wollen.«*

*»Ich weiß, aber der Nächste, der kommt, hat vielleicht was dagegen, dass die Schildkröten ihm den Garten umgraben. Uns gefällt es. Wir sollten es kaufen.«*

*Eine Woche verging. Ich steckte wieder in der Tretmühle der Arbeit. Als ich nach Hause kam und meine Sachen auf die Couch warf, sah ich, dass die Terrassentür offen stand. Ich ging hinaus und fand dich am Strand. Die Sonne war untergegangen. Diese Tageszeit war mir am liebsten. Das kühle bläuliche Licht vor Einbruch der Dunkelheit. Du standest in einem weißen Sarong da, der im Wind flatterte. Du winktest. Du warst so sonnengebräunt, dass sich von den Augen bis zu den Ohren Streifen von deiner Sonnenbrille gebildet hatten.*

*Ich zog Shorts an, nahm meinen Schnellhefter und ging hinaus. Du strahltest und reichtest mir eine kleine Schachtel in Geschenkpapier. Der leichte Wind hatte gedreht und zerzauste deine Haare. Wehte sie dir auf Wange und Mund. Als ich dich küsste, zogst du die Strähne mit dem Finger fort.*

*Ich öffnete die Karte und las: »Damit du den Weg zurück zu mir findest.« Ich packte die Schachtel aus. Sie enthielt einen Marschkompass. »Lies, was auf der Rückseite steht«, sagtest du.*

*Ich drehte ihn um. Auf der Rückseite war eingraviert: »Mein rechtweisend Nord«. Du hängtest ihn mir um den Hals und rauntest: »Ohne dich wäre ich verloren.«*

*»Ich habe auch etwas für dich.«*

*Du legtest die Hände auf den Rücken und wipptest hin und her. »Ja?«*

*Ich reichte dir die Mappe. Du schlugst sie auf, blättertest darin und sahst aus, als ob du einen griechischen Text vor dir hättest. Deine Augen verengten sich.*

*»Schatz, was ist das?«*

*»Das ist ein Flurplan. Und das ist ein Vorvertrag über ein Grundstück.«*

*»Welches? Wir haben doch gar nicht das …« Du brachst ab, starrtest auf den Flurplan, drehtest ihn um und schautest den Strand entlang.*

*»Das hast du nicht gemacht.«*

*»Es ist nur ein Gebot. Es heißt nicht, dass sie es annehmen. Ich habe es bewusst niedrig angesetzt.«*

*Du stupstest mich in die Seite. Wie* Ein Offizier und Gentleman *in Ponte Vedra Beach. Lachend riefst du: »Ich kann einfach nicht fassen, dass du das gemacht hast.«*

*»Na ja, wir wissen nicht, ob sie das Angebot annehmen. Für das Grundstück gelten strenge Auflagen und Bestimmungen. Es gibt vieles, was wir da nicht bauen dürfen. Es liegt im Naturschutzgebiet, also …«*

*»Dürfen wir denn ein kleines Haus darauf bauen?«*

*»Noch gehört uns das Grundstück nicht.«*

*»Ja, aber wenn, dürften wir dann ein kleines Haus mit Glasfront bauen, wo wir sitzen und Sonne und Mond über dem Strand aufgehen sehen können?«*

*Ich nickte.*

*»Wie viel kostet es?«*

*»Viel. Wir werden nicht sofort mit dem Bau anfangen können. Das muss noch ein paar Jahre warten.«*

*»Ich kann warten.«*

*Es hat mir viel bedeutet, dir dieses Grundstück zu schenken.*

# 19

Grover verdiente ein ordentliches Begräbnis. Ich musterte die Umgebung und sah gleich oberhalb von ihm einen Felsvorsprung. Als ich hinaufstieg, reichte die Aussicht kilometerweit. Bei seiner Vorliebe für Höhe hätte es ihm sicher gefallen. Ich schob mit den Füßen den Schnee beiseite, ging zurück ans Flugzeug und riss ein Stück von der Seitenflosse ab, die ich als Schaufel benutzte. Ich grub ein Loch, oder besser: Ich schob etwas Geröll beiseite, da von Graben bei dem gefrorenen Boden kaum die Rede sein konnte. Anschließend stieg ich hinunter, packte Grover über meine Schulter und trug ihn über die Felsen hinauf. Nachdem ich ihn in das Loch gelegt hatte, sammelte ich ballgroße Steine.

Ich leerte seine Taschen aus und versuchte, ihm den Ehering abzuziehen, was mir aber nicht gelang. Ich zog seine Taschenuhr heraus und steckte seine Habseligkeiten in die Innentasche meiner Jacke. Anschließend nahm ich die Schnürsenkel aus seinen Schuhen, zog ihm die Wollsocken von den Füßen und den Gürtel aus den Hosenschlaufen und steckte alles ein. Zum Schluss nahm ich ihm noch die Jeansjacke ab.

Während die Sonne sank, sich dunkelorange und schließlich feuerrot färbte, stapelte ich Steine auf sein Grab. Als ich fertig war, stand ich auf und trat zurück. Es war ein schöner Platz. Der Wind hatte aufgefrischt. Hier oben war es vermutlich immer windig. Vielleicht war es ja gut so. Vielleicht würde es ihm das Gefühl geben, zu fliegen.

Ich zog meine Wollmütze vom Kopf. »Grover, es tut mir leid, dass ich dir das eingebrockt habe. Wenn ich dich nicht engagiert hätte, mich zu fliegen, wärst du jetzt wahrscheinlich zu Hause bei deiner Frau. Ich nehme an, du bist jetzt in der Engelausbildung. Wirst bestimmt ein guter Engel. Wahrscheinlich kriegst du schon bald deine Flügel. Ich hoffe, sie teilen dich deiner Frau zu. Ich kann mir denken, dass sie dich jetzt braucht. Falls wir hier rauskommen, besuche ich sie. Erzähle ihr, was passiert ist. Bringe ihr deine Sachen.« Ich drehte meine Mütze in den Händen. »Ich weiß nicht, ob ich mich bei dir entschuldigen sollte.« Ich versuchte zu lachen. »Um ganz ehrlich zu sein, du hast uns hier mitten in der Einöde abgesetzt.«

Der Wind blies mir rau ins Gesicht. »Wenn Gott nicht will, dass es hier oben noch zwei Tote gibt, brauchen wir eine Wetteränderung. Blauer Himmel und wärmere Temperaturen wären ganz schön. Und da ich nicht weiß, wohin wir gehen sollen, könnten wir in der Hinsicht auch ein bisschen Hilfe brauchen. Vielleicht kannst du ja ein gutes Wort für uns einlegen.«

Die Schneelandschaft erstreckte sich in einer Richtung sicher fünfundsechzig Kilometer weit, in der anderen gut hundert Kilometer. »Ich glaube, Ashley würde gern im weißen Brautkleid zum Traualtar gehen. Sie ist jung. Das ganze Leben liegt vor ihr. Sie hat es verdient, Weiß zu tragen.«

Das Licht schwand und wich einem wolkenlosen, kalten Himmel. Ein grauer Schleier senkte sich herab, durch den Sterne leuchteten. Über uns flog ein Düsenflugzeug in wohl zwölftausend Meter Höhe nach Südosten und ließ einen langen Kondensstreifen zurück. »Wenn das deine Art von Humor ist, finde ich ihn im Moment nicht komisch.«

Ein zweites Flugzeug kreuzte den Kondensstreifen des ersten. »Das auch nicht. Übrigens, ich bin ratlos, und wenn ich ratlos bin, sind wir es beide. Es braucht nicht viel, uns hier draußen umzubringen. Wir sind ziemlich am Ende. Diese Riesenkatze hat uns beinah geschafft. Du musst es wissen, schließlich hast du mit ihr getanzt. Fakt ist wohl, wenn ich sterbe, stirbt sie auch. Ganz zu schweigen von deinem Hund, dessen Name mir nicht mehr einfällt.«

Da der kalte Wind mir bis auf die Knochen ging, schloss ich den Reißverschluss meiner Jacke. »Ich will mich gar nicht wichtiger nehmen, als ich bin, aber ich bitte auch gar nicht für mich. Ich bitte für das Mädchen, das mit einem gebrochenen Bein da drinnen liegt und allmählich den Mut verliert. Sie glaubt, sie kann es vor mir verbergen, doch das gelingt ihr nicht. Sie ist zäh, aber das hier oben, das schafft jeden.« Ich schaute mich um. »Das ist eine raue Gegend. Sie raubt einem schnell jede Hoffnung.« Eine Träne lief mir über das Gesicht. Meine Hände waren voller Risse und Schorf. Mit bebenden Lippen schüttelte ich den Kopf. »Du und ich, wir haben unser Gespräch nicht zu Ende geführt, aber eines kann ich dir sagen: Mit gebrochenem Herzen zu leben heißt, halbtot zu sein. Und das bedeutet keineswegs, halb lebendig zu sein. Im Gegenteil, man ist halbtot. Und so kann man nicht leben.«

Zerklüftet, kalt und unnachgiebig ragten die Berge um uns herum auf und warfen Schatten. Grover lag zu meinen Füßen unter Steinen und Eis begraben. »Wenn ein Herz einmal bricht, wächst es nicht wieder nach. Es ist kein Eidechsenschwanz. Es ist eher wie eine große Buntglasscheibe, die in tausend Scherben zersplittert ist und sich nicht wieder zusammensetzen lässt. Jedenfalls nicht so, wie sie vorher war. Du kannst alle zu einem Stück zusammenpressen, aber es wird keine Fensterscheibe mehr daraus. Es ist ein bunter Scherbenhaufen. Gebrochene Herzen heilen nicht. Vielleicht sage ich dir ja nichts, was du nicht schon wüsstest. Vielleicht aber doch. Ich weiß einfach, wenn die Hälfte stirbt, tut alles weh. Du hast also den doppelten Schmerz und alles andere nur halb. Du kannst den Rest deines Lebens versuchen, das Buntglas wieder zusammenzusetzen, aber das funktioniert nicht. Es gibt nichts, was die Scherben zusammenhält.«

Ich setzte meine Mütze auf, nur um sie sofort wieder abzunehmen. »Das ist alles, was ich dir sagen wollte.« Ich hielt den Kompass in der Hand, bis die Nadel sich ausgerichtet hatte und ruhig blieb. »Ich muss wissen, in welche Richtung wir gehen sollen.«

Die Flugbahnen der beiden Flugzeuge kreuzten sich. Ihre Kondensstreifen erregten meine Aufmerksamkeit. Ich reckte den Hals. Sie bildeten einen Pfeil, der nach Südosten wies: 125 oder 130 Grad.

Ich nickte. »Da ich keine bessere Alternative habe, muss das reichen.«

Ich ging wieder in die Höhle und zog Ashley Grovers Socken an. Sie waren aus mittelschwerer Wolle. Misstrauisch schaute sie mich an. »Wo hast du die her?«

»Wal-Mart.«

»Gut zu wissen. Ich dachte schon, du würdest sagen, sie gehörten Grover, und bei der Vorstellung gruselt es mich irgendwie.«

Sie nickte ein. Gegen Mitternacht überraschte sie mich, als ich auf den Kompass starrte. Die Gradeinteilung leuchtete neongrün. »Woher weiß man, in welche Richtung man gehen muss?«

»Gar nicht.«

»Und wenn man die falsche Richtung nimmt?«

»Dann sind du, ich und Napoleon die Einzigen, die es je erfahren werden.«

Sie schloss die Augen und zog sich den Schlafsack über die Schultern. »Lass dir Zeit und triff eine kluge Entscheidung.«

»Danke, das ist sehr hilfreich.«

»Lass mich gar nicht erst davon anfangen, was im Moment hilfreich wäre.«

»Guter Einwand.«

# 20

*Es ist kurz vor Tagesanbruch. In ein paar Minuten brechen wir auf. Zumindest wollen wir es versuchen. Ich habe keine Ahnung, wie weit wir kommen werden, aber hierzubleiben bringt uns nicht weiter.*

*Ich habe so viel eingepackt, wie ich konnte. Ashley wird jeder Ruck und jede Unebenheit sicher hart zusetzen. Es widerstrebt mir, sie zu transportieren, aber ich kann sie unmöglich hier zurücklassen. Schließlich weiß ich nicht, wie lange ich unterwegs wäre. Aber ich bin mir ziemlich sicher, dass sie sterben würde, bevor ich wiederkäme. Hoffnung trägt erheblich dazu bei, einen Menschen am Leben zu erhalten. Und ich fürchte, wenn ich nicht da wäre, würde ihre Hoffnung bald schwinden. Je länger ich bei ihr bleibe, umso länger wird sie durchhalten.*

*Grover liegt an einem schönen Platz. Er kann die Sonne auf- und untergehen sehen, was ihm sicher gefällt. Ich habe versucht, ihm etwas Nettes zu sagen. Er hat etwas Besseres verdient, aber gerade du weißt ja, dass Reden nicht unbedingt zu meinen Stärken gehört. Ich habe ihm versprochen, seine Frau zu besuchen, falls wir hier rauskommen. Ich finde, Gott sollte ihn bald zum Engel machen. Bestimmt wird er einen guten Engel abgeben. Er liebt das Fliegen und könnte auf seine Frau aufpassen. Sie wird ihn brauchen.*

*Fast die ganze Nacht habe ich den Kompass angestarrt. Ich brauche dir ja nicht zu erklären, was es uns kosten könnte, die falsche Richtung einzuschlagen. Ich weiß, dass wir uns in einem gut hundert Kilometer großen Wildnisgebiet befinden. Es kann sein, dass wir fünfzig Kilometer von der nächsten Ortschaft entfernt sind. Aber fünfzig Kilometer Luftlinie ist etwas völlig anderes, als eine Verletzte fünfzig Kilometer bergauf und bergab zu ziehen. Das eine ist möglich, das andere nicht.*

*Ich schätze, wenn wir es in die Nähe eines Ortes schaffen und in der Ferne so etwas wie Rauch oder abends ein Licht sehen würden, könnte ich mich alleine aufmachen und Hilfe holen. Aber jedes Mal, wenn ich darüber nachdenke, fällt mir ein, wie wir beide uns* Der englische Patient *angesehen haben. Ständig hast du kopfschüttelnd den Finger gehoben und gesagt: »Lass sie nicht allein. Lass sie nicht allein. Du wirst es bereuen.« Und du hattest recht. Beide mussten es teuer bezahlen. Der Ehebruch war natürlich auch nicht gerade hilfreich. Aber die Frau allein zu lassen ist immer schlecht.*

*Ich mache mich jetzt besser auf den Weg. Gleich geht die Sonne auf. Es wird sicher ein langer Tag. Wir reden heute Abend weiter, hoffe ich.*

# 21

Ashley knirschte mit den Zähnen, als ich sie weckte. »Bist du bereit?«

Sie nickte und setzte sich auf. »Gibt's noch Kaffee?«

Ich reichte ihr einen Becher, dessen Inhalt eher nach dünnem Tee aussah. »Trink langsam. Es ist der letzte.«

»Der Tag fängt schlecht an, dabei sind wir noch gar nicht unterwegs.«

»Sieh es doch mal so: Mit jedem Schritt von hier weg kommen wir einem Cappuccino bei Starbucks näher.«

Sie leckte sich die Lippen. »Ich liebe es, wenn du schmutzige Sachen sagst.«

Ich setzte mich neben sie, wir kümmerten uns um ihre Morgentoilette und zogen sie an. Als sie den Reißverschluss ihrer Jacke schloss, sagte sie: »Mir gefällt ja dieser persönliche Service, aber ich muss sagen, dass ich mich schon darauf freue, wenn ich das alles wieder allein machen kann.«

Ich leerte die Plastikflasche. »Ich auch.«

Sie verschränkte die Arme. »Hör mal, ich will ja nicht allzu vertraulich werden, aber solange es nur um ein kleines Geschäft ging, war ja alles in Ordnung. Aber das wird sich bestimmt bald ändern.«

Ich schüttelte den Kopf. »Das hatten wir schon.«

»Wirklich?«

»Zwei Mal. Einmal, als ich dein Bein gerichtet habe, und das zweite Mal, als du bewusstlos warst.«

Sie war verlegen. »Das erklärt so einiges.«

»Zum Beispiel?«

»Zum Beispiel, warum ich seit einer Woche nicht ›musste‹.«

»Doch, du ›musstest‹«, sagte ich grinsend.

»Na ja, zurück zu meiner eigentlichen Frage.«

»Mach dir keine Gedanken. Sag mir einfach Bescheid, wenn es so weit ist. Uns fällt schon was ein.«

»Ich will ja nicht drauf rumreiten, aber anscheinend ist mir die Vorstellung grässlicher als dir.«

»Im ersten Jahr meines Medizinstudiums habe ich im Krankenhaus gearbeitet. Spätschicht. Bettpfannen saubermachen. Acht Monate lang. Es fiel mir schwer, und ich beklagte mich. Ich war ziemlich eingeschnappt, als Rachel ein ernstes Wörtchen mit mir redete. Sie sagte, wenn ich nicht bereit wäre, die Drecksarbeit zu machen, sollte ich mir lieber einen anderen Beruf suchen. Die Menschen brauchten einen Arzt, der bereit sei, sich die Hände schmutzig zu machen und ihnen trotzdem Mitgefühl entgegenzubringen und ihre Würde zu wahren. Man könnte sagen, dass diese ›Einstellungsänderung‹ zur Basis meines Umgangs mit Patienten geworden ist. Sie brachte mich dazu, mir zu überlegen, was die Menschen brauchen, nicht, was ich ihnen in meinem Elfenbeinturm geben wollte.«

Ich zuckte die Achseln. »Rachel riss meinen Elfenbeinturm ein und brachte mich dazu, mich an die Front zu begeben, wo die Menschen leiden und es nicht rosig riecht. Also, auch wenn dir die Vorstellung grässlich ist, du dich dabei unwohl fühlst oder sie dich rot werden lässt, es ist notwendig. Und da nun mal kein anderer da ist und du nicht mal eine zweite Meinung einholen kannst, bin ich dein Arzt. Darum sage ich dir genau dasselbe, was meine Frau mir gesagt hat, als ich protestieren wollte.«

Sie hob die Augenbrauen und wartete ab.

»Überwinde dich.«

Sie nickte. »Die Frau gefällt mir. Sehr.« Sie spitzte die Lippen, musterte mich von oben bis unten und wog ab, was sie als Nächstes sagen wollte. »Hast du eine Menge Auszeichnungen gewonnen? Wie Arzt des Jahres oder etwas in der Art?«

Ich legte den Kopf schief. »Etwas in der Art.«

»Also, mal ernsthaft … ich bin in ziemlich guten Händen?«

»Du bist in meinen Händen. Aber der größte Pluspunkt, den du hast, ist dein Humor. Er ist Gold wert.«

»Wie willst du das messen? Es ist ja schließlich nicht so, dass ich schneller hier wegkomme, wenn ich den Bäumen Witze erzähle.«

»Siehst du, was ich meine?« Ich zog einen Packgurt fest. »Eines Nachts, als ich in der Notaufnahme arbeitete, brachte der Rettungshubschrauber spät, schon gegen Morgen, einen Mann, der einen Schuss seitlich am Hals abbekommen hatte. Ein ganz normaler Mann, der für seine Frau Eiscreme hatte kaufen wollen. Sie war schwanger und hatte ihn in den Laden geschickt – zur falschen Zeit an den falschen Ort. Er geriet in einen Raubüberfall, der schiefging. Als sie ihn in die Notaufnahme brachten, trug er immer noch Pantoffeln. Sie schoben ihn aus dem Hubschrauber, und das Blut schoss aus seiner Halsschlagader.«

Ich zeigte ihr die Stelle an ihrem Hals. »Wie aus einer Wasserpistole. Er hatte viel Blut verloren, war aber noch bei Bewusstsein. Redete noch. Ich drückte ihm die Wunde zu, während wir in den OP liefen. Wir waren dem Sensenmann vielleicht zwei Minuten voraus, aber er holte auf. Ich beugte mich zu ihm hinunter und fragte: ›Sind Sie gegen irgendwas allergisch?‹ Er deutete auf seinen Hals und antwortete: ›Ja, gegen Kugeln.‹ Da dachte ich nur: ›Der Bursche schafft es.‹ Und in dem ganzen Chaos um ihn herum packte er meinen Arm und sagte: ›Doc, operieren Sie mich wie einen Lebendigen, nicht wie einen Sterbenden.‹ Er ließ mich los, gab sich einen Ruck und sagte: ›Ich heiße Roger. Und Sie?‹ Er schaffte es. Zwei Wochen später brachte seine Frau das Kind zur Welt. Sie ließen mich in ihr Krankenzimmer rufen und legten mir ihren Sohn in den Arm. Benannten ihn nach mir.« Ich schaute sie an. »Laut Lehrbuch müsste er mausetot sein. Es gibt keinen vernünftigen Grund, wieso er noch lebt. Ich glaube, es hat etwas mit seinem eingefleischten Sinn für Humor zu tun, gepaart mit seinem starken Wunsch, die Geburt seines Sohnes zu erleben.«

Ich strich ihr über das Gesicht, über das der Anflug eines Lächelns huschte. »Du hast ihn ebenfalls. Verliere ja nicht deinen Humor.«

Sie zupfte an meinem Arm. In ernstem Ton sagte sie: »Wenn ich dich jetzt etwas frage, möchte ich eine ehrliche Antwort bekommen.«

»Okay.«

»Versprichst du mir, die Wahrheit zu sagen?«

»Versprochen.«

»Kannst du uns hier rausbringen?«

»Ehrlich?«

Sie nickte.

»Keine Ahnung.«

Sie legte sich zurück. »Puh. Gut zu wissen. Ich dachte schon, du würdest sagen: ›Keine Ahnung.‹ Dann säßen wir ganz schön in der Patsche.« Sie schüttelte den Kopf. »Nach der Richtung, in der wir gehen, frage ich dich gar nicht erst, weil ich genau weiß, dass du das genau ausgeknobelt hast. Stimmt's?«

»Stimmt.«

»Im Ernst?«

»Nein.«

Ihre Augen verengten sich. Sie tippte erst sich, dann mir an die Brust. »An unserer Kommunikation müssen wir noch arbeiten.«

»Das haben wir doch schon.«

Sie schüttelte den Kopf. »Ich frage dich das alles doch nicht, weil ich eine ehrliche Antwort haben will. Ich möchte, dass du mich nach Strich und Faden belügst. Erzähl mir, dass wir nur noch ein, zwei Kilometer vor uns haben, auch wenn es vielleicht noch hundert sind.«

Ich lachte. »Okay. Hör zu, wenn du aufhörst, zu quatschen, können wir ja endlich aufbrechen. Gleich hinter der ersten Anhöhe da hinten wartet ein Hubschrauber auf uns.«

»Bringen sie Starbucks-Kaffee mit?«

»Klar. Und Orangensaft, zwei Sandwichs mit Ei, Würstchen, Muffins, Himbeerkuchen und ein Dutzend Doughnuts mit Zuckerguss.«

Sie klopfte mir auf den Rücken. »Allmählich kapierst du es.«

Im Idealfall hätte ich eine Art Schlitten gebaut, der über den Schnee hätte gleiten können, ohne sie durch Geholpere umzubringen. Das Problem war nur, dass er in flachem Gelände gut funktioniert hätte, aber so weit ich sehen konnte, gab es davon nicht viel. Mir war klar, dass ich einen Schlitten auf den steilen Hängen, die wir zu bewältigen hatten, nicht im Griff hätte. Sollte ich das Gleichgewicht verlieren oder der Zugkraft ihres Gewichts an einer starken Steigung nicht gewachsen sein, könnte mir der Schlitten entgleiten, und ich würde ihn nicht mehr einholen können.

Dann hätte sie den Flugzeugabsturz zwar überlebt, würde aber auf dem Schlitten sterben.

Daher entschied ich mich für ein Zwischending zwischen Schlitten und Trage, auf der sie von mir abgewandt liegen sollte. Auf den wenigen flachen Abschnitten würde diese Trage über den Schnee gleiten, aber wenn nötig, konnte ich sie mit beiden Händen anheben und hinter mir herziehen, um sie besser im Griff zu behalten.

Zunächst nahm ich die abgerissene Tragfläche. Sie bestand aus einem Metallrahmen und war mit einer Art Kunststoffgewebe bespannt. Daher war sie sehr leicht und glatt, was vielleicht noch wichtiger war. Da die Tragfläche beim Absturz vom Rumpf abgerissen war, waren die Treibstofftanks ausgelaufen. Das Problem bei Tragflächen war allerdings, dass sie, nun ja, eben flügelförmig, also beidseitig leicht abgerundet waren. Also schnitt ich in die Oberseite eine Aussparung in Ashleys Größe und verstärkte die Unterseite mit den Streben der zweiten Tragfläche.

Es wunderte mich, wie einfach das ging.

Als Nächstes stellte sich die Frage, ob das Material nicht reißen würde, wenn ich es kilometerweit über Felsen, Eis und rauen Untergrund zog. Sicher.

Der Boden musste verstärkt werden. Dadurch würde die Trage zwar schwerer zu ziehen sein, aber ohne Verstärkung wäre die Bespannung im Nu durchgescheuert. Ich brauchte nicht lange, bis ich ein geeignetes Stück Blech fand. Der Motor hatte eine Blechverkleidung. Eine Seite war beim Aufprall stark verbeult worden, die andere hatte nur Kratzer. Und um Reparaturen am Motor zu erleichtern, war die Haube mit abnehmbaren Stiften befestigt. Ich montierte sie ab und befestigte sie etwa in der Höhe, in der Ashleys Hinterteil liegen würde, und betrachtete mein Werk. Es sah aus, als könnte es funktionieren. Und in Anbetracht der Mittel, die mir zur Verfügung standen, musste es reichen.

Ich packte alles, was ich finden konnte, in meinen Rucksack – auch das gegrillte Fleisch, das mehr Ähnlichkeit mit Dörrfleisch als mit Filet mignon hatte – und band ihn auf die Tragfläche, um Ashleys Bein darauf zu lagern.

Ich gab Ashley vier Schmerztabletten und hielt ihr den Becher Wasser an den Mund. Sie trank, während ich ihr meinen Plan erklärte.

»Ich habe zwar keinen vernünftigen Anhaltspunkt, in welche Richtung wir gehen sollen, aber ich weiß, dass nordwestlich hinter uns hohe Berge stehen und wir Gämsen sein müssten, um sie zu überqueren. Das Plateau fällt nach Südosten ab.« Ich zeigte die Richtung an. »Die Bäche fließen ebenfalls in diese Richtung. Es ist ganz einfach: Wir müssen in eine geringere Höhe, und zum Glück für uns ist das der einzige Weg nach unten. Wir suchen uns also einen Weg bergab. Ich gehe voraus und ziehe dich hinterher. Ich halte dich die ganze Zeit fest. Noch Fragen?«

Sie schüttelte den Kopf und kaute bedächtig auf dem Fleisch herum. Ich sah noch einmal nach ihrem Bein, wickelte sie warm ein, schloss den Reißverschluss ihres Schlafsacks und zog ihr die Wollmütze über die Ohren. »Dein Bein liegt gleich zum ersten Mal niedriger als dein Herz. Es wird im Laufe des Tages anschwellen. Das Beste ist, es nachts in Eis zu packen. Das wird ziemlich ungemütlich für dich.«

Sie nickte.

»Aber am schmerzhaftesten wird es, dich hier herauszubringen.«

Sie biss die Zähne zusammen. Ich schob meine Hände unter ihre Arme und zog sie behutsam Stück für Stück zu der Trage. Der Schlafsack rutschte mühelos über Schnee und Eis, bis er an einem Stein oder einer Wurzel hängenblieb. Als ich fester zog, versetzte es ihrem Bein einen Ruck.

Sie schrie aus vollem Hals, drehte den Kopf zur Seite und übergab sich. Alles, was sie zu sich genommen hatte, einschließlich der Schmerztabletten, ergoss sich in den Schnee. Ich wischte ihr Mund und Stirn ab, da ihr der Schweiß ausgebrochen war.

»Entschuldige.«

Sie nickte wortlos und biss die Zähne zusammen.

Ich brachte sie zu der Tragfläche, legte sie im Schlafsack hinein und holte Napoleon, der sich offensichtlich freute, mich zu sehen. Ich hob ihn hoch und legte ihn neben Ashley. Ohne die Augen zu öffnen, legte sie einen Arm um ihn. Sie sah verschwitzt aus.

Ich schob ihr Grovers Tasche unter den Kopf und band den Bogen und Grovers Angelruten an der Seite fest. Die Trage war völlig überladen. Aber ich ging nach dem Prinzip vor, dass es besser war, Dinge dabeizuhaben, die wir nicht brauchten, als etwas zu brauchen und es nicht zu haben. Selbst wenn die Trage dadurch schwerer wurde. Allerdings ließ ich unsere beiden Laptops, Handys und sämtliche Papiere zurück, die mit ihrer oder meiner Arbeit zu tun hatten. Das war alles Ballast.

Schließlich schaute ich mich zur Sicherheit noch einmal genau um und verband sie und mich mit einem Stück Kordel. Falls alles andere versagen sollte, wären sie und ich zumindest aneinander festgebunden. Das war allenfalls eine schlechte Idee, wenn ich einen Steilhang hinunterfallen und sie mit in die Tiefe reißen sollte.

Ich schaute auf die Absturzstelle und hinauf zu den Felsen, auf denen Grover lag, zu dem Felsen, an den ich ihn gelehnt hatte, und zu der schwachen Blutspur des verwundeten Pumas, die über die Felsen weg führte. Dann schaute ich lange hinunter auf das Plateau, durch das wir gehen würden. Ich bestimmte mit dem Kompass die Richtung, weil mir klar war, dass ich im Abstieg oder zwischen den Bäumen keinen so guten Überblick mehr haben würde. Schließlich machte ich den Reißverschluss meiner Jacke zu, packte die provisorischen Griffe der Trage und ging einen, zwei, drei Schritte. Nach fünf Metern fragte ich: »Alles okay?«

Nach einer Weile antwortete sie: »Ja.« Die Tatsache, dass sie die Zähne nicht zusammenbiss, sagte mir mehr als ihre Antwort.

Ich wusste nicht, ob wir zehn oder hundert Kilometer gehen mussten, aber diese ersten fünf Meter waren wichtiger als alle anderen.

Na ja, fast wichtiger.

# 22

In der ersten Stunde sprachen wir kaum. Der Schnee war meist knietief, manchmal auch tiefer. Ein paar Mal sank ich bis an die Brust ein und musste wieder herauskriechen. Für Ashley war das gut, für mich nicht. Es machte mir das Gehen doppelt schwer, ließ sie aber reibungslos über den Schnee gleiten. Ich konzentrierte mich auf meine Atmung, meinen festen Griff – oder vielmehr darauf, dass ich ihn nicht verlor – und nahm mir Zeit. Meine Rippen schmerzten recht stark.

Von unserem Plateau gingen wir hinunter an den Bach, in dem ich die Forellen gefangen hatte, und weiter in ein Nadelwäldchen. Die Äste waren dick mit Schnee bedeckt. Wenn man daran stieß, rutschten einem mehrere Schaufeln Schnee auf den Rücken.

Als wir nach einer Stunde vielleicht eineinhalb Kilometer zurückgelegt hatten, sagte sie: »Entschuldigung, Doc, aber wir sind nicht sonderlich schnell. Du musst mal einen Zahn zulegen.«

Keuchend ließ ich mich neben ihr in den Schnee fallen. Meine Brust hob und senkte sich in der dünnen Luft. Meine Beine beschwerten sich heftig.

Sie schaute auf mich herunter und tippte mir an die Stirn. »Soll ich dir einen Energiedrink bringen?«

Ich nickte. »Ja, das wäre toll.«

»Weißt du, was ich denke?«

Ich spürte, wie mir der Schweiß den Nacken entlanglief. »Keine Ahnung.«

»Ich denke, ein Cheeseburger wäre jetzt wunderbar.«

Ich nickte.

»Vielleicht mit zwei Burgern und natürlich doppelt Käse.«

»Klar.«

»Tomaten. Muss aber eine gute Tomate sein. Zwiebeln. Ketchup. Senf. Mayo.«

Weiße Wattewolken zogen über uns weg. In neuntausend Meter Höhe malte ein weiteres Verkehrsflugzeug Streifen an den Himmel.

»Und eine Extraportion Mixed Pickles«, fügte sie hinzu.

»Und zwei Portionen Fritten.«

»Ich glaube, das könnte ich jetzt zwei Mal verdrücken.«

Ich deutete nach oben. »Es ist wirklich grausam. Wir sehen sie gut, aber ich bin ziemlich sicher, dass sie uns nicht sehen.«

»Warum machst du nicht ein riesiges Feuer?«

»Meinst du, dass es nützen würde?«

»Eigentlich nicht, aber wir würden uns immerhin besser fühlen.« Sie schaute zwischen den Bäumen hindurch in unsere Marschrichtung. »Du ziehst besser mal weiter.« Sie klopfte seitlich auf das Tragflächengebilde, in dem sie lag. »Dieses Ding ist nämlich nicht batteriegetrieben, weißt du.«

»Komisch, das ist mir schon vor einer Stunde aufgefallen.« Ich ging ein paar Schritte. »Du könntest mir einen Gefallen tun.«

»Erwarte nicht zu viel von mir.«

Ich reichte ihr eine saubere Trinkflasche. »Wir müssen trinken. Viel trinken. Während ich ziehe, könntest du Schnee in die Flasche füllen und im Schlafsack mit deiner Körperwärme schmelzen. So bekämen wir genug Flüssigkeit, ohne kalten Schnee essen zu müssen. Würde es dir was ausmachen?«

Sie schüttelte den Kopf, nahm die Flasche und schob die Öffnung durch den Schnee. Während sie den Deckel aufschraubte, meinte sie: »Darf ich dich was fragen?«

Obwohl die Temperatur sicher im zweistelligen Minusbereich lag, lief mir Schweiß von der Stirn. Ich zog meine Jacke aus und ging in Unterhemd und Shirt weiter. Ich war am ganzen Körper schweißgebadet. Solange ich in Bewegung war, ging es, aber sobald ich stehen blieb, war es schlecht, weil ich keine Möglichkeit hatte, etwas Trockenes anzuziehen und mich aufzuwärmen. Wenn wir Rast machten, würde ich sofort ein Feuer anzünden und meine Kleider trocknen müssen, noch bevor ich mich um Ashley kümmern könnte. Eine heikle Gratwanderung.

»Klar. Schieß los.«

»Die Handy-Nachricht. Worum geht es dabei?«

»Welche Handy-Nachricht?«

»Die du abgehört hast, bevor wir gestartet sind.«

Ich knabberte einen Hautfetzen von meiner Unterlippe. »Wir hatten eine Auseinandersetzung.«

»Worüber?«

»Über … eine Meinungsverschiedenheit.«

»Du willst es mir nicht erzählen, stimmt's?«

Ich zuckte die Achseln.

Sie verzog das Gesicht. »Hat sie recht?«

Ich nickte, ohne sie anzusehen. »Ja.«

»Das ist erfrischend.«

»Was?«

»Wenn ein Mann zugibt, dass seine Frau in einer wichtigen Angelegenheit recht hat.«

»Ich war nicht immer so.«

»Wo ich dich gerade mal zum Reden gebracht habe, fällt mir noch eine Frage ein. Hast du auch etwas über mich auf dein Diktiergerät gesprochen?«

»Nur Medizinisches.«

Sie streckte die Hand aus. »Gib es mir.«

Ich lächelte. »Nein.«

»Dann hast du doch was über mich gesagt.« Sie hob eine Augenbraue.

»Was ich auf das Gerät spreche, hat nicht viel mit dir zu tun.«

»Du gibst es also zu? Ein bisschen geht es doch um mich.«

»Um die ärztliche Diagnose zu einer Patientin.«

»Keine persönliche Meinung? Kein Gerede über mich hinter meinem Rücken?«

Beteuerungen überzeugten sie nicht. Ich schaltete auf den Anfang meiner letzten Aufzeichnung, drückte die Play-Taste, drehte die Lautstärke so weit auf, wie es ging, und gab ihr das Gerät. Meine letzte Aufzeichnung für Rachel hallte durch die Luft. Ashley hörte gebannt zu.

Als sie fertig war, gab sie mir das Gerät vorsichtig zurück. »Du hast nicht gelogen.«

Ich steckte es in meine Brusttasche.

Sie musterte mich eine Weile. Ihr lag etwas auf der Zunge. Mir war klar, dass es nur eine Frage der Zeit war. Schließlich ließ sie es heraus. »Warum machst du jedes Mal dicht, wenn ich dich auf das Diktiergerät anspreche?« Sie hob eine Augenbraue. »Was verschweigst du mir?«

Ich atmete tief durch, hatte aber das Gefühl, nicht genug Luft zu bekommen.

»Schweigen ist keine Antwort.«

Wieder ein flacher Atemzug. »Rachel und ich sind … getrennt.«

»Ihr seid was?«

»Wir hatten Streit. Einen richtig heftigen Streit. Und wir arbeiten ... an ein oder zwei Dingen. Das Diktiergerät hilft dabei.«

Sie wirkte verwundert. »Sie klingt nicht, als ob sie sich trennen wollte.«

»Wie meinst du das?«

»Die Handy-Nachricht.«

»Es ist kompliziert.«

»Wir sitzen jetzt hier schon wie lange fest? Elf Tage? Du hast mein Bein gerichtet, meinen Kopf genäht, mir sogar den Hintern abgewischt, und erst jetzt erzählst du mir, dass du von deiner Frau getrennt bist?«

»Das habe ich als dein Arzt gemacht.«

»Und was ist mit den übrigen neunundneunzig Prozent der Zeit, in denen du dich als Freund verhalten hast.«

»Ich fand es nicht wichtig.«

Sie streckte die Hand aus.

»Gib her.«

»Was?«

Sie drehte die Handfläche nach oben. »Gib es mir in die Hand.«

»Willst du es kaputtmachen, wegwerfen oder sonst was damit anstellen, dass es nicht mehr funktioniert?«

»Nein.«

»Gibst du es mir wieder?«

»Ja.«

»Funktioniert es dann noch?«

»Ja.«

Ich legte das Gerät in ihre Hand. Sie musterte es und drückte auf die Aufnahmetaste.

»Rachel, hier spricht Ashley. Ashley Knox. Ich bin die

Idiotin, die mit ihm ins Flugzeug gestiegen ist. Ihr Mann hat viele wunderbare Eigenschaften und ist ein sehr guter Arzt. Aber wenn es darum geht, über Sie zu sprechen, hält er sich ziemlich bedeckt. Was ist das bloß mit den Männern und ihrer stoisch-beherrschten Haltung Ich-rede-nicht-über-meine-Gefühle?« Sie schüttelte den Kopf. »Wieso können sie uns nicht einfach sagen, was sie denken? Das ist doch keine Weltraumwissenschaft. Man sollte wirklich meinen, sie müssten eine Möglichkeit finden, einfach den Mund aufzumachen und zu sagen, was in ihnen vorgeht. Aber das ist offensichtlich nicht so einfach. Na ja, ich freue mich jedenfalls sehr darauf, Sie kennenzulernen, falls er mich hier rausbringt. Bis dahin bearbeite ich ihn weiter. Ich finde das Diktiergerät eine gute Idee. Wenn ich darüber nachdenke, schenke ich Vince vielleicht auch eins, sobald ich nach Hause komme.« Sie grinste mich an. »Ich sage es Ihnen nur ungern, aber Ben ist vielleicht ein hoffnungsloser Fall. Er gehört zu den maulfaulsten Männern, denen ich je begegnet bin.« Sie wollte das Gerät schon abschalten, fügte dann aber hinzu: »Das ist natürlich verzeihlich, solange ein Mann ehrlich ist und einen verdammt guten Kaffee kochen kann.«

Ich steckte das Diktiergerät wieder in meine Tasche und stand auf. Meine Gelenke waren ganz steif. Die Kälte war durch meine nassen Kleider gekrochen und klebte förmlich an mir. Wir hatten zu lange Rast gemacht.

Sie schaute zu mir herauf. »Es tut mir leid, dass ich dir nicht geglaubt habe. Wenn du möchtest, kannst du meine Nachricht löschen.«

Ich schüttelte den Kopf. »Nein. Ich habe ihr schon alles über dich erzählt, vielleicht hilft es ja, die Geschichte um eine Stimme zu ergänzen.« Ich ging ans Kopfende des Schlittens, hob sie an und zog.

»Und wo wohnt sie?«
»Weiter unten am Strand.«
»Wie weit?«
»Drei Kilometer. Ich habe ihr ein Haus gebaut.«
»Ihr seid getrennt, aber du hast ihr ein Haus gebaut.«
»So ist das nicht.«
»Wie ist es denn?«
»Kompliziert. Die Kinder ...«
»Kinder! Ihr habt Kinder?«
»Zwei.«
»Du hast zwei Kinder, und das erzählst du erst jetzt?«
Ich zuckte die Achseln.
»Wie alt?«
»Vier. Es sind Zwillinge.«
»Wie heißen sie?«
»Michael und Hannah.«
Sie nickte. »Nette Namen.«
»Nette Kinder.«
»Ich wette, sie halten euch ganz schön auf Trab.«
»Ich ... sehe sie nicht oft.«
Sie runzelte die Stirn. »Ihr müsst es aber wirklich ziemlich vermasselt haben.«
Ich antwortete nicht.
»Nach meiner Erfahrung liegt es meist am Mann. Ihr denkt immer mit dem Schwanz.«
»Das ist es nicht.«
Sie klang nicht überzeugt. »Hat sie einen anderen?«
»Nein.«
»Jetzt komm schon, raus damit. Warum habt ihr euch getrennt?«
Ich wollte raus aus diesem Gespräch.
»Du sagst es mir immer noch nicht?«

Ich antwortete nicht.

Ihr Ton schlug um. »Was ist …«

Mir war klar, was kommen würde. »Ja?«

»Was ist, wenn wir es nicht hier rausschaffen? Was dann?«

»Du meinst, wozu es gut sein soll? Und warum ich angesichts dieser Möglichkeit immer noch auf das Gerät spreche?«

»Etwas in der Art, ja.«

Ich drehte mich um und ging wieder zu Ashley. Der Schnee war hüfttief. Der blaue Himmel wich schweren grauen Wolken, die Schnee befürchten ließen.

Ich tippte mir an die Brust. »Ich habe Tausende Menschen operiert. Viele waren in schlechter Verfassung. Vielen ging es schlechter als uns. Nicht ein einziges Mal habe ich gedacht: *Sie werden es nicht schaffen, sie werden nicht wieder auf die Beine kommen.* Ärzte sind von Grund auf die optimistischsten Menschen der Welt. Das müssen wir sein. Kannst du dir einen Arzt vorstellen, der es nicht ist? Wenn du fragen würdest: ›Doc, glaubst du, dass ich es schaffe?‹ Was wäre, wenn ich den Kopf schütteln und antworten würde: ›Nein, das glaube ich nicht.‹ Dann würde ich es in der Medizin nicht weit bringen, weil niemand mehr zu mir käme. Wir müssen uns schlimme Situationen ansehen und Möglichkeiten für eine Besserung finden. Jeder Tag ist wie ein Schachspiel. Wir gegen die Krankheit. Meist gewinnen wir. Manchmal nicht.« Ich machte eine ausholende Handbewegung. »Und das alles machen wir wegen eines einzigen Worts.« Ich tippte auf das Diktiergerät. »Hoffnung. Wir haben es im Blut. Es treibt uns an.«

Damit wandte ich mich ab. Eine einzelne Träne rann mir über das Gesicht. Leise sagte ich: »Ich werde es Rachel vorspielen. Sie soll deine Stimme hören.«

Ashley nickte, schloss die Augen und legte sich zurück.

Ich ging wieder an das Kopfende des Schlittens, packte die Griffe und zog. Von hinten hörte ich: »Du hast meine Frage immer noch nicht beantwortet.«

»Ich weiß.«

Das Wetter in dieser Höhe war launisch. Im Nu konnten Wolken aufziehen, alles einhüllen und Schnee und Hagel mitbringen. Auch wenn man den ganzen Tag fror, konnte man abends einen Sonnenbrand im Gesicht haben und feststellen, dass die Lippen sich pellten. Die Wangen brannten vom Wind, und die Füße waren voller Blasen.

Solange Wasser vorhanden war, konnten Menschen in der Regel drei Wochen ohne Nahrung auskommen. Aber in dieser Höhe verbrannten wir doppelt so viele Kalorien, nur um zu atmen und zu zittern, ganz zu schweigen davon, einen Schlitten durch meterhohen Pulverschnee zu ziehen. Das verkürzte die Zeit, die uns blieb. Diese Gegend war hart und erbarmungslos, prachtvoll und schön, aber unbeugsam. In einem Moment herrschte schneidende Kälte, im nächsten Hitze und dann wieder Frost.

Fünf Minuten später zogen Wolken auf, und Nebel hüllte die Berge ein. Bald wehte der Schnee fast waagerecht, sogar in Kreisen. Er stach mir ins Gesicht und machte das Gehen nahezu unmöglich. Viel länger konnten wir bei diesem Sturm nicht durchhalten. Es gab keinen Unterschlupf, keinen Platz, der ein bisschen Schutz geboten hätte. Ich starrte in die weiße Dunkelheit und traf eine schwere Entscheidung.

Ich drehte um.

Der Rückweg war entmutigend. Es war mir grässlich, den bereits gewonnenen Boden wieder aufzugeben. Aber umzukehren und zu überleben war immer noch besser, als weiterzugehen und zu sterben. Vier Stunden später waren wir wieder an der Absturzstelle. Ich konnte mich kaum noch rühren, kümmerte mich aber darum, dass Ashley es bequem hatte. Ihr Gesicht war schmerzverzerrt. Sie sagte nichts. Mühsam hielt ich die Augen offen, bis sie eingeschlafen war.

Vier Stunden später wachte ich auf. Zitternd. Ich hatte mir nicht einmal die nassen Kleider ausgezogen. Ein folgenschwerer Fehler. Ein Schlafsack isoliert die Innentemperatur, sei sie nun kalt oder warm. Ich war nass und kalt – zwei Faktoren, die die Isolationsfähigkeit des Schlafsacks erheblich verschlechterten. Ich zog mich aus, hängte meine Kleider auf eine Tragwerksstrebe, legte Holz auf das Feuer und kroch bibbernd wieder in meinen Schlafsack. Es dauerte nahezu eine Stunde, bis ich mich etwas aufgewärmt hatte. Und das hieß, dass ich nicht schlief, sondern Energie verbrauchte, die ich weder hatte noch entbehren konnte. Es war nicht nur folgenschwer, sondern auch dumm. Solche Fehler bringen einen um, ohne dass man es merkt.

# 23

Sie wirkte nicht sonderlich beeindruckt. »Und welches Abenteuer ist heute dran?«

Ihre Stimme hallte in meinem Kopf wider. Es dauerte eine Weile, bis ich mich erinnerte, wo ich war. Ich fühlte mich verkatert und orientierungslos.

»He?«

»Willst du den ganzen Tag verschlafen? Ich habe ja versucht, dich schlafen zu lassen, weil ich weiß, dass du müde bist, aber ich muss mal und kann noch nicht mal die Beine zusammenkneifen.«

Ich richtete mich auf. »Tut mir leid. Du hättest mich wecken sollen.«

»Du hast so fest geschlafen. Ich habe es ohne dich probiert, aber ich habe nicht genug Hände und wollte den Schlafsack nicht nass machen.«

Ich nickte und rieb mir die Augen. »Gut so.«

»Welcher Tag ist heute?«

Ich hob meine Armbanduhr, konnte aber nichts erkennen. Ich drückte auf den Lichtknopf. Nichts passierte. Ich drückte noch einmal fester. Immer noch nichts. Ich schüttelte die Uhr und hielt sie ins Tageslicht.

Ein tiefer Riss ging von unten links nach oben rechts wie ein Spinnennetz durch das Glas, das von innen beschlagen war.

»Keine Ahnung.«

Sie bemerkte die Uhr. »Ist sie dir wichtig?«

»Rachel hat sie mir geschenkt. Vor Jahren.«

»Das tut mir leid.« Sie schwieg eine Weile und fragte schließlich leise: »Wie lange sind wir jetzt schon hier?«

Napoleon leckte mir das Ohr. »Zwölf, glaube ich.«

Sie nickte und rechnete nach. »Florenz. Ich glaube, wir wären jetzt in Florenz. Wir haben eine Suite in einem Hotel am Arno mit Blick auf die Ponte Vecchio gebucht. In der Broschüre hieß es, in der Ferne könne man die Lichter des Doms sehen. Das wollte ich schon immer mal sehen.«

Als ich mich aufsetzte, erinnerte mich die eisige Kälte an meiner Brust, dass ich mich mitten in der Nacht ausgezogen hatte. Sie musterte den purpurnen Fleck an meinem Brustkasten. »Wie geht es dir?«

»Ganz gut. Es ist nicht mehr so empfindlich.«

Sie deutete auf den Schlüssel, der an der Schlaufe meines Diktiergeräts hing. »Brauchst du den hier draußen wirklich?«

»Du bist ziemlich neugierig, was?«

»Na ja, wenn du doch Gewicht sparen willst ...« Sie zuckte die Achseln. »Wozu gehört er?«

»Zu Rachels Haus.«

»Du meinst zu dem Haus, das du ihr gebaut hast, in dem du aber nicht wohnst und in dem sie die Kinder hat, die du selten siehst.«

»Na, heute sind wir aber sehr von uns eingenommen.«

»Ich sage es so, wie ich es sehe.«

Ich zog mein Shirt an und schlüpfte in meine kalten, nassen Kleider. Dabei konnte ich mich bei Tageslicht sehen. Sie mich auch.

»Du bist dünn.«

»Das liegt an dieser Flugzeugabsturz-Diät, die ich gerade ausprobiere.«

Sie kicherte und brach dann in Lachen aus. Es war ansteckend. Ein guter Start in den Tag.

Ich untersuchte ihr Bein, half ihr bei der Morgentoilette und schmolz Schnee im Gaskocher. Ich wusste nicht, wie viel Gas noch da war, aber allmählich musste es zur Neige gehen. Die Patrone hatte keine Anzeige für die Füllmenge, aber da sie für den Rucksack gedacht war, konnte sie nicht ewig reichen. Als ich sie schüttelte, klang das Geräusch nicht sonderlich vielversprechend. Auf Meereshöhe konnte man mit dem Gerät Wasser in etwa fünfundsiebzig Sekunden zum Kochen bringen. Hier oben dauerte es drei- bis viermal so lange, verbrauchte also mehr Gas und leerte die Patrone viermal schneller als sonst. Auch Grovers Feuerzeug war beinah leer. Diese altmodischen Benzinfeuerzeuge sehen zwar cool aus und erinnern mich immer an das Rat Pack, an James Dean oder an Bruce Willis in *Stirb langsam*, aber man muss sie nachfüllen. Oft sogar wöchentlich. Und die Streichhölzer, die ich bei mir hatte, waren längst verbraucht. Viele Möglichkeiten blieben uns nicht, aber wir brauchten ein Feuer. Ich würde auf Holzstücke achten müssen, aus denen ich einen Bogenbohrer machen konnte.

Es war Mittag. Die tief hängenden Wolken, der bedeckte Himmel und der Temperatureinbruch hatten den Schnee verharschen lassen. Das schuf günstige Gehbedingungen. Verharschter Schnee bedeutete, dass ich mit meinen Schneeschuhen länger gehen konnte, ohne einzusinken. Und das war weniger kraftraubend. Theoretisch würden wir also weiterkommen.

Ich schnürte meine Stiefel, schnallte meine Gamaschen an und zog die Jacke über. An einem Ärmel flatterten kleine Daunen aus einem Riss unter dem Ellbogen. Meine Hände waren arg mitgenommen. Ich schnitt mir von Grovers

Jeansjacke Stücke der Ärmel ab und wickelte sie mir um die Hände.

Da wir schon am Vortag alles gepackt hatten, brauchten wir nicht lange, uns fertigzumachen. Ich belud den »Schlitten«, gab Ashley ein paar Stücke Fleisch und etwas Wasser und zog sie zum Höhleneingang. Aber dieses Mal achtete ich auf den unsanften Höcker im Boden und zog sie behutsam darüber weg durch den Eingang. Draußen fühlte es sich zehn Grad kälter an. Ich betrachtete den Schlitten, dachte über mein Fortkommen vom Vortag nach und erkannte, dass ich eine Art Zuggeschirr brauchte. Eine Vorrichtung, durch die ich die Hände frei hätte, mit Brust und Beinen ziehen könnte und im Notfall mit dem Schlitten verbunden bliebe. Ich kroch wieder in die Höhle und montierte mit dem Multifunktionswerkzeug Grovers Sicherheitsgurt ab. Mit einer Kordel verband ich den Gurt mit dem Schlitten und legte ihn an. Da er über meiner Brust ein X bildete, hatte ich die Arme frei und konnte die Schnalle rasch öffnen, falls ich ins Rutschen kommen sollte. So würde ich Ashley an einem Hang nicht mit mir in die Tiefe reißen.

Skeptisch legte sie den Kopf schief und schob das Fleischstück im Mund von einer Seite auf die andere. Ich zog meine Jacke aus, hob Napoleon hoch und schob beide zu Ashley in den Schlafsack. Hätte ich die Jacke unter dem Zuggeschirr anbehalten, wäre sie innerhalb von Minuten völlig durchgeschwitzt und würde kaum noch gegen die Kälte isolieren. So würde Ashley sie warm und trocken halten, und ich konnte sie bei einer Rast überziehen und mich aufwärmen. Eine gute Entscheidung. Ich legte den Gurt wieder an, stemmte mich gegen das Gewicht und zog.

Nach einer Stunde hatten wir schätzungsweise fünfhundert Meter zurückgelegt und waren vielleicht dreißig Höhenmeter unter unserem Ausgangspunkt. Nach jeweils drei Schritten musste ich kurz verschnaufen. Dann wieder drei Schritte. Pause. Es ging elend langsam voran. Aber immerhin kamen wir voran.

Sie war allerdings nicht beeindruckt. »Mal im Ernst …« Sie trank einen Schluck Wasser. »Was glaubst du, wie lange du das durchhältst?« Das Gute war, dass sie bisher ständig langsam und in einem leicht verdaulichen Tempo gegessen und getrunken hatte.

»Keine Ahnung.« Ich musterte sie aus den Augenwinkeln.

»Wir schaffen das nicht. Du schaffst das nicht.« Sie deutete mit einem Stück Fleisch auf den Horizont. »Guck dich um. Wir sind am AdW.«

»AdW?«

»Arsch der Welt.«

Ich blieb mit verschwitztem Gesicht stehen und holte tief Luft. »Ashley?«

Sie gab keine Antwort.

»Ashley?«

Sie verschränkte die Arme.

»Wir können nicht hier oben bleiben. Wenn wir das machen, sterben wir. Und ich kann dich nicht allein lassen. Wenn ich das mache, stirbst du. Also gehen wir.«

Ihr Ärger über ihre Hilflosigkeit kochte über. Sie schrie: »Es sind jetzt schon zwölf Tage, kein Mensch sucht uns, und wir sind vielleicht einen guten Kilometer von unserem Ausgangspunkt weg. Bei diesem Tempo wird es Weihnachten, bis wir hier raus sind.«

»Sie wissen doch gar nicht, dass sie uns suchen müssen.«

»Okay, also, was hast du vor? Wie willst du uns hier rausbringen?«

Aus ihr sprach die Angst, nicht die Logik. Dem war mit Reden nicht beizukommen. »Schritt für Schritt.«

»Und was glaubst du, wie lange du das durchhältst?«

»So lange es eben dauert.«

»Und wenn du nicht mehr kannst?«

»Ich kann.«

»Woher weißt du das?«

»Was bleibt mir denn anderes übrig?«

Sie zog Napoleon an sich und starrte in den Himmel. Ich holte den Kompass heraus, suchte mir bei 125 Grad einen kleinen Bergrücken in der Ferne als Orientierungspunkt und setzte wieder einen Fuß vor den anderen. Der Neuschnee der vergangenen Nacht hatte unsere Spuren vom Vortag völlig verweht. Nichts ließ erkennen, dass wir die Absturzstelle je verlassen hatten.

Stundenlang sprachen wir kein Wort.

Mein Kurs führte mich zwischen Bäumen hindurch leicht bergab. Der Schnee und die Schneewehen waren hoch. Auf der drei bis vier Meter hohen Schneedecke gingen wir zwischen Ästen durch, die sich im Sommer hoch über unseren Köpfen befunden hätten. Auf den Nadelbäumen lagerte sich viel Schnee ab. Sobald man aber die Äste streifte, hielten sie den Schnee nicht und ergossen sich über einen. Ständig schüttelte ich mir den Schnee aus dem Nacken. Ich ließ mir Zeit, dosierte meine Atmung und meinen Kraftaufwand und ruhte mich zwischen den Schritten aus. Sobald mir zu heiß wurde, ging ich langsamer und verschnaufte länger. Wir kamen im Schneckentempo voran. In über sechs Stunden hatten wir nach meiner Schätzung knapp zwei Kilometer zurückgelegt.

Es war schon fast dunkel, als ich haltmachte.

Ich war nass geschwitzt und völlig erschöpft. Aber mir

war klar, dass es mir noch leid tun würde, wenn ich mich nicht um einen Bogenbohrer kümmerte, um Feuer anzünden zu können. Ich schob Ashley unter die Äste eines Nadelbaums an einem Felsen. An diesem geschützten Plätzchen lag kein Schnee. Der Boden war mit trockenen Nadeln bedeckt. Ein Eichhörnchen hatte hier an einem Tannenzapfen geknabbert. Ich zog mein Sweatshirt aus, hängte es an einen Ast, sammelte einige Hände voll trockener Nadeln und Zweige und zündete neben Ashley ein kleines Feuer an. Es brannte schnell. Was den Gaskocher anging, bestätigte sich meine Vermutung. Als ich ihn zünden wollte, brannte die Flamme nur stotternd. Das Gas in der Patrone würde vielleicht noch einen Tag reichen. Ich sammelte noch mehr Zweige, stapelte sie neben Ashley und sagte: »Kümmere dich um das Feuer. Lass es nicht ausgehen. Ich bin in Rufweite.«

»Was machst du?«

»Einen Bogen.«

Sie schaute auf Grovers Bogen, der an ihren Schlitten geschnallt war. »Ich dachte, wir hätten schon einen.«

»So einen mache ich nicht.«

In immer größeren Kreisen suchte ich nach zwei Holzstücken. Eins sollte etwa einen Meter lang und leicht gebogen sein, damit ich die Enden mit einem Schnürsenkel oder einem Stück Kordel verbinden konnte, das andere etwa so lang wie ein Hammerstiel und gerade, um es als Bohrer zu benutzen. Vielleicht auch kürzer. Ich brauchte eine halbe Stunde, bis ich beides gefunden hatte.

Als ich zwischen den Bäumen durchschlüpfte, knirschte der Schnee unter meinen improvisierten Schneeschuhen. Das Gehen war mühsam. In einiger Entfernung blieb ich stehen, um zu verschnaufen. Oder eher, um zu spionieren. Sie saß aufrecht da und legte Holz nach. Der Feuerschein erhellte ihr Gesicht. Selbst in diesem Augenblick war sie noch schön. Das ließ sich nicht leugnen.

Ständig hatte ich unsere schwierige Lage im Kopf. Sie nagte an mir. Was vor uns lag war nahezu unmöglich. Aber ich hatte die Situation noch gar nicht aus ihrer Sicht betrachtet. Sie saß in ihrem Schlafsack und konnte nichts tun, außer sich um das Feuer zu kümmern und Napoleon zu kraulen. Sie war in allem auf mich angewiesen. Essen. Fortbewegung. Wasser. Notdurft. Außer zu schlafen konnte sie gar nichts ohne mich tun. Wäre ich in den vergangenen zwölf Tagen so von jemandem abhängig gewesen wie sie von mir, wäre mit mir wesentlich schlechter auszukommen gewesen.

Ärzte sind es gewohnt, wie Zeus vom Olymp herunterzuschweben, ein Problem zu lösen und zu verschwinden, bevor die Nachwirkungen einsetzen. Um die Drecksarbeit, die einen Großteil der eigentlichen medizinischen Versorgung ausmacht, kümmern sich Krankenschwestern und Pflegehelferinnen. Ashley brauchte einen Arzt und jemanden, der sie betreute. Das eine war einfach, das andere nicht. Ich hatte keine Ahnung, wie ich das ändern sollte. Ich wusste nur, dass ich es wollte.

Ich ging zurück ans Feuer, kroch in meinen Schlafsack, aß ein bisschen Fleisch und trank Wasser. Wenn der Gaskocher nicht mehr funktionierte, konnte ich immerhin den Aufsatz weiter benutzen. Er sah aus wie eine kleine Kaffeedose. Jedenfalls war er aus Aluminium und hitzebeständig. Also füllte ich ihn mit Schnee und lehnte ihn an die Glut.

Eine Stunde lang aßen und tranken wir, während ich an meinem Bogen arbeitete. Bevor ich Grover begraben hatte, hatte ich die Schnürsenkel aus seinen Stiefeln genommen und eingesteckt. Jetzt konnte ich sie gut brauchen. Einen der Schnürsenkel holte ich nun heraus, machte an einem Ende einen Knoten, schob ihn in die Nut an einem Bogenende, zog ihn stramm, schlang ihn mehrmals um das andere Bogenende und sicherte ihn dort ebenfalls mit einem Knoten. Nicht zu straff, aber straff genug, dass die Spannung reichte, um später den Bohrer zu drehen. Es erforderte ein bisschen Fingerspitzengefühl, die Sehne genau richtig zu spannen. Den Bohrer kürzte ich auf etwa fünfundzwanzig Zentimeter ein, spitzte beide Enden an – eins dicker als das andere, um mehr Reibung erzeugen zu können – und schnitt in die Mitte eine Nut, die als Führung für den Schnürsenkel diente.

Als ich fertig war, legte ich den Bogen beiseite, trank mein restliches Wasser und sah zum ersten Mal seit langer Zeit auf.

Ashley schaute mich an. »Du kannst sehr zielstrebig sein, wenn du willst.«

»Ich habe das Gefühl, dass wir genau das morgen brauchen werden.«

Sie verschränkte die Arme. »Bring mich mal auf den aktuellen Stand. Was denkst du? Wo sind wir? So was in der Art.«

»Ich glaube, wir sind knapp zwei Kilometer von der Absturzstelle entfernt. Morgen früh gehe ich da drüben auf die kleine Anhöhe und schaue nach, ob ich erkennen kann, wie es auf der anderen Seite aussieht. Wir bleiben auf dem gegenwärtigen Kurs, so weit der Berg es erlaubt. Unser Fleischvorrat reicht vermutlich noch für einige Tage. Also denke ich, dass wir einfach weitergehen. Sieh zu, dass du so viel trinkst, wie du kannst. Iss, so viel du magst, und sag mir Bescheid, wenn ich dich zu stark durchrüttele.« Ich zuckte die Achseln. »Es tut mir leid, wenn es so ist. Ich weiß, dass es heute schwer für dich war.«

Sie seufzte. »Es tut mir leid, dass ich dich heute Morgen so angefahren habe.«

Ich schüttelte den Kopf. »Es ist schwer für dich. Ohne meine Hilfe kannst du nicht viel machen. Das wäre für jeden schwierig.«

Ich legte Holz nach, rutschte dicht genug ans Feuer, um mich zu wärmen, ohne mich in Brand zu stecken, und schloss die Augen. Im Einschlafen fiel mir Ashley ein. Ich zwang mich, die Augen zu öffnen. Sie schaute mich an. »Brauchst du was?«

Sie schüttelte den Kopf und versuchte zu lächeln.

»Bist du sicher?«

»Nein.«

Gleich darauf schlief sie ein.

# 24

Es war schwer, in dem Wissen aufzuwachen, dass wir nun schon dreizehn Tage hier oben festsaßen. Noch vor Tagesanbruch schüttelte ich den Schlaf ab und zog mich an. Das Feuer war ausgegangen, aber es war noch ein bisschen Glut vorhanden. Ich schürte es, kraulte Napoleon und stieg auf die kleine Anhöhe oberhalb von uns, um mir einen Überblick zu verschaffen.

Ich nahm mir Zeit, studierte jede Mulde, jeden Bergsaum. Immer wieder fragte ich mich, ob irgendetwas so aussah, als sei es von Menschen gemacht worden.

Die Antwort war ein klares Nein. Alles war ursprünglich und unberührt. Ein Paradies für Naturliebhaber. Ich liebte die Natur, aber das war einfach zu viel.

Ich richtete den Kompass aus, wartete, bis die Nadel stillstand, und orientierte mich. Über den Kompass hinweg schaute ich auf die fernen Berge. Um dorthin zu kommen, mussten wir sicher den ganzen Tag, wenn nicht sogar zwei Tage durch tiefen Schnee und zwischen hohen Bäumen hindurchgehen. Nicht einfach. Und unter den Bäumen würde ich jede Orientierung verlieren. Ohne Kompass wäre das nicht zu schaffen. Ich hätte keinerlei Überblick, keine Anhaltspunkte. Vielleicht ist das Leben einfach so.

Der Kurs, den ich ausgewählt hatte, würde uns durch eine Lücke hoffentlich in geringere Höhe führen. Als ich in die endlose Wildnis starrte, fiel mir wieder ein, dass ich fast alles verlieren dürfte und immer noch eine Chance hätte. Nur nicht den Kompass.

Als ich an unseren Rastplatz zurückkam, saß Ashley aufrecht und schürte das Feuer. Noch bevor ich ihr einen guten Morgen wünschen konnte, überfiel sie mich: »Woher hast du gewusst, dass du deine Frau heiraten wolltest? Ich meine, woher *wusstest* du es?«

»Guten Morgen.«

»Ja, ja, ja. Ebenfalls guten Morgen. Sag Bescheid, wenn er gut wird.«

»Wie ich sehe, geht es dir schon besser.«

Ich kniete mich neben ihren Schlafsack, öffnete den Reißverschluss und untersuchte ihr Bein. Es ließ keine sonderliche Veränderung erkennen, was einerseits gut, andererseits schlecht war.

»Heute bei der Mittagsrast müssen wir es kühlen, okay?«

Sie nickte. »Im Ernst. Ich möchte es gern wissen.«

Ich stopfte meinen Schlafsack in den Packsack. »Ich wollte jede Minute mit ihr zusammen sein. Wollte mit ihr lachen, weinen, alt werden, ihre Hand halten, beim Frühstück ihre Knie mit meinen berühren, und da wir schon ein paar Jahre miteinander gingen, wollte ich unbedingt mit ihr schlafen. Und zwar reichlich.«

Sie lachte. »Lief zwischen euch beiden noch viel, bevor ihr euch getrennt habt?«

»Das bestgehütete Geheimnis bei der ganzen Heiraterei ist, dass die Sache mit der Liebe immer besser wird. Man muss sich nichts mehr beweisen, jedenfalls ging es mir so. Ich schätze, wir Männer haben unsere Vorstellungen, wie es laufen sollte, aus Filmen. Aber in Wirklichkeit ist es ganz anders. Es ist mehr ein Teilen als ein Nehmen. Das vermitteln Filme nicht sonderlich gut. Sie zeigen die heiße, verschwitzte Seite. Und die ist toll, das will ich gar nicht bestreiten. Ich will dir nur verraten, dass danach noch was Besseres kommt. Sicher, bei vielen erlischt das Feuer, das ist mir klar. Aber ich glaube, da draußen gibt es eine Menge Paare, die seit dreißig, vierzig oder fünfzig Jahren verheiratet sind und von der liebevollen Seite der Ehe wesentlich mehr verstehen, als wir ihnen zutrauen. Wir denken, nur weil wir jung sind, hätten wir ein Monopol auf Leidenschaft.« Ich schüttelte den Kopf. »Ich bin da nicht so sicher. Vielleicht könnten sie jeden Psychoratgeber im Fernsehen in die Tasche stecken. Für Grover galt das sicher.«

»Und was ist, wenn einer will und der andere nicht?«

Ich lachte. »Rachel nannte das immer ›Liebe aus Erbarmen‹ – und in neunundneunzig Prozent der Fälle hatte sie Erbarmen mit mir.«

»Liebe aus Erbarmen?«

»Etwa so: ›Liebling, ich kann nicht schlafen. Bitte hilf mir.‹«

»Und vor eurer Trennung hat sie dir ›geholfen‹?«

»Manchmal. Nicht immer.«

»Und was hast du gemacht, wenn nicht?«

»Ein Schlafmittel genommen.«

»Ich stelle wohl ziemlich persönliche Fragen.«

»Ja.«

»Und wie läuft es seit eurer Trennung?«

Ich atmete tief durch. »Gar nicht.«

»Wie lange seid ihr schon getrennt?«

»Lange genug, um mir mein Schlafmittel in Großpackungen zu kaufen.« Ich fing an, unser Gepäck auf den Schlitten zu schnallen. »Hör zu, es ist wichtig, dass du mal aufstehst. Du darfst aber das Bein nicht belasten, also müssen wir vorsichtig sein. Aber ich möchte, dass du anfängst, das gesunde Bein zu belasten, um den Kreislauf in Schwung zu bringen.«

Sie streckte die Hände aus. Ich öffnete ihren Schlafsack, sie stemmte ihren gesunden Fuß gegen meinen, und ich zog sie langsam hoch. Sie wankte, legte den Kopf an meine Schulter, weil ihr wohl schwindelig wurde, und stand schließlich aufrecht da. »Das ist ein gutes Gefühl. Fühlt sich fast menschlich an.«

»Was ist mit dem kranken Bein?«

»Es tut weh. Aber es ist eher ein dumpfer als ein stechender Schmerz, solange ich die Muskeln um den Bruch nicht anspanne.«

Ich passte die Gurte ihrer Schiene an. Sie legte die Arme auf meine Schultern, während ich sie an den Hüften stützte. »Lass uns ein paar Minuten so bleiben. Die Blutdruckänderung ist gut für dein Herz. Sie belastet es und zwingt es, den Kreislauf anzukurbeln.«

Sie schaute lächelnd in die Bäume. »Meine Beine sind kalt.«

»Na ja, das hast du davon, dass du in Socken und Unterwäsche herumläufst.«

»Weißt du, in der Mittelschule haben wir so mit dem Jungen getanzt, mit dem wir gegangen sind.«

»Den Ausdruck ›mit jemandem gehen‹ habe ich schon lange nicht mehr gehört.«

»Wenn es ernst war, habe ich die Hände auf seine Schultern gelegt und er seine Hände auf meine Hüften. Und wenn die Anstandswauwaus nicht hingeguckt haben, hat er sie langsam auf meinen Rücken geschoben. Die ungehobelten Typen legten die Hände sogar auf deinen Hintern oder schoben sie in deine hinteren Jeanstaschen. Mein Vater erlaubte mir nicht, mich mit solchen Jungs zu verabreden.«

»Gute Entscheidung.«

»Vince hasst es, zu tanzen.«

»Ich kann auch nicht gerade behaupten, ein Fan davon zu sein.«

»Wieso nicht?«

»Kein Rhythmusgefühl.«

»Okay, das reicht mir. Leg mich wieder hin.«

Ich legte sie wieder in den Schlafsack und schloss den Reißverschluss. »Komm schon, zeig mir, was du kannst«, sagte sie.

»Was? Tanzen?«

Sie nickte.

»Du bist ja verrückt.«

Sie deutete mit kreiselnder Fingerbewegung auf den Boden. »Na los. Ich warte.«

»Du verstehst das nicht. Ich habe den Hüftschwung eines Zinnsoldaten. Ich kann nicht mal den ›Tanz des weißen Mannes‹.«

»Den was?«

»Den Tanz des weißen Mannes. Du weißt schon, den Tanz, den Schwarze aufführen, wenn sie Weiße nachmachen, die nicht tanzen können. Aber man braucht Rhythmusgefühl, um Leute nachzumachen, die keins haben. Bei mir reicht's nicht mal dazu.«

Sie verschränkte die Arme. »Ich warte.«

»Dann spuck mal in eine Hand und wünsch dir was in die andere und guck, welche schneller voll ist.«

Sie kratzte sich am Kopf und grinste dann. »Woher hast du denn diesen Spruch?«

»Das sagte mein Vater immer, wenn ich ihn um Taschengeld für das Wochenende bat.«

»Klingt nach einem rauen Verhältnis.«

»Ein bisschen.«

»Also, tanzt du jetzt, oder was?«

Ich drehte mich um und führte meine beste Imitation von John Travoltas »Staying Alive« vor, gefolgt von der komischen Putzeimer-Nummer, die Jungs mit Armen und Hüften veranstalten. Zum krönenden Abschluss brachte ich eine YMCA-Imitation und Michael Jacksons Moonwalk mitsamt Drehung und Schiefkippen des Hutes. Als ich fertig war, krümmte sie sich in ihrem Schlafsack vor Lachen und brachte kein Wort heraus. Schließlich hob sie eine Hand. »Hör bloß auf, ich glaube, ich habe mir gerade ein bisschen in die Hose gemacht.«

Lachen tat gut. Wirklich gut. Und sosehr ich mir auch ein Satellitentelefon, einen Hubschrauber, der uns hier herausholte, und einen Operationssaal gewünscht hätte, um ihr Bein zu richten, war das Lachen das alles wert. Napoleon schaute uns an, als hätten wir den Verstand verloren, besonders ich.

Sie legte sich zurück und rang, halb lachend, nach Atem.

Ich schloss den Reißverschluss meiner Jacke. »Rachel hat dafür gesorgt, dass wir Unterricht nehmen.«

»Was?«

»Ja. Swing. Tango. Langsamer Walzer. Wiener Walzer. Jitterbug. Foxtrott. Ich kann sogar den einen oder anderen Line Dance.«

»Das kannst du alles?«

Ich nickte. »Rachel meinte, von der ganzen Lauferei seien meine Hüftmuskeln ziemlich verkürzt und deshalb sei ich rhythmisch beeinträchtigt. Also meldete ich uns zum Tanzkurs an. Ein ganzes Jahr lang. Dabei hatten wir so viel Spaß wie selten.«

»Du kannst also wirklich tanzen?«

»Mit ihr ja.«

»Mit viel Glück kann ich Vince zu einem einzigen Tanz bei unserer Hochzeit überreden. Mehr aber auch nicht.«

»Mit der Zeit merkte ich, dass es mir Spaß machte, mit meiner Frau zu tanzen. Als ich erst mal gelernt hatte, wie es ging, wie man führt ...« Ich musste lachen. »Als sie mich ließ ... war es gar nicht so schlecht. Nicht so peinlich. Nahm der Sache das Beängstigende und machte uns Spaß. Danach wollte sie natürlich bei jeder Party tanzen, zu der wir gingen.«

»Und, hast du es gemacht?«

Ich nickte. »Ich nannte es ›Tanzen aus Erbarmen‹, und in neunundneunzig Prozent der Fälle musste ich Erbarmen mit ihr haben. Aber es gab Gegenleistungen.« Ich hob die Augenbrauen.

»Du musst unbedingt mal mit Vince reden, wenn wir hier raus sind.«

»Ich werde sehen, was ich tun kann.« Ich gab ihr meine Jacke, die sie in ihren Schlafsack steckte, stieg in das Zuggeschirr und schnallte es fest. »Na los, wir vergeuden Tageslicht.«

»Das habe ich schon mal gehört.« Sie schnippte mit den Fingern. »Woher stammt der Spruch?«

»John Wayne. *Die Cowboys*.«

Sie rutschte tiefer in ihren Schlafsack. »Du wirst von Tag zu Tag interessanter.«

»Glaub mir, meine Zauberkiste ist so gut wie leer.«

»Das bezweifle ich.«

Ich schnallte mir die Schneeschuhe an und stemmte mich in das Zuggeschirr, bis der Schlitten über den gefrorenen Schnee glitt. Nach zwei Schritten rief sie: »Darf ich diese kleine Tanzeinlage noch mal sehen?«

Ich schwenkte die Hüften, wischte den Boden, warf die Pizza, wirbelte mit dem Q-Tip und buchstabierte YMCA.

Sie bog sich vor Lachen und trat vorsichtig mit ihrem gesunden Bein in die Luft.

Eingehüllt in den Duft der Nadelbäume und unser schallendes Gelächter, zogen wir aus dem Wäldchen.

# 25

Bis zum Mittag waren wir zweieinhalb Kilometer gegangen, und ich war fix und fertig. Mein linker Fuß war starr vor Kälte – ein schlechtes Zeichen. Da wir auf dem letzten Kilometer leicht bergauf gegangen waren, hatten die Gurte in meine Schultern geschnitten, und meine Finger waren taub. Nur gut, dass ich niemanden operieren musste.

An einem Bach mit gefrorenen, schneeverhangenen Ufern machten wir eine Stunde Rast. Ich schob Ashley unter einen Baum, zog mein nasses Shirt aus und hängte es zum Trocknen auf. Es sollte ruhig gefrieren, denn bei diesen Temperaturen war es einfacher, Eis abzuschütteln, als Schweiß herauszuwringen.

Die ausladenden Äste bildeten ein dichtes Dach, das den Boden von Schnee frei gehalten hatte. Nachdem ich Ashley in diese Mulde geschoben hatte, lagerte ich sie flach und schob einen der Äste beiseite, um mehr Licht hereinzulassen. Dann kroch ich in meinen Schlafsack und schlief gut eine Stunde in Wärme und Ruhe. Nach dem Aufwachen zog ich mich an, aß etwas Fleisch und legte das Zuggeschirr wieder an. Ich musste eine Art Rampe graben, um Ashley aus der Mulde unter dem Baum zu ziehen. Sobald ich sie auf eine ebene Stelle gebracht hatte, stampfte ich mehrmals mit den Füßen auf. Sie fühlten sich nass an. Nässe bedeutete Kälte, und Kälte war schlecht. Besonders für die Zehen. Darauf musste ich achten.

Am Spätnachmittag drang die Sonne durch die Wolkendecke und brachte ein bisschen Wärme mit, die den Schnee nass und pappig machte. Alle zwei bis drei Schritte fiel ich hin, versank im Schnee, kämpfte mich heraus, ging zwei oder drei Schritte weiter und fiel wieder hin. So ging es zwei Stunden lang.

Als es Abend wurde, hatten wir vielleicht vier Kilometer geschafft, von der Absturzstelle insgesamt sechs oder sechseinhalb Kilometer. Ab und an ruhte ich mich zwischen zwei Schritten etwas aus, aber das genügte nicht. Wolken zogen auf und hüllten die Berge ein. Es wurde rasch dunkler, und ich konnte mich kaum noch rühren. Mir war kalt, ich war nass bis auf die Haut, hatte aber nicht die Kraft, ein Feuer zu machen. Die Stimme der Vernunft sagte mir, dass ich so nicht lange durchhalten würde. Ich musste einen Platz finden, an dem wir uns verkriechen und morgen einen Ruhetag einlegen konnten.

Ashley war ebenfalls erschöpft. Den ganzen Tag hatte sie sich gegen einen möglichen Sturz und alle möglichen Risiken gewappnet. Das forderte seinen Tribut.

Wir kampierten unter einem Felsüberhang, den verschiedenes Getier jahrelang genutzt und zu einer Art Höhle erweitert hatte. Er bot guten Schutz gegen Wind und Schnee und eine einzigartige Aussicht. Ich lehnte Ashley so an die Felswand, dass sie das Panorama bewundern konnte. Sie öffnete die Augen und sagte: »Wow. So was habe ich noch nie gesehen.«

»Ich auch nicht.« Mehr brachte ich nicht heraus. Völlig fertig setzte ich mich auf den Boden. »Bist du einverstanden, dass wir heute Abend kein Feuer machen?«

Sie nickte.

Ich schlüpfte aus meinen nassen Kleidern und hängte sie,

soweit es ging, unter dem Felsvorsprung auf. Trotz der Minustemperaturen war meine Funktionsunterwäsche nass geschwitzt. Ich zog meine einzige Boxershorts an, kroch in den Schlafsack und schloss die Augen. Erst in diesem Moment fielen mir meine Stiefel ein. Wenn ich nicht dafür sorgte, dass mein linker Schuh trocknete, stünde mir ein elender Tag bevor.

Ich kroch aus dem Schlafsack, sammelte einige Zweige und schichtete sie zu einem Tipi auf, das etwa anderthalb Handspannen hoch war. Dann legte ich eine Handvoll trockener Tannennadeln und einige Zweige mit Nadeln hinein. Mir war klar, dass ich nur einen Versuch hatte.

Ich kramte Grovers Feuerzeug heraus, rieb es zwischen meinen Handflächen, ohne dass ich den Grund dafür hätte erklären können, hielt es in den Holzstoß und zündete es. Es funkte, brannte aber nicht. Ich schüttelte es.

»Komm schon, nur noch ein einziges Mal.«

Wieder zündete ich. Nichts.

»Ein allerletztes Mal.«

Als ich es wieder zündete, züngelte ein Flämmchen auf, erfasste die Tannennadeln und verlosch. Es hatte kaum eine Sekunde gebrannt. Aber das hatte genügt, die leicht entflammbaren Nadeln in Brand zu setzen. Wer schon einmal erlebt hat, wie ein Weihnachtsbaum in Flammen aufgeht, weiß, wie schnell das geht. Behutsam legte ich Zweige nach und pustete leicht in die Glut. Nach und nach wuchs das Feuer, während ich es mit weiteren Zweigen fütterte. Sobald ich den Eindruck hatte, dass es gut brannte, suchte ich dickere Äste und sogar ein Stück Stamm zusammen.

Obwohl ich im Stehen hätte einschlafen können, sammelte ich genug Holz, um das Feuer einige Stunden in Gang zu halten. Anschließend schichtete ich rundherum

Steine auf, die es nach außen abschirmten, ließ aber an einer Seite eine Öffnung, damit die Wärme in unsere Richtung strahlte. In eine Spalte zwischen zwei Steinen stellte ich meine Stiefel dicht genug ans Feuer, dass sie trocknen konnten, ohne zu schmelzen. Schließlich zog ich meine Jacke aus, kroch in den Schlafsack und schlief ein, sobald mein Kopf den Boden berührte.

Mein letzter Gedanke galt Grovers Feuerzeug. Es hatte uns sein letztes Flämmchen gegeben und war nun leer. Unsere Lage verschlechterte sich immer mehr. Nasse Kleider, nasse Füße, Blasen und kaum noch Kraft. Noch hatten wir gebratenes Pumafleisch, aber selbst wenn wir weiter so sparsam davon aßen wie bisher, würde es nur noch zwei Tage reichen.

Ich hatte Napoleon miteinberechnet. Wenn wir ihm nichts mehr abgäben, reichte es vielleicht für drei Tage.

Das Problem war allerdings, dass ich es nicht über mich brachte, ihm nichts zu geben. Rational hätte ich unter anderen Umständen, also etwa in meinem warmen, komfortablen Büro oder im Operationssaal, vielleicht darüber reden können, Napoleon zu essen, wenn es hart auf hart käme. Aber als ich nun in dieser Notlage steckte, schaffte ich es nicht. Jedes Mal, wenn ich ihn anschaute, leckte er mein Gesicht ab und wedelte mit dem Schwanz. Und immer, wenn Wind wehte, stand er auf und knurrte ihn an. Jedes Lebewesen mit einer solchen Ausdauer verdiente eine Chance.

Andere hätten ihn vielleicht schon längst zu Hundesteaks verarbeitet und verspeist, aber ich konnte es einfach nicht. Wahrscheinlich war er ohnehin zäh wie altes Schuhleder. Aber um ehrlich zu sein, sah ich jedes Mal, wenn ich ihn anschaute, Grover vor mir. Vielleicht war das ja Grund genug.

Als sechs oder sieben Stunden später die erste Morgendämmerung über die grau-weißen Berge kroch, ließ das unerwartete Knistern eines Feuers mich die Augen aufschlagen. Sobald mir klar wurde, was das Geräusch bedeutete, fuhr ich vor Schreck hoch, weil ich dachte, ich hätte uns in Brand gesteckt.

Das war aber nicht der Fall.

Ashley kümmerte sich schon seit Stunden um das Feuer. Meine Kleider waren warm, trocken und lagen seltsamerweise fein säuberlich gefaltet auf einem Stein. Mit einem langen grünen Ast, den sie Gott weiß woher hatte, schürte sie das Feuer. Der Boden rund um ihren Schlitten war wie leer gefegt. Sie hatte alle Zweige und Nadeln in Reichweite aufgelesen und ins Feuer geworfen, um es in Gang zu halten. Gerade fütterte sie es mit den letzten Stöckchen, die ich gesammelt hatte. Das erklärte das Knistern. Meine Stiefel hatte sie umgedreht. Das Leder war trocken. Meine Socken ebenfalls. Ich stand da und rieb mir die Augen. Da meine Boxershorts inzwischen zu groß waren, rutschten sie mir von den Hüften.

»Hi.« Sie deutete mit ihrem Stock, der am Ende rauchte, auf mich. »Du solltest darüber nachdenken, dir eine oder zwei Nummern kleinere Hosen zu kaufen, wenn wir hier rauskommen. Diese ist zu groß. Und nimm welche, bei denen man den Hosenstall zuknöpfen kann. Verkaufst du Hotdogs?«

Ich zog meine Unterhose zurecht, rieb mir die Augen und legte mich wieder hin. »Ich hätte gern Kaffee, ein Zimtbrötchen, sechs durchgebratene Eier, ein New-York-Strip-Steak, Rösti, noch mehr Kaffee, Orangensaft, ein Stück Key Lime Pie und eine Schale Apfel-, nein, lieber Pfirsich-Cobbler.«

»Kann ich auch was haben?«

Ich setzte mich auf. »Du hast nicht viel geschlafen, oder?«

Sie zuckte die Achseln. »Ich konnte nicht. Du warst ziemlich müde, hast sogar im Schlaf geredet. Und deine Kleider waren triefnass. Viel kann ich ja nicht machen, aber das kann ich.« Sie deutete mit dem Stock auf das Feuer.

»Danke. Ehrlich.« Ich zog mich an. Die warmen Stiefel ließen mich strahlen. Ich schnappte mir die Axt und sagte: »Bin bald wieder zurück.«

Nach einer halben Stunde kam ich mit vollbeladenen Armen zurück. Noch drei Mal zog ich los. Ich hatte einmal gehört, dass Frauen und Mütter in Afrika je nach den örtlichen Bedingungen drei bis zehn Stunden am Tag damit zubringen, Wasser zu holen und Feuerholz zu sammeln.

Jetzt begriff ich, wieso.

Ich schürte das Feuer, schmolz Schnee, machte etwas Fleisch heiß und gab Ashley und Napoleon davon. Kauend deutete sie auf den Hund. »Seine Rippen sind schon zu sehen.«

»Ja, ich glaube, er wäre gern hier raus.«

»Ich auch.« Aus ihrem sanften Ton sprach ebenso viel Humor wie Ernst.

Wir schwiegen eine Weile. Das Feuer tat gut.

»Wie geht's deinem Bein?«

Sie zuckte die Achseln.

Ich öffnete ihren Schlafsack und tastete ihren Schenkel ab. Die Schwellung war zurückgegangen, und der blaue Fleck hatte sich nicht weiter ausgebreitet. Beides waren gute Zeichen. Sie schaute mich an, während ich die Stiche in ihrem Gesicht untersuchte. »Ich muss die Fäden ziehen, bevor Haut darüber wächst.«

Sie nickte. Ich holte mein Schweizer Offiziersmesser

heraus, schnitt alle Fäden durch und machte mich an die recht schmerzhafte und unangenehme Prozedur, sie zu ziehen. Die Fäden legte ich ihr in die geöffnete Hand. Sie zuckte zusammen, schrie aber kein einziges Mal auf.

Als ich fertig war, fragte sie mit verschränkten Armen: »Wie sehe ich aus?«

»Ein guter Schönheitschirurg kriegt das wieder hin.«

»So schlimm?«

»Nesoporin oder Vitamin-E-Öl wäre ganz gut, wenn wir zu Hause sind. Verkleinert die Narben.«

»Vitamin-E-Öl?«

»Ja. Als Rachel mit den Zwillingen schwanger war, ließ sie sich von mir damit den Bauch gegen Dehnungsstreifen einreiben.«

»Ich wette, die Kinder vermissen dich.«

»Ich vermisse sie auch.«

Sie wechselte das Thema. »Ich weiß ja nicht, ob du schon Zeit hattest, darüber nachzudenken, aber wie sieht dein Plan aus?«

»Unterschlupf und Essen.« Automatisch schaute ich auf meine Armbanduhr, ohne daran zu denken, dass sie stehengeblieben war. »Wir sind hier auf einem Hochplateau. Es geht noch anderthalb bis zwei Kilometer weiter durch Bäume, dann fällt das Gelände ab, wenn ich mich recht erinnere. Bis dahin möchte ich es heute gern schaffen. Wenn es abfällt, muss danach etwas anderes kommen. Ich denke da an eine Wasserquelle. See, Bach, irgendwas. Vielleicht können wir da ein paar Tage Rast machen, damit ich mich auf Nahrungssuche machen kann.«

Sie beäugte den Bogen, der auf den Schlitten geschnallt war. »Reichen sechs Pfeile?«

Ich zuckte die Achseln. »Mir bleibt nicht viel anderes

übrig.« Ich rieb mir die Brust. »Meinen Rippen geht's etwas besser. Aber wenn ich das Ding ganz durchziehe, stechen sie ein bisschen. Grover hatte einen größeren Auszug als ich, darum ist es für mich schwieriger, die Sehne zu spannen und zu halten.«

»Einen größeren was?«

»Einen größeren Auszug. Jeder Bogen passt zum Schützen. Wie Schuhe. Bis zu einem gewissen Grad kann man mit der falschen Größe leben, aber es ist nicht wirklich bequem.« Ich musterte die dunklen Wolken, die hinter den gegenüberliegenden Gipfeln heraufzogen. »Es sieht nach Schneefall aus. Viel Schnee. Ich möchte gern aus dem Wald sein, bevor es richtig losgeht.«

Sie nickte. »Ich bin dabei.«

Wir packten rasch zusammen. Darin hatten wir mittlerweile Übung. Und bevor ich Gelegenheit hatte, mich davor zu fürchten, stand ich schon wieder im Zuggeschirr. Ich hatte mir gerade die Schneeschuhe angeschnallt und die ersten Schritte getan, als sie von hinten fragte: »Ben?«

Ohne mich umzusehen, blieb ich stehen. »Ja?«

»Ben?«, fragte sie noch einmal leiser.

Ihr Ton war anders. Ich ging zurück an den Schlitten und verhedderte mich in den Gurten. »Ja.«

Sie schaute aus dem Schlafsack heraus. Die Narbe über ihrem Auge würde verheilen, war aber gerötet und bräuchte eine entzündungshemmende Salbe. Ashley streckte die Hand nach meiner aus. Die Streifen von Grovers Jeanshemd waren ausgefranst und hingen wie schmutzige Lumpen von meinen Händen. Meine Handschuhe waren durchlöchert und mein rechter Zeigefinger ragte heraus. Sie nahm meine Hand und wickelte den Jeansstreifen ordentlich herum. »Alles in Ordnung?«

Ihre Frage galt mehr als bloß meinen Füßen oder meinem Magen.

Ich kniete mich hin und seufzte. »Es ist alles in Ordnung, solange ich nicht über den nächsten Schritt hinausdenke.« Ich schüttelte den Kopf. »Ein Schritt nach dem anderen.«

Sie nickte und wappnete sich gegen das bevorstehende Holpern und Ruckeln des Schlittens.

Der Schnee ließ nicht lange auf sich warten. Schon in der ersten Stunde fielen dicke Flocken. Für den zwei Kilometer langen Weg durch den Wald brauchten wir über drei Stunden. Wir kamen an einem Steilhang über einem Tal heraus. Dass es ein Tal war, konnte ich allerdings nur ahnen, da es in dem dichten Schneegestöber nicht zu sehen war.

Wir hielten unter den schneebeladenen Ästen eines Nadelbaums, und ich holte die Skizze heraus, die ich mir von der Umgebung gemacht hatte. Nach meiner Schätzung waren wir etwa dreizehn Kilometer von der Absturzstelle entfernt am Rand eines Tales. Ich war mir sicher, dass wir geradewegs in eine Richtung von 125 Grad gegangen, aber immer wieder von der geraden Linie abgewichen waren, um Felsen, Abhänge, kleinere Berge und umgestürzte Bäume zu umgehen. Wahrscheinlich waren wir drei bis fünf Kilometer von unserem ursprünglichen Kurs abgewichen. Das war nicht anders zu erwarten gewesen, und ich konnte kaum etwas dagegen tun. In der Wildnis ist es selten möglich, auf einer geraden Linie zu gehen, wohl aber eine bestimmte Richtung einzuhalten. Zwischen einer geraden Linie und einer festgelegten Richtung besteht ein himmelweiter Unterschied. Beide führen zwar in dieselbe Richtung, aber nicht an dieselbe Stelle.

Wer im Umgang mit dem Kompass erfahren war und

Übung in Orientierungsmärschen hatte, konnte trotz der Kursabweichungen, die das Gelände notwendig machte, auf eine gerade Linie zurückkehren und an einem vorher festgelegten Punkt herauskommen. So gut war ich jedoch nicht.

Man kann sich das etwa so vorstellen: Als wir aufbrachen, gingen wir in eine Richtung von 125 Grad. Aber bald kam ich an einen kleinen Berg, den ich nicht erklimmen konnte und umgehen musste. Auf der anderen Seite ging ich weiter in die ursprüngliche Richtung, war aber inzwischen knapp zwei Kilometer von der ursprünglichen Linie abgewichen. Es ist, als würde man sich auf einem Gitternetz bewegen. Man geht eine Linie entlang, biegt rechts ab, geht drei Kästchen weiter, biegt nach links ab und folgt wieder der ursprünglichen Richtung. Allerdings ist man dann drei Kästchen von seiner ursprünglichen Linie entfernt. Obwohl wir mittlerweile dreizehn bis fünfzehn Kilometer von der Absturzstelle entfernt waren, hatten wir durch das Hin und Her, das uns das Gelände aufzwang, wahrscheinlich annähernd die doppelte Strecke zurückgelegt.

Nach meiner Skizze trennten uns noch fünfundzwanzig bis dreißig Kilometer von der Linie, die ich auf dem GPS-Gerät gesehen hatte und die ein Holzfällerweg, eine Wanderroute oder etwas Ähnliches sein mochte. Mittlerweile waren wir schon vierzehn Tage in diesen Bergen und kamen nur im Schneckentempo voran. So gern ich auch weitergegangen wäre, musste ich uns einen Unterschlupf suchen und rasten, um neue Nahrung aufzutreiben. Ohne Nachschub würden wir nicht länger als einige Tage durchhalten, und dann wäre ich zu müde, etwas zu jagen.

Mit der Axt schlug ich von dem Baum, unter dem wir saßen, auf der windabgewandten Seite einige Äste ab, um einen Eingang zu schaffen, und schichtete sie zum Schutz auf der Windseite auf. Anschließend schnitt ich von einem benachbarten Baum weitere Äste ab, stellte sie senkrecht gegen die anderen und schaufelte mit den Händen Schnee dagegen. Die Spitzen verflocht ich zur Stabilisierung mit den Ästen unseres Baums und schob weitere abgeschnittene Äste wie Deckenbalken ein. Nach einer Stunde hatte ich einen brauchbaren Unterstand gebaut.

»Nicht schlecht«, bestätigte Ashley mit einem Kopfnicken.

»Ich würde hier zwar nicht wohnen wollen, aber zur Not wird's gehen.«

Vor der nächsten Aufgabe graute mir. Der Bogenbohrer. Ich sammelte trockene Zweige, Nadeln und Äste und schnitt sogar einige Flusen von meinen Socken ab. Dann spannte ich den Bogen und fing langsam an, die Spindel auf einem flachen Holzstück zu drehen. Sobald sich eine Vertiefung gebildet hatte, bearbeitete ich den Bogen mit aller Kraft. In dieser Höhe brauchte es eine Weile, bis Rauch entstand. Als es nach fünf Minuten kräftig qualmte, fand ich, dass es genügte, um Glut zu erzeugen. Ich legte Bogen und Spindel beiseite, nahm das Holzstück und musterte den rauchenden Abrieb. Vielleicht würde es funktionieren. Ich pustete vorsichtig darauf, bis eine kleine Stelle rot glimmte. Ich pustete noch einmal, allerdings zu fest. Alles zerfiel zu Staub.

Nun musste ich noch einmal von vorn anfangen.

Dieses Mal zog ich acht bis zehn Minuten an dem Bogen, bis ich mit Sicherheit genug Holzstaub für eine Glut erzeugt hatte. Wer im Umgang mit Bogenbohrern erfahren ist, braucht dafür nicht einmal zwei Minuten. Aber so viel Erfahrung hatte ich nicht.

Ich legte den Bogen beiseite, hob das Brett an und pustete

vorsichtig so lange, bis Rauch aufstieg und der Holzstaub schließlich rot glimmte. Dann schob ich ihn behutsam in die Handvoll aufgeschichteter Nadeln, Stöckchen und Wollflusen und bemühte mich, die Glut nicht zu verstreuen. Ich pustete weiter, weiter und immer weiter.

Endlich züngelte ein Flämmchen auf. Ich pustete, bis es sich ausbreitete und wuchs, und schob es dann in mein Tipi aus Stöckchen und Zweigen.

Wir hatten ein Feuer.

Ashley schüttelte den Kopf. »Du bist besser als Robinson Crusoe. Du hast gerade ohne Streichholz, Feuerzeug oder sonst was Feuer gemacht. Woher kannst du das alles?«

»Als ich als Assistenzarzt in Denver gearbeitet habe …«

»Und gelernt hast, an Menschen herumzuschnipseln?«

»Das hatte ich schon an Leichen gelernt, aber es machte einen Gutteil meiner Arbeit aus«, grinste ich. »Rachel und ich waren damals oft in den Bergen. Ein billiges Vergnügen. Jedenfalls kam sie auf die verwegene Idee, bei einer unserer nächsten Touren sollten wir nichts mitnehmen, um ein Feuer anzuzünden. Keine Streichhölzer, kein Feuerzeug, kein Gas, keinen Campingkocher. Sie meinte, wir sollten auf althergebrachte Art Feuer machen. Und falls wir es nicht schaffen sollten, müssten wir eben ohne auskommen. Also kaufte ich mir ein paar Bücher, las etwas darüber, sah mir die Bilder an und probierte es ein paar Mal aus. Ich rief sogar einen örtlichen Pfadfinderführer an und ließ mir von ihm ein paar Ratschläge geben. Wir machten unsere Campingtour, und ich probierte aus, was funktionierte und was nicht. Unter anderem lernte ich dabei, ein Feuer zu machen.«

»Erinnere mich, dass ich mich bei ihr bedanke.« Ashley deutete auf mich. »Wo hast du gelernt, den Mund so zu verziehen?«

»Was meinst du damit?«

»Immer, wenn du dich konzentrierst, machst du so ein Gesicht …« Sie verzog einseitig das Gesicht. Es sah aus, als hätte man einen Faden durch ihre rechte Augenbraue, ihre Wange und ihren Mundwinkel gefädelt und hochgezogen. »So.«

»Sieht es genauso schmerzverzerrt aus wie bei dir?«

»Keine Ahnung. Sieht es bei mir schmerzverzerrt aus?«

»Sehr.«

»Bei dir sieht es eher dümmlich aus.«

»Danke. Ich werde daran denken, wenn ich dir das nächste Mal bei deinem Geschäft helfe.«

Sie lachte. »Machen die Krankenschwestern sich über dich lustig?«

Ich verzog meine rechte Gesichtshälfte. »Unter der Maske können sie es gar nicht sehen.«

Sie legte sich zurück und schloss die Augen. Es wurde still, und mir fiel auf, dass ich mich an ihre Stimme gewöhnt hatte. Die Stille brachte mich zum ersten Mal dazu, mich zu fragen, ob ich etwas vermisste, wenn ich ihre Stimme nicht hörte.

Da unser Unterstand vollständig aus Fichtenzweigen bestand, roch er frisch und sauber. »Das ist das umweltfreundlichste Haus, in dem ich je war.«

Sie lachte. »Ja. Echt grün.«

Es war warm und gemütlich. Die Äste über uns boten guten Schutz, ließen aber zugleich den Rauch abziehen. Es war mittlerweile Spätnachmittag, würde aber noch zwei Stunden hell bleiben. Ich zog meine Jacke über, schnallte mir die Schneeschuhe an und nahm den Bogen. »Ich schaue mich mal um.«

»Bleibst du lange weg?«

»Vielleicht eine Stunde.«

Ich schaute Napoleon an. »Bin gleich wieder da. Leiste ihr Gesellschaft.« Er drehte sich im Kreis und kroch in ihren Schlafsack.

Das Problematische an einem Unterstand, wie ich ihn gebaut hatte, war, dass man es sich darin mit einem Feuer gemütlich machen und dabei das Ganze abfackeln konnte. Mit ihrem gebrochenen Bein könnte sich Ashley aber nicht herauswühlen, was sie in eine wirklich schlimme Lage bringen würde.

Ich hob mahnend den Zeigefinger. »Pass auf das Feuer auf. Lass es nicht zu groß werden. Sonst steckst du unseren Weihnachtsbaum in Brand und damit auch dich. Denn ich bezweifle, dass du es schaffen würdest, hier herauszukommen. Du bist gut verbarrikadiert. Und sieh zu, dass du Schnee in greifbarer Nähe hast. Wenn das Feuer zu groß wird, wirf ein paar Hände Schnee hinein. Nicht zu viel. Es soll schließlich nicht ausgehen. Gerade genug, um es einzudämmen. Abgemacht?«

Sie nickte, formte einen Schneeball und warf ihn nach mir.

Ich stieg einen kleinen Hang hinauf. Auf der windabgewandten Seite lag weniger Schnee. Welke Grasbüschel und vereiste Felsbrocken sprenkelten die Schneedecke wie Kaugummis einen Bürgersteig. Vielleicht eher wie Vogelkot.

Nach meinen Lungen zu urteilen, befanden wir uns immer noch oberhalb von dreitausend Meter Höhe. Die Luft war dünn, und obwohl wir nun schon zwei Wochen hier waren, hatte ich mich noch immer nicht daran gewöhnt. Selbst wenn ich stillsaß, merkte ich, dass ich tiefe Atemzüge machte. Das kam vermutlich vom Leben auf Meereshöhe.

Mittlerweile ging es zwar besser, aber immer noch nicht leicht.

Der Schneefall hatte aufgehört, und die Wolken hatten sich verzogen. Der Himmel war grau, aber da die Wolkendecke hoch war, konnte ich das ganze Tal überblicken, das vor uns lag. Der Kamm, auf dem ich stand, zog sich im Halbkreis um ein Becken, das vielleicht vierzig bis fünfzig Quadratkilometer groß war. Zwischen den Bäumen zogen sich gefrorene Bäche und kleine Flüsse wie Runzeln durch das Gesicht der Landschaft. Abgesehen vom Auf und Ab einzelner Hügel, war es weitgehend »eben«. In dieser Gegend war »eben« allerdings ein relativer Begriff, aber immerhin war das Gelände besser als das, aus dem wir kamen.

Einige hundert Meter von unserem Unterstand entfernt setzte ich mich auf einen kleinen Felsvorsprung, schloss meine Jacke gegen den Wind und musterte eingehend die Umgebung. Um mich besser konzentrieren zu können, schirmte ich meine Augen mit den Händen ab, betrachtete aufmerksam jeden Fleck und fragte mich, ob irgendein Anzeichen auf menschliche Einwirkung hindeutete. Das tat ich, bis mir kalt wurde und es zu dämmern anfing.

Als das letzte Tageslicht schwand, entdeckte ich etwas Braunes. Es sah aus wie ein langer Baumstamm, verlief aber horizontal in Höhe der Baumwipfel. Ich kniff die Augen zusammen und schaute sogar aus den Augenwinkeln, um besser zu sehen. Es war schwer zu erkennen, lohnte aber einen zweiten Blick. Ich öffnete meinen Kompass, ortete die fragliche Stelle bei 97 Grad und stellte die Plastikmarkierung am Kompass entsprechend ein. Es mochte der Mühe wert sein, sich die Sache bei Tageslicht noch einmal genauer anzuschauen.

In der Dämmerung machte ich mich auf den Rückweg

zu unserem Lager. Plötzlich huschte etwas Weißes zwanzig Meter vor mir über meinen Weg. Ich legte einen Pfeil ein und wartete auf eine Bewegung. Fünf Minuten stand ich so da. Ein Hoppeln. Noch mal. Ein kleines weißes Kaninchen. Große Ohren, große Pfoten. Hoppelte zwischen den Bäumen durch.

Ich spannte den Bogen, visierte das Kaninchen an, atmete halb aus und drückte den Abzug. In dem Moment, als der Pfeil den Bogen verließ, hoppelte das Kaninchen eine Handbreit weiter. Mein Pfeil segelte vorbei und grub sich in den Schnee. Mit zwei Sätzen war das Kaninchen verschwunden.

Ich machte mich auf die Suche nach meinem Pfeil. Da das Graben im Schnee aber zu schmerzhaft für meine rissigen Hände voller Blasen war, beschloss ich, am nächsten Tag weiterzusuchen.

Ashley hatte dafür gesorgt, dass das Feuer bei meiner Rückkehr heiß und knisternd brannte. Sie hatte es sogar geschafft, Wasser zu erhitzen und etwas von unserem letzten Fleischvorrat aufzuwärmen. Er würde vielleicht noch einen Tag reichen. Sie beäugte den Bogen und bemerkte wohl, dass ein Pfeil fehlte. »Was ist passiert?«

»Entwischt.«

»Und wenn es nicht entwischt wäre?«

»Dann würden wir sicher heute Abend Kaninchen essen.«

»Vielleicht sollte ich sie festhalten, während du auf sie schießt.«

»Wenn du es schaffst, sie zu fangen, bin ich für alles zu haben.«

Sie lachte.

»Sag, fühlst du dich stark genug, ein Stück zu gehen?«

Sie hob die Augenbrauen. »Im Ernst?«

»Ja. Wenn du dich auf mich stützt, könnten wir es bis auf den Kamm da drüben schaffen, denke ich. Ich brauche deinen Scharfblick.«

»Hast du was gesehen?«

»Vielleicht. Vielleicht auch nicht. Schwer zu sagen. Ich will nichts riskieren, ohne dass wir beide es uns angesehen haben.«

»Was riskieren wir?«

»Eigentlich wollte ich versuchen, in eine niedrigere Höhenlage zu kommen. Aber um uns dieses Ding, das ich gesehen habe, genauer anzusehen, müssten wir noch einige Kilometer auf dem Plateau weitergehen. Es würde einen Richtungswechsel von zwei bis drei Tagen bedeuten, gefolgt von weiteren drei bis vier Tagen, um den verlorenen Boden gutzumachen. Falls ich mich irre, bringt es uns also sieben Tage vom Kurs ab.«

Ich brauchte ihr nicht zu sagen, dass wir, so wie die Dinge lagen, mit dem Abgrund kokettierten. Eine weitere Woche würde uns umbringen. Es konnte sein, dass wir schon tot waren, ohne es zu wissen.

»Was ist es denn?«

»Ich bin mir nicht sicher. Es sieht aus wie ein Baum, aber es verläuft waagerecht in Höhe der Baumwipfel. Es ist eine horizontale Linie inmitten von Vertikalen.«

»Ist es für mich unbedenklich zu gehen?«

»Nein, aber mit dem Schlitten kommen wir nicht hinauf. Wir gehen langsam. Einen Schritt nach dem anderen.«

»Ich vertraue dir. Wenn du meinst, dass wir es versuchen sollten.«

»Es geht nicht um Vertrauen. Es geht darum, dass vier Augen besser sind als zwei.«

»Wann möchtest du gehen?«

»In der Morgendämmerung. Bei Sonnenaufgang haben wir vielleicht die besten Chancen.«

Mit Ashley auf den Grat zu gehen war riskant, aber die Entscheidung über unseren Kurs war es ebenfalls. Als wir von der Absturzstelle aufgebrochen waren, hatten wir auf gut Glück eine Richtung wählen müssen. Aber nun hatten wir uns festgelegt und waren schon zu weit von der Absturzstelle entfernt, um umkehren zu können, und mussten daher die Entscheidung gemeinsam treffen. Da ich überblicken konnte, wohin unsere Wanderung uns in der kommenden Woche führen würde, hing unser Überleben weitgehend davon ab, welche Richtung wir einschlugen.

Zudem war mir klar, dass wir eine Rast brauchten.

Ich kroch in meinen Schlafsack, und wir schauten zu, wie die Flammen die Unterseite der Äste beschienen. Zum ersten Mal war mir so warm, dass ich den Reißverschluss meines Schlafsacks öffnen musste. Nachdem ich etwas gegessen hatte, kümmerte ich mich um Ashleys Bein. Die Schwellung war abgeklungen, und um die Bruchstelle waren Knoten und Narbengewebe zu erkennen. Alles gute Zeichen.

Ich setzte mich ihr gegenüber, legte ihren gesunden Fuß auf meinen Schoß und massierte Fußsohle, Wade, Kniesehne und Oberschenkel, um die Durchblutung anzuregen.

Sie schaute mich an. »Bist du sicher, dass du nicht Massieren gelernt hast?«

»Du liegst seit zwei Wochen flach. Wir müssen den Kreislauf in Schwung bringen. Wenn du auf dem Bein zu stehen versuchst, wirst du schwanken wie ein Stehaufmännchen.«

»Wie ein was?«

»Ein Stehaufmännchen. Du kennst doch diese Wackelfiguren, die nie umfallen.« Ich grub meinen Daumen seitlich in ihre rechte Pobacke. Sie stöhnte vor Schmerz auf, seufzte tief und entspannte schließlich den Muskel. Jemanden anzusehen ist eine Sache, aber erst wenn man jemanden anfasst, stellt man wirklich fest, wie er beschaffen ist. Ashley war durch und durch muskulös. Groß, schlank, gelenkig. Das hatte ihr vermutlich das Leben gerettet. Ein normaler Mensch hätte den Absturz nicht überlebt.

Vorsichtig bewegte ich ihren linken Fuß, ohne ihr Bein zu verdrehen. Ich musste die Durchblutung in ihrem Fuß und ihrer Wade anregen. »Wenn dein Bein mal verheilt ist, möchte ich lieber nicht, dass du wütend auf mich wirst und nach mir trittst. Du bestehst ja nur aus Muskeln.«

»Wenn ich hier herumliege, fühlt es sich aber nicht so an.«

»Das kommt wieder. In ein paar Wochen bist du so gut wie neu.«

»Ist deine Frau eine gute Läuferin?«

»Als ich sie in der Highschool zum ersten Mal auf dem Sportplatz sah, faszinierten mich ihre fließenden Bewegungen. Es war, als würde ich Wasser laufen sehen. Sie schwebte förmlich über die Bahn. Ihre Zehen berührten kaum den Boden.«

Sie zuckte zusammen, als ich tief in ihre Muskeln knetete. »Wenn wir zurück sind, musst du Vince beibringen, wie man das macht.« Sie warf den Kopf zurück und hielt die Luft an. Schließlich atmete sie aus und sagte: »Im Ernst, wo hast du das gelernt?«

»Rachel und ich haben auch während meines Medizinstudiums weiter an Rennen teilgenommen. Und weil wir keinen Trainer hatten, haben wir uns gegenseitig betreut. Das war auch nötig, weil sie von ihrer Mutter seltsame Füße geerbt hatte.«

»Wie meinst du das?«

Ich berührte die Stelle unter ihrem großen Zeh. »Ballen.«

»Du massierst dieser Frau die Ballen?«

Ich presste meinen Daumen in ihre Fußsohle, so dass ihre Zehen sich krümmten. »Fällt es dir schwer, das zu glauben?«

Sie schüttelte den Kopf. »Das ist schon wirklich eine kranke Liebe.«

»Massiert dir Vince nie die Füße?«

»Nicht mal, wenn ich ihm Gummihandschuhe gäbe.«

»Dann sollte ich wohl mal mit dem Mann reden.«

Sie schnippte mit den Fingern. »Gute Idee. Und wenn du dir schon eine Liste machst, dann schreib gleich mit auf, wie du mit dem Stöckchen Feuer gemacht hast.«

Lächelnd schüttelte ich den Kopf. »Nein.«

»Warum nicht?«

Ich zog ihr den Socken wieder an und schob ihren Fuß in den Schlafsack. »Weil ich ihn eher überreden würde, etwas anderes zu tun.«

»Und das wäre?«

»Ein Satellitentelefon zu kaufen.«

Ich weiß nicht, was schöner war, das Feuer oder ihr Kichern.

# 26

Gewärmt vom Feuer lag ich wach und sah zu, wie ein weiteres Linienflugzeug in zehntausend Meter Höhe vorbeiflog. Ashley schnarchte leise. Eine sanfte Brise wehte durch unseren Baum, wiegte die Äste über uns, und wir sahen die unzähligen Sterne am Himmel funkeln. Die Entscheidung, die uns am nächsten Morgen bevorstand, machte mir Sorgen. Hatte ich tatsächlich etwas gesehen, oder hatte ich mir nach zwei Wochen nur so verzweifelt etwas zu sehen gewünscht, dass mein Kopf meine Augen überredet hatte, es wahrzunehmen?

Ein Geräusch weckte mich. Tritte knirschten im Schnee. Es klang, als stünden zwei Menschen ächzend vor unserem Baum. Schmatzend. Was immer es auch sein mochte, es musste schwer sein, denn der Schnee knirschte laut. Wurde stark verdichtet. Ich streckte meine Hand nach Ashley aus und begegnete ihrer auf halbem Weg.

Vorsichtig kroch ich aus dem Schlafsack, nahm den Bogen, legte einen Pfeil ein und kauerte mich zwischen Ashley und den Eingang. Ihre Hand lag auf meinem Nacken. Mein Atem bildete weiße Wölkchen, es war wieder kalt geworden. Ein Schauer lief mir über den Rücken. Keine zwei Meter entfernt umkreiste uns dieses Etwas schnaubend und grunzend. Dann hörte ich etwas Hartes, das auf etwas anderes Hartes stieß.

Geweihe. Geweihe, die Äste streiften. Entspannt atmete

ich auf. Ashley zog ihre Hand von meinem Nacken. Das Etwas schnaubte zwei Mal, jagte uns beiden mit einem lauten Grunzen einen Schreck ein und floh.

Ich legte den Bogen weg und kroch wieder in meinen Schlafsack.

»Ben?«, brach Ashley das Schweigen.

»Ja.«

»Könntest du hier bei mir schlafen?«

»Klar.« Ich rutschte mit meinem Schlafsack an ihre rechte Seite. Sie kuschelte sich tief in ihren Schlafsack, bis nur noch Augen und Mund frei waren, und nickte ein. Ich lag wach, lauschte und schaute meinem Atem zu, der aufstieg wie Rauchsignale. Das erinnerte mich an das Lied »Warum ist die Rothaut rot?« aus *Peter Pan*. Ich sang es ein Weilchen vor mich hin und brachte mich damit zum Lachen. Das lag wohl an der Höhe und dem Hunger.

Einige Zeit später wachte ich auf. Auf meinem Gesicht lagen Haare, und sie rochen nach Frau. Einzelne Härchen kitzelten mich in der Nase. Andere fühlten sich seidig an. Mein erster Impuls war, von ihr abzurücken. Abstand zu wahren. Ihre Sphäre zu respektieren.

Aber ich tat es nicht.

Ich blieb liegen und atmete tief ein. Stahl ihren Duft. Atmete tief ein und langsam aus. Erinnerte mich daran, wie eine Frau roch.

Und es gefiel mir.

Ashley drehte den Kopf und legte ihre Stirn an meine. Ihr Atem streifte mein Gesicht. Ich schmiegte mich an sie und füllte meine Lungen. Sorgsam bedacht, sie nicht zu wecken, tat ich es noch einmal und immer wieder.

Irgendwann schlief ich voller Schuldgefühle und Verlangen ein.

Es war noch dunkel, als ich aufwachte. Der Mond stand hoch am Himmel, schien hell durch die Äste über mir und warf gezackte Schatten auf den Schnee. Das Feuer war erloschen, aber es war noch Glut vorhanden. Ich pustete hinein, bis sie rot aufglimmte, legte Zweige nach und hatte im Nu eine Flamme.

Ashley regte sich. Das Feuer warf fingerdicke Schatten auf ihr Gesicht. Sie war abgemagert. Hatte sicher zwanzig Pfund abgenommen. Ihre Augen waren eingesunken, hatten dunkle Ränder, und das Weiß war von roten Äderchen durchzogen wie eine Straßenkarte. Ihr schlechter Atem zeugte davon, dass ihr Körper sich aufzehrte.

Meiner war nicht besser.

Ich zog mich an, und sobald ich auch sie warm eingepackt hatte, zog ich sie aus dem Unterstand. Auf dem Schlitten konnte ich sie nur hundert Meter weit schleppen, bis das Gelände zu steil wurde. Ich half ihr, aufzustehen, und sie legte den Arm um meinen Nacken. Ich stützte sie so, dass ihr gebrochenes Bein zwischen uns war.

Als das Gewicht ihres Fußes die Bruchstelle belastete, stöhnte sie. »Das fühlt sich nicht gut an.«

»Möchtest du dich wieder hinsetzen, sollen wir zurückgehen?«

Sie schüttelte den Kopf. »Nein. Gehen wir weiter.«

Wir ließen uns Zeit. Machten einen Schritt nach dem anderen. Napoleon zockelte hinter uns her und sprang in unsere Fußspuren. Er war froh, draußen zu sein.

Ashley stützte sich mit einem Arm auf meine Schultern und mit der freien Hand auf meine, Schritt für Schritt. Für die Strecke, die ich in zwanzig Minuten zurückgelegt hatte, brauchten wir beinah eine Stunde, aber wir schafften es ohne Zwischenfälle. Ich half ihr, sich auf den Felsvorsprung zu setzen, der eine weite Aussicht bot. Sie betrachtete das fünfunddreißig bis vierzig Quadratkilometer große Becken, das sich vor uns erstreckte, und sagte: »Unter anderen Umständen wäre es wunderschön.«

Ich legte den Kompass auf mein Bein, wartete, bis die Nadel stillstand, und deutete über den Nadelwald auf einen Bergrücken in der Ferne. »Siehst du das braune Ding? Etwas Flaches oben auf den Bäumen, das von links nach rechts verläuft, gleich links von der weißen Kammlinie.«

Napoleon sprang auf meinen Schoß und schaute ins Tal hinunter.

Sie schirmte die Augen mit den Händen ab. »Sie sind alle weiß.«

Ich wartete eine Weile, während sie eingehend den Horizont musterte. Die fragliche Stelle war zwölf bis fünfzehn Kilometer entfernt. Die sprichwörtliche Nadel im Heuhaufen. »Siehst du es?«

Sie nickte. »Ja.« Sie schwieg eine Weile. »Wie hast du es überhaupt entdeckt?«

»Keine Ahnung.«

»Es ist schwer zu erkennen.«

»Warte noch zehn Minuten. Wenn die Sonne über die Berge kommt, scheint sie direkt darauf. Wenn es etwas von Menschen Gemachtes ist, wird es eine unnatürliche Reflexion geben.«

Also warteten wir und bemühten uns, nicht so lange darauf zu starren, dass es jegliche Bedeutung verlor wie ein Wort, das man immer wieder vor sich hersagt, bis man nur noch den Klang hört, aber den Sinn vergisst. Das Morgenlicht kroch die Berggipfel herab ins Tal und schob einen dämmrigen Schatten vor sich her.

Nach und nach enthüllte er, was vor uns lag. Ein weites

Tal, das auf drei Seiten von steilen, zerklüfteten Bergen umringt war. In der Mitte lag ein ausgedehnter Nadelwald, kreuz und quer durchzogen von Bächen, von gefrorenen Seen und Weihern. Viele Bäume waren abgestorben. Tausende standen mit rindenlosen, sonnengebleichten Stämmen da wie stumme Wächter. Umgefallene Bäume bildeten ein dichtes Gewirr von biblischen Ausmaßen.

»Wie heißt noch dieses Spiel, bei dem man eine Handvoll Stäbchen aufrecht hinstellt und zu einem durcheinander liegenden Haufen fallen lässt?«

»Mikado.«

»Genau.« Ich deutete auf das grüne Meer vor mir. »Es sieht aus, als hätte Gott ein riesiges Mikadospiel fallen lassen und wäre weggerufen worden, bevor es anfing.«

Sie lachte.

Unmittelbar bevor die Sonne zu grell schien und der Schnee zu stark blendete, um in der Ferne noch etwas erkennen zu können, glimmte das braune Ding auf. Oder schimmerte. Vielleicht gab es darunter eine funkelnde Spiegelung.

Ohne den Kopf abzuwenden, fragte ich: »Siehst du das?«

»Ja. Ich bin mir nicht sicher, ob es eine Reflexion auf Eis oder Schnee war oder etwas anderes.«

»Okay, schau mal da rechts. Siehst du die Lichtung?«

»Ja.«

»Könnte ein gefrorener See sein.«

»Und?«

»Na ja, wenn ich eine Berghütte, ein Camp oder so was bauen sollte, das so richtig schön einsam liegt, dann würde ich dieses Plateau hier oben auswählen und vorzugsweise in der Nähe eines Sees bauen.«

»Ich verstehe.«

Die Sonne stieg höher, schien greller und blendete uns. »Was denkst du?«, hakte ich nach.

Ich zeigte ihr unseren ursprünglichen Kurs, der uns in niedrigere Höhenlagen und aus dem Tal, das vor uns lag, führen würde. »In der Richtung geht es bergab. Wahrscheinlich in wärmere Regionen. Wo das Atmen sicher leichter fällt. Nur weiß ich nicht, wohin uns das führt und wie lange wir brauchen, bis wir so etwas wie Zivilisation erreichen.«

Ich beschrieb einen weiten Bogen über das Tal in Richtung auf das gesichtete Etwas in der Ferne. »Auf dem Weg durch das Tal mit den Mikadostäben gibt es viel Tiefschnee, Bäume, versteckte gefrorene Bäche, die mich schlucken könnten. Wenn das Ding da drüben gar nichts ist, sind wir völlig umsonst bis nach drüben gegangen und müssen dann auf der anderen Seite eine ganze Strecke zurückgehen, bis zu dem Einschnitt in den Bergen, der aussieht, als könnten wir dort in niedrigere Höhenlagen kommen.«

»Das nennt man ein Dilemma«, sagte sie.

Ich nickte.

»Wie viel Fleisch haben wir noch?«

»Wenn wir sparsam sind?«

»Ja.«

»Vielleicht noch für einen Tag, und wenn wir hungern, für anderthalb Tage.«

»Wie lange hältst du durch, wenn es aufgebraucht ist?«

»Atmen kann ich vielleicht noch eine Woche lang, aber meine Kraft wird nachlassen, zumal ich den Schlitten ziehe …« Ich zuckte die Achseln. »Ich weiß nicht.«

»Das hört sich für mich so an, als ob deine Kraftreserven ohne unvorhergesehenen Nachschub an Essen gerade so weit reichen würden, das Tal zu durchqueren. Und wenn wir es auf die andere Seite schaffen, ohne etwas zu essen zu finden, gibt es dort vielleicht ein gutes Plätzchen, um sich zu verkriechen und ganz lange zu schlafen.«

»Wenn du es so ausdrücken willst.«

»Weißt du etwas Besseres?«

»Eigentlich nicht.«

»Wie sieht es aus, wenn du mich hierlässt und es allein auskundschaftest?«

»Daran habe ich auch schon gedacht. Auf jeden Fall wäre ich wesentlich schneller drüben, aber es gibt keine Garantie, dass ich es wohlbehalten dorthin schaffe oder wieder zu dir zurückkomme. Sollte ich stürzen, mich verletzen oder von einem Puma gefressen werden, würdest du es nie erfahren. Wir würden beide allein mit einer Menge unbeantworteter Fragen sterben. Und ich bin nicht bereit, das zu riskieren.«

»Und wenn ich dazu bereit bin?«

»Die Entscheidung liegt nicht bei dir.«

»Wie kommst du darauf?«

»Weil ich derjenige bin, der hinüber und wieder zurück gehen müsste. Nicht du.«

»Und wenn ich dich darum bitten würde?«

»Würde ich mich weigern.«

»Warum?«

»Nehmen wir mal an, ich stünde dort drüben auf dem Kamm und sähe ein Haus, eine Straße oder irgendwas auf der anderen Seite. Dann müsste ich entscheiden, ob ich weitergehen soll. Dann würde ich noch mehrere Tage länger wegbleiben. Bis ich Hilfe geholt hätte und zurückkäme, wärst du schon tot.«

»Aber du hättest es geschafft.«

Ich schüttelte den Kopf. »Dieses Risiko gehe ich nicht ein.«

»Ich dachte, wir säßen in einem Boot.« Ich schaute sie an. »Ashley, das ist kein Spiel. Wir beide gehen zusammen, entweder in diese oder in die andere Richtung. Entweder – oder, nicht vielleicht oder gar, was wäre wenn?«

Sie schloss die Augen. Mit tränenerstickter Stimme sagte sie, ohne mich anzusehen: »Das geht jetzt schon fünfzehn Tage so. An irgendeinem Punkt zögern wir das Unvermeidliche nur noch hinaus. Wenn das der Fall ist und du ohne mich wesentlich weiter gehen kannst, dann musst du es versuchen. Wenn einer von uns es schafft, ist das besser, als wenn wir beide sterben.«

»Da irrst du dich. Das mache ich nicht.«

»Und was ist, wenn ich nicht mit dir gehe? Wenn ich mich dagegen wehre?«

»Dann versetze ich dir einen Schlag auf den Kopf, schnalle dich auf den Schlitten und schleppe dich gegen deinen Willen hier weg. So, das reicht jetzt. Ich gehe nicht ohne dich.«

Wir saßen Seite an Seite und starrten in eine schmerzvolle Zukunft. Sie hakte sich bei mir unter und legte den Kopf an meine Schulter. »Warum tust du das?«

»Ich habe meine Gründe.«

»Irgendwann musst du mir helfen, sie zu verstehen, denn sie ergeben keinen Sinn.«

Ich stand auf und zog sie auf die Füße. »Das kommt drauf an.«

»Worauf?«

»Ob du es aus meiner oder deiner Sicht betrachtest.«

Wir machten uns auf den Rückweg. Vorsichtig klammerte sie sich an mich und hüpfte Schritt für Schritt weiter. Auf halbem Weg ließ ich sie ausruhen, während ich meinen verlorenen Pfeil suchte.

»Wir sehen aus wie zwei Leute beim Sackhüpfen«, sagte sie mit Triefnase.

Ich nickte, während ich darauf achtete, wo sie ihren Fuß hinsetzte. Sollte sie ausrutschen, würde sie reflexartig versuchen, sich mit dem gebrochenen Bein abzufangen, und der Schmerz würde ihr das Bewusstsein rauben. Das wollte ich verhindern.

Sie klammerte sich an mich und atmete tief durch. Die zwei Wochen, die sie im Liegen verbracht hatte, waren nicht spurlos an ihr vorübergegangen. Sie wandte sich mir zu und sah mich an. Wir standen da wie zwei tanzende Teenager.

Lachend fragte sie: »Schiebst du gleich deine Hände in meine Jeanstaschen?«

»Nein, aber wir sind ein gutes Team.«

Sie nickte. »Wenn Vince und ich versucht hätten, von hier auf den Grat zu gehen, wären wir beide auf dem Rücken gelandet. Und vor Schmerzen hätte ich versucht, ihn mit Schnee zu ersticken, weil er mich hätte fallen lassen.«

»Ich will ja nicht neugierig sein, aber jedes Mal, wenn du von ihm sprichst, erzählst du mir, wie verschieden ihr seid. Nicht kompatibel. Was ist da los?«

»Wir sind verschieden, das stimmt schon. Aber ich bin gern mit ihm zusammen. Er bringt mich zum Lachen. Und wir haben vieles gemeinsam.«

»Aus solchen Gründen gehen Leute ins Tierheim und suchen sich Hunde aus. Nicht Seelenverwandte für siebzig Jahre.«

»Okay, Dr. Lebensberater, und welche Gründe würdest du akzeptieren?«

»Liebe.«

Sie schüttelte den Kopf. »Das passiert nur wenigen Auserwählten. Wir Übrigen nehmen besser, was wir kriegen können, solange es geht. Sonst …«

»Was sonst?«

»Sonst warten wir am Ende auf ein Märchen, das niemals wahr wird.«

»Aber was ist, wenn du das Märchen haben könntest, du aber darauf warten müsstest?«

»Wie in *Pretty Woman*? Das hat man mir mein Leben lang verkaufen wollen. Ich habe nach ihm gesucht, habe gewartet, versucht wählerisch zu sein, nicht auf den ersten Zug aufzuspringen, der in den Bahnhof einfuhr. Aber ich kaufe das niemandem mehr ab. Alle Guten sind vergeben. Typen wie Grover und du … Ich hatte nie viel Glück, einen davon zu finden.«

»Ich sage ja nur, dass ich meine, du …«

»Was?«

»Du bist zu bescheiden, wenn du dich mit einer Ehe begnügst, die deinen Hoffnungen nicht gerecht wird. Du hast etwas Besseres verdient.«

»Ben Payne, flirtest du etwa mit mir?«

»Nein, ich sage nur, dass ich dich recht bemerkenswert finde, und wenn Vince nicht bemerkenswert ist und kein Feuer in dir entfacht, dann solltest du ihn, bei allem Respekt ihm gegenüber, nicht heiraten.«

»Du hast leicht reden. Du bist seit fünfzehn Jahren verheiratet und musst dich nicht auf einem Markt tummeln, auf dem die Nachfrage hoch und das Angebot gering ist. Außerdem ist es gar nicht so, dass Vince bei mir kein Feuer entfacht …«

»Ich habe ja gar nicht gesagt, dass es einfach ist. Ich finde nur, du verdienst etwas Besseres oder jemanden astronomisch Guten.«

Sie lächelte. »Vielen Dank. Ich werde daran denken.« Sie kraulte meinen Bart. »Du hast da graue Haare.«

»Das macht die Zeit. Und …«

»Und was?«

»Die Abnutzung.«

Als wir unseren Unterstand erreichten, ging ich unser Gespräch noch einmal im Geist durch. Meine eigenen Worte trafen mich wie ein Schlag. Das Blatt hatte sich gewendet. Auch das lag an der Zeit und der Abnutzung.

Ich packte den Schlitten, legte Ashley wieder in den Schlafsack und schnallte sie fest.

Sie hielt mich zurück. »Ist alles okay mit dir? Du siehst blass aus.«

Ich nickte, schaute sie aber nicht an. Mein Gesicht hätte mich verraten.

# 27

Wir verließen den Unterstand und machten uns auf den Weg. Der Schnee war hart gefroren, was mir das Ziehen erleichterte. Ashley war still. Sie sah nicht gut aus. Mager. Eingefallen. Sie brauchte Nährstoffe. Ihr Körper musste doppelt arbeiten, um zu überleben und ihre Wunden zu heilen.

Bei Tageslicht schaute ich mir die Spuren im Schnee an und fand meine Vermutung bestätigt. Elche. Ich verfluchte mich, dass ich mich nicht hinausgeschlichen und einen Bogenschuss versucht hatte. Selbst ein kleiner Elch hätte uns wochenlang ernährt.

Ashley tröstete mich: »Du wusstest doch gar nicht, was es war. Und wenn es ein Grizzlybär gewesen wäre?«

»Dann wäre ich jetzt vermutlich tot.«

»Also war deine Entscheidung richtig.«

»Ja, aber wir könnten jetzt etwas zu essen haben.«

Sie nickte. »Ja, oder der Grizzly würde sich die Klauen lecken, nachdem er dich zum Abendessen und mich zum Nachtisch gefressen hätte.«

»Guckst du dir Horrorfilme an?«, fragte ich ironisch.

»Nein, wieso?«

»Deine Phantasie ist irgendwie morbid.«

»Als ich als Journalistin anfing, schrieb ich für ein Käseblättchen Reportagen über Verbrechen. Wahrscheinlich habe ich zu viele Bilder davon gesehen, was Leuten passiert, die mit ihren Vermutungen falschgelegen hatten. Manchmal ist es besser, nicht nachzusehen, woher der Lärm auf dem Flur kam.«

Ich setzte Napoleon auf ihre Brust, worauf er mir das Gesicht küsste. Ich rückte die Stiefelchen an seinen Pfoten zurecht und kraulte ihm den Kopf. Er drehte sich um, kroch in den Schlafsack und verschwand. Ich schnallte mir das Zuggeschirr um und ging los. Dieser Tag versprach der bisher längste zu werden.

Gegen Mittag hatten wir schätzungsweise drei Kilometer geschafft. Ein gutes Stück, das allerdings seinen Tribut von mir forderte.

»He, willst du dich nicht ein bisschen ausruhen?«, brach Ashley das Schweigen.

Ich blieb stehen, stützte meine Hände auf die Knie, atmete tief durch und nickte. »Hört sich gut an.« Ich legte das Zuggeschirr ab und schob den Schlitten auf eine flache Stelle unter zwei Bäumen zu.

Ich tat einen Schritt und hatte keine Zeit mehr, zu reagieren.

Die Schneedecke gab nach, bog beide Schneeschuhe bis zum Bersten durch und ließ mich bis zum Hals einsinken. Der Aufprall raubte mir den Atem und versetzte meinen Rippen einen Schlag. Wasser rauschte über meine Füße, um die Schienbeine und sogar um meine Knie. Obwohl ich kaum Luft bekam, fühlten sich meine Lungen zum Bersten voll an.

Instinktiv griff ich nach irgendetwas, um Halt zu suchen, und erwischte den Schlitten. Dabei riss ich ihn um. Ashley und Napoleon fielen heraus, sie schrie, der Hund jaulte.

Ich versuchte, mich aus dem Sog des Baches zu ziehen. Alles, worauf ich mit den Füßen Halt suchte, gab nach.

Wenn ich mit dem rechten Arm zog, jagte es mir stechende Schmerzen durch den ganzen Körper. Ich machte kurz Pause, sammelte meine Kräfte und zog wieder. Noch mal und noch mal. Langsam arbeitete ich mich Stück für Stück aus dem Loch. Der nasse Schnee war wie Treibsand.

Endlich hatte ich es geschafft und lag auf dem Schnee. Ashley lag angespannt mit geballten Fäusten, weißen Knöcheln und zusammengepressten Lippen ein Stück entfernt und atmete tief durch. Ich kroch zu ihr und untersuchte ihre Pupillen. Dort würde sich ein Schock als Erstes zeigen.

Sie warf mir einen flüchtigen Blick zu, richtete ihre Aufmerksamkeit aber sofort wieder auf einen Punkt am Himmel, den sie vorher konzentriert angestarrt hatte. Das hatte sie wohl beim Taekwondo gelernt.

Ich war von der Taille abwärts triefnass. Wir waren beide verletzt, hatten kein Feuer, ich hatte nichts Trockenes anzuziehen, und wir würden mindestens einen Tag länger brauchen, um dieses höllische Tal zu durchqueren. In nassen Kleidern konnte ich gehen, sie würden frieren, und das war immerhin besser, als wenn sie mir nass am Leib klebten. Schlimmer waren die nassen Stiefel. Ich drehte mich um und untersuchte den Schlitten. Er hatte ein Loch. Als ich danach gegriffen und Ashley hinausgekippt hatte, war er an etwas hängengeblieben, was knapp unter Ashleys Schultern ein großes Loch in die Tragfläche gerissen hatte.

Ich lagerte ihren Kopf hoch, öffnete ihren Schlafsack und untersuchte sorgfältig ihr Bein. Es war bei dem Sturz nicht erneut gebrochen, der Fußwinkel war unverändert, aber die empfindlichen Gewebe- und Knochenteile, die ganz allmählich wieder zusammengewachsen waren, hatten einen Stoß abbekommen und schwollen sichtlich an.

Uns blieben nicht viele Möglichkeiten.

Ich konnte eine Höhle in den Schnee graben, in die wir uns in unseren Schlafsäcken verkriechen konnten, aber damit würden wir das Problem lediglich hinauszögern. Meine Kleider und vor allem meine Stiefel wären immer noch nass oder gefroren, und wir wären kein Stück weiter, nur hungriger. Mein Oberkörper war in Ordnung, meine Jacke lag sicher verstaut in Ashleys Schlafsack, aber ich hatte kein Paar trockener Socken mehr, weil ich meine beiden Paare übereinander angezogen hatte, um warm zu bleiben. Und die Unterseite des Schlittens, die am wichtigsten war, hatte ein Loch. Beim Weiterziehen würde er sich wie ein Pflug in den Schnee graben.

Wenn ich es schaffen könnte, meine Füße zu trocknen, zu wärmen und trocken zu halten, könnte ich trotz kalter Beine gehen. Das einzige Paar trockener Socken hatte Ashley an. Als Nächstes stellte sich die Frage, wie ich sie trocken halten sollte und wie ich den Schlitten reparieren könnte.

Ich vergrub den Kopf in die Hände. War unsere Lage vor einer Stunde schon schlecht gewesen, so grenzte sie nun ans Unvorstellbare.

Mir fiel keine Lösung ein, aber sicher war, dass ich mich bewegen musste. Schon jetzt klapperten mir die Zähne.

Ich setzte mich auf und zog meine Gamaschen, meine Stiefel und die beiden Sockenpaare aus. »Ich weiß, dass dir im Augenblick sicher nicht danach ist, mit mir zu reden, aber kannst du mir deine Socken leihen?«

Sie nickte. Ihre Knöchel waren immer noch weiß vor Anspannung.

Ich zog ihr die Socken aus, wickelte ihre Füße in meine Jacke ein und schloss behutsam den Schlafsack.

Beide Schlafsäcke hatten Packbeutel. Und da Daunenschlafsäcke trocken bleiben müssen, weil sie sonst an Isolationsfähigkeit verlieren, sind gute Packbeutel meist nahezu vollständig wasserdicht.

Ich holte beide Packbeutel heraus und stopfte meinen Schlafsack wieder in den Rucksack zurück. Dann zog ich Ashleys Socken und darüber die Packbeutel an, deren Zugbänder ich über meinen Waden festzurrte. Schließlich lockerte ich die Schnürsenkel an meinen Stiefeln, schlüpfte hinein, band sie zu und zog unter den Hosenbeinen meine Gamaschen an. Es war eine klägliche Lösung, aber die einzige, die mir in diesem Moment einfiel. Zur Probe machte ich einige Schritte. Es fühlte sich an, als ginge ich in Moonboots.

Ein genauerer Blick auf meine Schneeschuhe zeigte mir, dass sie nicht zu retten waren. Beide waren in der Mitte durchgebogen und die Rahmen an den Rändern hochgewölbt. Sie waren kurz davor, zu brechen. Ein viel größeres Problem war jedoch der Schlitten.

Ashleys Bein musste flach liegen. Ich konnte sie nicht einfach tragen, weil der Druck meines Unterarms unter ihrem Oberschenkel ihr nicht nur erhebliche Schmerzen bereitet, sondern auch das Bein erneut gebrochen hätte. Ohne Schlitten ging es nicht.

Also brauchte ich etwas, um das Loch zu reparieren. Aber ich hatte nichts außer einem Rucksack und zwei verbogenen Schneeschuhen.

Mein Blick fiel auf die Schneeschuhe. Als Sohle hatte ich das Drahtgeflecht doppelt gelegt, damit es mein Gewicht tragen konnte. Jetzt faltete ich es auseinander und befestigte es an den Seiten des Schlittens. So konnte Ashley nicht durch das Loch rutschen. Allerdings verhinderte das Geflecht nicht, dass Schnee hindurchdrang. Mir blieb nichts anderes übrig, als den Schlitten an einem Ende anzuheben und mit dem Zuggeschirr an mir festzubinden. Das andere Ende musste ich durch den Schnee schleifen und zwei tiefe Spuren wie Eisenbahnschienen in den Schnee pflügen.

Diese Methode war deutlich kraftraubender, als den Schlitten flach über den Schnee zu ziehen, vor allem aber war sie für Ashley holprig und damit schmerzhaft, und wir kamen erheblich langsamer voran.

Aber ich sah keine andere Möglichkeit.

Ich holte den Rest unseres Fleischvorrats heraus und teilte ihn mit ihr. »Hier, das lenkt dich vielleicht von den Schmerzen ab. Aber iss langsam. Es ist der letzte Rest.« Ich aß meine drei Stücke, die mich nur noch hungriger machten. Dann kürzte ich die Verbindung von Schlitten und Zuggeschirr, schnallte es mir um und setzte einen Fuß vor den anderen. Ich stellte die Gurte neu ein, und ging weiter und weiter.

Ich blieb nicht stehen, bis ich nicht mehr konnte.

Ich erinnere mich an knietiefen Schnee, daran, unzählige Male zu stolpern, auf den Ellbogen zu kriechen, mit gefrorenen Händen voller Blasen an Baumstämmen zu zerren und durch mehr Schnee zu waten, als ich jemals hatte sehen wollen. Ich erinnere mich, dass ich den ganzen Nachmittag bis zur Dämmerung und in die Dunkelheit hinein weiterstapfte, bis der Mond aufging. Ich erinnere mich, dass das Mondlicht meinen Schatten auf den Schnee warf. Ich erinnere mich an Sterne und tief hängende Wolken, die am Himmel aufzogen. Ich erinnere mich, dass ich noch eine Weile weiterging. Der Kompass baumelte an meinem Hals. Ich hielt ihn in der Hand, wartete, bis die Nadel stillstand, und folgte dem Pfeil. Er leuchtete grün im Dunkeln. Rachel hatte vor zehn Jahren hundert Dollar dafür bezahlt. Jetzt war er Zehntausende wert.

Als ich aufwachte, lag ich mit dem Gesicht im Schnee. Es war stockfinster, kein Mond, keine Sterne, und meine rechte Wange war kalt, aber dank meines Bartes nicht erfroren. Meine Hände waren verkrampft, weil ich den Schlitten hinter mir festgehalten hatte, damit Ashleys Kopf nicht hin und her geworfen wurde. Die Gurte hatten mir in die Schultern geschnitten, und meine Beine spürte ich gar nicht mehr.

Ich stand auf, pflügte mit dem Rumpf durch den Schnee und sank zum x-ten Mal bis zu den Oberschenkeln ein. Solange ich mich bewegt hatte, war mir warm geblieben. Aber jetzt konnte ich nicht mehr und war bis auf die Knochen durchgefroren. Ashley schlief entweder, oder sie war bewusstlos. Ich öffnete die Schnalle des Zuggeschirrs, zog es aus und kroch unter einen Nadelbaum. Nachdem ich mit den Füßen den Schnee weit genug beiseitegeschoben hatte, dass eine flache Stelle für zwei Personen entstanden war, zog ich Ashley unter den Baum. Ich rollte meinen Schlafsack aus, zog mich aus und kroch hinein.

Als der Tunnel sich um mich schloss, war mir klar, dass ich nicht damit rechnete, wieder aufzuwachen.

# 28

Die Sonne stand hoch, als ich die Augen aufschlug. Mir taten Körperteile weh, deren Existenz ich längst vergessen hatte. Ich verspürte Hunger, war aber so schwach, dass ich mich nicht rühren wollte. Bis auf einige Krümel hatten wir nichts mehr zu essen. Die Haut in meinem Gesicht spannte. Sonnenbrand. Meine Lippen pellten sich, und mein zwei Wochen alter Bart bot kaum Schutz.

Ich hob den Kopf, drehte mich auf die Seite und sah mich um. Ashley schaute mich an. Aus ihren Augen sprach Mitleid und Entschlossenheit. Entschlossenheit gegenüber dem Schicksal, das uns bevorstand. Selbst Napoleon wirkte schwach.

Meine Kleider lagen als nasser Haufen neben mir.

Mit einer Woge der Hoffnungslosigkeit holte die Wirklichkeit mich wieder ein. Ashley beugte sich über mich und hielt mir ein Stück Fleisch hin. »Iss.«

Auf ihrem Schoß lagen mehrere Fleischstücke, die sie in ihren BH gelegt hatte. Mein Kopf war benebelt. Ich konnte keinen klaren Gedanken fassen. »Woher hast du das?«

Sie tippte mir an die Lippen. »Iss.«

Ich öffnete den Mund, sie legte mir einen Happen auf die Zunge, und ich kaute. Das Stück war zäh, kalt, bestand überwiegend aus Sehnen, war aber das Beste, was ich je im Mund gehabt hatte. Ich schluckte, und sie tippte mir wieder an die Lippen. Am Vortag hatten wir nicht mehr so viel Fleisch übrig gelassen. »Woher hast du …?«

Schlagartig wurde es mir klar. Ich schüttelte den Kopf.

Sie tippte mir wieder an die Lippen. »Iss das und streite dich nicht mit mir.«

»Du zuerst.«

Eine Träne lief über ihr Gesicht. »Du brauchst es. Du hast immer noch eine Chance.«

»Die Diskussion hatten wir schon.«

»Aber …«

Ich stützte mich auf einen Ellbogen und nahm ihre Hand. »Willst du hier allein sterben? Die Kälte in dich hineinkriechen und dich holen lassen?« Ich schüttelte den Kopf. »Allein stirbt es sich nicht gut.«

Ihre Hand zitterte. »Aber … »

»Kein Aber!«

»Warum!« Sie warf das sehnige Stück Fleisch nach mir. Es prallte an meiner Schulter ab und landete im Schnee. Napoleon sprang auf und verschlang es. Ihre Stimme hallte von den Bergen um uns herum wider. »Warum machst du das? Wir schaffen es nicht!«

»Ich weiß nicht, ob wir es schaffen oder nicht, aber entweder schaffen wir es beide, oder wir schaffen es beide nicht.« Ich schüttelte den Kopf. »Etwas anderes kommt nicht in Frage.«

»Aber …« Sie zeigte mit dem Finger hinter sich. »Wenn du weitergehst, siehst du vielleicht etwas. Findest etwas. Was wäre, wenn es dich einem Ausweg einen Schritt näher bringen würde?«

»Ashley, ich will nicht den Rest meines Lebens jedes Mal, wenn ich die Augen schließe, dein Gesicht vor mir sehen.«

Sie krümmte sich weinend zusammen. Ich setzte mich

auf und starrte meine gefrorenen Kleider an. Das einzig Warme und Trockene war meine Jacke. Ich musste mich umsehen und herausfinden, wo wir waren. Also zog ich meine lange Unterhose und darüber meine Hose an und steckte die Füße in die Stiefel. Die Haut war voller Blasen. Es tat schon weh, die Füße in die Schuhe zu schieben, aber längst nicht so weh, wie die ersten Schritte. Schließlich zog ich meine Jacke über den nackten Oberkörper. Solange ich meine Kerntemperatur beibehalten konnte und nicht schwitzte, war es in Ordnung.

Wir hatten im Freien geschlafen und Glück gehabt, dass es nicht geschneit hatte. Ich drehte mich im Kreis und betrachtete den oberen Rand des Talbeckens, in dem wir uns befanden. Ich musste mir aus der Vogelperspektive einen Überblick verschaffen. Schwere, dunkle Wolken zogen von Norden über die Berge heran. Der Schnee würde sicher nicht mehr lange auf sich warten lassen.

Ich kniete mich neben Ashley und berührte ihre Schulter. Sie hatte das Gesicht im Schlafsack vergraben. »Ich gehe und schaue mich um.«

Die Bäume um uns herum hatten bemerkenswerte Äste. Sie waren gerade, kräftig, fingen in Bodennähe an und waren wie Leitersprossen über den Stamm verteilt. Nach etwa hundert Metern fand ich einen Baum, auf den ich hinaufklettern konnte. Ich zog meine Stiefel aus, schwang mich auf den untersten Ast und kletterte hinauf. Ich war müde, meine Muskeln schmerzten, und mein Körper fühlte sich tonnenschwer an.

In gut neun Metern Höhe schaute ich mich um und stellte erstaunt fest, wie weit wir am Vortag gekommen waren. Der Grat, von dem aus wir uns das Tal angeschaut und unsere Entscheidung getroffen hatten, lag weit hinter uns. Wir hatten nahezu das ganze Tal durchquert. Vielleicht dreizehn bis fünfzehn Kilometer. Das hieß, wir mussten ganz nah dran sein. Ich schirmte meine Augen mit den Händen ab. Wir brauchten dringend eine Rast. Wir hatten sie uns verdient. »Komm schon. Bitte, lass es etwas Passendes sein.«

Da sich vom Talboden aus ein völlig anderer Blick bot, dauerte es eine Weile, bis ich es fand. Als ich es entdeckte, lachte ich laut auf. Ich holte meinen Kompass heraus, überprüfte meine Messung und markierte die Gradzahl auf dem Rand. Da ich müde war, bestand eine hohe Wahrscheinlichkeit, dass ich sie sonst vergessen oder durcheinandergebracht hätte. Dann kletterte ich hinunter.

Ashley war schwach und schaute mich nicht an. Die Resignation hatte die Oberhand gewonnen. Ich stopfte meinen Schlafsack in den Rucksack, schnallte alles auf den Schlitten und legte das Zuggeschirr an. Das alles erforderte Kraft, die ich nicht hatte. Der erste Schritt jagte mir Schmerzen durch den ganzen Körper, der zweite war noch schlimmer. Nach dem zehnten war ich wie betäubt. Und das war gut so.

Seit dem Vortag hatte ich kein Wasser mehr gelassen. Da ich in den vergangenen 24 Stunden aber viel geschwitzt hatte, war ich völlig ausgetrocknet. Ich stopfte Schnee in die Trinkflasche und reichte sie Ashley. »Du musst versuchen, den für mich zu schmelzen. Okay? Ich brauche unbedingt Flüssigkeit.«

In dem nassen, pappigen Schnee hatte ich eher das Gefühl, zu pflügen, als zu gehen. Da die Bäume mir die Sicht versperrten, musste ich mich auf den Kompass verlassen. Alle paar Schritte blieb ich stehen, überprüfte meinen Kurs, suchte mir in kurzer Distanz einen Baum als Geländemarke aus, ging dorthin, suchte den nächsten aus und so weiter. Alle zehn Minuten drehte ich mich um, ließ mir die Trinkflasche geben und trank zwei oder drei Schlucke. So ging es zwei bis drei Stunden lang.

Als wir endlich den Waldrand erreichten, setzte starker Schneefall ein. Dicke Flocken, manche so groß wie 50-Cent-Münzen. Vor uns lag der gefrorene See, ein Oval, das sich knapp zwei Kilometer bis an die dahinter liegenden Berge erstreckte. Der Schnee nahm mir die Sicht, aber der Anblick, der sich mir am anderen Ende bot, gehörte zu den schönsten, die ich je erlebt hatte. Ich ließ mich fallen, schlug mir auf die Knie und rang nach Atem. Ich keuchte schwer, und in meinen Rippen pochte der Schmerz.

Da Ashley im Schlitten lag, hatte sie den Blick ständig hinter uns gerichtet. Das war bei einer Trage nun einmal so. Aber das hier musste sie einfach sehen. Ich kroch ellbogentief durch den Schnee und drehte den Schlitten. Sie hatte den Kopf zurückgelegt und die Augen geschlossen. Ich tippte ihr auf die Schulter. »He? Bist du wach?«

Sie schaute mich an. »Ben, es tut mir leid …«

Ich legte ihr meine Finger auf die Lippen und deutete über den See.

Sie verrenkte den Kopf und starrte durch den dichter werdenden Schneefall. Als sie den Kopf hob und die Bedeutung des Anblicks erfasste, der sich ihr bot, fing sie an zu weinen.

# 29

*Es war am Spätnachmittag. Genauer gesagt, um 4:17 Uhr. Ich war gerade im Operationssaal fertig geworden und befand mich auf dem Weg in mein Büro, als eine Krankenschwester sagte: »Ihre Frau wartet auf Sie.«*

*Du kamst nie unangemeldet. »Ach ja?«, fragte ich.*

*Sie nickte, sagte aber nichts. Sie wusste Bescheid. Ich ging hinein. Du schautest dir eine Farbskala an. Eines von diesen Dingern, die aussehen wie ein Fächer, etwa zweieinhalb Zentimeter dick und zwanzig Zentimeter lang sind und sämtliche Farbschattierungen des Spektrums enthalten. Du hattest die Hand ans Kinn gelegt, mustertest die Farbskala, schautest an die Wand und wieder auf die Farben. »Hallo«, sagtest du.*

*Ich zog die blauen Überschuhe aus und warf sie in den Papierkorb. »Was machst du denn hier?«*

*Du hieltest den Fächer an die Wand. »Dieses Blau gefällt mir. Was meinst du?«*

*Die Tapete hatte ein maskulines Streifenmuster. Du hattest sie ein Jahr zuvor ausgesucht, als wir mein Büro renoviert hatten. Ich strich über die Tapete. »Diese hier gefällt mir immer noch.«*

*Du warst in einer anderen Welt und öffnetest den Fächer in einem anderen Farbbereich. »Wir könnten natürlich auch diesen Farbton nehmen.«*

*Ich kratzte mich am Kopf. »Gefällt er dir denn besser als diese Tapete, die wir im vergangenen Jahr ausgesucht haben und die siebenundsechzig Dollar pro Quadratmeter gekostet hat?«*

*Du nahmst einen Katalog von meinem Schreibtisch. Er war aufgeschlagen und die Seite mit einer Büroklammer markiert. »Und dieser Holzton gefällt mir. Er ist maskulin, aber nicht zu dunkel. Das ist etwas, das mit uns wachsen kann.«*

*Ich schaute mich in meinem Büro mit den schicken, modernen Büromöbeln im Wert von sechstausend Dollar um, die wir bei der Renovierung in San Marco gekauft hatten. Schon überlegte ich, wie viel sie wohl bringen würden, wenn wir das ganze Zeug übers Internet verkaufen würden, sagte aber nichts.*

*Du holtest eine große Mappe heraus, die aussah wie die Zeichenmappe, in der Designer ihre Entwürfe verwahrten. Du legtest sie geöffnet auf meinen Schreibtisch und blättertest mehrere Drucke durch, die du dir bei Stellars Gallery geliehen hattest. »Diese gefallen mir.« Du tipptest auf jeden einzelnen. »Sie erinnern mich an Norman Rockwell. Und hier sind noch einige von Ford Riley und sogar ein Campay.« Du schütteltest den Kopf. »Ich weiß, sie sind ganz unterschiedlich, aber sie gefallen mir alle.« Du kautest auf einem Fingernagel. »Ich weiß einfach nicht, ob wir für alle genug Platz an den Wänden haben.«*

*»Schatz?«*

*Du sahst mich mit hochgezogenen Augenbrauen an. Deine Miene zeigte mir, dass dieses ganze Gespräch für dich durchaus einen Sinn ergab.*

*Zugegeben, ich war müde, weil ich seit zwölf Stunden auf den Beinen war. Vier Operationen. Eine wäre beinah schiefgegangen. »Wovon in aller Welt redest du eigentlich?«*

*»Vom Kinderzimmer.« Du sagtest es ganz sachlich.*

*Deine Stimme hallte wie verlangsamt in mir wider. Kin-der-zim-mer. Ich erinnere mich, dass ich dachte: »Gab es das nicht auch bei* Peter Pan*?«*

*»Ben?« Du tipptest mir auf die Schulter. »Schatz, hast du mir überhaupt zugehört?«*

*Vielleicht habe ich ein dummes Gesicht gemacht, denn du nahmst meine Hand, schobst sie unter dein Shirt und legtest sie auf deinen Bauch. »Das Kinderzimmer.«*

*Schon neulich in jener Sturmnacht hattest du die Wellen geteilt, mich an die Wasseroberfläche gezogen und meine Lungen mit Luft gefüllt, aber jetzt raubtest du mir völlig den Atem, als ich da an meinem Schreibtisch lehnte, umgeben von Farbproben und Drucken, und meine Hand auf deinen Bauch drückte, in dem Schmetterlinge flatterten.*

# 30

Wir konnten nicht riskieren, mitten über den See zu gehen. Ich war mir zwar ziemlich sicher, dass das Eis über ein Meter dick war, aber da ich es nicht genau wissen konnte, blieb ich am Ufer. Es war flach, frei von Hindernissen und machte das Gehen so einfach wie bisher noch an keiner Stelle. So hatte ich das Gefühl, vergleichsweise zügig voranzukommen. Das gegenüberliegende Ufer war knapp zwei Kilometer entfernt, und wir legten die Strecke in gut einer halben Stunde zurück.

Ich zog Ashley die leichte Steigung hinauf unter die Bäume, die das Ufer säumten. Wieder drehte ich den Schlitten um, damit wir beide sehen konnten.

Die A-förmige Hütte war gut zwölf Meter hoch und die dem See zugewandte Seite vollständig verglast. Im Dach fehlten ein paar Schindeln, aber ansonsten war das Gebäude weitgehend intakt. Der Eingang lag auf der Seeseite und war gelb gestrichen. Und da das Haus mit der Rückseite zur Hauptwindrichtung stand, war die Tür nur zur Hälfte schneeverweht.

Ich zog den Schlitten vor die Haustür und brauchte einige Minuten, bis ich den Schnee beiseitegeschoben und eine Rampe angelegt hatte. Die Tür war hoch und dick und wirkte imposant. Gerade wollte ich auf das Schloss einschlagen, als Ashley sagte: »Willst du nicht erst mal probieren, ob sie überhaupt abgeschlossen ist?«

Als ich gegen die Tür drückte, schwang sie reibungslos auf.

Der Dachstuhl bestand aus Fichtenstämmen und der Boden aus Beton. Innen gab es nur einen riesigen Raum von der Größe eines Basketballfeldes. Das Dach reichte an beiden Längsseiten bis auf den Boden, Fenster gab es nur an den Stirnseiten. Rechts von uns war ein offener Kamin, der groß genug war, dass zwei Leute darin hätten schlafen können. In der Mitte hing ein großer Eisenrost. In einer Ecke war genügend Holz gestapelt, dass wir beide damit durch den Winter gekommen wären. Es waren bestimmt sechs bis sieben LKW-Ladungen.

In der Mitte des Raums waren etwa zwei Dutzend abgenutzte, verblichene Bänke übereinander gestapelt. Darauf lagen mehrere silberfarbene Kanus, die auf Tauwetter und den Sommer warteten. Linker Hand befand sich ein Küchenbereich, und am anderen Ende des Raums führte eine Treppe auf die Galerie. Sie reichte nur über die Hälfte der Gebäudelänge und war zum Kamin hin offen. Der Boden bestand aus 1 Zoll dickem Sperrholz auf Querbalken und hing an riesigen, armdicken Seilen, die am Firstbalken befestigt waren. Auf der gesamten Länge des Obergeschosses standen fünfzig bis sechzig Etagenbetten, die über und über bedeckt waren mit eingeritzten und aufgemalten Zeichnungen, Namen und Initialen, die zeigten, wer wen liebte. Ein Eichhörnchen hatte mitten auf dem Fußboden einen Tannenzapfen geknabbert und die Reste zurückgelassen, und irgendetwas hatte ein Stück Styropor zernagt und anschließend nicht saubergemacht. Auf der Fensterbank lagen Hunderte toter Fliegen, Wespen und anderer Insekten. Alles war von einer dicken Staubschicht überzogen, und es gab weder Lampen noch Lichtschalter.

Napoleon sprang vom Schlitten, lief bellend ins Haus, drehte sich vier Mal im Kreis und kam dann schwanzwedelnd zu mir zurück, um mein Bein vollzusabbern.

Langsam zog ich den Schlitten über die Rampe auf den Betonboden. Beeindruckt schauten wir uns um. Ich zog Ashley an den Kamin und schickte mich an, ein Feuer zu machen. Ich schaute mich nach Kleinholz um. Als ich neben dem Holzstapel eine Kiste Anzündholz fand, musste ich lachen. Ich schichtete Kleinholz auf, legte größere Holzscheite darüber, riss alte Zeitungen aus einer Kiste in Streifen, holte meinen Bogenbohrer aus dem Schlitten und fing an, die Spindel auf dem Zündbrett zu drehen.

Ashley räusperte sich. »Ähm, Ben?«

»Was …?« Da gerade die ersten Rauchwölkchen aufstiegen, wollte ich mich nicht von ihr ablenken lassen.

»He, Ben.«

»Was?!«

Sie deutete auf eine Ablage über dem Kamin. Dort stand eine Flasche Spiritus neben einer Schachtel Streichhölzer. Ich legte den Bogen beiseite, nahm die nahezu volle Flasche, übergoss Holz und Papier mit Spiritus, zündete ein Streichholz an und warf es in das getränkte Papier.

Als ich im Krankenhaus meine erste Arztstelle mit der entsprechenden Bezahlung bekommen hatte, hatte ich mir angewöhnt, ausgiebig zu duschen. Ich hatte mich sogar unter der Dusche rasiert. Zugegeben, das war Luxus, aber ich liebte den Dampf, das heiße Wasser auf meinem Rücken und die Hitze, in der ich mich entspannen konnte.

Nun saßen wir wie gebannt da und schwelgten im Anblick des Feuers.

Ich war völlig durchnässt. Jedes Kleidungsstück, das ich am Leib hatte, fühlte sich nasskalt an. Meine Hände waren rissig und aufgesprungen, und die zerfetzten Jeanslappen taugten nicht mehr viel.

Ich kniete mich ans Feuer und wickelte die zerfransten Stoffstreifen von meinen Händen. Keiner von uns sagte etwas. Als ich die Hände frei hatte, zog ich die nasse Jacke aus, setzte mich neben Ashley, legte die Arme um ihre Schultern und zog sie an mich.

Uns war eine Pause vergönnt, und diese Tatsache verdrängte die Hoffnungslosigkeit, die uns beschlichen und unseren Lebensmut erstickt hatte.

Sobald das Feuer die Kälte vertrieb, stieg ich die Treppe hinauf und schaute mir die Etagenbetten an. Bis auf eins waren alle leer. In einer Ecke lag eine fünfzehn Zentimeter dicke Schaumstoffmatratze in Doppelbettbreite, die an den Rändern angenagt und auf die Hälfte zusammengefaltet war. Ich staubte sie ab und schlug sie am Brüstungsgeländer aus, bis die Luft von Staub erfüllt war. Dann schleppte ich sie nach unten, drehte sie um und legte sie vor den Kamin. Sofort eroberte Napoleon sich ein Plätzchen dicht am Feuer und rollte sich zusammen.

In den wenigen Minuten meiner Abwesenheit hatte das Feuer am Kamin schon etwas Wärme verbreitet.

Ich rollte meinen Schlafsack auf der Matratze aus, öffnete Ashleys Schlafsack und half ihr langsam hinüber. Sie war schwach und brauchte Hilfe. Ich schob ihr meinen Rucksack unter den Kopf, löste die Beinschiene, half ihr, sich auszuziehen, und hängte ihre Kleider über eine Bank.

Sobald Ashley es warm und trocken hatte, zog ich meine nassen Sachen aus und breitete sie ebenfalls auf der Bank aus. Anschließend kramte ich aus meinem Rucksack das einzige trockene Kleidungsstück, das ich noch besaß. Es war eine

Jockey-Sportunterhose, die Rachel mir vor Jahren geschenkt hatte. Sie hatte es als Scherz gemeint, aber die Hose saß gut.

Dann schaute ich mir die Küche an.

Sie lag links von der Treppe und war mit zwei großen gusseisernen Holzherden ausgestattet. Von jedem führte ein schwarzes Ofenrohr durch die Wand. In der Mitte standen mehrere Arbeitstische, und an der hinteren Wand befanden sich eine lange Edelstahlspüle und ein hoher weißer Gasboiler. Die ganze Küche sah aus, als ob sich darin effizient große Essensmengen für viele Leute zubereiten ließen.

Ich drehte den Wasserhahn auf, aber das Wasser war abgestellt. Mit einem Blick unter den Boiler stellte ich fest, dass die Zündflamme nicht brannte. Ich versuchte, ihn zu schütteln, aber er war wohl voll und rührte sich nicht. Ich holte die Streichhölzer vom Kamin, drehte das Gas auf, roch Propan und zündete die Zündflamme an. Anschließend machte ich im Herd Feuer, öffnete die Luftklappe, packte einen großen Topf randvoll mit fest gestampftem Schnee und stellte ihn auf eine Kochplatte.

Ganz links in der Wand befand sich eine abweisend wirkende Tür mit großen Angeln, Riegel und Vorhängeschloss, die nach »Zutritt verboten« aussah. Ich zog daran, aber ohne Erfolg. Vom Kamin holte ich mir den Feuerhaken, der sicher 1,80 Meter lang und daumendick war, steckte ihn in das Vorhängeschloss und zog mit meinem ganzen Körpergewicht daran. Beim zweiten Mal stemmte ich mich noch fester gegen die Tür, richtete den Haken neu aus und zog noch einmal. Zwar sprengte ich das Vorhängeschloss nicht, wohl aber die Angeln.

Ich öffnete die Tür.

Auf der linken Seite der Kammer gab es Papierservietten,

einige Hundert Pappteller und an die tausend Pappbecher. Auf der rechten Seite entdeckte ich eine ungeöffnete Schachtel entkoffeinierte Teebeutel und eine 8-Liter-Dose Gemüsesuppe.

Das war alles.

Ich band mir eine Schürze um, die aussah, als hätte man damit die Herde geputzt, und suchte das Haltbarkeitsdatum der Dosensuppe. Eigentlich spielte es keine Rolle, aber sie war noch mehrere Monate haltbar. Ashley lag, auf einen Ellbogen gestützt, am Feuer. Eine halbe Stunde später schnippte sie mit den Fingern, pfiff und winkte mich zu sich. Ich trat aus dem Küchenbereich.

»Ja.«

Sie winkte noch einmal. Als ich bis auf wenige Schritte näher kam, schüttelte sie den Kopf und winkte mich weiter heran. »Noch näher.«

»Ja.«

»Das ist das Verlockendste, was ich je gesehen habe.«

»Was … ich?«

Sie zog einen Mundwinkel hoch, winkte mich aus dem Weg und deutete auf den Herd. »Nein, Dummchen. Das da!«

Ich drehte mich um und schaute Richtung Küche. »Was?«

»Der Dampf aus dem Topf Suppe.«

»Du brauchst Hilfe.«

»Das sage ich dir schon seit sechzehn Tagen.«

Als wir eine Stunde später bedächtig jedes Kartoffel- und Fleischstückchen kauten, sah sie mich mit Suppentropfen am Kinn an und murmelte: »Was ist das hier eigentlich?«

Napoleon hatte von mir ebenfalls eine Schale Suppe mit einigen Brocken bekommen, die er verschlungen hatte. Nun lag er zufrieden zusammengerollt an meinen Füßen.

Ich schüttelte den Kopf. »Eine Berghütte. Vielleicht von den Pfadfindern.«

Sie trank einen Schluck Tee und verzog den Mund. »Wer macht entkoffeinierten Tee, ganz zu schweigen davon, ihn zu trinken? Ich meine, was soll das?« Sie schüttelte den Kopf. »Was glaubst du, wie sie hier heraufkommen?«

»Keine Ahnung. Dieses ganze Zeug muss irgendwie hierhergekommen sein, und ich bin ziemlich sicher, dass sie diese Eisenherde nicht einfach auf dem Rücken heraufgeschleppt haben. Sobald meine Kleider trocken sind, schaue ich mal, ob ich in die anderen Hütten komme und vielleicht etwas finde.«

Sie aß noch einen Happen. »Ja, zum Beispiel noch mehr Vorräte.«

Zwei Schalen Suppe später lagen wir beide am Feuer. Zum ersten Mal seit Tagen hatten wir keinen Hunger. Ich hielt meinen Becher hoch. »Worauf sollen wir anstoßen?«

Auch sie hob ihren Becher, war aber zu satt, um sich aufzurichten. »Auf dich.«

Sie war noch immer sehr schwach. Das Abendessen hatte zwar gutgetan, aber wir brauchten noch einige Tage, um uns von den Strapazen zu erholen, die wir bis hierher hinter uns gebracht hatten. Ich schaute aus dem Fenster. Es schneite stark. Vor lauter Schneetreiben war nichts zu sehen. Ich stellte meinen Becher ab, rollte meine Jacke zusammen und schob sie ihr als Kissen unter den Kopf. Sie nahm meine Hand. »Ben?«

»Ja.«

»Tanzt du mit mir?«

»Wenn ich versuche, mich zu bewegen, muss ich mich bestimmt übergeben.«

Sie lachte. »Du kannst dich auf mich stützen.«

Ich schob beide Arme unter ihre Schultern und hob sie vorsichtig an. Sie stemmte sich hoch, bis sie aufrecht stand. Da sie auf einem Bein nicht sonderlich sicher war, klammerte sie sich an mich und lehnte den Kopf an meine Brust. »Mir ist schwindelig.«

Als ich sie wieder hinlegen wollte, schüttelte sie den Kopf und hob die rechte Hand. »Einen Tanz.«

Ich hatte so viel abgenommen, dass mir die Unterhose tief auf meinen Hüften hing. Es erinnerte mich an manche Schwimmer, die ich gesehen hatte. Sie trug ein ausgebeultes T-Shirt, das ins Feuer gehörte, und ihr Slip schlabberte, wo ihr Hinterteil ihn einst ausgefüllt hatte. Ich hielt ihre Hand, und wir standen da, ohne uns zu rühren. Ihr Kopf schmiegte sich an mich. Unsere Zehen stießen aneinander.

Sie lachte. »Du bist mager.«

Ich hielt ihre Hand hoch, drehte langsam einen Kreis um sie und musterte uns im Schein des Feuers. Meine Rippen traten vor. Ihr linkes Bein war stark geschwollen und nahezu doppelt so dick wie das rechte. Die Haut war gespannt.

Ich nickte.

Mit geschlossenen Augen wiegte sie sich hin und her. Sie wirkte nicht gerade sicher auf den Beinen. Ich trat einen Schritt näher, schlang meine Arme um ihre Taille und hielt sie fest. Sie legte die Arme um meinen Nacken. Ihr Gewicht lastete auf meinen Schultern. Sie summte eine Melodie, die ich nicht kannte. Sie klang betrunken.

»Lass mich nie wieder diesen Unsinn hören, dass ich dich zurücklassen und allein gehen soll. Abgemacht?«, flüsterte ich.

Sie hörte auf, sich im Takt zu wiegen, drehte den Kopf und legte das Ohr an meine Brust. Dann ließ sie meine

Hand los, schob sie flach zwischen ihre und meine Brust und schwieg eine ganze Weile. »Abgemacht.«

Ihr Scheitel reichte mir gerade bis übers Kinn. Ich senkte den Kopf, bis meine Nase ihr Haar berührte, und atmete ein.

Nach einer Weile sagte sie: »Übrigens …« Sie warf mir einen Blick zu und verkniff sich ein Grinsen. »Was hast du da eigentlich an?«

Die Unterhose, die Rachel mir gekauft hatte, war neongrün. Eigentlich sollte sie hauteng sitzen wie Sporthosen oder Fahrradhosen, aber durch meinen Gewichtsverlust schlotterte sie mir am Leib – mehr Boxershorts als ein Slip. »Ich mache mich … vielmehr habe mich immer über Rachels Unterwäsche lustig gemacht. Ich hätte sie gern in Victoria's Secret oder etwas Phantasievollem gesehen. Aber sie mochte Jockey. Nur Funktion, keine Form. Einmal schenkte ich ihr zum Geburtstag einen fürchterlichen Oma-Schlüpfer, zwei Nummern zu groß. Er reichte ihr bis an die Brust und war einfach nur scheußlich. Aus Rache zog sie ihn tatsächlich an, und zur Krönung schenkte sie mir diese hier.«

Ashley hob beide Augenbrauen. »Ist die mit Batterie ausgestattet?«

Das Lachen tat gut.

»Als Rachel sie mir schenkte, war ihre Geburtstagskarte an Kermit gerichtet.«

»Ich glaube, Kermit würde sich in den Dingern nicht mal tot erwischen lassen.«

»Tja, also ich trage sie ab und an.«

»Wieso?«

»Um mich zu erinnern.«

Sie lachte. »Woran?«

»Unter anderem daran, dass ich dazu neige, mich ein

bisschen zu ernst zu nehmen, und dass Lachen Wunden heilen kann.«

»Dann würde ich sie auch tragen.« Sie nickte und knabberte an ihrer Unterlippe. »Vielleicht hättest du gern ein T-Shirt mit der Aufschrift: Sag nein zu Crack.«

Als sie müde wurde, legte ich sie in ihren Schlafsack, schob ihr etwas als Kissen unter den Kopf und schenkte ihr Tee ein. »Trink.« Sie trank einige Schlucke. Ich lagerte ihr Bein hoch, in der Hoffnung, dass es abschwellen würde. Es musste gekühlt werden.

Eigentlich hätte ich mir die anderen Hütten ansehen müssen, ob sich darin etwas zu essen, vielleicht eine Landkarte oder sonst etwas fände, aber ich war hundemüde. Außerdem war es draußen dunkel, vor dem Fenster sammelte sich immer mehr Schnee, und das Feuer hatte mich aufgewärmt. Ich zog trockene Kleider an. Endlich war ich mal wieder warm, trocken und satt.

Ich breitete meinen Schlafsack auf dem Betonboden aus, tätschelte Napoleon, der schon schnarchte, und legte mich hin.

Erst als ich schon einnickte, fiel es mir schlagartig auf: Während ich mit Ashley getanzt hatte, sie sich an mich gelehnt und mich das Gefühl, sie als Freundin und Frau zu spüren, mit Wärme erfüllt hatte, hatte ich kein einziges Mal an meine Frau gedacht.

Ich stand auf, schlich barfuß hinaus in den Schnee und übergab mich. Es dauerte eine Weile, bevor ich den Mut aufbrachte, zu sprechen.

# 31

*Kermit hier. Ashley findet, meine Unterhose sieht aus, als ob sie Batterien hätte. Da ich in letzter Zeit stark abgenommen habe, ist sie ein bisschen zu groß. Schlottert mir um die Hüften. Sie war vorher schon nicht sonderlich schmeichelhaft für meine Figur und ist jetzt auch nicht besser.*

*Ab dem dritten Monat machte das Kleine dir zu schaffen. Ich bemerkte, dass du dich aus den Augenwinkeln im Spiegel anschautest. Du warst dir nicht ganz sicher, was du mit dir anfangen solltest. Einerseits wolltest du noch keine weiten Sachen tragen, andererseits aber auch nichts Figurbetontes mehr. Warst irgendwo dazwischen. Nicht ganz schwanger, aber auch noch nicht sichtlich schwanger. Als ob du einen Volleyball unter deinen Bauchnabel gestopft hättest. Da Tom Hanks' Film* Verschollen *gerade angelaufen war, nannten wir das Baby Wilson.*

*Es wurde richtig aktiv. Drehte Runden unter deinem Brustkasten. Du schicktest mir Nachrichten auf den Pager. Ich rief dich aus der Notaufnahme an, der blaue Mundschutz baumelte dabei von meinem Ohr: »Ja, Ma'am.«*

*»Wilson möchte mit dir sprechen.«*

*»Stell ihn durch.«*

*Du hieltest den Hörer an deinen Bauch, und ich sprach mit unserem Kind. Dann sagtest du: »Oh, gerade habe ich einen Tritt gespürt. Ich glaube, wir haben da einen Fußballspieler.« Oder: »Nein, nichts. Es schläft gerade.«*

*Im vierten Monat kam ich einmal an einem Freitagabend spät nach Hause. Du hattest Heißhunger auf gebratenen Red Snapper. Darum hatten wir einen Tisch im First Street Grill reserviert. Als ich kam, standest du gerade unter der Dusche und spültest Shampoo aus deinem Haar. Du sahst mich nicht. Ich lehnte mich an den Türrahmen, lockerte meine Krawatte und ließ das Bild auf mich wirken: dich in der ganzen nassen Pracht deiner Schwangerschaft, die auch meine war.*

*Es war das Erotischste und Schönste, was ich je gesehen hatte.*

*Du bemerktest meinen Blick. »Lass dich lieber nicht von meinem Mann dabei erwischen, dass du mich so ansiehst.«*

*Ich grinste. »Er würde das verstehen.«*

*»Ach ja? Wer bist du denn überhaupt?«*

*»Ich bin dein Arzt.«*

*»Wirklich?«*

*»Ja.«*

*»Bist du gekommen, um mich zu verarzten?«*

*Ich lächelte mit hochgezogenen Augenbrauen. »Ich würde sagen, das hat schon jemand getan.«*

*Du nicktest lachend und zogst an meiner Krawatte.*

*Rachel, wenn ich auf mein Leben zurückblicke und den einen Augenblick suche, in dem alle schönen Momente gipfelten, dann war es dieser.*

*Und wenn Gott mir die Möglichkeit gäbe, die Zeit zurückzudrehen und einen einzigen Augenblick noch einmal zu erleben, dann wäre es dieser.*

*Na ja, der danach war auch sehr schön.*

# 32

Es dämmerte. Der siebzehnte Tag. Hoher Neuschnee. Warme, trockene Kleider anzuziehen war Gold wert. Ashley schlief noch. Ihr Gesicht war gerötet, und sie murmelte etwas im Schlaf, sah aber warm und zum ersten Mal seit Wochen nicht gequält aus. An der Wand fand ich den Absperrhahn für den Boiler und drehte ihn auf. Braunes, rostiges Wasser ergoss sich in die Spüle. Ich ließ es laufen, bis es klar wurde, drehte es dann ab und schaltete den Temperaturregler des Boilers hoch.

Baden war eine verlockende Vorstellung.

Ich schob mir die Axt in den Gürtel, nahm den Bogen und machte mich auf, die anderen Hütten zu durchsuchen. Ausgeruht rannte Napoleon vor mir an die Tür, schob sie mit der Schnauze auf und sprang in den Schnee. In dem frischen Pulverschnee sank er bis zum Bauch ein und lag da, wie ein Auto, das sich in tiefen Fahrspuren festgefahren hatte. Ich nahm ihn auf den Arm. Auf dem Weg knurrte er den Schnee an und schnappte nach Flocken, die auf seinem Gesicht landeten. Ich kraulte ihm den Bauch und sagte: »Deine Einstellung gefällt mir.«

Es war ein eisiger Morgen. An manchen Stellen war der Schnee verharscht, und ich brach mit jedem Schritt durch die oberste Schneeschicht.

Ich nahm mir vor, noch einmal über Schneeschuhe nachzudenken.

Insgesamt gab es sieben Gebäude. In einem Haus waren Waschräume für Frauen und Männer. Hier fand ich einige Stücke Seife und mehrere Rollen Toilettenpapier. Weder die Toiletten noch die Wasserhähne funktionierten, und einen Absperrhahn konnte ich nicht finden. Außerdem gab es fünf Hütten, ebenfalls in Rahmenbauweise errichtet, mit einem großen Raum, einem Holzofen, einem Teppich auf dem Boden und einem Obergeschoss. In einer stand sogar ein Liegestuhl. Alle waren unverschlossen.

Die siebte Hütte hatte zwei Räume. Vielleicht war sie für die Pfadfinderführer oder Gruppenleiter gedacht. Im Hinterzimmer standen drei Etagenbetten mit Schaumstoffmatratzen. Am Fußende lag jeweils eine zusammengefaltete dicke grüne Wolldecke, insgesamt waren es sechs. In einem der Betten gab es sogar ein Kopfkissen. In einem Schrank fand ich drei gefaltete weiße Handtücher und ein Puzzle mit tausend Teilen. Das Bild auf dem Umschlag war abgerissen, aber als ich die Schachtel schüttelte, spürte ich, dass sie voll war. Auf dem Boden stand ein Stahlkasten mit zwei Vorhängeschlössern, der am Boden festgeschraubt war.

Ich schlug mit der Axt darauf ein und sprengte ein Schloss. Mit einem weiteren Schlag zertrümmerte ich das zweite Schloss und hob den Deckel. Der Kasten war leer.

Im vorderen Raum standen zwei Holzstühle, ein Holzofen und ein leerer Schreibtisch mit einem knarrenden Stuhl. In der obersten Schublade fand ich ein abgenutztes Monopoly-Spiel.

Drei Mal ging ich hin und her und schleppte alles hinüber, was wir brauchen konnten, auch den Liegestuhl. Als ich beim dritten Gang die Tür schloss, machte ich die wichtigste Entdeckung.

An der Wand hing eine Reliefkarte. Es war keine Landkarte, nach der man von einem Ort zum anderen hätte gehen können. Es waren nicht einmal Entfernungen angegeben. Sie sah eher nach einer Panoramakarte aus, wie Kommunen sie als Werbung für Nationalparks in ihrer näheren Umgebung herausgaben. Die dreidimensionale Karte zeigte erhabene Plastikberge mit weißen Gipfeln. Darüber stand in großen Lettern HIGH UINTAS WILDERNESS. An einer Seite stand WASATCH NATIONAL FOREST, und in der rechten Ecke ASHLEY NATIONAL FOREST.

Wie passend, dachte ich.

Ein Pfeil an einer Schriftblase zeigte mitten auf den Ashley National Forest: Wander- und Reitweg. Für Kraftfahrzeuge aller Art gesperrt.

Unter der Karte stand: 525 000 Hektar Wildnis, ein Erlebnis für die ganze Familie.

Oben links in der Ecke war die Stadt Evanston, Wyoming, eingezeichnet. Von dort führte der Highway 150 nach Süden. Darauf stand klein geschrieben: Wintersperre.

An den Kartenrändern zeigten Bilder junge Männer auf Snowboards, Kinder beim Skilaufen, Mädchen auf Pferden, Vater und Sohn bei der Elchjagd, Paare auf Schneemobilen und Wanderer mit Rucksäcken und Wanderstöcken. Es sah aus wie eine Werbung für sämtliche Outdoor-Aktivitäten der Gegend. Am oberen Kartenrand verlief die Interstate 80 in West-Ost-Richtung von Evanston nach Rock Springs. Von dort führte der Highway 191 südlich in einen Ort namens Vernal. Von Vernal schlängelte sich Highway 40 westlich am unteren Kartenrand entlang durch mehrere Ortschaften, bevor er nach Nordwesten schwenkte und den Highway 150 kreuzte, der nördlich nach Evanston führte.

Irgendwo mitten in das Plastikgipfelgewirr des Ashley National Forest hatte jemand eine Heftzwecke gesteckt, ein X eingezeichnet und mit schwarzem Stift daneben geschrieben: Wir sind hier.

Ich nahm die Karte von der Wand und ging mit Napoleon zurück zu unserer Hütte und zum Feuer.

Vor der Tür draußen entdeckte Napoleon etwas im Schnee und jagte hinterher. Was es war, konnte ich nicht sehen, aber ehe ich ihn zurückhalten konnte, war er schon verschwunden. Er rannte knurrend unter die Bäume, dass der Schnee unter seinen Pfoten davonspritzte.

Ashley schlief noch. Also legte ich meine Funde ab, rückte den Stuhl dicht ans Feuer und schaute an der Tür nach Napoleon, hörte ihn aber nur in der Ferne bellen. Um ihn musste ich mir allerdings sicher keine allzu großen Sorgen machen. Von uns dreien war er wahrscheinlich am besten imstande, auf sich aufzupassen. In gewisser Hinsicht waren wir für ihn eher ein Hemmschuh.

Ich ging in die Küche und zündete in einem der Herde Feuer an. Die Spüle war aus Edelstahl oder Zink und stand auf Beinen so dick wie mein Arm. Das Becken war groß und tief genug, um darin zu sitzen. Eigentlich war es sogar groß genug für zwei. Das ganze Ding sah stabil genug aus, um ein Haus zu tragen.

Ich putzte das Becken und ließ so heißes Wasser einlaufen, wie ich es gerade noch aushalten konnte. Als ich mich hineinsetzte, dampfte es. Es war einer der schönsten Momente, die ich in den letzten Wochen erlebt hatte.

Ich badete und wusch mich am ganzen Körper zwei Mal. Als ich aus dem Wasser stieg, war der Unterschied zwischen meinem Geruch vor und nach dem Bad unverkennbar. Anschließend schürte ich das Feuer im Herd und legte Holz nach, damit es wärmer wurde. Dann wusch ich unsere Kleider, schrubbte jedes Teil einzeln ab und hängte es über eine Bank. Schließlich schenkte ich zwei Becher Tee ein und ging zu Ashley hinüber, die gerade wach wurde. Ich kniete mich neben sie, half ihr, sich aufzusetzen, und sie trank und hielt den Becher in beiden Händen.

Nach dem dritten Schluck schnupperte sie in die Luft. »Du riechst besser.«

»Ich habe Seife gefunden.«

»Hast du gebadet?«

»Zwei Mal.«

Sie stellte den Becher ab und reichte mir ihre Hände. »Bring mich hin.«

»Gut, aber das heiße Wasser wird die Schwellung verschlimmern. Wenn du aus dem Wasser kommst, müssen wir das Bein kühlen. Okay?«

»Einverstanden.«

Ich half ihr, an die Spüle zu humpeln. Als sie ihre Beine sah, schüttelte sie den Kopf. »Du hast nicht zufällig eine Rasierklinge gefunden? Eine rostige würde auch reichen.«

Ich half ihr, sich auf den Rand der Spüle zu setzen, und ließ sie langsam ins Wasser hinab. Es reichte ihr bis über die Schultern. Vorsichtig beugte sie das linke Knie und legte es flach auf die Arbeitsfläche der Spüle. Dann legte sie den Kopf auf das Abtropfbrett, schloss die Augen und streckte die Hand gekrümmt aus, als ob sie einen Becher hielte.

Als ich ihr Tee brachte, sagte sie: »Ich bin bald wieder bei dir.«

Erstaunlich, wie ein Bad die Stimmung heben kann.

Ich ging, drehte mich aber kurz vor dem Kamin noch einmal um und rief in Richtung Küche: »Ach, du glaubst niemals, wie der National Forest heißt, in dem wir sind.«

»Probier's aus.«
»Er heißt Ashley National Forest.«
Sie lachte, als ich aus der Tür trat.

# 33

*Ashley badet. Ich bin draußen. Der Wind frischt auf. Ich weiß nicht, ob es besser wird oder ob wir das Unvermeidliche nur hinauszögern.*

*In der Mitte des vierten Monats lagst du auf der Liege, die Schwester kam herein und drückte den Schleim, wie du das Kontaktgel nanntest, auf deinen Bauch und verrieb es darauf.*

*Ich reichte ihr einen Umschlag und sagte: »Es wäre uns lieber, wenn Sie uns jetzt noch nichts sagen würden. Wir sind heute Abend verabredet, vielleicht könnten Sie einfach aufschreiben, ob es ein Junge oder ein Mädchen ist, und den Umschlag zukleben. Wir öffnen ihn dann beim Abendessen.«*

*Sie nickte und zeigte uns den Kopf, die Beine, sogar eine Hand. Es war ein Wunder. Ich hatte es Dutzende Male gesehen, aber noch nie hatte es mich so berührt.*

*Dann musste sie lachen.*

*Wir hätten mitlachen sollen, taten es aber nicht. »Was ist?«, fragte ich. Aber sie schrieb kopfschüttelnd etwas auf die Karte, klebte den Umschlag zu und reichte ihn mir. »Herzlichen Glückwunsch. Mutter und Kind sind wohlauf. Viel Spaß beim Abendessen.«*

*Den hatten wir. Ich brachte dich nach Hause. Ständig fragtest du mich: »Was glaubst du? Junge oder Mädchen?«*

*»Junge«, sagte ich. »Eindeutig ein Junge.«*

*»Und wenn es ein Mädchen ist?«*

*»Okay. Ein Mädchen, eindeutig ein Mädchen.«*

*»Ich dachte, gerade hättest du gesagt, es wird ein Junge.«*

*Ich musste lachen. »Schatz, ich habe keine Ahnung. Es ist mir auch egal. Ich nehme es, wie es kommt.«*

*Unser Lieblingsrestaurant, Matthew's, an der Ecke schräg gegenüber vom San Marco Square. Sie gaben uns eine Nische im hinteren Teil. Du strahltest. Ich weiß nicht, ob ich dich schon jemals so gesehen hatte.*

*Ich erinnere mich nicht mehr, was wir bestellten. Vermutlich war es die Tagesempfehlung des Küchenchefs, denn Matthew kam heraus, begrüßte uns und ließ uns Champagner bringen. Wir saßen bei perlendem Champagner da, das Kerzenlicht flackerte aus deinen Augen, und der Umschlag lag auf dem Tisch. Du schobst ihn mir zu. Ich schob ihn zurück zu dir. Wieder schobst du ihn zu mir, aber ich gab ihn zurück und legte die Hand darauf.*

*»Mach du ihn auf. Du hast es verdient.«*

*Du nahmst den Umschlag, öffnetest mit einem Finger die Lasche, holtest den Zettel heraus und drücktest ihn an deine Brust. Lachend. Keiner von uns brachte ein Wort heraus. Dann faltetest du das Blatt auseinander und lasest.*

*Ich glaube, du lasest ihn zwei oder drei Mal, denn es kam mir vor wie drei Wochen, bis du etwas sagtest. »Also«, fragte ich. »Was ist es denn?«*

*Du legtest das Blatt auf den Tisch und nahmst meine Hände. »Beides.«*

*»Komm schon, Schatz. Hör auf mit dem Quatsch. Es kann nur eins von beidem sein.« Plötzlich fiel es mir wie Schuppen von den Augen.*

*Ich starrte dich an. Tränen liefen dir über die Wangen. »Wirklich?«*

*Du nicktest.*

*»Zwillinge?«*

*Wieder nicktest du und vergrubst das Gesicht in deiner Serviette.*

*Ich stand auf, hob mein Champagnerglas, klopfte mit meinem Messer dagegen und erklärte den anderen fünfzehn Paaren im Restaurant: »Meine Damen und Herren, entschuldigen Sie, ich möchte Ihnen nur bekanntgeben, dass meine Frau mir zu Weihnachten Zwillinge schenkt.«*

*Wir gaben dem ganzen Lokal Champagner aus, und Matthew machte seinen berühmten Apfel-Cobbler, der auf der Zunge zergeht. Alle im Restaurant bekamen eine Portion.*

*Auf der Heimfahrt sagtest du kein Wort. Dir schwirrten Kinderzimmer, Farben, ein zweites Kinderbettchen, eine zweite Ausstattung von allem durch den Kopf. Sobald wir durch die Wohnungstür kamen, verschwandest du im Bad. Gleich darauf riefst du: »Schatz?«*

*»Ja.«*

*»Ich brauche Hilfe.«*

*Als ich hereinkam, standest du in Unterwäsche und BH vor dem Spiegel und hattest eine Flasche Vitamin-E-Öl in der Hand. Du stemmtest eine Hand in die Hüfte und reichtest mir die Flasche. »Von jetzt bis Weihnachten ist es deine Aufgabe, dafür zu sorgen, dass meine Haut nachher nicht nur noch aus Dehnungsstreifen besteht und mein Bauch mir nicht bis auf die Knie sackt. Also, reib mich ein.«*

*Du legtest dich aufs Bett, und ich goss die ganze Flasche auf deinen Bauch. »Zu viel!«, schriest du.*

*»Schatz, ich bemühe mich nur, jeden Quadratzentimeter einzureiben.«*

*»Ben Payne!«*

*Ich rieb dir das Öl auf Bauch, Rücken, Beine und nahezu auf jedes Fleckchen Haut. Kopfschüttelnd sagtest du: »Ich fühle mich wie ein eingefettetes Schwein.*

*»Du riechst auch komisch.«*

*Ich erinnere mich an das Gelächter, das folgte, und ich erinnere mich, dass ich um dich herumrutschte.*

*Wir hatten viel Spaß, nicht wahr?*

*Irgendwann in den folgenden Stunden schautest du an die Decke, wipptest mit einem Fuß auf dem Knie und fragtest: »Hast du dir schon Namen überlegt?«*

*»Eigentlich nicht. Ich bin noch dabei, den Schock zu überwinden.«*

*Du verschränktest die Hände auf deinem Bauch, legtest den anderen Knöchel auf dein Knie und sagtest: »Michael und Hannah.«*

*In dem Moment, als du es sagtest, machte es Klick. Als ob sich Puzzleteile ineinanderfügten.*

*Ich rollte zu dir hinüber, küsste deinen straffen Bauch und flüsterte ihre Namen. Ein Fußballertritt, gefolgt von einem Fausthieb besiegelte die Sache. Von da an waren wir zu viert.*

*Vielleicht war das der Moment. Wenn ich die Zeit zurückdrehen und noch einmal von vorn anfangen könnte, würde ich vielleicht diesen Augenblick wählen, als ich in Lachen, Wärme, in dem verrückten Gedanken an das Doppelte von allem und in der Rutschigkeit und dem Geruch von Vitamin-E-Öl schwelgte.*

*Denn ich bin ziemlich sicher, dass ich nicht weit über diesen Moment hinausgehen würde.*

# 34

Napoleon war schon eine ganze Weile verschwunden, was mich etwas beunruhigte. Als meine Kleider trocken waren, nahm ich den Bogen, zog meine Jacke an und ging hinaus. Ich stand mit dem Rücken zum Wind, der über den See wehte. Ich pfiff, hörte aber nichts. Also schlug ich meinen Kragen hoch und folgte Napoleons Spuren einen Hang hinauf und anschließend einen Bergrücken oberhalb des Sees entlang. Der Zickzackkurs zeigte, dass er hinter etwas hergejagt war. Seine Spuren waren schwer zu erkennen, da der Neuschnee sie schon verwehte. Als ich einen zweiten Hang überquerte, sah ich ihn reglos unten am See in rot gefärbtem Schnee liegen. Erst als ich näher kam, bemerkte ich, dass der Schnee nicht das einzige Rote war. Ich legte einen Pfeil ein und schlich mich vorsichtig von hinten an ihn heran. Als ich nah genug war, dass er mich hörte, knurrte er, ohne sich umzusehen. Ich ging in einem weiten Bogen um ihn herum, bis er mich sehen konnte, und schaute mich ständig nach den Bäumen neben und hinter mir um. Leise sagte ich: »Hallo, alter Junge. Ich bin's nur. Alles in Ordnung?«

Er hörte auf zu knurren, blieb aber geduckt über etwas liegen, was nach einem ehemals weißen, jetzt roten Fellknäuel aussah. Ich kniete mich etwas entfernt vor ihn hin.

Napoleon war nicht angegriffen worden, sondern hatte etwas gejagt. Unter ihm lagen die Reste eines Kaninchens.

Außer zwei Pfoten und ein paar Knochen war nichts mehr davon übrig. Ich nickte und warf einen prüfenden Blick über die Schulter zurück. »Gut gemacht, alter Junge. Wie wär's, wenn du noch zwei davon aufstöberst und uns in das große Haus da oben bringst.«

Er schaute mich an, riss einen Fetzen ab, kaute, schluckte, schnaubte und leckte sich die Schnauze.

»Ich mach dir ja gar keine Vorwürfe. Ich habe auch Hunger.« Ich stand auf. »Findest du den Weg zurück?«

Offenbar hatte er das Gefühl, ich käme ihm zu nah, denn er schnappte sich die Reste seiner Beute und trug sie ein Stück von mir weg.

»Wie du willst.«

Auf dem Rückweg hatte ich Zeit, nachzudenken. Wir hatten ein trockenes, warmes Plätzchen, an dem wir vor der Witterung geschützt waren, aber wir brauchten etwas zu essen und einen Ausweg. Mehr denn je. Wenn ich die Suppe streckte, würde sie noch einen Tag reichen. Ansonsten hatten wir lediglich einen warmen, trockenen Platz zum Sterben gefunden.

Zurück zur Hütte nahm ich einen anderen Weg, abseits vom See. Mehrmals stieß ich auf Elchspuren. Sie stammten von mehr als einem Elch. Einer war größer als die übrigen. Häufig kreuzten Kaninchenspuren meinen Weg, die gut zu erkennen waren, weil ihr Gehoppel ein unverkennbares Muster hinterließ. Die Spuren der Elche waren leicht zu erkennen, weil die Tiere so groß waren und tief in den Schnee einsanken.

Ich brauchte Übung im Bogenschießen, aber wenn ich mein Ziel verfehlte, würde sich der Pfeil tief in den Schnee graben und wäre unauffindbar. Es würde nicht lange dauern, bis ich sämtliche Pfeile verloren hätte.

Zurück in der Hütte, schürte ich das Feuer und schaute nach Ashley. Sie planschte wie ein Delphin und schickte mich fort. Also holte ich aus einer der anderen Hütten einen Teppich, faltete ihn mehrfach zusammen und legte ihn über eine der Bänke. Dann befestigte ich in der Mitte einen Pappteller, in dessen Zentrum ich ein münzgroßes Loch schnitt.

Die Hütte war innen über vierzig Meter lang. Da ich nur einen Abstand von fünfzehn Metern brauchte, zählte ich die Schritte ab und zog mit den Zehen eine Linie in den Staub. Ich legte einen Pfeil ein, spannte den Bogen, visierte das Ziel an und sagte: »Zielen, zielen, zielen«, und dann: »Schuss.« Behutsam drückte ich auf den Abzug und schoss den Pfeil ab. Er traf den Pappteller etwa siebeneinhalb Zentimeter über dem Loch. Ich legte einen weiteren Pfeil ein und vollzog den gleichen bedächtigen, flüssigen Bewegungsablauf. Der zweite Pfeil blieb um Haaresbreite rechts neben dem ersten stecken. Der dritte Pfeil brachte das gleiche Ergebnis.

Ich musste die Einstellung verändern und verschob das Visier etwas nach unten. Es bestand aus einer Art Ring, der in die Sehne eingewoben wurde und als Zielhilfe diente. Wenn man jedes Mal von derselben Stelle aus durchschaute, konnte man alle Pfeile in der gleichen Schussbahn abschießen. Zumindest theoretisch. Verschob man das Visier nach unten, landete der Pfeil tiefer.

Das war auch so, allerdings landete er nicht tief genug. Noch einmal stellte ich das Visier nach, aber nun war es zu tief. Ich schob das Visier wieder nach oben. Nach einer halben Stunde konnte ich das Loch aus fünfzehn Metern Entfernung treffen. Nicht immer, aber doch jedes dritte oder vierte Mal, wenn ich gut zielte und den Bogen ruhig hielt.

Ashley hatte den Lärm gehört. »Was ist das für ein Krach?«

»Ich versuche nur, unsere Chancen auf ein Abendessen zu verbessern.«

»Wie wär's, wenn du mir mal hier raushelfen würdest.«

Sie hatte ihr T-Shirt und ihre Unterwäsche gewaschen und auf dem Abtropfbrett hinter ihrem Kopf ausgebreitet. Nun streckte sie mir die Hände entgegen, und ich half ihr hinaus. Sie schlang sich ein Handtuch um und steckte es vorn ineinander, wie Frauen es machen. Dann schloss sie die Augen und griff nach meinen Schultern. »Mir ist schwindlig.«

Sie lehnte sich an mich, um ihr Gleichgewicht wiederzufinden, und sagte mit geschlossenen Augen: »Ich habe gehört, ihr Männer seid visuell veranlagt. Nackte Frauen zu sehen erregt euch. Also, wie kommst du mit alledem hier klar?«

Ich drehte sie um und führte sie ans Feuer. »Ich bin immer noch dein Arzt.«

»Bist du sicher? Ärzte sind auch Menschen.« Mit ihrem verschmitzten Lächeln machte sie das unausgesprochene Problem offenkundig. »Viel nackter kann ich nicht sein.«

Ihre Hände und Füße waren vom Wasser schrumpelig, aber sie war sauber und roch besser. Sie legte den Arm auf meine Schultern und stützte sich auf mich, während sie sich abtrocknete. Anschließend brachte ich sie an den Liegestuhl, der allein schon durch seine Konstruktion ihr Bein hoch lagern und entlasten würde. Da ich zu viel Holz auf das Feuer gelegt hatte, war es geradezu heiß im Raum. Zur Abkühlung machte ich die Tür einen Spalt auf. Es dauerte nicht lange, bis es kühler wurde.

Sie hob mahnend den Zeigefinger. »Ben? Du hast meine Frage nicht beantwortet.«

»Ashley, ich bin nicht blind. Du bist schön, aber du gehörst mir nicht.« Ich legte Holz nach. »Außerdem … liebe ich meine Frau immer noch.«

»Ich bin halb nackt und liege in diesem Schlafsack, seit du mich da reingesteckt hast. Ich habe dich ein halbes Dutzend Mal nackt gesehen. Jedes Mal, wenn ich zur Toilette muss, bist du buchstäblich dabei. Also, wie kommst du damit klar? Ist es schwierig für dich, mir so nah zu sein?«

Ich zuckte die Achseln. »Ehrlich?«

»Ehrlich.«

»Nein.«

Sie wirkte überrascht. Beinahe enttäuscht. »Du findest mich also kein bisschen erregend?«

»Das habe ich nicht gesagt. Ich finde dich sehr erregend.«

»Wie hast du es denn dann gemeint?«

»Wir haben alle schon Filme gesehen, in denen zwei Fremde in der Wildnis gestrandet sind. Und wie in *Ein Offizier und Gentleman* wälzen sie sich am Ende zusammen am Strand. In wahnsinniger, leidenschaftlicher Liebe, die alle ihre Probleme löst. Der Film endet damit, dass sie in den Sonnenuntergang gehen. Mit weichen Knien und Schlafzimmerblick. Aber das hier ist das wahre Leben. Ich möchte wirklich hier rauskommen und nach Hause fahren. Und das möchte ich mit unversehrtem Herzen tun. Der Platz in meinem Herzen, der für solche Dinge vorgesehen ist, ist schon vergeben. An Rachel. Das hat nichts damit zu tun, ob du ihn einnehmen könntest oder nicht.«

»Du hast also in der ganzen Zeit vom Flughafen über die Bruchlandung bis jetzt nicht ein einziges Mal an Sex mit mir gedacht?«

»Doch, sicher.«

»Du bringst mich ganz durcheinander.«

»In Versuchung zu kommen und es zu tun sind zwei verschiedene Dinge. Ashley, versteh mich nicht falsch. Du bist bemerkenswert. Siehst unglaublich gut aus. Du hast den Körper einer griechischen Göttin – obwohl ich mir wünschte, du könntest dir die Beine rasieren –, und du bist bestimmt schlauer als ich. Jedes Mal, wenn wir miteinander reden, verhasple ich mich und sage dummes Zeug. Aber irgendwo da draußen ist ein Mann namens Vince, und wenn ich ihm begegne, wird er sich wünschen, dass ich dich auf eine bestimmte Art behandelt habe. Und wenn ich ihn kennenlerne, werde ich mir das ebenfalls wünschen. Ich möchte ihm in die Augen sehen können, ohne etwas verbergen zu müssen. Denn glaub mir, etwas zu verbergen tut weh.« Ich schaute sie an.

»Wenn wir hier rauskommen, werden du und ich zurückblicken und wir werden uns beide wünschen, dass ich dich auf eine bestimmte Weise behandelt habe. Ich möchte in dem Wissen zurückblicken können, dass es tatsächlich so war.« Ich spielte mit meinen Daumen. Nervös. »Ich bin von meiner Frau getrennt, weil ich etwas getan habe. Vielmehr, nicht getan habe. Damit muss ich leben. Sex mit dir oder einer anderen Frau würde die Trennung nur vertiefen. Und so gut es vielleicht auch wäre, kommt es gegen den Trennungsschmerz nicht an. Daran versuche ich mich jedes Mal zu erinnern, wenn …«

»Wenn was?«

»Wenn mir etwas in den Sinn kommt, woran ein Arzt nicht denken sollte.«

»Du bist also doch ein Mensch.«

»Sehr sogar.«

Sie schwieg eine Weile. »Ich beneide sie.«

»Du erinnerst mich an sie.«

»Wieso?«

»Na ja, schon rein körperlich. Du bist schlank, sportlich, muskulös. Ich schätze, du könntest mich mit einem Tritt außer Gefecht setzen.«

Sie lachte.

»Intellektuell möchte ich nicht mit dir aneinandergeraten. Emotional versteckst du dich vor nichts. Du legst alles auf den Tisch, statt drum herumzureden. Stellst dich den Dingen. Und du hast eine tiefe innere Kraft, wie dein Sinn für Humor beweist.«

»Was ist ihre größte Schwäche?«

Darauf wollte ich nicht antworten.

»Gut, sag es nicht. Was war ihre größte Schwäche vor eurer Trennung?«

»Das, was auch ihre größte Stärke war.«

»Nämlich?«

»Ihre Liebe … zu mir und zu den Zwillingen.«

»Inwiefern?«

»Für sie kamen wir an erster Stelle. Immer. Und sie selbst immer zuletzt.«

»Und das ist eine Schwäche?«

»Es kann eine sein.«

»Habt ihr euch deshalb getrennt?«

»Nein, aber es hat nicht gerade geholfen.«

»Was wäre dir lieber?«

Ich überlegte sorgfältig, was ich sagte. »Mir wäre es lieber, wenn sie so egoistisch wäre wie ich.«

Ich nahm eine Sperrholzplatte, wischte den Staub ab und legte sie ihr auf den Schoß. Dann gab ich ihr die Schachtel mit dem Puzzle. »Das habe ich gefunden. Es ist kein Bild mehr drauf, also weiß ich nicht, was es ist, aber vielleicht hilft es dir, dich zu beschäftigen.«

Sie hob den Deckel ab, schüttete die Puzzleteile aus und

fing sofort an, die Randstücke auszusortieren. »Möchtest du helfen?«, fragte sie.

»Auf keinen Fall. Mir wird schon schwindelig, wenn ich es nur angucke.«

»Es ist gar nicht so schlimm.« Mit flinken Fingern drehte sie die Teile um. »Man muss sich nur Zeit nehmen. Am Ende passt alles zusammen.«

Ich starrte auf den wirren Haufen vor ihr. »Und wenn nicht?«

Sie zuckte die Achseln. »Es passt schon. Vielleicht nicht so, wie du denkst, aber es passt.«

»Dazu fehlt mir die Geduld.«

»Das bezweifle ich.«

Ich schüttelte den Kopf. »Nein danke.«

Da es weiter schneite, blieb das Licht grau und trüb, und die Temperatur änderte sich kaum. Oben an der Giebelwand des Hauses bildeten sich Eisblumen an den Fenstern, die sich wie Spinnweben auf den Scheiben ausbreiteten.

Ashleys Beinumfang gefiel mir nicht. »Riesenschenkel«, sagte sie kopfschüttelnd.

Ich ging mit dem großen Kochtopf hinaus, holte ein Dutzend dicker Schneebälle und setzte mich neben ihr linkes Bein. Dann legte ich das Puzzle beiseite, schob ein Handtuch unter ihr Bein und rieb die Bruchstelle behutsam in kreisenden Bewegungen mit einem Schneeball ein.

Sie zuckte zusammen und verschränkte die Hände hinter dem Kopf. »Das gefällt mir gar nicht.«

»Warte ein Weilchen. Wenn es erst mal taub wird, wird es besser.«

»Ja, aber im Augenblick ist es nicht lustig.«

Vier Schneebälle weiter hatte sie aufgehört, sich zu beklagen. Sie legte sich zurück und schaute durch das obere Fenster. Ich kühlte ihr Bein eine halbe Stunde lang. Es war kaum eine Wirkung festzustellen, außer dass die Haut sich stark rötete.

»Jede Stunde wiederholen. Verstanden?«

Sie nickte. Sie sah immer noch nicht gut aus. Ihre Augen waren blutunterlaufen, und ihr Gesicht war gerötet. Es mochte vom Baden kommen, aber ich hatte das Gefühl, dass es daran nicht lag.

»Hast du eine Ahnung, wo wir sind«, fragte sie.

Ich breitete die Karte aus und zeigte ihr unseren Standort, der mit einem X markiert war.

In diesem Augenblick kratzte Napoleon an der Tür, schob sich herein und trottete herüber, als ob ihm das Haus gehörte. Auf seinem Eckchen auf der Matratze drehte er sich im Kreis, ließ sich fallen, kringelte sich ein, schob die Schnauze unter eine Pfote und schloss die Augen. Seine Lefzen waren noch rot, und sein Bauch war prall gefüllt.

»Wo war er?«

»Frühstücken.«

»Hat er uns was übrig gelassen?«

»Ich habe mit ihm darüber geredet, aber er wollte nichts davon wissen.«

»Hättest du ihm nicht ein bisschen was abnehmen können? Ein Stück stibitzen?«

»Würdest du deine Hand in die Nähe seiner Schnauze halten, wenn er gerade frisst?« Ich schüttelte den Kopf. »Wahrscheinlich würde nur noch ein Stumpf übrig bleiben.«

Sie kraulte ihm den Bauch. »Er sieht nicht aus, als ob ihm schnell die Sicherungen durchbrennen würden.« Sie sah mich an. »Also, wie sieht die Planung aus?«

»Heute will ich mich ein bisschen umschauen. Mal sehen, ob ich was zu essen für uns auftreiben kann.«

»Und dann?«

»Tja, wir müssen essen. Und es muss aufhören zu schneien.«

»Und dann?«

»Wir essen, bis wir nicht mehr können, dann packen wir zusammen und gehen weiter.«

»Wohin gehen wir?«

»So weit bin ich noch nicht. Ein Problem nach dem anderen.«

Sie legte den Kopf zurück und schloss die Augen. »Sag Bescheid, wenn du dir alles überlegt hast. Ich bin hier.«

Ich machte noch ein Dutzend Schneebälle und stellte sie auf der vom Feuer abgewandten Seite neben ihren Liegestuhl. Dann schnitt ich mir Streifen von einer Wolldecke ab und wickelte sie mir um die Hände. Schließlich nahm ich den Bogen. »Wenn ich in einer Stunde nicht zurück bin, musst du dir dein Bein kühlen. Nicht vergessen: eine halbe Stunde kühlen, eine Stunde Pause.«

Sie nickte.

»Und trink genug.«

»Ja, Sir.«

»Es ist mir ernst. Eine halbe Stunde, dann eine Stunde Pause.«

»Du klingst wie mein Arzt.«

»Gut.«

Ich ging hinaus. Der Wind war aufgefrischt, wirbelte Schnee in kleinen Windhosen bis hoch in die Bäume und rüttelte an den Zweigen. Ich stieg zwischen den Bäumen den Hang hinter dem Camp hinauf. Der Bergkamm zog sich im Halbkreis um den See, und auf der anderen Seite lag ein weiteres Tal.

Ich betrachtete die Lage des Camps. Von irgendwoher mussten Leute – Pfadfinder oder wer auch immer – irgendwie hierhergelangen. Schließlich konnten sie ja nicht einfach aus einem Hubschrauber abspringen. Es war denkbar, dass man das Camp nur zu Fuß oder mit dem Pferd erreichen konnte, aber wo waren die Wanderwege? Wenn wir tatsächlich im Ashley National Forest waren, konnten wir nicht allzu weit im Inneren sein. Sonst würde niemand hier heraufkommen.

Als ich auf dem Bergkamm nach Süden ging, dauerte es nicht lange, bis ich den Weg entdeckte. Ein schmaler, schneebedeckter Wanderweg, breit genug für zwei Pferde, schlängelte sich vom See fort durch den Taleinschnitt hinter uns. Wenn man Jungen mit Rucksäcken hier heraufbrachte, ließ man sie bestimmt nicht durch den halben Bundesstaat laufen. Höchstens einige Kilometer. Es sei denn, es handelte sich um ein Pfadfinderlager, das ausschließlich für Eagle Scouts gedacht war, aber das bezweifelte ich. Dafür erschien es mir zu groß. Schließlich war es für ziemlich große Gruppen ausgelegt.

Mir wurde kalt. Die Wolle war zwar besser als der zerfranste Jeansstoff, aber die Streifen hielten die Kälte kaum ab. Ich musste zurück ans Feuer.

Ashley schlief mit Unterbrechungen nahezu den ganzen Tag. Dennoch kühlte ich weiter ihr Bein. Einige Male wachte sie dabei auf, andere Male nicht. Schlafen war das Beste, was sie tun konnte. Jede Minute Schlaf sparte Energie, von der sie zehren konnte, wenn wir weiterzogen. Und ich hatte das Gefühl, dass wir eher früher als später wieder von hier aufbrechen sollten.

Als es am Spätnachmittag noch grauer und dämmriger wurde, ging ich mit dem Bogen wieder auf den Bergkamm, wo ich die meisten Spuren gefunden hatte. Ich kletterte auf eine Espe und setzte mich auf einen Ast. In der Kälte fiel es schwer, stillzusitzen. Kurz vor Einbruch der Dunkelheit sah ich aus den Augenwinkeln etwas Weißes heranhuschen. Aufmerksam musterte ich den Schnee. Als sich wieder etwas bewegte, erkannte ich es.

Etwa fünfzehn Meter vor mir saßen sechs Kaninchen. Langsam spannte ich den Bogen und zielte auf das Tier, das mir am nächsten saß. Als ich den vollen Auszug erreicht hatte, atmete ich halb aus, konzentrierte mich auf das Visier und drückte den Abzug. Der Pfeil traf das Kaninchen zwischen den Schultern und brachte es ins Wanken. Und als die anderen sich nicht vom Fleck rührten, legte ich einen zweiten Pfeil ein, spannte, zielte und schoss.

Mit den beiden Kaninchen, die ich auf einen Espenast gespießt hatte, ging ich wieder hinein und hängte sie über das Feuer.

Ashley saß mit dem Puzzle auf dem Schoß da. »Nur zwei?«

»Ich habe noch auf ein Drittes geschossen.«

»Wo war das Problem?«

»Eins hat sich bewegt.«

»Und?«

»Weißt du, mit so einer Trefferquote kommst du in der ersten Liga in die Hall of Fame.«

»Dieses Mal lasse ich es dir noch durchgehen.«

Langsam ließ ich die Kaninchen braten und fand im Vorratsraum sogar ein bisschen Salz.

Ashley saß mit fettigem Mund da, in einer Hand eine Kaninchenkeule, in der anderen eine Schale Suppe, und strahlte von einem Ohr zum anderen. »Kaninchen kochst du gut.«

»Danke. Ich muss selbst sagen, dass es wirklich lecker schmeckt.«

»Weißt du ...« Sie kaute und prüfte den Geschmack im vorderen Mundbereich. »Es schmeckt eigentlich gar nicht wie Hühnchen.«

»Wer hat denn gesagt, dass es so schmeckt?«

»Niemand, es ist nur so, dass alles wie Hühnchen schmeckt.« Sie holte einen kleinen Knochen aus ihrem Mund. »Nein. Das stimmt nicht ganz.« Sie zog noch einen kleinen Knochen heraus. »Seit ich mit dir zusammen bin, schmeckt eigentlich gar nichts nach Hühnchen.«

»Danke.«

Eine halbe Stunde später standen nur noch ein Teller voller Knochen und zwei leere Schalen zwischen uns. Wir lagen da und genossen es, satt zu sein. Vor allem das Salz hatte mir gutgetan. Da ich mich seit der Bruchlandung körperlich stark angestrengt und viel geschwitzt hatte, brauchte ich so viel Elektrolyte, wie ich nur kriegen konnte. Aber vorerst musste Salz genügen.

Sie deutete mit dem Kopf auf die Monopoly-Schachtel auf dem Tisch. »Spielst du?«

»Schon lange nicht mehr.«

»Ich auch nicht.«

Drei Stunden später besaß sie Dreiviertel der Straßen auf dem Spielbrett und hatte auf den meisten Hotels gebaut, und ich war dem Bankrott nahe, weil ich nahezu nach jedem Spielzug Miete bezahlen musste. »Du bist knallhart.«

»Als Kinder haben wir das manchmal gespielt.«

»Manchmal?«

»Okay, vielleicht auch ein bisschen öfter.« Sie würfelte. »Also, was hast du vor?«

»Na ja, ich dachte, wir warten, bis es aufhört zu schneien, und dann schauen wir mal …«

Sie zählte mit ihrer Spielfigur die Felder ab. »Ich rede nicht davon, wie wir hier wegkommen. Ich wollte wissen, was du vorhast, wenn du nach Hause kommst. Mit dir und deiner Frau.«

Ich zuckte die Achseln.

»Komm schon. Spuck's aus.«

»Ich …«

»Herumzustottern bringt dich nicht weiter.«

»Vielleicht lässt du mich ja auch mal ein Wort dazwischenquetschen.«

»Tu ich doch. Also spuck's aus. Was hast du gemacht, und was hast du weiter vor? Ein netter Kerl wie du kann so schlimm doch nicht sein.«

»Es ist kompliziert.«

»Ach ja? Willkommen auf der Erde. Hier ist alles kompliziert. Also, was hast du gesagt?«

»Ich habe ein paar Worte gesagt.«

»Tja, wie jeder andere. Welcher Art?«

»Von der Art, die man nicht zurücknehmen kann.«

»Wieso nicht?«

»Weil sie … sie …« Ich schloss die Augen und atmete tief ein.

»Entsprachen sie denn der Wahrheit?«

»Ja schon, aber es war trotzdem nicht richtig.«

Sie nickte. »Früher oder später musst du aufhören, mit verdeckten Karten zu spielen. Ich versuche nur, dir dabei zu helfen.« Sie deutete auf das Diktiergerät. »Mit dem Ding kannst du viel besser reden als mit mir.«

»Das habe ich dir doch von Anfang an gesagt.«

»Du hast nicht mehr viel daraufgesprochen. Was ist los?«

»Vielleicht habe ich allmählich nicht mehr viel zu sagen.«

»Weißt du, egal, was du auch gesagt hast, du kannst es immer noch zurücknehmen. Ich meine, was kann schon so schlimm sein? Es sind doch nur Worte.«

Ich wandte mich ab, stocherte im Feuer herum und starrte in die Flammen. Leise flüsterte ich: »Stock und Stein brechen mein Gebein …, aber wenn du jemanden wirklich tief verletzen willst, schaffst du es mit Worten.«

Ashley schlief unruhig, redete im Schlaf. Nach Mitternacht stand ich auf und legte Holz nach. Ich öffnete ihren Schlafsack und tastete ihr Bein ab. Die Schwellung war zurückgegangen und die Haut nicht mehr so gespannt. Beides gute Zeichen. Auf der Sperrholzplatte neben ihr nahmen Teile des Puzzles bereits Gestalt an. Das Bild war verschwommen, aber ein Teil sah nach einem schneebedeckten Berggipfel aus.

Sie lag im Schein des Feuers. Lange Beine. Eins angewinkelt, das andere ausgestreckt. Entspannt. An der Länge der Haarstoppeln an ihren Waden und der flaumigen Härchen an ihren Oberschenkeln war abzulesen, wie viel Zeit seit dem Absturz vergangen war. Ihr Kopf war zur Seite geneigt, und ihr T-Shirt bedeckte das Schlüsselbein. Die Unterwäsche saß locker auf den Hüften.

Ich berührte ihre Schläfe. Schob ihr das Haar hinters Ohr. Strich ihr mit einem Finger über Hals und Arm bis zu den Fingerspitzen. Sie bekam eine Gänsehaut.

»Ashley?«

Sie rührte sich nicht. Reagierte nicht.

Das Knistern des Feuers war lauter als mein Flüstern. »Ich …«

Sie drehte den Kopf, atmete tief ein und langsam aus. Hinter ihren Lidern bewegten sich ihre Augen von links nach rechts. Die Wahrheit kam mir nicht über die Lippen.

# 35

*Eine Woche später waren wir wieder beim Arzt. Auf dem Weg vom Auto in die Praxis musstest du dich an jedem Papierkorb übergeben. Ich war ziemlich geknickt. Jedes Mal, wenn ich dir das sagte, nicktest du. »Das solltest du auch sein. Schließlich hast du mir das eingebrockt.«*

*Dagegen ließ sich nichts einwenden.*

*Zwillinge erforderten häufigere Ultraschalluntersuchungen. 3-D-Aufnahmen. Dein Arzt wollte sichergehen, dass alles in Ordnung war. Und dank meiner Stellung im Krankenhaus war es in gewisser Weise so, als ob sie sich um einen der Ihren kümmerten. Ein nettes Privileg.*

*Sie riefen uns noch einmal herein. Drückten wieder Gel aus der Tube. Schmierten es auf deinen Bauch. Sie setzten dir ein Sonargerät auf den Bauch, und wir hörten beide Herztöne. Im Duett. Alles normal. Oder?*

*Nicht?*

*Die Assistentin stockte, fuhr ein zweites Mal mit der Sonde über deinen Bauch und sagte: »Bin gleich wieder da.«*

*Neunzig Sekunden und gefühlte drei Stunden später kam Steve, dein Arzt, herein und konnte seine Sorge nur schlecht kaschieren. Er schaute sich das Bild an, nickte, schluckte und tätschelte dein Bein. »Sheila wird jetzt noch ein paar Untersuchungen machen. Wenn Sie fertig sind, kommen Sie doch bitte in mein Büro.«*

*»Steve«, meldete ich mich zu Wort, »ich kenne die Körpersprache von Ärzten. Was ist los?«*

*Er wich aus. Ein weiteres schlechtes Zeichen. »Vielleicht gar nichts. Machen wir erst mal die Untersuchungen.«*

*Dasselbe hätte ich auch gesagt, wenn ich mir krampfhaft überlegen müsste, wie ich am besten eine schlechte Nachricht überbringen sollte. Im Hintergrund waren deutlich zwei verschiedene Herztöne zu hören.*

*Mit beiden Händen auf deinem Bauch fragtest du mich: »Was hat er gesagt?«*

*Kopfschüttelnd folgte ich ihm in den Flur.*

*Er drehte sich um. »Warten wir erst mal die Untersuchungen ab. Wir sehen uns anschließend in meinem Büro.«*

*Die genauen Ergebnisse waren gar nicht mehr wichtig. Seine Miene sagte mir genug.*

*Wir setzten uns ihm gegenüber. Er wirkte gequält, stand auf, kam um den Schreibtisch herum und zog sich einen Stuhl heran. Wir drei saßen in einem Dreieck. »Rachel, Ben …« Sein Blick schoss hin und her. Er wusste nicht, wen er ansehen sollte. Ihm brach der Schweiß aus. »Sie haben eine teilweise Plazentalösung.«*

*Rachel schaute mich an. »Was heißt das?«*

*Er antwortete an meiner Stelle. »Es heißt, dass Ihre Plazenta sich von der Gebärmutterwand abgelöst hat.«*

*Du schlugst die Beine übereinander. »Und?«*

*»Und ich habe zwar schon größere Risse gesehen, aber er ist auch nicht gerade klein.«*

*»Also, was empfehlen Sie?«*

*»Absolute Bettruhe.«*

*Du verschränktest die Arme. »Ich habe befürchtet, dass Sie das sagen.«*

*»Warten wir ab. Wenn wir die Ablösung verlangsamen oder sogar zum Stillstand bringen können, ist alles in Ordnung. Kein Grund zur Panik.«*

*Auf der Heimfahrt legtest du die Hand auf meine Schulter. »Also, was heißt das jetzt wirklich, Doc?«*

*»Du musst anfangen zu sticken und dir hundert Filme besorgen, die du schon immer mal sehen wolltest. Und vielleicht einige Dutzend Bücher lesen.«*

*»Werden wir es schaffen?«*

*»Wenn es nicht weiter reißt.«*

*»Und wenn doch?«*

*»So weit sind wir noch nicht. Warten wir erst mal ab.«*

*»Aber …«*

*»Schatz, eine Hürde nach der anderen, okay?«*

# 36

Tageslicht schimmerte durch die Äste und erhellte vor mir den Schnee, als ich auf dem Bergkamm entlangrutschte. Der Schneefall hatte nicht nachgelassen. Mittlerweile lag annähernd ein Meter Neuschnee. Das Fortkommen war mühsam, beschwerlich und ohne Schneeschuhe nahezu unmöglich. Der Schnee war bei diesen Temperaturen noch trocken und pulvrig, aber sobald sie stiegen, würden höllische Bedingungen herrschen.

Ich ging eine Stunde, fand aber nichts. Auf dem Rückweg stapfte ich zwischen den Bäumen den Hang hinunter. Als ich mich der Hütte näherte, entdeckte ich ein achtes Gebäude, das ich bisher noch nicht gesehen hatte. Es war kleiner und wirkte eher wie ein Schuppen. Nur ein Kaminrohr ragte aus dem Schnee. Der Rest war darunter verborgen.

Ich umkreiste den Schuppen und versuchte herauszufinden, wo die Tür sein mochte. Schließlich fing ich an, den Schnee beiseitezuschieben. Als ich auf eine Betonsteinmauer ohne Tür stieß, ging ich auf die andere Seite und grub dort weiter. Eine Tür fand ich zwar nicht, wohl aber ein Fenster. Ich schaufelte es frei und versuchte, es hoch zu schieben, schaffte es aber nicht.

Also trat ich die einfache Glasscheibe ein. Sie zerbarst, und die Scherben fielen innen auf den Boden. Die scharfen Kanten schlug ich mit der Axt ab und kroch durch die Öffnung.

Es war eine Art Lagerraum. An einer Wand hingen alte Sättel, Zaumzeug und Steigbügel. Angelruten ohne Schnur. Ein paar Werkzeuge, Hämmer, Feilen und Schraubendreher. Ein rostiges Messer. Mehrere Dosen mit rostigen Nägeln in verschiedenen Größen. Eine Feuerstelle mit Blasebalg, die aussah, als ob ein Schmied hier ein Pferd beschlagen könnte. Alles machte den Eindruck einer Werkstatt, wie man sie für den Betrieb eines solchen Camps brauchte. An der gegenüberliegenden Wand hingen mehrere alte Reifen, die auf einen Geländewagen passen konnten. Ein paar Rohre und sogar eine Kette. Ich kratzte mich am Kopf. Wenn sie tatsächlich mit Geländewagen hier herauffuhren, mussten wir am Rand des Ashley-Nationalforsts sein. Somit wären wir also näher an einer Straße, als ich gedacht hatte.

Ein Teil von mir hätte am liebsten frohlockt, aber wenn Ashley das an meiner Miene ablesen und dann ebenfalls zu hohe Erwartungen hegen würde, die sich später als trügerische Hoffnungen erwiesen … enttäuschte Hoffnungen waren schlimmer als gar keine Hoffnung.

Ich schaute mich weiter um. Das alles erklärte noch nicht, wie sie das ganze Zeug hier heraufbrachten. Wie transportierten sie die Ausstattung? Töpfe, Pfannen, Lebensmittel? Ich sah nach oben.

Auf den Deckenbalken über meinem Kopf lagen sechs bis acht blaue Kunststoffschlitten, auf denen man Gepäck hinter einem Schneemobil oder Geländewagen ziehen konnte. In unterschiedlichen Längen und Breiten. Ich holte einen herunter. Er war gut zwei Meter lang und breit genug, um darin zu liegen. An der Unterseite gab es Kufen, damit er leichter über den Schnee gleiten konnte, und er wog nicht einmal fünfzehn Pfund.

Ich schob ihn diagonal durch das Fenster und warf einen

letzten Blick nach oben, bevor ich hinauskletterte. Auf den anderen Schlitten lagen mehrere Paar Schneeschuhe. Beinah hätte ich sie übersehen. Dieses Mal schlug mein Herz tatsächlich höher. Man hatte sie dort deponiert, und das bedeutete wahrscheinlich, dass man sie tatsächlich benutzt hatte, um hier heraufzukommen. Und wenn andere es geschafft hatten, na ja …

Insgesamt waren es vier Paar. Alle waren verstaubt, alt und die Bindungen steif und spröde. Aber Rahmen und Querstreben waren stabil. Und sie waren leicht. Ich fand ein Paar, das mir passte, schnallte es an und zog den Schlitten in unsere Hütte.

Ashley wurde wach und schaute über die Schulter. »Was ist das?«

»Deine blaue Kutsche.«

»Ist ein wirklich schnelles Pferd davorgespannt?«

»Sehr komisch.«

Von dem alten Schlitten löste ich das Zuggeschirr und befestigte es an dem neuen. Ich hatte den Eindruck, dass ich es Ashley mit den Wolldecken und Schlafsäcken nun erheblich bequemer machen konnte. »In diesem Schlitten liegst du in Fahrtrichtung.«

»Das heißt, ich muss mir die ganze Zeit deinen Hintern angucken.«

»Na ja, zumindest das, was davon übrig ist.«

Es tat gut, zu sehen, dass sie zu ihrem Humor zurückgefunden hatte.

Am Nachmittag spielten wir wieder Monopoly. Vielmehr ergatterte Ashley wie das letzte Mal die meisten Straßen und verlangte exorbitante Mieten. Irgendwann schüttelte sie die Würfel in beiden Händen und sagte: »Du gehst unter, du Simpel.« Sie warf eine Acht, die sie mühelos über meine jämmerlich spärlichen Straßen hinwegmarschieren ließ.

»Hat dir eigentlich schon mal jemand gesagt, dass du ein bisschen ehrgeizig bist?«

Sie lehnte sich triumphierend zurück. »Nein, wie kommst du denn darauf?«

Am Spätnachmittag hatte ich meine sämtlichen Straßen und Häuser verpfändet und hoffte nur, noch einmal auf LOS zu kommen und zweihundert Dollar zu kassieren, bevor die Bank meinen ganzen Besitz versteigerte und mir das letzte Hemd auszog.

Ich schaffte es nicht. Vielmehr landete ich auf Ihrer Parkstraße, und sie lachte zehn Minuten lang wie eine Hyäne.

Eine Stunde vor Einbruch der Dunkelheit legte ich ihr das Puzzle auf den Schoß und sagte: »Ich komme bald wieder.« Dann schnallte ich mir die Schneeschuhe an und ging auf dem Bergkamm auf Nahrungssuche. Es schneite nicht mehr so stark, aber es fielen immer noch vereinzelte Flocken. Die ganze Welt wirkte gedämpft. Jedes Geräusch war wie ausgelöscht. Die Stille war lauter als alles, was ich je gehört hatte.

Mir fiel auf, wie sehr sich mein Leben verändert hatte. Kein Telefon, keine Nachrichten auf der Mailbox, keine E-Mails, niemand, der mich über den Krankenhausfunk anpiepste, keine Nachrichten, kein Radio. Keine anderen Geräusche als das Knistern des Feuers, Ashleys Stimme und Napoleons Krallen, die über den Betonboden schabten.

Ich erwischte mich dabei, dass ich vor allem auf eines dieser Geräusche lauschte.

Ich ging eine halbe Stunde, bis ich nach knapp zwei Kilometern auf viele Spuren stieß, die in einen engen Taleinschnitt mündeten. Der Schnee war aufgewühlt. Ich setzte mich unter eine Espe und wartete. Es dauerte nicht lange, bis ein Fuchs auftauchte, durch das Tälchen lief und verschwand, noch bevor ich den Bogen spannen konnte. Bald darauf kam eine Hirschkuh, aber sie witterte mich, reckte den Schwanz in die Höhe, schnaube laut, stampfte auf den Boden und lief leichtfüßig davon. Mir wurde klar, dass mein Versteck unter der Espe bei der gegenwärtigen Windrichtung nicht gerade ideal war. Oder die Tiere rochen meine Seife. Jagen war wohl doch nicht so einfach, wie es im Fernsehen aussah.

Da es schon beinahe dunkel war, blieb ich noch fünf Minuten sitzen. Ein Kaninchen hoppelte ins Tal und auf der anderen Seite wieder hinauf. Oben blieb es stehen und witterte meinen Geruch. Ich schoss meinen Pfeil ab, der zum Glück sein Ziel nicht verfehlte.

Ein seltsames Licht schien auf den Schnee, als ich zu Ashley zurückging. Napoleon war wieder verschwunden, und Ashley war im Liegestuhl eingeschlafen. Das Puzzle lag auf ihrem Schoß. Ich kochte Wasser, tauchte die Teebeutel wohl zum letzten Mal ein und setzte mich neben sie, während ich das Kaninchen über dem Feuer drehte.

Als es durchgebraten war, wachte sie auf, und wir aßen gemächlich. Kauten jeden Bissen länger als sonst. Genossen ihn so lange, wie es ging. Es reichte kaum für einen, geschweige denn für zwei.

Kurz darauf kam Napoleon zurück. Ich hatte mich wirklich an ihn gewöhnt. Er war zäh, zärtlich, wenn es nötig war, und sorgte recht gut für sich selbst. Als er hereinkam, leckte er sich die Schnauze. Seine Lefzen waren rot und sein Bauch prall und rund. Er ging auf sein Plätzchen auf der Matratze, drehte sich im Kreis, rollte sich auf den Rücken und streckte die Pfoten in die Luft. Ich kraulte ihm den Bauch, worauf er unwillkürlich mit einem Bein trat.

»Ich bin froh, dass er wieder ein bisschen Fleisch ansetzt«, sagte Ashley. »Ich fing schon an, mir Sorgen um ihn zu machen.«

Als ich mich vorbeugte, fiel mein Diktiergerät aus meiner Hemdtasche. Sie bemerkte es und fragte, ohne mich anzusehen: »Halten die Batterien noch?«

»Dank diesem Laden am Flughafen sind Batterien kein Problem.«

»Es kommt mir vor, als läge das Ganze auf dem Flughafen eine Ewigkeit zurück. Wie eine Erinnerung aus einem anderen Leben.«

»Ja.«

Sie grinste. »Haben die Batterien die gleiche Größe wie die für deine Unterhose?«

»Sehr komisch.«

»Und ... was sagst du ihr?«

Ich antwortete nicht.

»Ist das zu persönlich?«

»Nein.«

»Was dann?«

»Na ja, ich habe den Schnee und die elende Lage beschrieben, in der wir uns befinden.«

»Sagst du ihr, dass du mich nur ungern als Reisegefährtin hast?«

»Nein. Abgesehen davon, dass ich dich durch halb Utah schleppen muss, bist du eine tolle Reisegefährtin.«

Sie lachte. »Das kann ich dir nicht verübeln. Warum erzählst du ihr nicht, was du vermisst, wenn sie nicht da ist?«

Offenbar schien hinter den Wolken der Mond, denn es herrschte ein gespenstisches Licht. Es leuchtete hell durch unser Fenster und warf einen Schatten auf den Betonboden.

»Das habe ich schon getan.«

»Bestimmt hast du ihr nicht alles gesagt.«

Ich drehte das Diktiergerät in meinen Händen. »Ich habe ihr eine ganze Menge erzählt. Warum erzählst du mir nicht, was du vermisst, wenn Vince nicht da ist?«

»Mal sehen … Ich vermisse seine Cappuccinomaschine, den Geruch seines Mercedes und sein peinlich sauberes Junggesellen-Penthouse. Der Blick abends vom Balkon dort ist wirklich beeindruckend. Wenn die Atlanta Braves spielen, kann man die Lichter des Turner-Field-Stadions sehen. Mann, ein Hotdog wäre jetzt genau das Richtige. Ich würde mich sogar mit einer dieser großen Brezeln begnügen. Was sonst noch? Ich vermisse sein Lachen und seine Kontrollanrufe. Er telefoniert sogar mit mir, wenn er viel zu tun hat.«

»Du hast Hunger, stimmt's?«

»Nein, wie kommst du darauf?«

Nachdem sie eingeschlafen war, lag ich noch lange wach und dachte nach. Sie hatte mir wenig über Vince erzählt.

# 37

*Ein Monat verging. Du wärst am liebsten die Wände hochgegangen. Konntest die nächste Ultraschalluntersuchung kaum abwarten. Im Krankenhaus war Steve schon im Untersuchungszimmer, als wir kamen. Die Assistentin trug das Gel auf, Steve schaute blinzelnd auf den Bildschirm.*

*Die Assistentin hielt in den kreisenden Bewegungen inne und sah ihn an. Ausdruckslos. Du warst die Einzige, die nicht Bescheid wusste. »Könnte jemand mich mal aufklären«, sagtest du.*

*Steve reichte dir ein Handtuch und warf der Assistentin einen Blick zu, worauf sie hinausging. Ich half dir, das Gel abzuwischen und dich aufzurichten.*

*Steve lehnte sich an die Wand. »Der Riss ist größer geworden. Erheblich größer.« Er spielte mit seinen Fingern. »Das heißt nicht, dass Sie keine Kinder mehr bekommen können, Rachel. Das ist eine Anomalie. Sie sind gesund, Sie können noch mehr Kinder bekommen.«*

*Du sahst mich an, also übersetzte ich es dir. »Schatz …, die Plazenta hat sich weiter abgelöst. Hängt sozusagen nur noch an einem Faden.«*

*Du schautest Steve an. »Ist mit meinen Babys alles in Ordnung?«*

*»Im Augenblick ja.«*

*»Werden sie noch versorgt?«*

*»Ja, aber …«*

*Du hobst die Hände wie zwei Stoppschilder. »Aber in diesem Augenblick geht es ihnen gut?«*

*»Ja, aber …«*

*»Aber was? Was gibt es da noch zu reden? Ich bleibe im Bett. Ich nehme ein Zimmer hier im Krankenhaus. Ich tue alles. Alles.«*

*Steve schüttelte den Kopf. »Rachel, wenn sie abreißt …«*

*Du schütteltest den Kopf. »Bis jetzt ist das nicht der Fall.«*

*»Rachel … Selbst wenn Sie jetzt im OP lägen und ich auf einen Eingriff vorbereitet wäre, wäre ich mir nicht sicher, ob mir genügend Zeit bliebe, sie herauszuholen und die Blutung zu stoppen, bevor Sie verbluten. Ihr Leben ist in Gefahr. Ich muss die Babys holen.«*

*Du sahst ihn an, als hätte er den Verstand verloren. »Und wohin bringen Sie sie?«*

*Er zuckte die Achseln. »Sie wissen, was ich meine.«*

*»Das lasse ich nicht zu.«*

*»Wenn Sie es nicht tun, wird keiner von Ihnen es schaffen.«*

*»Welche Chancen habe ich? Ich meine, in Prozent?«*

*»Wenn ich Sie jetzt sofort in den OP bringe, stehen die Chancen sehr gut. Danach sinken sie rapide.«*

*»Und wenn nicht?«*

*»Selbst wenn wir Sie überwachen, merken wir es erst, wenn es zu spät ist. Wenn sie reißt, wird die innere Blutung …«*

*»Aber wenn ich die nächsten, sagen wir, vier Wochen ganz still liegen bleibe, dann ist es denkbar, dass Sie einen Kaiserschnitt machen und wir als glückliche Familie mit zwei Kinderbettchen, zwei Babymonitoren und zwei sehr erschöpften Eltern nach Hause fahren? Also? Ist es denkbar?«*

*»Bei absoluter Bettruhe ist es denkbar, aber nicht wahrscheinlich. In Vegas haben Sie bessere Chancen. Sie müssen begreifen, dass es genauso ist, als würden Sie mit einer Zyankalikapsel im Magen herumlaufen. Wenn sie erst einmal aufgebrochen ist, können wir es nicht mehr rückgängig machen.«*

*»Meine Kinder sind kein Zyankali.«*

*»Rachel …«*

*Du hobst den Finger. »Besteht eine Chance, dass wir es schaffen?«*

*»Theoretisch ja, aber …«*

*Du zeigtest auf den Bildschirm. »Ich habe ihre Gesichter gesehen. Sie haben sie mir auf Ihrem tollen hochauflösenden 3-D-Bildschirm gezeigt, auf den Sie so stolz sind.«*

*»Sie sind unvernünftig.«*

*»Ich will nicht für den Rest meines Lebens beim Einschlafen ihre Gesichter vor Augen haben. Mich fragen, was wäre, wenn ich sie hätte ›holen‹ lassen, obwohl Sie sich geirrt hätten und sie es in Wirklichkeit geschafft hätten und sie leben würden, wenn Sie mit Ihren schlechten Prognosen nicht gewesen wären.«*

*Dazu sagte er nichts. Sah mich nur an, achselzuckend. »Rachel … in diesem Stadium sind sie nur … Zellhaufen.«*

*Du nahmst seine Hand und presstest sie auf deinen Bauch. »Steve, ich möchte Ihnen Michael und Hannah vorstellen. Sie freuen sich, Sie kennenzulernen. Hannah spielt Klavier. Sie könnte der nächste Mozart werden. Und Michael ist ein Mathegenie und Läufer wie sein Vater. Er glaubt, dass er ein Heilmittel gegen Krebs finden kann.«*

*Steve schüttelte den Kopf.*

*Ihr beiden kamt nicht weiter. Ich war auch keine sonderliche Hilfe.*

*»Wie lange haben wir noch?«, schaltete ich mich ein. »Ich meine, realistisch betrachtet, um eine Entscheidung zu treffen, wenn alle sich etwas beruhigt haben.«*

*Steve zuckte die Achseln. »Allenfalls bis morgen früh.« Er sah dich an. »Sie können wieder Kinder bekommen. So etwas wird Ihnen nicht noch einmal passieren. Es ist ein Unfall. Eine Laune der Natur. Sie können noch mal von vorn anfangen.«*

*Du legtest die Hand auf deinen Bauch. »Steve, wir hatten keinen Unfall. Wir haben Babys gemacht.«*

*Die Heimfahrt verlief schweigend. Du hattest die Hände auf deinen Bauch gelegt und die Beine übereinandergeschlagen.*

*Ich parkte den Wagen und kam zu dir auf die Terrasse. Die Brise zerzauste dein Haar.*

*Ich sprach als Erster. »Schatz, du solltest dich hinlegen.«*

*Du nicktest, und ich mummelte dich auf der Terrasse ein. Wir saßen da und schauten auf die Wellen. Das Meer war kabbelig, unser Schweigen lastend.*

*»He, deine Chancen stehen nicht sonderlich gut.«*

*»Wie stehen sie?«*

*»Ich würde sagen, unter zehn Prozent.«*

*»Und was sagt Steve?«*

*»Er glaubt, sie stehen noch schlechter.«*

*Du drehtest den Kopf. »Vor siebzig Jahren stellte sich die Frage gar nicht. Da hatten die Leute gar nicht so viele Informationen.«*

*Ich nickte. »Du hast recht. Aber wir leben nicht mehr in den dreißiger Jahren. Wir leben heute. Und dank oder trotz der modernen Medizin haben wir eine Technologie, die uns eine Wahl ermöglicht.«*

*Du legtest den Kopf schief. »Ben, wir haben unsere Wahl getroffen. An dem Abend vor fünf Monaten. Das Risiko sind wir damals eingegangen und gehen es heute ein.«*

*Ich biss mir auf die Lippe.*

*Du legtest die Hand flach auf deinen Bauch. »Ich kann ihre Gesichter sehen. Michael hat deine Augen und Hannah meine Nase. Ich weiß, wie sie riechen, wie sie ihre Lippen verziehen, wenn sie lächeln, ob ihre Ohrläppchen angewachsen sind oder nicht, sehe die Runzeln an ihren Fingern. Sie sind ein Teil von mir … von uns.«*

*»Das ist selbstsüchtig.«*

*»Es tut mir leid, dass du es so siehst.«*

*»Zehn Prozent ist nichts. Es ist ein Todesurteil.«*

*»Es ist ein Hoffnungsschimmer. Eine Möglichkeit.«*

*»Bist du bereit, auf einen Schimmer zu setzen?«*

*»Ben, ich will nicht Gott spielen.«*

*»Ich verlange ja auch nicht von dir, Gott zu spielen. Ich bitte dich, es ihm zu überlassen. Lass Gott Gott sein. Ich habe die Bilder gesehen von Jesus mit all den Kindern. Lass ihn zwei mehr bekommen. Wir sehen sie, wenn wir dorthin kommen.«*

*Du wandtest dich ab. »Der einzige Weg, wie er sie bekommt, ist, wenn er mich dazunimmt.« Du schütteltest den Kopf und schautest wieder zu mir. Nun liefen wirklich die Tränen. »Im Ernst, welcher Prozentsatz reicht dir? Welche Zahl hätte Steve nennen müssen?«*

*Ich zuckte die Achseln. »Irgendwas über fünfzig.«*

*Du schütteltest den Kopf und strichst mir übers Gesicht. »Es gibt immer Hoffnung.«*

*Ich war wütend. Erbittert. Ich konnte dich nicht umstimmen. Gerade das, was ich an dir liebte, deine laserstrahlähnliche Fokussierung und bodenständige Stärke, war das, wogegen ich ankämpfte. Und in diesem Augenblick hasste ich diese Eigenschaften. »Rachel, es gibt keine Hoffnung. Du spielst Gott mit dir selbst.«*

*»Ich liebe dich, Ben Payne.«*

*»Dann verhalte dich auch so.«*

*»Das tue ich.«*

*»Du liebst mich nicht. Du liebst nicht einmal die beiden. Du liebst nur die Vorstellung von ihnen. Sonst lägst du jetzt nämlich im OP.«*

*»Deinetwegen liebe ich sie.«*

*»Vergiss sie. Ich will sie nicht. Sollen sie verschwinden. Wir machen neue.«*

*»Das meinst du nicht im Ernst.«*

*»Rachel, wenn es nach mir ginge, lägst du jetzt in diesem Augenblick im OP.«*

*»Bist du ganz sicher, dass sie abreißen wird?«*

*»Nein, aber …«*

*»Leben meine Babys jetzt noch?«*

*»Rachel … ich habe die letzten fünfzehn Jahre meines Lebens damit verbracht, Medizin zu studieren. Ich besitze eine gewisse Glaubwürdigkeit. Das ist kein Kinderspiel. Es wird dich umbringen. Du wirst sterben und mich allein lassen.«*

*Du schautest mich verwundert an. »Ben, es gibt keine Garantien. Das ist das Risiko, das wir eingehen. Das Risiko, das wir eingegangen sind.«*

*»Warum bist du so verbohrt? Denk doch mal eine Minute nicht nur an dich selbst. Warum bist du so selbstsüchtig?«*

*»Ben, ich denke nicht an mich. Eines Tages wirst du das verstehen.«*

*»Tja, an mich denkst du bestimmt nicht.«*

*Ich zog mich um, band meine Schuhe zu, stürmte aus der Tür und schlug sie so fest zu, dass sie beinahe aus den Angeln riss.*

*Ich lief davon. Nach einem knappen Kilometer drehte ich mich um. Du standest auf der Terrasse, lehntest am Geländer und schautest mir nach.*

*Wenn ich die Augen schließe, sehe ich dich immer noch vor mir.*

*Und immer, wenn ich an diesen Punkt unserer Geschichte komme, weiß ich nicht genau, wie ich über das sprechen soll, was dann passierte.*

# 38

Zwei weitere Tage vergingen. Drei Wochen seit dem Absturz. In einem Moment erschien es wie ein Jahr, im nächsten wie ein Tag. Es war ein seltsames Gefühl. Ein Ort, an dem die Zeit gleichzeitig raste und kroch.

Als ich aufwachte, war ich benommen und hielt mir den Kopf. In den letzten beiden Tagen hatten wir Kaninchen und zwei Eichhörnchen gegessen, sonst nichts. Wir nahmen nicht mehr so schnell ab, setzten aber auch keine Reserven an. Ich brauchte einen massiven Kalorienschub, wenn ich hoffen wollte, uns hier wegzubringen. In der Hütte war es sicher und warm. Holz nachzulegen, zu schlafen und Monopoly zu spielen erforderte wenig Energie. Aber sobald ich das Zuggeschirr umlegen würde und wir die Hütte verließen, war die Sache klar. Kälte, Zittern, Wind, Schneetreiben, Schwitzen und körperliche Anstrengung konnte ich ohne Kraftreserven unmöglich durchstehen.

Wir brauchten einen Nahrungsvorrat für mehrere Tage, weil ich auf keinen Fall den Schlitten ziehen, mich um Ashley kümmern und auch noch jagen konnte. Ich musste jetzt auf die Jagd gehen, Fleisch für mindestens sieben Tage gefrieren lassen und aufbrechen. Vorher aufzubrechen hieße, einen Hunger- und Kältetod geradezu heraufzubeschwören.

Vielleicht stand er uns ohnehin bevor.

Ashley wachte kurz nach mir auf, reckte sich und sagte:

»Ich habe immer wieder die Hoffnung, die Augen aufzuschlagen und festzustellen, dass du uns hier herausgeschleppt hast, zurück in die Welt, in der nachts das Signalhorn von Zügen zu hören ist, Kaffeeduft mich auf dem Weg ins Büro zu Starbucks lockt und meine schwierigsten Kämpfe darin bestehen, dass Autofahrer sich rüpelhaft benehmen und mein Telefon öfter klingelt, als mir lieb ist.« Sie zappelte nervös und verzog das Gesicht. »Eine Welt, in der es Schmerzmittel gibt und Einmalrasierklingen und Rasierschaum.« Sie lachte.

An dieses Lachen hatte ich mich gewöhnt. Ich kratzte mir das Gesicht. Der Bart war mittlerweile so dicht, dass er nicht mehr juckte. »Amen.«

Sie legte sich zurück. »Ich würde tausend Dollar für ein paar Rühreier, Toast, Polenta mit viel Käse und herzhafte Würstchen geben.« Sie hob den Zeigefinger. »Dazu vorher und nachher eine Tasse Kaffee und zum Abschluss eine Vanilleschnecke.«

Ich ging in die Küche, um Wasser aufzusetzen. Mein Magen knurrte. »Du bist mir nicht gerade eine Hilfe.«

Ich massierte Ashleys Bein und stellte beruhigt fest, dass es nicht mehr geschwollen und gut durchblutet war. Nachdem ich ihr in den Liegestuhl geholfen hatte, sagte ich: »Vielleicht bin ich den ganzen Tag unterwegs. Wahrscheinlich komme ich erst zurück, wenn es schon dunkel ist.« Sie nickte und zog Napoleon auf ihren Schoß, während ich das Puzzle neben sie stellte. Ich packte meinen Schlafsack in den Rucksack, schnallte die Schneeschuhe an, nahm Bogen und Axt und machte mich auf den Weg um den See. Mittlerweile konnte ich schon besser in Schneeschuhen gehen und schlug nicht mehr ständig die Innenseiten aneinander. Ich hatte beide Rollen von Grovers Angelruten mitgenommen, um vielleicht ein paar Fallen aufzustellen.

Der Wind hatte aufgefrischt und peitschte mir die dichten, winzigen Schneeflocken ins Gesicht. Ich ging am See entlang in die Richtung, in der ich vor einigen Tagen die Elchkuh mit ihrem Kalb gesehen hatte. Von dem etwa einjährigen Jungtier würden wir uns zwei Wochen ernähren können.

Am Seeufer stellte ich zwei Fallen an Stellen auf, an denen Spuren auf Wildwechsel hindeuteten. Um den Durchgang einzuengen, legte ich abgeschlagene Äste und dann unmittelbar über der Schneedecke Schlingen aus.

Als ich das andere Ufer des Sees erreichte, fand ich überall aufgewühlten Schnee und Elchspuren. Sie verliefen nicht in eine Richtung, sondern kreuz und quer, als hätten die Tiere hier gestanden und gefressen. Das war unschwer zu erkennen. Die Elche gingen offenbar auf den zugefrorenen See und fraßen die Äste, die im Sommer über das Wasser ragten. Eis und Schnee ermöglichten es ihnen, auf den See zu gehen und Äste zu fressen, die sonst für sie unerreichbar waren.

Ich brauchte einen Sichtschutz, hinter dem ich mich verstecken konnte. Das Seeufer säumten Küstenkiefern, Fichten, Douglasien und Espen. Ich suchte mir eine Espe aus, die schon knapp über dem Boden dichtes Astwerk hatte. Sie stand etwa dreißig Meter in Windrichtung von der Futterstelle der Elche entfernt. Ich schlug einige Äste ab und steckte sie so zwischen die Zweige, dass ich von hinten nicht zu sehen war. Dann schaufelte ich unter dem Baum den Schnee fort und schichtete ihn an der Unterseite der Äste auf. Die Schneemauer hielt den Wind ab und bot einen guten Sichtschutz. Unter dem Baum lagen mehrere große

Steine. Einen rollte ich so an den Stamm, dass ich mich daraufsetzen und am Stamm anlehnen konnte. Vor mir schnitt ich in das Geäst ein kleines »Fenster«, durch das ich schießen konnte. Dann legte ich einen Pfeil ein, mummelte mich bis zur Brust in den Schlafsack ein und wartete. Um die Mittagszeit erlegte ich ein Kaninchen, holte es und vergrub es neben mir im Schnee. Bis zum Nachmittag entdeckte ich nichts mehr, nickte ein und wachte etwa eine Stunde vor Einbruch der Dunkelheit wieder auf.

Als es Abend wurde, ging ich zurück. Den Weg zu finden war nicht schwierig. Ich musste nur darauf achten, die Bäume rechts und die offene weiße Fläche des Sees links von mir zu halten. Die erste Falle war unberührt, die zweite war ein Stück weit verrückt worden, aber leer. Offensichtlich hatte etwas daran gestoßen. Ich stellte sie wieder auf und stapfte nach Hause. Dabei überlegte ich mir, dass ich meine Chancen erhöhen musste wie beim Bingo. Wer wirklich etwas gewinnen wollte, musste mit mehreren Brettern spielen.

Ich zog das Kaninchen ab, schob es auf den Spieß, der quer über dem Feuer hing, und wusch mir Gesicht und Hände. Nach einer Stunde konnten wir essen. Ashley war in Plauderstimmung, nachdem ich sie den ganzen Tag allein gelassen hatte. Mir war nicht nach Reden. Ich war allein mit meinen Gedanken und einer oder zwei Fragen, auf die ich keine Antwort hatte.

Sie merkte es. »Du willst nicht reden, oder?«

Ich hatte fertig gegessen und wickelte von Grovers Angelrollen Schnur für neue Fallen ab. »Entschuldige. Im Multitasking bin ich wohl nicht besonders gut.«

»Leitest du nicht im Krankenhaus die Notaufnahme?«

Ich nickte.

»Dann musst du dich doch bestimmt ständig um verschiedene Traumata gleichzeitig kümmern, oder?«

Wieder nickte ich.

»Ich kann mir vorstellen, dass du ganz gut bist im Multitasking. Was ist los?«

»Interviewst du mich für einen Artikel?«

Sie hob beide Augenbrauen, was in der universellen Körpersprache der Frauen hieß: *Ich warte.*

Die Angelschnur war hellgrün und würde zwischen Zweigen nicht auffallen. Es müsste funktionieren. Ich hatte zwölf etwa zweieinhalb Meter lange Stücke abgeschnitten und die Enden mit Laufknoten verbunden. Nun saß ich mit gekreuzten Beinen auf meinem Schlafsack. »Wir stehen vor einer etwas schwierigen Entscheidung.«

»Das ist doch schon so, seit unser Flugzeug abgestürzt ist.«

»Ja, aber jetzt ist es anders.«

»Inwiefern?«

Ich zuckte die Achseln. »Bleiben oder gehen? Hier haben wir ein Dach über dem Kopf, es ist warm, und vielleicht stolpert mal jemand über uns, aber das dauert wahrscheinlich noch zwei bis drei Monate. Wenn wir weiterziehen, gehen wir ein Risiko ein, was den Unterschlupf und das Essen angeht. Außerdem wissen wir nicht, wie weit wir noch gehen müssen. Wenn wir einen größeren Essensvorrat anlegen, könnten wir ihn hier braten, mitnehmen und würden wahrscheinlich eine oder zwei Wochen durchhalten. Der neue Schlitten gleitet besser, die Schneeschuhe funktionieren, aber …«

»Aber was?«

»Es gibt eine große Unbekannte.«

»Nämlich?«

»Wie weit müssen wir gehen? Wir wissen nicht, ob es

dreißig oder achtzig oder mehr Kilometer sind. Es schneit ununterbrochen seit ich weiß nicht wie lange, es ist über 1,20 Meter Neuschnee gefallen, da herrscht ständig Lawinengefahr und …«

»Ja?«

»Was ist, wenn ich dich in dieses Chaos schleppe und wir beide umkommen; wenn wir aber hierblieben, könnten wir Glück haben und durchhalten.«

Sie lehnte sich zurück. »Hört sich an, als säßest du ganz schön in der Patsche.«

»Ich?«

»Ja, du.«

»Das entscheide ich nicht allein für uns. Das entscheiden wir zusammen.«

Sie schloss die Augen. »Lass uns darüber schlafen. Du musst es ja nicht jetzt gleich entscheiden.«

»Ich habe dir schon gesagt, dass ich das nicht entscheide, sondern wir.«

Sie grinste. »Ich schlafe jetzt. Du kannst mir ja morgen früh sagen, wie du dich entschieden hast.«

»Du hörst mir nicht zu.«

Sie schob Napoleon unter ihren Arm und zog den Schlafsack über ihre Schultern.

Bis auf den Feuerschein war es dunkel. Ich legte Holz nach, das wir ja zur Genüge hatten.

»Sag Bescheid, wenn du so weit bist, auszusprechen, was dir wirklich auf der Seele liegt.«

Ich hörte förmlich das spöttische Lächeln aus ihrem Ton und kratzte mich am Kopf. »Das habe ich doch gerade gesagt.«

»Nein. Hast du nicht. Es ist immer noch da drin in deinem Kopf.« Dann deutete sie auf die Tür. »Warum gehst du nicht mal spazieren. Und nimm dein Diktiergerät mit. Wenn du zurückkommst, hast du die Sache sicher geklärt.«

»Du … nervst.«

Sie nickte. »Ich bemühe mich, mehr als nur zu nerven. Und jetzt geh. Wir sind hier, wenn du wiederkommst.«

# 39

*Hattest du etwas damit zu tun? Ich weiß ja nicht, wie du es angestellt hast, aber ich wette, du hast sie zu mir ins Flugzeug gesetzt. Ich weiß nicht genau, wovon sie eigentlich redet. Na ja, vielleicht ein bisschen, aber deshalb hat sie noch lange nicht recht. Okay, sie hat recht. So. Sie hat recht. Und ich sitze jetzt hier und spreche auf dieses Ding, weil ich das, was ich denke, nicht über die Lippen bringe.*

*Ihr beide könnt zufrieden sein.*

*Aber was soll ich machen? Ich war nicht mehr auf der Jagd, seit Opa mich als Schüler mitgenommen hat. Na ja, vielleicht mal ab und zu auf einer Vogeljagd. Ein paar Hirschjagden. Aber da kam es nie drauf an. Es ging um nichts. Es war ein Freizeitvergnügen. Opa nahm mich mit auf die Jagd, weil er Dad als Jungen hätte mitnehmen sollen, es aber nicht getan hatte, und Dad zu einem Kotzbrocken wurde. Ich war eine Art Trostpreis. Mir war das nur recht. Ich mochte ihn und er mochte mich. Wir verstanden uns gut, und so konnte ich Dads Fuchtel entkommen. Aber wenn wir nichts schossen, musste keiner von uns verhungern. Dann hielten wir einfach auf dem Heimweg am Waffle House an. Oder bei McDonald's oder Wendy's. Manchmal auch bei einem Fischrestaurant. Es ging um Geselligkeit, nicht um Leben oder Tod.*

*Wenn ich hier draußen vorbeischieße, ein Tier verwunde, aber nicht finden kann, oder einfach keins zu sehen bekomme, weil es mich gewittert oder entdeckt hat, dann müssen wir sterben. Hier draußen geht es um etwas. Um sehr viel sogar. Ich hätte mehr fern-*

*sehen sollen. Wie heißt dieser Bursche noch mal? Bear Grylls? Oder dieser Kerl aus der Fernsehserie* Survivorman*? Ich wette, die beiden wären längst hier raus. Wenn sie mich hier sehen könnten, würden sie sich wahrscheinlich über mich totlachen.*

*Als ich in Grovers Flugzeug stieg, konnte ich doch nicht ahnen, dass ich auf die Jagd gehen muss, um einen Weg aus dieser ewigen Wildnis zu finden. Ich weiß, viele haben wesentlich schlimmere Situationen überlebt, aber unsere Lage wird einfach nicht besser. Es ist … es ist wie eine Hölle, in der alles gefroren ist. Ich habe keine Ahnung, was ich eigentlich tue. Und ich habe Angst, wenn mir nichts einfällt, muss dieses Mädchen da drin einen langsamen, qualvollen Tod sterben.*

*So. Ich habe es ausgesprochen. Ich fühle mich verantwortlich. Wie auch nicht? Eigentlich müsste sie jetzt nach ihren Flitterwochen vor jungem Eheglück strahlend wieder in ihrem Büro sitzen, mit ihren Freundinnen telefonieren und E-Mails austauschen und sich abhetzen, um einen Termin einzuhalten. Stattdessen liegt sie hier hilflos mitten in der Einöde mit einem stümperhaften Idioten, der kein Wort herausbringt und sie langsam verhungern lässt.*

*Ich habe ihr nichts zu bieten. Und ich habe dir nichts zu bieten. Jetzt habt ihr beide mich dazu gebracht, über mich zu reden. Was wollt ihr Frauen bloß? Dürfen wir Männer nicht auch mal keine Antwort wissen? Dürfen wir nicht auch mal nicht wissen, was wir tun oder was als Nächstes passieren wird? Dürfen wir nicht auch mal unfähig, niedergeschlagen, erschöpft und entmutigt sein? Dürfen wir nicht auch mal nicht wissen, wie wir Probleme lösen sollen, vor die wir gestellt werden?*

*Aber das wusstest du ja schon, stimmt's? Ich sage dir nichts, was du nicht schon gewusst hättest.*

*Es tut mir leid, dass ich dich angebrüllt habe. Jetzt und auch damals.*

*Ich schätze, sie hat recht. Ich schätze, ich musste mal raus und mir das von der Seele reden. Ein bisschen Dampf ablassen. Aber das werde ich ihr nicht sagen. Sie weiß es ohnehin. Deshalb hat sie mich ja nach draußen geschickt. Sie ist genauso schlimm wie du. Ihr beide müsst wohl aus demselben Holz geschnitzt sein.*

*Okay, ich habe es gehört. Ich werde es ihr sagen. Ich weiß, dass sie mit einem gebrochenen Bein mitten in der Wildnis liegt und auf einen völlig Fremden angewiesen ist. Auch wenn wir uns nicht mehr so fremd sind wie am Anfang. Ich meine, sie kann seit drei Wochen nicht mehr ohne meine Hilfe zur Toilette gehen. Selbst hier in der Hütte muss ich ihr Bein stützen. Sie ist darüber ebenso wenig glücklich wie ich, aber sie kann das Bein weder beugen noch belasten. Hast du mal versucht, dich auf einem Bein hinzuhocken? Ich habe es versucht. Jedenfalls sind wir uns nicht mehr fremd.*

*Ja, ich habe sie mir angesehen, allerdings nicht so, wie du denkst. Wenn du weißt, was ich meine? Na ja, selbstverständlich finde ich sie attraktiv. Das ist sie wirklich. Sie ist … unglaublich. Schatz, sie steht kurz vor der Hochzeit, und ich versuche, sie zu ihrem Verlobten nach Hause zu bringen. Ich weiß nicht, ob sie ihn liebt oder nicht. Manchmal glaube ich, ja, andere Male, nein.*

*Ich kann nicht fassen, dass wir dieses Gespräch führen.*

*Ja, sie hat Beine wie du. Nein, sie ist … fülliger. Welche Größe sie trägt, weiß ich nicht. Ich guck mir doch nicht die BH-Schildchen an. Doch, klar, ich habe sie gesehen. Ich musste ihn ihr doch nach dem Absturz ausziehen.*

*Nein, das alles macht mir nicht zu schaffen. Ich … ich vermisse dich.*

*Schatz, ich bin ihr Arzt. Das ist alles. Okay, ein bisschen macht es mir vielleicht schon zu schaffen. So, du wolltest ja, dass ich ehrlich bin. Ich habe es gesagt. Es ist nicht einfach …*

*Eines will ich noch über sie sagen … sie hat einen ausgefallenen Humor. Ich habe gemerkt, dass ich mich darauf stützen kann. Dass ich ihn brauche. Es hat etwas mit Stärke zu tun. Wie bei dir.*

*Kommt von ganz tief drinnen. Sie ist zäh. Ich glaube, sie wird es schaffen. Vorausgesetzt, dass ich sie nicht vorher verhungern lasse.*

*Werde ich das zulassen? Schatz, ich weiß es nicht. Ich hätte nicht gedacht, dass ich es bis hierher schaffe, aber ich habe es geschafft. Kann es noch schlimmer werden? Sicher. Das ist noch nicht das Schlimmste. Das Schlimmste ist, von dir getrennt zu sein. Das ist zehn Mal schlimmer, als hier draußen festzusitzen.*

*Ich gehe jetzt schlafen.*

*Nein, ich weiß nicht, was ich mit dem »es ist nicht einfach« machen werde. Nein, ich werde es ihr nicht sagen. Auf keinen Fall. Hör auf damit. Ich sage es ihr nicht. Ich höre dir gar nicht zu.*

*Na gut, vielleicht sage ich ihr, dass es mir ein bisschen zu schaffen macht. In Ordnung?*

*Nein, ich weiß nicht, wie. Ich weiß nicht, ich werde ehrlich sein. Ehrlichkeit ist nie ein Problem. Egoismus? Ja. Ehrlichkeit? Nein. Aber das weißt du ja.*

*Ja, ich werde ihr sagen, dass es mir leidtut.*

*Entschuldige, dass ich laut geworden bin.*

*Jetzt und damals.*

# 40

Am nächsten Morgen war ich schon früh unterwegs. Zwölf Fallen aufzustellen dauerte den ganzen Vormittag. Erst nach Mittag war ich fertig. Zusammen mit den beiden Fallen vom Vortag waren es nun insgesamt vierzehn. Ich hatte sie alle am See platziert, manche am Ufer, einige bis zu hundert Meter davon entfernt. Auf dem Hin- und Rückweg zu meinem Schießstand am Futterplatz der Elche konnte ich sie alle kontrollieren.

Am Nachmittag richtete ich mich in meinem Jagdstand ein und saß drei Stunden da, bevor ich etwas entdeckte. Ein junger Elch, dicht gefolgt von seiner Mutter, tänzelte auf den See. Er ging ein paar Schritte, sank knietief in den Schnee ein, drehte sich um, kehrte zurück an die Bäume und begann zu fressen. Für Muttermilch war er schon zu groß. Die meisten Tiere, die ich kenne, bringen ihre Jungen nach dem rauen Winter zur Welt. Wenn dieses Kalb im Mai oder Juni des Vorjahres geboren worden war, musste es acht Monate alt sein. Seine Mutter, die Elchkuh, war riesig, hatte eine Schulterhöhe von über zwei Meter und wog sicher eine Tonne. Sie hätte uns ein ganzes Jahr ernährt. Aber wir brauchten kein Fleisch für ein Jahr. Wenn ich das Jungtier schoss, würde die Kuh es überleben. Wenn ich die Kuh schoss, würde das Kalb höchstwahrscheinlich ebenfalls sterben.

Sie ästen in vierzig Meter Entfernung. Mein Herz raste. Da der Schnee mir ins Gesicht wehte, kam der Wind aus

Richtung der Elche. Als die Kuh bis auf zwanzig Meter herankam, überlegte ich ernsthaft, auf sie zu schießen. Rückblickend hätte ich es tun sollen. Das Kalb ließ sie nicht allzu weit fortgehen, und es kam ebenfalls bis auf zehn Meter heran. Noch näher, und es hätte mein Herz schlagen gehört.

Langsam spannte ich den Bogen. Die Elchkuh hob den Kopf. Ein großes Auge sah mich an, vielmehr den Baum. Sie ahnte, dass da etwas war. Nur wusste sie nicht, was.

Ich visierte die Brust des Kalbs an, atmete tief ein, halb aus und flüsterte: »Zielen, zielen, zielen ... Schuss.«

Der Pfeil verschwand in der Brust des Kalbes. Es machte einen Satz, bäumte sich auf, drehte sich im Kreis und rannte an mir vorbei über den See, dicht gefolgt von der Elchkuh. Die Mutter stapfte mit hocherhobenem Kopf und gespitzten Ohren durch den Schnee.

Ich hielt den Atem an, bemühte mich, meine Nerven zu beruhigen, und ging im Geist den Schuss und die Flugbahn des Pfeils noch einmal durch. Eigentlich hatte ich vorgehabt, in die Herzgegend zu treffen, damit das Tier schnell starb, aber ich hatte gezuckt und den Schuss nach rechts verzogen. Daher hatte er zu weit hinten die Rippen getroffen. Ein Unterschied von etwa zehn Zentimetern. Der Pfeil hatte wahrscheinlich die Lunge durchstochen. Vor Angst und Schmerz würde das Tier also wegrennen. Da es nicht kämpfen konnte, ergriff es die Flucht. Es würde verbluten, dabei aber vielleicht noch kilometerweit rennen. Die Mutter würde ihm folgen und es notfalls verteidigen.

Sobald es in Deckung wäre, würde es stehen bleiben und auf die Mutter horchen. Wenn es die Mutter sähe, würde es sich sicher fühlen, sich hinlegen und verbluten. Sollte ich zu früh aus meinem Versteck kommen und die beiden verfolgen, würde ich sie noch mehr verängstigen und verjagen.

Nahezu eine Stunde wartete ich ab und legte einen weiteren Pfeil ein, bevor ich aus meinem Jagdstand trat. Die Blutspur führte wie ein ziegelroter Pfad über den See. Ich hatte mit meiner Vermutung recht gehabt. Es war ein schlechter Schuss gewesen. Das Kalb war geradewegs über den See gelaufen und unter den Bäumen verschwunden. Langsam folgte ich der Spur und hielt nach der Mutter Ausschau. Elchkühe beschützen ihre Jungen. Sie kämpfen eher, als die Flucht zu ergreifen.

Es hörte auf zu schneien, ein frischer Wind vertrieb die Wolken, und über mir schien hell der Mond. Es war die hellste Nacht, die ich seit langem erlebt hatte. Mein Schatten folgte mir zwischen die Bäume. Nur mein Atmen und das Knirschen des Schnees unter meinen Schneeschuhen waren zu hören.

Ich ließ mir Zeit. Nach einer Stunde fand ich sie. Das Kalb hatte es von der Stelle, an der ich es angeschossen hatte, noch knapp zwei Kilometer weit geschafft, war einen Hang hinaufgelaufen, dann aber geschwächt umgefallen und heruntergerollt. Die Mutter stand neben ihm und leckte es ab.

Es rührte sich nicht.

Die Kuh richtete sich und ihren Schwanz auf. Laut brüllend hob ich den Bogen hoch und versuchte, mich größer zu machen, als ich war. Sie schaute zuerst mich an und warf dann einen Blick zurück über ihre Schulter. Elche haben zwar einen guten Geruchssinn, sehen aber schlecht. Ich näherte mich ihr in Windrichtung bis auf vierzig Meter mit eingelegtem Pfeil. Ich wollte sie nicht erschießen, aber wenn sie mich angriff, blieb mir wohl kaum etwas anderes übrig.

Ich hielt mich in der Nähe der Bäume. Notfalls konnte ich unter den Ästen abtauchen.

Als ich bis auf zwanzig Meter herangekommen war,

reichte es ihr. Wie aus der Pistole geschossen griff sie mich an. Ich sprang in Richtung Bäume, stolperte aber über meine Schneeschuhe. Sie erwischte mich mit Kopf und Brust und stieß mich in die Zweige der Espe. Ich prallte gegen den Stamm, duckte mich unter die tiefsten Äste und rollte mich um den Stamm zusammen. Sie witterte mich, konnte mich durch die Zweige aber nicht sehen. Schnaubend und mit tiefem Brüllen rüttelte sie mit der Brust an den Zweigen, stampfte auf den Boden und trat schließlich lauschend zurück. Ihre Ohren waren gespitzt. Zögernd machte sie einen Schritt.

Sie kamen alle gleichzeitig.

Acht Wölfe stürmten zwischen den Bäumen oberhalb herunter und stürzten sich auf das Kalb. Die Elchkuh zögerte keinen Moment. Neun Tiere prallten über dem toten Kalb in einem wirbelnden Gewirr aus Fell, Zähnen und Hufen aufeinander.

Ich kroch unter dem Baum hervor, legte mich auf den Bauch und beobachtete den Kampf. Sie stand über dem Kalb und trat zu. Ich hörte Knochen knirschen und sah Wölfe gut sechs Meter in die Luft fliegen. Einer sprang von irgendwoher herbei, verbiss sich in ihr Hinterteil und zerrte, während ein anderer ihr an die Kehle ging und an ihrem Hals hing. Der dritte und vierte zerrten von unten an ihr, und zwei weitere rissen an dem Kalb. Zwei lagen reglos im Schnee.

Wütend trat sie nach den beiden Wölfen auf dem Kalb, dass sie wie Fußbälle durch die Luft wirbelten. Dann wandte sie sich denen zu, die sich in ihr verbissen hatten. Sie bäumte sich auf und schlug aus, dass Blut und Zähne der Wölfe nur so spritzten. Im Nu zogen sich die verwundeten Wölfe heulend unter die Bäume zurück. In sechzig bis achtzig Meter Entfernung blieben sie lauernd stehen. Die Elchkuh stand keuchend im Mondschein über dem Kalb und stupste es mit der Schnauze an. Ihr Blut tropfte in den Schnee. Alle paar Minuten stieß sie ein tiefes Gebrüll aus. Ich kroch in meinen Schlafsack, setzte mich auf meinen Rucksack und lehnte mich an den Baum.

Die Wölfe umkreisten sie noch eine Stunde lang, unternahmen noch einen Scheinangriff und verschwanden dann über dem Bergkamm. In der Ferne hallte ihr Geheul wider. In den folgenden Stunden blieb die Kuh über dem Kalb stehen und schirmte es gegen den Schneefall ab, der wieder eingesetzt hatte. Der rote Fleck, den ihr Blut im Schnee hinterlassen hatte, wurde nach und nach weiß.

Bei Tagesanbruch war von dem Kalb kaum mehr zu erkennen als eine weiße Erhebung unter ihr. Ein letztes Mal brüllte die Kuh und verschwand dann zwischen den Bäumen. Ich zog das Kalb unter die Bäume. Die Hinterschinken hatten die Wölfe gefressen oder zumindest abgerissen. Auch die Schultern waren angefressen, aber etwas Fleisch war noch da. Ich schnitt die Nacken- und Lendenstücke heraus und trennte so viel Fleisch, wie ich nur konnte, von den Rippen. Schließlich hatte ich etwa fünfzehn Kilo, genug, um uns acht bis zehn Tage zu ernähren. Oder länger.

Ich packte alles in meinen Rucksack und ging zu meinem Bogen, den ich während des Angriffs der Elchkuh hatte fallen lassen. Der Bogen und die Exzenterräder waren gebrochen, die Sehne zu einem wirren Knäuel verheddert, und die Elchkuh hatte sämtliche Pfeile zertreten.

Ich ließ ihn liegen.

Dann schnallte ich mir die Schneeschuhe an und ging zurück an den See. Am anderen Ufer sah ich die Hütte und den hellen Feuerschein durch die Scheiben. Ich bezweifelte, dass Ashley auch nur ein Auge zugetan hatte.

Als ich die rote Blutspur erreichte, blieb ich stehen. In der Ferne brüllte die Kuh. Wahrscheinlich würde sie den ganzen Tag und auch noch den nächsten brüllen.

Es tat mir nicht leid, dass ich das Kalb getötet hatte. Wir mussten schließlich essen. Ich würde es wieder tun, wenn ich die Chance dazu hätte. Es tat mir auch nicht leid, dass die Kuh einsam war. Sie würde wieder ein Kalb bekommen. Die meisten brachten mit jedem Wurf zwei oder drei Junge zur Welt.

Was mir wie ein Stein im Magen lag, war der Anblick der Mutter, die über ihrem Jungen stand.

Ich fuhr mit der Hand durch die roten Schneeklumpen. Sie waren weitgehend unter Neuschnee begraben. Nur die Umrisse waren noch schwach zu erkennen. In einer Stunde würde nichts mehr daran erinnern.

Vielleicht lag es daran, dass es schon der dreiundzwanzigste Morgen hier draußen war, oder an meiner Schwäche, meiner Erschöpfung, am Gewicht des Diktiergeräts an meiner Brust, am fernen Gebrüll der Elchkuh, am Gedanken an Ashley, die verletzt und beunruhigt war – vielleicht lag es an alledem. Jedenfalls ließ ich mich auf die Knie fallen und sank durch den schweren Rucksack bis über die Oberschenkel ein. Ich schaufelte mit einer Hand einen faustgroßen, blutroten Schneeklumpen auf, hielt ihn mir an die Nase und atmete ein.

Links von mir stand eine gut achtzehn Meter hohe, gerade gewachsene Fichte. Die ersten Äste begannen erst in neun Meter Höhe.

Ich schnallte meinen Rucksack ab, zog meine Axt aus dem Gürtel und kroch an den Baum. Mit mehreren gezielten Schlägen schlug ich eine zehn Zentimeter breite, sechzig Zentimeter lange und zwei bis fünf Zentimeter tiefe

Kerbe in den Stamm. Wenn der Sommer käme und die Wärme die Säfte steigen ließ, würde es wie Tränen aus dieser Wunde tropfen.

Wahrscheinlich würde sie über mehrere Jahre weinen.

# 41

*Du hattest recht …*
*… du hattest die ganze Zeit recht.*

# 42

Ashleys Gesicht sagte mir alles, was ich wissen musste. Ich schlurfte hinein und stellte meinen Rucksack ab. Wie erschöpft ich war, merkte ich erst, als ich zu sprechen versuchte. Ich zuckte die Achseln. »Ich habe versucht anzurufen, aber es war besetzt.«

Sie lächelte, zwinkerte und winkte mich mit dem Zeigefinger heran. Ich kniete mich neben sie. Sie strich mir sanft über mein linkes Auge. »Du hast dich geschnitten. Tief sogar.« Ihre Hand strich über meine Wange. »Ist mit dir alles in Ordnung?«

Neben ihr lag das fertige Puzzle. Das Bild war zusammengefügt. Es war ein Bergpanorama mit schneebedeckten Gipfeln und Sonne im Hintergrund.

»Du hast es fertig?« Ich wandte den Kopf und betrachtete es blinzelnd. »Ist das ein Sonnenaufgang oder ein Sonnenuntergang?«

Sie legte sich zurück und schloss die Augen. »Ich glaube, das hängt davon ab, wie der Betrachter es sieht.«

Den ganzen Tag schnitt ich das Fleisch in Streifen und briet es langsam über dem Feuer. Ashley hielt mir einen kleinen Spiegel vor und zuckte ständig zusammen, während ich mir die Wunde über meinem Auge mit sieben Stichen nähte. Immer wieder aßen wir etwas. Sobald uns auch nur der Gedanke an Essen kam, rissen wir uns ein Fleischstückchen ab und kauten. Auch Napoleon. Das gönnten wir uns. Wir stopften uns nicht voll, warteten aber auch nicht ab, bis wir Hunger bekamen. Am Abend waren wir satt und zufrieden. Alle drei.

Ashley bat mich, ihr ein Bad einlaufen zu lassen. Während sie badete, packte ich den Schlitten. Viel war nicht übrig. Mein Rucksack, unsere Schlafsäcke, die Wolldecken, die Axt und das Fleisch. Alles, was wir nicht unbedingt brauchten, ließ ich zurück, um Gewicht zu sparen. Nachdem ich Ashley aus dem Bad geholfen und ins Bett gebracht hatte, badete ich ebenfalls, da ich nicht wissen konnte, wann sich das nächste Mal eine Gelegenheit dazu bieten würde.

Als es Abend wurde, schlief ich bereits. Ich schlief vielleicht zwölf Stunden bis kurz vor Tagesanbruch. Der längste ungestörte Nachtschlaf seit dem Absturz. Eigentlich schon seit Jahren. Vielleicht seit einem Jahrzehnt.

Chirurgen und vor allem Unfallchirurgen sind es gewohnt, schnell und unter hohem Druck schwierige Entscheidungen zu treffen. Aber mit unserer Entscheidung hatte ich lange gerungen. Was sollten wir tun? Gehen oder bleiben?

Ich wollte nicht fort. Am liebsten wäre ich am warmen Feuer geblieben und hätte darauf gehofft, dass irgendjemand uns zufällig findet. Aber mit dem Kalb hatten wir Glück gehabt. Es konnte sein, dass ich eine solche Chance mein Leben lang nicht wieder bekäme. Ganz zu schweigen davon, dass der Bogen hinüber war.

Ich hatte sogar überlegt, die Hütte in Brand zu stecken. Das ganze Camp einfach abzufackeln. Aber es gab keine Garantie, dass jemand kommen würde, um die Ursache zu ergründen. Und wenn wir drei Tage lang gegangen und nirgendwo angekommen wären oder nichts Vielversprechendes entdeckt hätten, bräuchten wir einen Rückzugsort. Ich war nicht Kolumbus. Die Möglichkeit, hierher zurückzukommen, war für uns wichtiger als die vage Chance, dass jemand den Brand bemerken und Nachforschungen anstellen würde.

Ich schnitt die Schaumstoffmatratze so zu, dass sie in den Schlitten passte, und breitete zwei Wolldecken darauf aus. Dann zog ich Ashley an, schnallte ihre Beinschiene wieder fest, legte sie im Schlafsack in den Schlitten und schob ihr eine dritte, gefaltete Decke als Kissen unter den Kopf. Dank der Kufen entstand an der Unterseite des Schlittens ein Luftpolster zwischen ihrem Rücken und der Schneedecke, das sie warm hielt. Und da der Kunststoffschlitten keine Feuchtigkeit durchließ, blieb sie auch trocken.

Um sie vor Schneefall zu schützen, deckte ich sie mit einer Plane ab, die ich festband. Sie drückte von innen ihren Daumen dagegen. »Eingemummelt wie eine Raupe.«

Napoleon schob ich zu ihr unter die Decken. Offenbar hatte er sich schon Sorgen gemacht, denn er leckte ihr Gesicht ausgiebiger als sonst ab.

Ich zog meine Gamaschen über, rollte meine Jacke zusammen und stopfte sie in ihren Schlafsack. Dann packte ich die Streichhölzer und den Spiritus ein, schnallte das Zuggeschirr um und warf einen letzten Blick auf das behagliche Feuer, bevor ich sie durch die Tür in den endlosen Schnee zog.

Ich fühlte mich erstaunlich gut. Nicht gerade kräftig, aber auch nicht mehr so erschöpft und schwach. Seit dem Absturz hatte ich sicher mehr als zehn Kilo abgenommen. Vielleicht sogar zwölf bis dreizehn Kilo. Ein Großteil davon waren Muskeln, nicht alles, aber doch das meiste. Damit hatte ich auch Kraft verloren. Aber mit den neuen Schneeschuhen war ich etwas leichtfüßiger. Einerseits hatte ich zwar nicht mehr so viel Kraft, musste andererseits aber auch nicht mehr so viel Gewicht schleppen, wenn man von Ashley und dem Schlitten einmal absah. Vermutlich war ich seit meiner Schulzeit nicht mehr so leicht gewesen.

Ich band eine lange Schnur an mein Zuggeschirr und reichte Ashley das lose Ende. »Wenn du mich brauchst, zieh einfach daran.«

Sie nickte, schlang sich die Schnur um ihr Handgelenk und zog sich die Plane bis unters Kinn.

Bei grellem Tageslicht zogen wir los. Im Nu stiegen wir auf den Bergkamm und waren unterwegs zu dem Wanderweg, der aus dem Tal führte. Da der Schlitten gut über den Schnee glitt, spannte das Zuggeschirr nur selten. Der Schnee wehte mir entgegen, landete auf meinen Lidern, so dass ich nichts mehr sehen konnte. Ständig musste ich mir das Gesicht abwischen.

Mein Plan war ganz einfach: aufbrechen und immer weitergehen. Anhand der 3-D-Karte, die wir gefunden hatten, und einiger logischer Schlussfolgerungen hatte ich mir überlegt, dass wir vermutlich fünfzig bis fünfundsechzig Kilometer, höchstens aber achtzig Kilometer von einer Straße oder etwas Ähnlichem entfernt waren. Wie weit ich den Schlitten ziehen konnte, hatte ich mir nicht überlegt. Ich bemühte mich, nicht darüber nachzudenken. Ich dachte wohl, fünfzig Kilometer könnte ich schaffen. Bei fünfundsechzig Kilometer hatte ich schon meine Zweifel. Und wenn es mehr sein sollten, standen unsere Chancen schlecht.

Unser Weg führte uns leicht bergauf und bergab, aber ich merkte, dass wir insgesamt an Höhe verloren. Zum Glück war der Weg weitgehend frei. So brauchte ich meine Kraft nicht ständig darauf zu verwenden, Baumstämme und Äste zu überwinden, und konnte mich mehr auf das Fortkommen konzentrieren. Der Gedanke, dass wir uns auf einem Weg befanden, war beruhigend. Auch andere Leute hatten diese Route genommen. Und diese Leute mussten irgendwoher gekommen sein.

Gegen Mittag hatten wir nach meinen Schätzungen fünf Kilometer geschafft. Am Nachmittag waren es sicher schon sechseinhalb Kilometer. Aus Gewohnheit schaute ich auf meine Armbanduhr, um zu sehen, wie spät es war. Das gesprungene, von innen beschlagene Glas starrte mich an. In der Dämmerung führte der Weg einen kleinen Hang hinunter und wurde dann flacher. Ich hatte mich mächtig ins Zeug gelegt, schaute zurück und ging im Geist noch einmal jede Biegung durch. Wir hatten vielleicht sechzehn Kilometer geschafft.

Die Nacht verbrachten wir in einem improvisierten Unterstand, den ich aus unserer mittlerweile zerfledderten Plane und einigen Ästen baute, um den Schnee abzuhalten. Ashley, die auf dem Schlitten gut aufgehoben war, zuckte die Achseln. »Hier ist nur Platz für einen.«

Ich legte mich mit einer Wolldecke und meinem Schlafsack auf den kalten Schnee. »Ich vermisse unser Feuer.«

»Ich auch.«

Napoleon bibberte. »Ich glaube, er ist auch nicht sonderlich glücklich hier«, stellte ich fest und zog ihn an mich. Er schnüffelte an mir und meinem Schlafsack, sprang dann durch den Schnee und kroch zu Ashley in den Schlafsack.

Sie lachte.

Ich drehte mich auf die Seite und schloss die Augen. »Mach doch, was du willst.«

Bis zum späten Vormittag hatten wir weitere gut sechs Kilometer zurückgelegt. Es wurde allmählich wärmer. Die Temperatur lag nur noch um den Gefrierpunkt – und war damit die wärmste, die wir seit dem Absturz erlebten. An den Hängen lugten Schösslinge und Zweige aus dem Schnee, was vermuten ließ, dass die Schneedecke nicht mehr mehrere Meter, sondern allenfalls bis zu einem Meter dick war. Je mehr wir an Höhe verloren – mittlerweile befanden wir uns vermutlich um 2700 Meter über dem Meeresspiegel –, umso nasser und pappiger wurde der Schnee und umso schwerer ließ sich der Schlitten ziehen.

Nach etwa acht Kilometern führte der Weg breiter und gerader bergab. Fast schon unnatürlich. Ich blieb stehen, kratzte mich am Kopf, redete mit mir selbst und deutete auf den Weg.

»Was ist los?«, fragte Ashley.

»Dieses Ding ist breit genug für einen Laster.« In diesem Augenblick wurde es mir schlagartig klar. »Wir sind auf einer Straße. Das unter uns ist eine Straße.«

Rechts von uns bemerkte ich etwas Flaches, Grünes und Glänzendes, das einige Zentimeter aus dem Schnee ragte. Ich fegte den Schnee beiseite, brauchte aber eine Weile, bis ich begriff, was es war. Ich musste lachen. »Es ist ein Straßenschild.« Ich grub es aus. »Evanston 62« stand darauf, hundert Kilometer bis Evanston.

»Ich will es sehen. Was steht drauf?«

Ich stieg wieder in mein Zuggeschirr. »Evanston da entlang, steht da.«

»Wie weit ist es?«

»Nicht sehr weit.«

»Ben Payne.«

Ich schüttelte den Kopf, ohne sie anzusehen. »Nein.«

»Wie weit?«

»Willst du es wirklich wissen?«

Pause. »Eigentlich nicht.«

»Das dachte ich mir.«

Sie zog an der Schnur. Ich blieb wieder stehen.

»Können wir es schaffen?«

Ich stemmte mich ins Zuggeschirr. »Ja. Können wir.«

Wieder zog sie an der Leine. »Kannst du dieses Ding so weit ziehen, wie es laut diesem Schild nötig ist?«

Ich schloss die Schnalle meines Zuggeschirrs wieder und stemmte mich dagegen. »Ja.«

»Bist du sicher?«

»Ja.«

»Wenn du es nicht kannst, sag es mir ruhig. Jetzt wäre der richtige Zeitpunkt, damit rauszurücken, wenn du glaubst …«

»Ashley?«

»Ja.«

»Sei still.«

»Du hast nicht bitte gesagt.«

»Bitte.«

»Okay.«

Auf den nächsten acht Kilometern ging es überwiegend bergab, was das Gehen relativ angenehm machte. Es wurde dunkel, aber da der Schlitten bei den kühleren Temperaturen leichter über den Schnee glitt, ging ich noch einige Stunden weiter. Wir schafften wohl sechzehn Kilometer auf der Straße, seit der Hütte also insgesamt vierzig Kilometer. Die Orientierung war auf der Straße ähnlich wie am Seeufer: Man musste nur auf dem weißen Streifen zwischen den Bäumen bleiben.

Irgendwann nach Mitternacht entdeckte ich rechts von

mir einen merkwürdig geformten Baum oder Umriss. Ich schnallte das Zuggeschirr ab und schaute mir das Gebilde genauer an. Es war eine Hütte, etwa zweieinhalb Meter lang und breit mit Dach und Betonboden. Da die Tür einen Spalt offen stand, war Schnee hineingeweht. Ich schaufelte den Eingang frei und schob den Schlitten hinein. An der Wand hing ein laminiertes Schild. Ich zündete ein Streichholz an und las: »Das ist eine Schutzhütte für Notfälle. Wer in einer Notlage ist, ist hier willkommen. Wer nicht in einer Notlage ist, hat hier nichts zu suchen.«

Ashleys Hand schob sich in der Dunkelheit in meine. »Ist alles in Ordnung?«

»Ja, es ist alles gut. Ich denke, hier dürfen wir bleiben.« Ich rollte meinen Schlafsack aus und kroch hinein. Der Boden war hart. »Aber ich vermisse meine Schaumstoffmatratze.«

»Möchtest du mit auf meine?«

»Glaub ja nicht, daran hätte ich nicht auch schon gedacht. Aber ich glaube kaum, dass auf dem Ding genug Platz ist für zwei.«

Sie war still.

»Was macht das Bein?«, fragte ich.

»Es tut immer noch weh.«

»Anders oder wie sonst auch?«

»Wie sonst.«

»Sag Bescheid, wenn es sich anders anfühlt.«

»Und was willst du machen, wenn es so ist?«

Ich drehte mich auf die Seite und schloss die Augen. »Wahrscheinlich amputieren. Dann hören die Schmerzen auf.«

Sie schlug mir auf die Schulter. »Das ist nicht komisch.«

»Deinem Bein geht es gut. Es heilt hervorragend.«

»Muss es operiert werden, wenn wir hier rauskommen?«

Ich zuckte die Achseln. »Das müssen wir uns auf dem Röntgenbild ansehen. Mal schauen, wie es aussieht.«

»Machst du die Operation?«

»Nein.«

»Warum nicht?«

»Weil ich dann schlafe.«

Sie schlug mir wieder auf die Schulter. »Ben Payne …«

»Ja.«

»Ich möchte dich etwas fragen, und ich will eine ehrliche Antwort.«

»Viel Glück.«

Ein dritter Klaps. »Es ist mir ernst.«

»Okay.«

»Wenn es sein müsste, könnten wir dann zurück zur Hütte? Ich meine, wenn die Lage sich verschlimmern sollte … ist es noch möglich, zurückzugehen?«

Mein Schlafsack hatte gelitten und einige der wärmenden Daunen verloren. Einzelne Stellen waren kalt. Es würde nicht einfach werden, zu schlafen. Ich dachte an die Strecke, die wir von der Hütte bis hierher zurückgelegt hatten. Die meiste Zeit war es stetig bergab gegangen. Ich war mir ziemlich sicher, dass ich es zurück nicht schaffen würde.

»Ja, es ist möglich.«

»Belügst du mich?«

»Ja.«

»Also, was jetzt? Ja oder nein?«

»Vielleicht.«

»Ben, ich habe noch ein gesundes Bein.«

»Nein.«

»Also, es gibt kein Zurück? Wir werden die Hütte nie wiedersehen?«

»Vermutlich nicht.« Ich legte mich auf den Rücken und

starrte an die Decke. Wolken waren aufgezogen, und es war stockdunkel. Es war ein Gefühl, als säßen wir in einem Loch. Da sich an den Außenwänden der Hütte der Schnee zweieinhalb Meter hoch türmte, entsprach das ja auch den Tatsachen. Nach einer Weile schob sie wortlos ihre Hand in meinen Schlafsack und legte sie flach auf meine Brust.

Dort blieb sie die ganze Nacht liegen.

Das weiß ich.

# 43

Bei Tagesanbruch zogen wir weiter. Ashley war in Plauderstimmung, ich dagegen spürte die Nachwirkungen des Vortages, ganz zu schweigen davon, dass die Straße allmählich bergauf führte. Anfangs war es nur eine leichte Steigung, aber nach gut sechs Kilometern schlängelte sich die Route steil den Berg hinauf, den ich seit zwei Tagen vor Augen hatte. Durch die Steigung und den nassen Pappschnee ließ sich der Schlitten erheblich schwerer ziehen. Ich band meine Schneeschuhe fester, schob die Hände unter die Schultergurte und legte mich ins Zeug. Für die nächsten eineinhalb Kilometer brauchte ich drei Stunden. Um die Mittagszeit hatten wir insgesamt acht Kilometer geschafft und vermutlich dreihundert Höhenmeter gewonnen.

Und die Straße führte immer weiter bergauf. Schnee wehte mir ins Gesicht.

Bis zur Dämmerung hatten wir wohl elf Kilometer geschafft, aber ich war fix und fertig und hatte Krämpfe in den Beinen. Nach jedem Schritt musste ich mich kurz ausruhen. Ich hoffte, eine weitere Schutzhütte zu finden, aber es kam keine, und ich konnte nicht weitergehen, um eine zu suchen.

Also kampierten wir unter einer Espe mit ausladendem, gewundenem Zweigwerk. Ich band die Plane daran fest, verankerte sie am Ende des Schlittens, breitete eine Decke auf dem Schnee aus, legte den Schlafsack darauf und schlief ein, sobald mein Kopf den Boden berührte.

Mitten in der Nacht wachte ich auf. Es schneite stark, und der Schnee drückte die Plane herunter. Ich drückte sie von unten hoch, bis der Schnee herunterrutschte. Dann aß ich etwas kaltes Fleisch, trank Wasser und schob den Kopf unter der Plane hervor. Im Norden klarte es auf. Ich zog meine Stiefel an, schnallte mir die Schneeschuhe unter und stieg ein gutes Stück weiter hinauf. Die Bergstraße wand sich in immer engeren Kehren den Hang hinauf. Wenn wir schon hinaufmussten, so war der einzige ermutigende Gedanke, dass es auch wieder hinuntergehen musste. In einer scharfen Linkskehre beugte ich mich vor, um Atem zu schöpfen. Meine Beine schmerzten und neigten zu Krämpfen.

Als ich mich wieder aufrichtete, blickte ich suchend in die Dunkelheit. Die Wolken hingen tief zwischen den Bergen, wie Watte auf einer Wunde. Dahinter, in vielleicht fünfzig bis sechzig Kilometern Entfernung, klarte es auf. Ich blinzelte. Es dauerte eine Weile, bis mir klar wurde, was ich dort sah.

Ich band die Plane los, faltete sie zusammen und rüttelte Ashley wach. Sie fuhr erschrocken hoch. »Was? Was ist los?«

»Ich möchte, dass du dir etwas ansiehst.«

»Jetzt sofort?«

»Ja.«

Ich legte mir das Zuggeschirr um und zog los. Für die Strecke, die ich allein in einer Viertelstunde geschafft hatte, brauchten wir nun eine Stunde. Ich ging schneller, in der Hoffnung, dass der Himmel noch etwas länger klar bleiben mochte und sie eine Chance bekäme, es auch zu sehen. Meine Bauch- und Halsmuskeln schmerzten, ich war außer Atem, und die Gurte schnitten mir in die Schultern.

Als wir um die Kehre kamen, zog ich sie auf den Felsvorsprung, und wir warteten, dass die Wolken aufrissen. Der Wind fuhr mir schneidend bis auf die Knochen. Ich zog meine Jacke über und schob die Hände in die Ärmel. Nach einer Weile verzogen sich die Wolken und gaben die Sicht frei. Ich zeigte ihr die Richtung.

In etwa siebzig Kilometern Entfernung brannte eine einzelne Lampe. Weiter nördlich dahinter stieg eine einzelne Rauchfahne auf.

Sie nahm meine Hand. Keiner von uns sagte ein Wort. Die Wolken kamen und gingen mit dem Wind. Ich holte den Kompass heraus, achtete sorgfältig darauf, dass die Nadel stillstand und bestimmte die Richtung: 357 Grad, fast genau nördlich.

»Was machst du?«, fragte sie.

»Für alle Fälle.«

Den Rest der Nacht starrten wir auf das Licht und hofften auf weitere Wolkenlöcher. Da es orangerot schimmerte, dachte ich mir, dass es eine Straßenlaterne oder eine Außenbeleuchtung sein musste. Etwas, was stark genug war, dass man es auf diese Entfernung sehen konnte. Als die Sonne im Osten aufging und die Welt wieder wie ein Teppich mit weißen Höckern erschien, verloren wir es aus den Augen.

Die Straße hatte uns wieder auf eine Höhe von etwa 3300 Metern gebracht. Ich brauchte Schlaf, aber mir war klar, dass ich nicht würde schlafen können. Schweigend zogen wir durch den Schnee, während vor unserem inneren Auge ein Bild erstand. Die Vorstellung von einer Welt, in der es Strom, heißes Wasser, Gerichte für die Mikrowelle und Baristas gab.

Der Berg flachte sich zu einem Plateau ab. Kilometerweit gingen wir über eine Hochebene, auf der wir uns wie auf dem Dach der Welt fühlten. Der stetige Gegenwind brannte mir im Gesicht. Die Luft war dünn, und der Schnee peitschte mir gegen die Wangen. Benommen stemmte ich mich dagegen, rang nach Atem und zählte im Kopf die Kilometer – vielleicht noch zweiundsiebzig lagen vor uns.

Ich zählte beim Gehen rückwärts. »Noch siebenundsechzig bis zu dem Licht. Noch sechsundsechzig …«

Als ich bei vierundsechzig Kilometern war, kamen wir unter einen Bergsattel, eine windgeschützte Mulde. In der Mitte entdeckte ich eine weitere Schutzhütte. Sie war größer, bestand aus einem Raum mit drei Etagenbetten, Matratzen, Kamin und ausreichend Holz für einen Winter. Über der Tür stand: Rangerhütte. Innen hing das gleiche Schild wie in der vorigen Hütte.

Mit dem Spiritus, den ich aus unserer Hütte am See mitgenommen hatte, war es einfach, Feuer anzuzünden. Ich schichtete Holzscheite auf, begoss sie mit Spiritus und zündete ihn an. Die Flamme wanderte durch den Holzstoß, der sofort lichterloh brannte. Sobald ich sicher war, dass die Scheite Feuer gefangen hatten, zog ich meine nassen Kleider aus und hängte sie über die Etagenbetten. Nachdem ich Ashley hingelegt hatte, fiel ich in mein Bett und schlief sofort ein.

# 44

Sie schüttelte mich. »Ben, bist du da drin?
»Ja.«

Es war heller Tag. Der Himmel war bedeckt, aber es schneite nicht. Noch nicht. Ich hatte keine Ahnung, wie spät es war, aber es musste schon beinah Mittag sein.

»Du hast lange geschlafen.«

Ich schaute mich um und versuchte, mich zu erinnern, wo ich war.

Meine Beine schmerzten, und die Füße fühlten sich an wie rohes Fleisch. Eigentlich tat mir alles weh. Ich setzte mich auf, aber sofort verkrampften sich die Muskeln in Beinen und Bauch. Ich streckte mich und massierte die Knoten weg. Ashley reichte mir eine nahezu volle Trinkflasche mit Wasser. Es hatte Körpertemperatur und rann mir wohlig durch die Kehle.

Ich aß, trank und überlegte, wie weit wir an diesem Tag kommen konnten. Eine halbe Stunde später stemmte ich mich in das Zuggeschirr.

Sie zog leicht an der Kordel. »Ben?«

»Ja«, sagte ich über die Schulter.

»Weißt du zufällig, was für ein Tag heute ist?«

»Der Siebenundzwanzigste.«

»Dann werden es morgen vier Wochen?«

Ich nickte.

»Also ist heute Sonntag?«

»Ja, ich glaube schon.«

Wieder zog ich an und stemmte die Füße in die Schneeschuhe.

Noch einmal zupfte Ashley an der Leine. »Weißt du, ich habe nachgedacht.«

»Ja?«

»Diese Sache mit dem Abnehmen war so einfach, dass ich finde, wir sollten daraus Kapital schlagen.«

»Wie denn das?«

»Wir sollten ein Diätbuch schreiben.«

»Ein Diätbuch?«

»Ja.« Sie setzte sich auf. »Überleg doch mal, wir haben seit dem Absturz fast nichts anderes gegessen als Fleisch und nur Wasser und ein paar Tassen Kaffee und Tee getrunken. Ich meine, schau uns doch an. Wer könnte bestreiten, dass es funktioniert?«

Ich drehte mich um. »Ich glaube, unsere Diät ist eine Spielart der Atkins- oder der South-Beach-Diät.«

»Ach so?«

»Na ja, wie würdest du sie denn nennen?«

»Wie wär's mit Nord-Utah-Diät?«

»Zu langweilig.«

Sie schnippte mit den Fingern. »Wie heißen diese Berge hier noch mal?«

»Wasatch National Forest.«

»Nein, der andere Name.«

»High Uintas.«

»Ja, wir könnten sie doch High-Uintas-Crash-Diät nennen.«

»Na, bei uns hat sie jedenfalls gewirkt. Das lässt sich nicht bestreiten, aber ich glaube, für die meisten ist sie zu streng und zu teuer.«

»Wieso?«

»Tja, wir haben Puma, Forelle, Kaninchen und Elch gegessen und nur Wasser, Tee und Kaffee getrunken. Ich kann mir einfach nicht vorstellen, dass der Durchschnittsamerikaner gutes Geld für einen dreihundert Seiten dicken Diätplan ausgibt, den ich dir gerade in einem Satz erklärt habe. Ganz abgesehen davon, dass man Puma nicht an der Fleischtheke im Supermarkt bekommt.«

»Guter Einwand.«

Ich kniete mich hin und band die Schnürsenkel an einem Stiefel neu. »Die ganze Sache ist zu einfach. Es müsste komplizierter sein, und die Leute müssten glauben, dass sie von Astronauten oder Hollywoodschauspielern stammt.«

»Man könnte sie ja abenteuerlicher gestalten, indem man die Leute in den Bergen abstürzen lässt. Dann müssten sie sich zu Fuß durchschlagen und hätten nichts anderes dabei als einen toten Piloten, Pfeil und Bogen, einen wütenden Hund und eine verletzte junge Frau, die ihre eigene Hochzeit verpasst hat.«

»Ich kann ziemlich sicher garantieren, dass sie auf diese Art noch mehr abnehmen.«

Sie stockte. »Wirst du Grovers Frau besuchen?«

»Ja.«

»Was wirst du ihr sagen?«

»Die Wahrheit, schätze ich.«

»Machst du das immer?«

»Was?«

»Die Wahrheit sagen.«

»Ja.« Ich grinste. »Außer wenn ich lüge.«

Sie schaute mich an. »Woher weiß ich, wann du lügst?«

Ich zog die Gurte straffer, beugte mich vor und überwand den Widerstand, den der Schnee den Schlittenkufen bot. »Das erkennst du daran, dass ich nicht die Wahrheit sage.«

»Und wie erkenne ich das?«

»Tja, wenn ich dir in den nächsten zwei oder drei Tagen sage, ich hätte gerade Pizza bestellt und sie käme in fünfzehn Minuten, dann weißt du, dass ich lüge.«

»Hast du je Patienten belogen?«

»Klar.«

»Was hast du ihnen gesagt?«

»Dass das, was ich mit ihnen machen würde, nicht weh täte.«

»Das habe ich auch schon gehört.« Sie hakte nach. »Hast du deine Frau jemals belogen?«

»Nicht in wichtigen Dingen.«

»Zum Beispiel?«

»Also als wir mit dem Tanzkurs anfingen, sagte ich ihr, wir würden ins Kino gehen. Aber in Wirklichkeit gingen wir in dieses Studio, wo dieser Kerl mich zwang, komische Schuhe anzuziehen, und versuchte, mir das Tanzen beizubringen.«

»Das nenne ich eine gute Lüge.«

»Ich auch, aber eine Lüge ist es trotzdem.«

»Ja, aber sie ist vertretbar. Das ist wie mit den Juden im Keller.«

»Wie meinst du das?«

»Die SS klopft an deiner Tür und fragt: ›Verstecken Sie Juden?‹ Du antwortest: ›Nein.‹ In Wahrheit hast du drei Familien im Keller versteckt. Still wie die Kirchenmäuse. Oder Synagogenmäuse. Jedenfalls ist das eine vertretbare Lüge. Die Art, für die Gott Verständnis hat.« Sie zerrte an der Leine und ließ nicht locker. »Ben?«

Ich wusste genau, was jetzt kommen würde. Sie war um

den heißen Brei herumgeschlichen und kam endlich zur Sache. Ich entspannte mich und ließ das Zuggeschirr locker durchhängen.

»Ben?«

Ich schaute nach vorn. »Ja?«

»Hast du mich jemals belogen?«

Ich drehte mich um und schaute sie an. »Das kommt drauf an.«

Die Straße verlief flacher, machte eine Rechtskurve und führte vom Plateau hinunter. Alle paar Minuten zogen Wolken über uns hinweg. Wenn sie vorübergehend aufrissen, konnte ich sehen, dass sich die Straße vor uns über gut fünfzehn Kilometer bergab schlängelte. Wie es aussah, ging es mehrere Hundert Höhenmeter hinunter.

Ein so drastischer Höhenverlust bedeutete ein starkes Gefälle, und das barg die Gefahr, dass mir der Schlitten entglitt.

Die ersten sechs bis acht Kilometer waren harmlos. Sanftes Gefälle, leicht zu gehen. Irgendwann brach die Sonne durch die Wolken, und blauer Himmel war zu sehen. Am Spätnachmittag, nach knapp zehn Kilometern, schlängelte sich die Straße in engen Kehren einen steilen Abhang hinunter. Ich ging es langsam und vorsichtig an. Folgte der gewundenen Straße. Falls ich mich zu schnell bewegte, würde der Schlitten an Fahrt gewinnen und mich überholen. Etwa eine Stunde vor Einbruch der Dunkelheit sah ich, dass die Straße vor uns in einem weiten, hufeisenförmigen Bogen, der vielleicht fünfzehn Kilometer lang war, stetig bergab um ein Tal zu unserer Rechten herumführte. Es war von steilen Hängen begrenzt, aber nur einen knappen Kilometer breit.

Ich hielt die Entfernungen gegeneinander: fünfzehn Kilometer gegen einen. Wenn ich uns langsam den Steilhang hinunterbrächte, indem ich Ashley Stück für Stück an einem Seil vor mir hinunterließ und uns jeweils an einem Baum sicherte, könnten wir das Tal noch vor dem Abend durchqueren und den Weg um fünfzehn Kilometer abkürzen. Fünfzehn Kilometer. Mit etwas Glück könnten wir die Laterne morgen oder übermorgen erreichen.

»Bist du für ein kleines Abenteuer zu haben?«, fragte ich Ashley.

»Was hast du vor?«

Ich erklärte es ihr. Sie musterte die Entfernung, das Tal und den steilen Hang, der rechts von uns fünfhundert Meter zum Talboden abfiel. »Glaubst du, wir können da runter?«

Beim Abstieg von der Absturzstelle hatten wir steilere Passagen bewältigt, aber keine, die über eine so lange Strecke ein so starkes Gefälle hatte. »Wenn wir es langsam angehen.«

Sie nickte. »Wenn du meinst, bin ich dabei.«

In meinem Kopf raunte eine mahnende Stimme: »Kürzer ist nicht immer besser.«

Ich hätte darauf hören sollen.

Ich überprüfte die Seile des Zuggeschirrs. Der Schlitten war gesichert. Dann zog ich die Schneeschuhe aus, band sie an den Schlitten und ging vorsichtig die ersten Schritte den Hang hinunter. Ich musste mir mit den Stiefeln Tritte in den Schnee graben, damit ich einen genügend festen Stand hatte, um den Schlitten zu halten. Dann zog ich Ashley über die Kante. Langsam glitt der Schlitten bergab und straffte das Zugseil. Vorsichtig arbeitete ich mich von Baum zu Baum den Hang hinunter.

Eigentlich funktionierte es gut. Ich machte jeweils einen Schritt, grub einen Fuß schenkeltief in den Schnee, bis ich Halt hatte, und hielt mich an einem Baumstamm oder Ast fest. Nach zehn Minuten hatten wir die Hälfte des Hangs geschafft. Damit hatten wir innerhalb von zehn Minuten eine Strecke abgekürzt, für die wir sonst einen halben Tag gebraucht hätten.

Napoleon saß auf Ashleys Brust und starrte mich an. Ihm gefiel die Sache ganz und gar nicht. Hätte ich ihn um seine Meinung fragen können, hätte er mir sicher gesagt, dass ich lieber die fünfzehn Kilometer gehen sollte.

Da es zwei Wochen lang ständig geschneit hatte, lag eine dicke Schneedecke. An manchen Stellen sank ich bis zur Taille ein und hatte immer noch vermutlich einen Meter Schnee unter den Füßen. Es brauchte nicht viel, eine Lawine loszutreten.

Ich erinnere mich nicht, dass ich losließ. Ich erinnere mich nicht, dass ich stolperte und den Abhang hinunter rollte. Ich erinnere mich nicht, dass das Zuggeschirr aufsprang. Und ich erinnere mich nicht, dass ich abrupt liegen blieb und die Welt schwarz wurde, obwohl ich die Augen geöffnet hatte.

Da mir das Blut in den Kopf schoss, war mir klar, dass ich kopfüber auf der Seite lag und der Schnee so schwer auf mir lastete, dass ich nur flach atmen konnte. Der einzige Körperteil, der aus dem Schnee ragte, war mein rechter Fuß. Ihn konnte ich ungehindert bewegen.

Ich versuchte, die Faust zu ballen. Zog sie an. Drückte sie weg. Versuchte Platz zu schaffen. Angestrengt bemühte ich mich, den Kopf vor und zurück zu bewegen, aber es ging nicht. Ich bekam kaum Luft und wusste, dass mir nicht viel Zeit blieb. Ich zog meine Arme an. Schob. Stieß. Mir war klar, dass ich mich befreien und Ashley suchen musste. Ich trat mit dem rechten Fuß, um mich vom Schnee zu befreien. Über meinem Oberkörper konnte ich schwaches Licht sehen. Schreien war sinnlos.

Nach fünf Minuten hatte ich mich in eine Hektik hineingesteigert, die absolut keine brauchbaren Ergebnisse brachte. Ich steckte fest und würde höchstwahrscheinlich kopfüber im Schnee ersticken und erfrieren. Man würde mich als blau angelaufenen Eiszapfen finden.

Wir waren so nah dran gewesen. Hatten wir das alles durchgemacht, nur um hier zu sterben? Das ergab doch alles keinen Sinn.

Scharfe Zähne gruben sich in meinen Knöchel. Ich hörte Knurren und trat danach, aber sie ließen nicht los. Endlich konnte ich sie abschütteln. Gleich darauf spürte ich eine Hand an meinem Fuß, die den Schnee von meinem Bein wegschaufelte. Schließlich konnte ich das ganze Bein bewegen, bald darauf auch das zweite. Danach war der Schnee vor meiner Brust an der Reihe und schließlich ein Gang zu meinem Mund.

Ihre Hand fuhr herein und kratzte den Schnee heraus. Ich tat den tiefsten, schönsten Atemzug meines Lebens. Nachdem sie auch einen meiner Arme freigeschaufelt hatte, zog ich mich aus dem Schneegrab und blieb auf der Seite liegen. Als Napoleon mich sah, sprang er mir auf die Brust und leckte mir das Gesicht.

Da es schon nahezu dunkel war, fragte ich mich, woher das Licht gekommen sein mochte, das ich kurz zuvor gesehen hatte. Ashley lag rechts neben mir im Schnee, ohne Schlitten, ohne Schlafsack. Sie lag mit dem Gesicht nach unten und rührte sich nicht. Ihre Hände waren eingerissen und blutig, ihre Wange geschwollen. Und dann sah ich ihr Bein.

Uns blieb nicht viel Zeit, und mir war klar, dass ich sie nicht bewegen konnte.

Die Lawine hatte uns bis an den Fuß des Abhangs mitgerissen und mich in der Schneebank begraben. Offenbar hatte das Zuggeschirr, das mich mit dem Schlitten verbunden hatte, mir das Leben gerettet. Denn da der Schlitten auf der Lawine gesurft war, hatte er zumindest für ein paar Sekunden verhindert, dass die Schneemassen mich vollständig verschluckten. Als die Seile rissen, war Ashley wie eine Rakete den Abhang hinuntergeschossen und gegen einen riesigen Felsbrocken geprallt, den die letzte Eiszeit dort hatte liegen lassen.

Kriechend hatte sie sich zu mir hochgearbeitet. Ihr Bein war erneut gebrochen, aber dieses Mal hatte der Knochen die Haut durchstoßen. Er ragte unter ihrem Hosenbein vor. Sie hatte einen Schock und würde ohne Medikamente bei der geringsten Bewegung das Bewusstsein verlieren.

»Ich drehe dich jetzt um.«

Sie nickte.

Als ich es tat, schrie sie lauter, als ich je eine Frau habe schreien hören.

Ich kroch durch den Schnee und fand den Schlitten. Leer. Ihr Schlafsack lag noch an der Stelle, an der sie aus ihm herausgekrochen war. Eine Wolldecke hatte sich um den Schlitten gewickelt. Alles andere war weg. Kein Rucksack mehr, kein Essen, keine Plane, keine Wasserflaschen, kein Spiritus, keine Daunenjacke, keine Schneeschuhe, kein Bogenbohrer, keine Streichhölzer.

Ich legte sie in ihren Schlafsack. Ihr Hosenbein und der Schnee rundherum waren blutgetränkt. Ich zog den Schlitten an ihre Seite, breitete die Wolldecke darauf aus, hob sie auf den Schlitten und deckte sie zu. Am liebsten hätte ich ihr Hosenbein aufgeschnitten und das Bein untersucht, aber sie schüttelte den Kopf und flüsterte mühsam: »Nicht.«

Sie lag reglos da. Ihre Unterlippe zitterte. Der Versuch, ihr Bein zu richten, würde sie umbringen. Und selbst dann gäbe es keine Garantie. Sie hatte Blut verloren, wenn auch nicht viel. Der Knochen hatte den Schenkel an der Oberseite durchstoßen, und das war immerhin besser als an der Innenseite. Hätte er die Hauptschlagader durchtrennt, wäre sie schon längst tot. Und ich ebenfalls.

Wolken waren aufgezogen, und es schneite wieder. Dadurch wurde es schneller dunkel.

Ich kniete mich neben sie und flüsterte: »Ich hole Hilfe.«

Sie schüttelte den Kopf. »Lass mich nicht allein.«

Ich mummelte sie fester in den Schlafsack ein. »Seit wir uns auf den Weg gemacht haben, hast du versucht, mich loszuwerden, und jetzt tue ich endlich, was du von mir wolltest.«

Wieder schüttelte sie den Kopf, sagte aber nichts. Ich beugte mich vor, bis mein Atem ihr Gesicht streifte.

»Du musst mir zuhören.«

Ihre Augen blieben geschlossen.

»Ashley?« Sie wandte sich mir zu. Schmerzen schüttelten ihren ganzen Körper.

»Ich hole Hilfe.«

Sie packte meine Hand und drückte sie fest.

»Ich kann dich nicht bewegen. Ich lasse Napoleon bei dir und hole Hilfe, aber ich komme zurück.«

Ihr Griff wurde fester, als eine neue Schmerzwelle sie durchzuckte.

»Ashley, ich komme wieder.«

»Versprochen?«, raunte sie.

»Versprochen.«

Sie schloss die Augen und ließ meine Hand los. Ich küsste sie auf die Stirn und dann auf den Mund. Ihre Lippen waren warm und zitterten. Blut und Tränen hatten sich dort gesammelt.

Ich schob Napoleon zu ihr in den Schlafsack, stand auf und starrte die Straße entlang. In den dichten Wolken konnte ich nicht sehen, wohin ich ging.

# 45

Ich war mein Leben lang Läufer gewesen. Eines habe ich dabei gelernt: immer nur ein paar Schritte nach vorn zu sehen. Nie mehr als vier bis fünf Schritte. Es hilft bei Langstrecken, wenn man schon starke Schmerzen hat, sich die Strecke in kleine, machbare Etappen aufzuteilen, die man gerade noch bewältigen kann. Andere sagen, man solle sich auf die Ziellinie konzentrieren. Aber das konnte ich noch nie. Ich kann mich nur auf das konzentrieren, was unmittelbar vor mir liegt. Wenn ich das tue, kommt die Ziellinie ganz von selbst.

Also setzte ich einen Fuß vor den anderen. Die Straße schlängelte sich bergab auf das Tal zu, in dem wir das orangerote Licht und die Rauchfahne gesehen hatten. Ich vermutete, dass bis dahin noch vierzig bis fünfzig Kilometer vor mir lagen. Mit Glück schaffte ich im Schnitt drei Kilometer pro Stunde. Ich brauchte nur weiterzugehen, bis die Sonne über meiner rechten Schulter aufging.

*Das war ja wohl zu schaffen. Oder?*

*Ja.*

*Es sei denn, dass ich vorher am Ende meiner Kräfte war.*

*Das wäre auch nicht so schlimm.*

*Und was war mit Ashley?*

*Was war mit Ashley?*

Sobald ich die Augen schloss, sah ich Ashley vor mir.

Es war wohl gegen drei oder vier Uhr am Morgen des achtundzwanzigsten Tages. Unzählige Male war ich hingefallen und hatte mich ebenso oft wieder aufgerafft. Der Schnee hatte sich in Sand verwandelt. Ich schmeckte und roch Salz. Irgendwo hörte ich eine Seemöwe. Mein Vater stand mit einem Doughnut und einem Kaffee in der Hand an der Rettungsstation. Mit wütender Miene. Ich schlug an den roten Sitz des Rettungsschwimmers, verfluchte ihn im Stillen, machte kehrt, rannte weiter und erhöhte das Tempo. Was, wenn ich vor ihm zu Hause ankäme? Vor mir erstreckte sich der Strand, und jedes Mal, wenn ich dem Haus näher zu kommen meinte, verblasste es, rückte weiter weg. Der Strand zog sich in die Länge, und eine andere Erinnerung trat an seine Stelle. Die Vergangenheit lief vor meinem inneren Auge ab wie ein Film.

Ich erinnere mich, dass ich fiel, mich hochzog, aufstand, und immer wieder hinfiel.

Viele Male hätte ich am liebsten aufgegeben, mich hingelegt und geschlafen. Aber sobald ich die Augen schloss, war Ashley da. Lag still im Schnee, verspeiste lachend ein Kaninchenbein, plauderte vom Schlitten aus mit mir, quasselte aus dem Bad in der Küchenspüle, hockte verlegen auf der Plastikflasche, schoss die Leuchtpistole ab, trank Kaffee, zog mich aus dem Schnee …

Vielleicht brachten mich diese Gedanken wieder auf die Beine und halfen mir, einen Fuß vor den anderen zu setzen. Irgendwo im Mondschein auf einem flachen Stück über eine Betonbrücke, unter der ein Bach plätscherte, fiel ich mit weit geöffneten Augen hin. Das Bild änderte sich. Ich sah sie.

Rachel.

Sie stand allein auf der Straße. In Laufschuhen. Schweiß

auf der Oberlippe und an den Armen. Die Hände in die Hüften gestemmt, winkte sie mich heran und flüsterte. Zuerst konnte ich es nicht verstehen. Aber sie lächelte und flüsterte noch einmal. Immer noch nichts. Ich versuchte, mich zu bewegen, aber der Schnee um meine Füße war gefroren und hielt mich gefangen. Ich steckte fest.

Sie lief, streckte die Hand aus und raunte: »Läufst du mit mir?«

Rachel vor mir. Ashley hinter mir. Hin- und hergerissen zwischen beiden, lief ich in beide Richtungen.

Ich streckte die Hand aus, zog, tat einen Schritt und fiel wieder hin. Ein ums andere Mal. Aber bald lief ich wieder. Jagte Rachel hinterher. Ihre Ellbogen schwangen vor und zurück, ihre Zehen berührten kaum den Boden, und ich war wieder auf dem Sportplatz mit dem Mädchen, das ich in der Highschool kennengelernt hatte.

Die Straße führte bergauf an ein Tor und ein Schild. Was darauf stand, weiß ich nicht mehr. Sie lief mit mir den Hang hinauf, dem Sonnenlicht entgegen, und als die Sonne über den Berg stieg, fiel ich hin. Mit dem Gesicht nach unten, zum letzten Mal. Mein Körper wollte nicht mehr. Ich konnte nicht mehr laufen. So weit war ich noch nie gegangen. Ich war am Ende meiner Kräfte.

Sie raunte: »Ben.«

Ich hob den Kopf, aber sie war weg. Wieder hörte ich: »Ben.«

»Rachel?«

Ich konnte sie nicht sehen. »Steh auf, Ben.«

Ein paar hundert Meter entfernt stieg eine einzelne Rauchfahne über den Bäumen auf.

Es war eine Blockhütte. Davor parkten mehrere Schneemobile. Am Verandageländer lehnten Snowboards. Drinnen war Licht. Eine Wand warf den Widerschein eines Feuers zurück. Tiefe Stimmen. Gelächter. Kaffeeduft. Und vielleicht der Duft von Pop-Tarts. Ich kroch die Zufahrt entlang, stieg die Treppe hinauf und stieß die Tür auf. Durch meine Erfahrung in der Notaufnahme war ich es gewohnt, so viele Informationen wie möglich in knappe Worte zu fassen und trotzdem alles Nötige zu vermitteln. Aber als ich die Tür aufstieß, brachte ich nur ein heiseres Flüstern heraus.

»Hilfe.«

Kurze Zeit später fuhren wir mit röhrenden Motoren durch den Schnee. Mein Fahrer war ein drahtiger, kleiner Bursche, und sein Schneemobil war nicht gerade langsam. Ich schaute an ihm vorbei auf den Tachometer. Beim ersten Mal zeigte er hundert Stundenkilometer an, beim zweiten Mal hundertfünfundzwanzig.

Mit der einen Hand klammerte ich mich fest, mit der anderen zeigte ich die Straße hinauf. Er folgte meinem Finger. Die beiden anderen jungen Männer fuhren hinter uns her. Als wir das Tal erreichten, wies ich ihm wieder den Weg. Ashleys blauer Schlafsack hob sich auf der gegenüberliegenden Talseite vom Schnee ab. Sie rührte sich nicht. Napoleon bellte uns an und drehte Kreise im Schnee wie ein Tasmanischer Teufel. Der junge Mann stellte den Motor ab. In der Ferne hörte ich den Hubschrauber.

Als ich zu ihr kam, leckte Napoleon ihr Gesicht ab und schaute mich an. Er winselte. Ich kniete mich hin. »Ashley?«

Sie schlug die Augen auf und sah mich an.

Die Jungs zündeten eine grüne Leuchtfackel an, und der Hubschrauber landete auf der Straße. Ich erklärte den Sanitätern die Lage, und sie gaben ihr Sauerstoff, spritzten ihr Schmerzmittel, hoben sie auf eine Trage, schlossen eine Infusion an und brachten sie in den Hubschrauber, der einen Patienten befördern konnte. Ich stieg rückwärts aus, als sie den Propeller anwarfen. Aber sie streckte ihre Hand nach mir aus. Als ich ihr die Hand reichte, gab sie mir etwas. Der Hubschrauber startete, drehte in der Luft und flog über die Berge davon. Seine roten Blinklichter verblassten.

Ich öffnete die Hand. Das Diktiergerät. An der Stelle, an der sie es an sich gedrückt hatte, war es warm. Die Schnur war gerissen, und die Enden lagen ausgefranst in meiner Hand. Offenbar hatte ich es in der Lawine verloren. Ich starrte es an und drückte die Play-Taste. Aber es funktionierte nicht. Die rote Batterieleuchte blinkte im Takt mit der Heckleuchte des Hubschraubers.

Der Bursche, der mich mitgenommen hatte, schlug mir auf den Rücken. »Steig auf, Mann.«

Meine Knie wurden weich. Ich nahm Napoleon auf den Arm und stieg mit ihm auf. Ein Schild am Ortseingang schrieb eine Geschwindigkeitsbegrenzung von neunzig Stundenkilometern vor. Vorsichtig schaute ich dem Jungen über die Schulter. Der Tacho zeigte hundertdreißig. Er lachte.

# 46

Es war ein Einzelzimmer. Sie lag unter einer weißen Bettdecke und schlief, noch von der Narkose benebelt. Ihre Herz-Kreislauf-Werte waren gut. Stabil. Blaue Lämpchen und Zahlen blinkten über ihr. Ich ließ die Jalousien herunter, um das Tageslicht zu dämpfen, setzte mich zu ihr und hielt ihre Hand. Sie hatte schon wieder Farbe bekommen.

Der Rettungshubschrauber war an Evanston vorbei direkt nach Salt Lake City geflogen. Dort hatten die Notfallchirurgen in einer zweistündigen Operation ein paar Schrauben und Stangen gesetzt. Als ich auf einem Schneemobil in Evanston eingetroffen war, hatten sie schon auf mich gewartet. Sie hatten mich in einen Krankenwagen gesetzt und mit Polizeieskorte nach Salt Lake City gebracht. Unterwegs hatten sie mir eine Infusion gelegt und mir eine Menge Fragen gestellt. Die Antworten hatten sie verwundert. Als wir in Salt Lake City angekommen waren, hatte es dort von Kamerateams gewimmelt.

Sie brachten mich in ein Krankenzimmer, und ich fragte nach dem Chefarzt der Chirurgie. Er hieß Burt Hampton. Wir waren uns schon mehr als einmal bei Fachtagungen begegnet. Man hatte ihn über unsere Lage informiert, und als er erfuhr, wer ich war, führten er und die Krankenschwester, die sich um meine Infusion kümmerte, mich in einen Raum über dem Operationssaal. Von dort aus beobachteten wir die letzte Stunde von Ashleys Operation. Über die Gegensprechanlage konnten die Ärzte mir beschreiben, was sie sahen und was sie taten. Sie war in guten Händen. Es gab keinen Grund, sich einzumischen. Mein Körper war am Ende, meine Hände kaum mehr als rohes Fleisch. Ich war nicht in der Verfassung, Patienten zu behandeln.

Sie rollten sie in ihr Zimmer und gingen. Ich schaltete das Licht ein und schaute mir die Röntgenaufnahmen an, die sie vor und nach der Operation gemacht hatten. Besser hätte ich es auch nicht machen können. Sie würde wieder ganz gesund werden. So zäh, wie sie war, würde es ihr nachher sicher noch besser gehen.

Ich drehte mich um. Bläuliches Licht ergoss sich von oben über ihre Stirn und die Laken. Ich strich ihr Haar zurück und küsste sie sanft auf die Wange. Sie war sauber, roch nach Seife und hatte weiche Haut. Ich schob meine von Blasen überzogene Rechte unter ihre zarte Hand und raunte ihr ins Ohr: »Ashley, wir haben es geschafft.«

Irgendwann ging mein Adrenalin zur Neige. Ich sackte weg, und Burt fing mich auf. Er lachte. »Kommen Sie, Steve. Zeit, Sie ins Bett zu bringen.«

Ich wollte nur noch schlafen. Irgendetwas an seiner Bemerkung machte mich stutzig. »Wie haben Sie mich genannt?«

»Steve. Wie Steve Austin.«

»Wer ist das?«

»Der Held aus der Fernsehserie *Der-Sechs-Millionen-Dollar-Mann*.«

Als ich aufwachte, war es hell. Ich lag in einem weiß bezogenen Bett in einem Zimmer, das nach frischem Kaffee duftete. Stimmen hallten durch den Flur. Burt stand neben mir und hielt eine Styroportasse. Es war ein ungewohnter Blickwinkel für mich. Normalerweise stand ich an seiner Stelle und lag nicht im Krankenbett. »Ist der für mich?«

Er lachte.

Der Kaffee war gut.

Wir unterhielten uns eine Weile. Ich erzählte ihm einige Einzelheiten. Er hörte kopfschüttelnd zu. Als ich fertig war, sagte er: »Was kann ich für Sie tun?«

»Mein Hund, eigentlich gehört er mir nicht, aber der kleine Kerl ist mir ans Herz gewachsen, und ...«

»Er ist in meinem Stationszimmer. Schläft. Ich habe ihm Steak gegeben. Er ist glücklich und zufrieden.«

»Ich brauche einen Mietwagen. Und ich hätte gern, dass Sie uns vor den Medien beschützen, bis sie bereit ist, mit ihnen zu reden.«

»Sie?«

»Ja. Ich bin nicht dazu bereit.«

»Vermutlich haben Sie Ihre Gründe.«

»Ja.«

»Sobald die Details bekannt werden, wird man Sie beide in sämtlichen Talkshows des Landes haben wollen, das ist Ihnen ja wohl klar. Sie könnten vielen ein Vorbild sein.«

»Was ich gemacht habe, hätte jeder getan.«

»Ben, Sie sind lange genug Arzt, um zu wissen, dass nur sehr wenige Leute auf der Welt das geschafft hätten, was Sie gemacht haben. Sie haben diese Frau über einen Monat bei eisiger Kälte annähernd hundertzwanzig Kilometer weit durch die Berge geschleppt.«

Ich schaute aus dem Fenster auf die weißen Berggipfel in der Ferne. Es war seltsam, sie von der anderen Seite zu sehen. Vor einem Monat hatte ich auf dem Flughafen von Salt

Lake City gestanden und mich gefragt, was auf der anderen Seite liegen mochte. Jetzt wusste ich es. Ich könnte mir vorstellen, dass es mit Gefängnismauern ähnlich ist. Vielleicht auch im Grab.

»Ich habe bloß einen Fuß vor den anderen gesetzt.«

»Ich habe Ihre Leute am Baptist-Krankenhaus in Jacksonville angerufen. Sie waren, gelinde gesagt, erfreut. Froh zu hören, dass Sie noch leben. Sie hatten sich gewundert, was Ihnen wohl zugestoßen sein könnte. Sagten, es sähe Ihnen gar nicht ähnlich, spurlos zu verschwinden.«

»Das weiß ich zu würdigen.«

»Was kann ich sonst noch tun? Ich müsste Ihnen doch noch mehr helfen können.«

Ich hob eine Augenbraue. »In meinem Krankenhaus wissen wir, wer die besten, engagiertesten Krankenschwestern sind. Wenn Sie vielleicht ...«

Er nickte. »Dafür habe ich schon gesorgt. Sie hat eine von ihnen rund um die Uhr.«

Ich drehte meine leere Tasse um. »Macht hier jemand einen Caffè latte? Oder einen Cappuccino?«

»Alles, was Sie wollen.«

Seine Antwort schwirrte mir durch den Kopf. Wir waren wieder in einer Welt, in der es jederzeit so viel Kaffee gab, wie wir wollten.

Es war beinah zu hören, wie ich mich innerlich entspannte.

Am späten Vormittag wachte sie auf. Ich ging den Flur entlang, kaufte, was ich brauchte, und kehrte zu ihr zurück. Als sie ein Auge einen Spalt weit öffnete, beugte ich mich vor und flüsterte: »He.«

Sie drehte sich um und öffnete langsam beide Augen.

»Ich habe mit Vince gesprochen. Er ist unterwegs. Wird in ein paar Stunden hier sein.«

Ihre Nase zuckte. Eine Augenbraue hob sich leicht. »Rieche ich Kaffee?«

Ich nahm den Deckel ab und hielt ihr den Becher unter die Nase.

»Kannst du ihn einfach in meine Infusion gießen?«

Ich hielt ihr den Becher an den Mund und sie trank.

»Das ist der zweitbeste Kaffee, den ich je getrunken habe.« Sie legte den Kopf zurück und genoss den Kaffeegeschmack auf der Zunge.

Ich setzte mich auf den Edelstahlhocker und rollte neben ihr Bett. »Deine Operation ist gut verlaufen. Ich habe mit deinem Arzt gesprochen. Wir sind uns früher schon mal begegnet, waren zusammen bei einer Podiumsdiskussion auf einer Tagung. Versteht was von seinem Fach. Wenn du möchtest, zeige ich dir die Röntgenaufnahmen.«

Durch das Fenster war ein Linienflugzeug zu sehen, das von dem etwas entfernten Flughafen startete. Wir schauten zu, wie es an Höhe gewann und im Bogen über unsere Berge flog.

Sie schüttelte den Kopf. »Ich werde nie wieder fliegen.«

Ich lachte. »In drei Stunden stehst du auf und läufst herum. So gut wie neu.«

»Belügst du mich?«

»Wenn es um die medizinische Verfassung von Menschen geht, lüge ich nicht.«

Sie lächelte. »Es wurde aber auch Zeit, dass du mir mal gute Neuigkeiten sagst. Ich meine, wie lange sind wir jetzt schon zusammen, und ich habe von dir nur eine Hiobsbotschaft nach der anderen gehört.«

»Sehr wahr.«

Sie starrte an die Decke und bewegte die Beine unter den Laken. »Ich würde wirklich gerne duschen und meine Beine rasieren.«

Ich rollte an die Tür und winkte die Schwester heran.

»Diese nette junge Dame heißt Jennifer. Ich habe ihr erklärt, wo du den vergangenen Monat verbracht hast. Sie wird dir unter die Dusche helfen und dir bringen, was du brauchst. Und wenn du geduscht hast, wartet draußen noch eine junge Dame auf dich. Etwas, was ich dir versprochen habe.«

Sie schaute mich aus den Augenwinkeln an. »Was heckst du aus?«

»Ich habe dir vor einer Weile etwas versprochen und habe vor, es zu halten.« Ich tätschelte ihren Fuß. »Ich schaue später wieder nach dir. Vince landet in zwei Stunden.«

Sie schlug die Bettdecke zurück und nahm meine Hand. Wie sollten wir anderen erklären, was wir durchgemacht hatten? Wie konnte man das in Worte fassen? Wir waren durch die Hölle gegangen, durch eine gefrorene Hölle, und hatten überlebt. Gemeinsam. Mir fehlten die Worte. Ihr ebenfalls.

Ich tätschelte ihre Hand. »Ich weiß. Man braucht eine Weile, sich einzugewöhnen. Ich komme wieder.«

Sie drückte meine Hand fester. »Ist mit dir alles in Ordnung?«

Ich nickte und ging hinaus. Eine attraktive Asiatin saß auf einem Stuhl und wartete geduldig. Auf ihrem Schoß stand eine Tasche.

»Sie duscht gerade. Sie ist bald fertig. Ich weiß nicht, welche Farbe sie haben möchte, aber Sie können sie ja fragen.« Ich gab ihr hundert Dollar. »Reicht das?«

Sie schüttelte den Kopf und kramte in ihrer Tasche. »Das ist zu viel.«

Ich winkte ab. »Behalten Sie den Rest. Lassen Sie sich Zeit. Die Dame da drinnen hat eine schwere Zeit hinter sich.«

Sie nickte, und ich ging hinunter in die Cafeteria.

Es war ein typischer Krankenhaus-Schnellimbiss, musste aber genügen. Ich trat an die Theke. »Ich hätte gern einen doppelten Cheeseburger mit einer doppelten Portion Pommes frites. Mit allem Drum und Dran.«

»Sonst noch was?«

»Können Sie es bitte in einer Stunde auf Zimmer 316 bringen lassen?«

Sie nickte. Ich bezahlte, ging zu meinem Mietwagen und tippte die Adresse in die Navigationshilfe am Armaturenbrett.

# 47

Es war ein schlichtes Haus, nicht weit von der Stadt. Weiß mit grünen Fensterläden. Weißer Zaun. Auf einem Hügel. Überall Blumen. Kein Unkraut. Am Briefkasten steckte eine Fahne, wie man sie an Flughäfen benutzt. Ein Windsack, der die Windrichtung anzeigt.

Sie saß auf der Veranda. Im Schaukelstuhl. Putzte Bohnen. Eine große, gutaussehende Frau. Ich stieg aus dem Mietwagen. Napoleon sprang heraus, schnupperte an der Bordsteinkante, stürmte den Bürgersteig entlang, die Treppe hinauf und sprang ihr auf den Schoß, dass die Bohnen über die Veranda spritzten. Lachend drückte sie ihn an sich, während er ihr Gesicht ableckte. »Tank, wo um alles in der Welt hast du bloß gesteckt?«, sagte sie.

*Tank, so hieß er also.*

Ich ging die Treppe hinauf. »Ma'am, mein Name ist Ben Payne. Ich bin Arzt aus Jacksonville. Ich war … bei Ihrem Mann, als sein Flugzeug abgestürzt ist.«

Sie schüttelte den Kopf und kniff die Augen zusammen. »Er hat die Maschine nicht abschmieren lassen. Dafür war er ein viel zu guter Pilot.«

»Ja, Ma'am. Er hatte einen Herzinfarkt. Er landete das Flugzeug oben in den Bergen. Rettete uns das Leben.« Ich öffnete eine Schachtel und stellte sie neben ihr auf den Tisch. Darin lagen seine Uhr, seine Brieftasche, seine Pfeife … und das Feuerzeug, das sie ihm geschenkt hatte.

Sie nahm jedes einzelne Teil in die Hand. Zuletzt das Feuerzeug. Sie hielt es fest und legte die Hand in den Schoß. Ihre Lippen bebten, Tränen rannen ihr über das Gesicht.

Wir unterhielten uns stundenlang. Ich erzählte ihr alles, woran ich mich erinnern konnte, auch wo ich ihn begraben hatte und welche Aussicht sich von dieser Stelle aus bot. Das gefiel ihr. Sie sagte, ihm hätte es ebenfalls gefallen.

Sie zeigte mir ihre Fotoalben und erzählte mir ihre Geschichte. Es war eine Geschichte voller Zärtlichkeit. Sie zu hören tat weh.

Schließlich stand ich auf, um mich zu verabschieden. Was konnte ich noch sagen? Ich spielte mit den Autoschlüsseln. »Ma'am … ich möchte …«

Sie schüttelte den Kopf. Tank saß auf ihrem Schoß. Sie rückte auf dem Schaukelstuhl vor, Tank sprang von ihrem Schoß herunter, und sie stand mühsam auf. Ihre linke Hüfte machte ihr wohl zu schaffen. Sie stand schief da, richtete sich dann auf und reichte mir die Hand.

Ich musterte ihr Bein. »Falls Sie eine neue Hüfte brauchen, rufen Sie mich an. Ich komme her und operiere Sie kostenlos.«

Sie lächelte.

Ich ging in die Hocke. »Tank, du bist der Beste. Ich werde dich vermissen.«

Er leckte mir das Gesicht, lief dann in seinen Garten und pinkelte an jeden Baum, den er finden konnte.

»Ich weiß, dass du mich auch vermissen wirst.«

Ich gab ihr meine Visitenkarte, falls sie mich je brauchen sollte. Ich wusste nicht recht, wie ich mich verabschieden sollte. Sollte ich sie in den Arm nehmen, ihr die Hand schütteln? Ich meine, was sieht das Protokoll für den Abschied von der Ehefrau des Piloten vor, der einem das Leben gerettet hat und dabei gestorben ist? Ganz zu schweigen von der Tatsache, dass er bei ihr zu Hause gestorben wäre, wenn ich ihn nicht engagiert hätte, mich nach Denver zu fliegen. Ich konnte mir vorstellen, dass sie daran ebenfalls schon gedacht hatte.

»Junger Mann?«

»Ja, Ma'am.«

»Danke.«

Ich kratzte mich am Kopf. »Ma'am … es tut …«

Sie schüttelte den Kopf. »Mir nicht.«

»Ihnen nicht?«

Ihre Augen leuchteten in einem klaren Hellblau. »Grover nahm nicht jeden in seiner Maschine mit. Er war wählerisch. Hat mehr Kunden abgelehnt als akzeptiert. Wenn er Sie geflogen hat, hatte er einen Grund dafür. Es war sein Geschenk an Sie.«

»Ja, Ma'am.«

Sie beugte sich vor, umarmte mich und drückte meine Hände. Ihre Haut war dünn und schlaff und ihr Haar fein und schneeweiß. Sie zitterte, als sie mich umarmte.

Ich küsste sie auf die Wange, auf der ein weicher Flaum wuchs, und fuhr los. Als ich noch einmal in den Rückspiegel sah, stand sie auf der Veranda und schaute zu den Bergen hinauf. Napoleon stand mit vorgeschobener Brust auf der obersten Stufe und bellte den Wind an.

# 48

Vince saß bei ihr, als ich ins Zimmer ging. Er stand auf. Herzliches Lächeln, herzlicher Händedruck. Sogar eine steife Umarmung. »Ashley erzählt mir gerade, was Sie getan haben.« Er schüttelte den Kopf. »Ich kann Ihnen gar nicht genug danken.«

»Vergessen Sie nicht«, ich tätschelte ihren Fuß, »dass ich es war, der sie zu dem Flug eingeladen hat. Sie könnten auf die Idee kommen, mich zu verklagen.«

Er lachte. Ich mochte ihn. Sie hatte eine gute Wahl getroffen. Sie würden glücklich werden. Er würde über seinem Stand heiraten. Wie jeder Mann, der Ashley heiratete. Sie war eine Frau, die es nur einmal unter einer Million gab.

Ihr Gesicht hatte wieder Farbe bekommen. Auf dem Nachttisch standen drei leere Kaffeetassen. Der Urinbeutel, der seitlich an ihrem Bett hing, war annähernd voll. Die Farbe war gut. Ihr neues Handy klingelte. Medienvertreter hatten angerufen. Alle wollten einen Exklusivbericht.

»Was wirst du ihnen erzählen?«, fragte sie.

»Nichts. Ich schleiche mich durch die Hintertür davon und fahre nach Hause.« Ich schaute auf die Wanduhr. »In eineinhalb Stunden geht's los. Ich bin nur gekommen, um mich zu verabschieden.«

Ihre Miene veränderte sich.

»Keine Sorge, ihr beiden habt genug zu bereden. Eine

Hochzeit zu planen. Ich bin sicher, wir bleiben in Verbindung.« Ich trat an die andere Seite des Bettes.

Sie verschränkte die Arme. »Hast du deine Frau schon angerufen?«

»Nein.« Ich schüttelte den Kopf. »Ich fahre zu ihr, sobald ich zu Hause bin.«

Sie nickte. »Ich hoffe, es kommt alles in Ordnung, Ben.«

Ich nickte.

Sie drückte meine Hand. Ich küsste sie auf die Stirn und drehte mich um, um zu gehen. Sie hielt mich lächelnd fest. »Ben?«

Ohne mich umzudrehen, fragte ich: »Ja?«

Vince klopfte ihr auf die Schulter. »Bin gleich wieder da. Ich hole nur Kaffee.« Er legte mir die Hand auf die Schulter. »Danke, für alles.«

Er ging hinaus. Sie hielt immer noch meine Hand. Ich setzte mich auf die Bettkante. Irgendetwas nagte an mir. Es hatte viel Ähnlichkeit mit Sehnsucht. Ich rang mir ein Lächeln ab.

»Darf ich dich was fragen?«, sagte sie.

»Du hast dir das Recht verdient, mich alles zu fragen.«

»Würdest du dich jemals in eine verheiratete oder fast verheiratete Frau verlieben?«

»Ich habe mich nur einmal im Leben in eine Frau verliebt.«

Sie lächelte. »Ich wollte nur sichergehen. Darf ich dich noch was fragen?«

»Ja.«

»Warum hast du mir angeboten, mit dir in dieses Flugzeug zu steigen?«

Ich schaute aus dem Fenster. Dachte zurück. »Das liegt schon so weit zurück, nicht wahr?«

»Ja. Andererseits scheint es gerade erst gestern gewesen zu sein.«

»Unsere Hochzeit war einer der glücklichsten Tage, die wir beide jemals erlebt haben. Wir waren ganz auf uns gestellt. Es war ein Start, ein Anfang. Wir waren frei, uns ohne Einmischung von außen zu lieben. Ich glaube, wenn zwei Menschen sich wirklich lieben, ich meine ...« Meine Stimme versagte. »Ganz tief drinnen, wo ihre Seelen schlafen und Träume stattfinden, wo Schmerz nicht existieren kann, weil es nichts gibt, was ihn nährt ... dann ist eine Heirat ein Verschmelzen dieser beiden Seelen. Als ob zwei Flüsse zusammenfließen. Ihr Wasser wird zu einem. Bei mir war es so. Als ich dich traf, sah ich in deinem Gesicht die Hoffnung, dass es bei deiner Hochzeit genauso sein würde. Ich vermute, du hast mich daran erinnert, dass ich einmal eine kostbare, zärtliche Liebe erlebt habe. Und ich glaube, wenn ich ganz ehrlich bin, dass ich das streifen wollte. Berühren wollte. Mich damit konfrontieren wollte. Denn ich dachte wohl, dadurch könnte ich mich daran erinnern, denn ich will es nicht vergessen.«

Sie wischte die Träne aus meinem Gesicht.

»Ich glaube, deshalb habe ich dir angeboten, mitzufliegen. Und das, dieses selbstsüchtige Angebot, wird mir ewig leidtun, aber gleichzeitig werde ich ewig dankbar dafür sein. Diese achtundzwanzig Tage mit dir in den Bergen haben mich daran erinnert, dass Liebe sich lohnt. Egal, wie weh sie tut.« Ich stand auf, küsste sie auf den Mund und ging.

# 49

Das Flugzeug landete kurz nach 14 Uhr in Jacksonville. Reporter- und Kamerateams warteten. Mein Bild kursierte in den Medien ebenso wie unsere Geschichte. Nur hielten alle Ausschau nach einem Mann, der dreißig Pfund schwerer war.

Da ich kein Gepäck hatte, konnte ich dem hektischen Treiben entfliehen und zu meinem Wagen gehen. Nach eineinhalb Monaten stand er immer noch am selben Fleck und war von gelben Pollen übersät.

Die Frau am Parkplatzschalter sagte mit nahezu ausdrucksloser Miene: »387 Dollar.«

Da ich den Eindruck hatte, dass es wenig Sinn haben dürfte, mich mit ihr anzulegen, reichte ich ihr meine Kreditkarte, und war froh, dass ich meine Rechnung bezahlen und nach Hause fahren konnte.

Der Wechsel der Umgebung war seltsam. Vor allem fielen mir die Dinge auf, die ich nicht tat: Ich zog keinen Schlitten, starrte nicht auf Schnee, machte nicht mit einem Bogenbohrer Feuer, häutete kein Kaninchen und keinen Elch, musste nicht mit einem Bogen auf die Jagd gehen, um zu essen, wackelte nicht mit den Zehen und blies mir nicht in die Hände, um sie aufzuwärmen, hörte nicht Ashleys Stimme … hörte nicht Ashleys Stimme.

Ich fuhr auf der I95 nach Süden. Mir fiel auf, dass ich merkwürdig langsam fuhr. Alle überholten mich. Ich passierte die Fuller-Warren-Brücke und das Krankenhaus, in dem ich die meiste Zeit meines Lebens verbrachte. Meine Kollegen hatten mich alle angerufen und sich überschwänglich gefreut, meine Stimme zu hören. In den nächsten Tagen wollte ich mich bei ihnen melden. Es blieb noch reichlich Zeit, ihnen die Geschichte zu erzählen.

Ich bog nach Süden in die Hendricks Avenue, fuhr quer durch San Marco bis auf den San Jose Boulevard und hielt beim Garten- und Blumenladen Trad's. Ich ging in das Gewächshaus, wo mich zweierlei begrüßte: der Geruch von Dünger und Tatjana, eine attraktive Russin von Mitte fünfzig mit schmutzigen Händen und schönen Gesichtszügen. Sie begrüßte mich lautstark über die Wachsblumen hinweg.

In der Stadt gibt es unzählige Blumengeschäfte, aber Tatjanas Akzent ist einzigartig. Er erinnert mich an *James Bond* und *Rocky IV*. Sie hat eine tiefe, kehlige Stimme, geprägt von jahrelangem Kummer, jahrelangem Alkoholkonsum oder beidem. Sie zieht sämtliche Is in die Länge und hat eine ausgeprägte Vorliebe für das rollende R.

Vermutlich war sie in ihrem früheren Leben eine Spionin oder ist es immer noch.

Sie wischte sich mit dem Ärmel ihres Jeanshemds den Schweiß von der Stirn. »Wo haben Sie denn gesteckt?« Das Siiiie hallte von den Glasscheiben wider.

Die Wahrheit zu erklären hätte zu lange gedauert. »Urlaub.«

Wenn sie ging, sah es aus, als ob sie marschierte. Energisch, steif und hastig. Schnellen Schrittes kam sie mit einer purpurnen Orchidee mit weißem Streifen um die Ecke. Der Purpurton war dunkel, in der Mitte nahezu schwarz, und der Stängel war sicher 1,20 Meter hoch und hatte dreißig Blüten und weitere dreißig Knospen.

»Ich habe genau das Richtige. Hab ich für Sie aufgehoben. Heute wollten schon drei Leute sie kaufen, aber ich hab gesagt: ›Nein, die können Sie nicht haben‹. Mein Chef hält mich für verrückt, hat schon gedroht, mich rauszuschmeißen, aber ich habe gesagt, die ist für Sie. Sie kommen wieder. Und dann wollen Sie die hier haben.«

Rachel würde sie gefallen. »Sie ist wunderschön. Vielen Dank. Ich bringe sie ihr heute noch. Gleich.«

Sie ging mit mir an die Kasse, sah sich rechts und links nach dem Ladenbesitzer um, wackelte mit einem Finger wie ein Scheibenwischer und sagte: »Letzte Woche gab's ein Sonderangebot. Diese Woche nicht. Aber für Sie gilt das Sonderangebot diese Woche noch.«

»Vielen Dank, Tatjana.« Ich hielt die Orchidee hoch. »Und vielen Dank hierfür.«

Es herrschte dichter Verkehr, und ich musste an jeder Ampel stehen bleiben. Während ich auf Grün wartete, schaute ich nach rechts. Neben einer Reinigung war ein Kampfsportstudio, Watson Martial Arts. Hinter der Glasfront vollführte ein Kurs weiß gekleideter Sportler mit Gürteln in unterschiedlichen Farben Fußtritte und Fausthiebe. Hunderte Male war ich hier vorbeigefahren, ohne das Studio zu bemerken.

Bis jetzt.

Die Ampel sprang auf Grün, und ich gab Gas. Ich fuhr auf der I95 nach Süden, auf dem J. Turner Boulevard nach Osten, dann auf der A1 weiter nach Süden. An der Spirituosenhandlung hielt ich an und kaufte eine Flasche Wein. Dann fuhr ich vorbei an Mickler's Landing und an meiner Wohnung in South Ponte Vedra zu Rachels Haus. Das Grundstück hatte ich einst von einem hohen schmiedeeisernen Zaun einfrieden lassen. Ich nahm die Orchidee vom Beifahrersitz, ging unter der großen Virginia-Eiche die Steinstufen hinauf, kramte zwischen den Steinen nach dem Schlüsselversteck und schloss die Haustür auf. Zu beiden Seiten des Eingangs hatte ich Sternjasmin gepflanzt, der an der Mauer hochgerankt und über der Tür zusammengewachsen war. Einige dickere Ranken hingen herunter. Ich hob sie an, öffnete die quietschende Tür und ging hinein. Damit es im Sommer kühl im Haus blieb, hatte ich einen Marmorboden legen lassen. Meine Schritte hallten durchs Haus.

Die ganze Nacht sprach ich mit Rachel. Ich schenkte Wein ein, drückte auf die Play-Taste des Diktiergeräts, schaute aus dem Fenster, hörte meine eigene Stimme und sah zu, wie die Wellen den Strand hinauf und wieder zurück krochen. Ich glaube, manches war für sie schwer anzuhören, aber sie lauschte jedem Wort.

Ich gab ihr die Orchidee und stellte sie auf ein Bord am Fenster, wo sie Morgensonne bekam. Dort würde sie sich wohl fühlen. Wenn sie verblüht wäre, würde ich sie zu den anderen hundertfünfzig Orchideen in den Wintergarten stellen.

Es war vier Uhr früh, als meine letzte Aufzeichnung endete. Ich war vor Müdigkeit eingenickt, aber die plötzliche Stille weckte mich. Seltsam, wie das funktionierte. Zum ersten Mal fiel mir eine weitere Dateinummer auf, die ich nicht angelegt hatte. Ich drückte auf PLAY.

Ein leises Flüstern war zu hören. Im Hintergrund heulte der Wind. Ein Hund winselte. Ich drehte lauter.

*Rachel, hier ist Ashley. Wir sind in eine Lawine geraten. Ben holt Hilfe. Er ist schon unterwegs. Ich weiß nicht, ob ich es schaffen werde. Mir ist furchtbar kalt.*

Eine Weile war es still.

*Ich wollte es Ihnen sagen, eigentlich wollte ich Ihnen danken. Ich weiß, ich bin ein bisschen geschwätzig, aber ich muss reden, sonst schlafe ich ein. Und ich bin mir nicht sicher, ob ich dann wieder wach werde. Ich schreibe eine Kolumne für eine Zeitung. Schreibe viel über Liebe. Beziehungen. Was nicht ohne Ironie ist, weil ich genug schlechte Beziehungen erlebt habe. Daher bin ich ein bisschen skeptisch. Ich bin auf dem Heimweg zu einem Mann, der Geld hat, gut aussieht, mir schöne Dinge schenkt. Aber nachdem ich achtundzwanzig Tage mit Ihrem Mann in dieser kalten, schneebedeckten Welt verbracht habe, frage ich mich, ob das genügt. Ich frage mich, wie es mit der Liebe ist. Ist sie möglich? Kann ich sie finden? Ich dachte, alle Guten seien schon vergeben. Die guten Männer, meine ich. Jetzt frage ich mich, ob das stimmt. Gibt es da draußen noch andere Bens? Ich bin verletzt worden, aber ich denke, das haben wir alle schon erlebt, und in diesem Schmerz reden wir uns ein, wenn wir uns nicht wieder öffnen und lieben, könnte man uns auch nicht mehr weh tun. Nimm den Mercedes, den zweikarätigen Diamantring, das Haus im Nobelviertel Buckhead und gib dich zufrieden. Gib ihm, was er will, wann er es will, dann sind alle zufrieden. Stimmt's? So habe ich lange gedacht.*

*Aber … hier draußen ist es still. Die Stille hat einen Klang. Selbst der Schnee macht ein Geräusch, wenn man genau genug hinhört. Irgendwann vor ein paar Tagen, vielleicht schon, als ich ihn zum ersten Mal am Flughafen traf, fühlte ich mich zu diesem Mann hingezogen, den ich inzwischen als Ben Payne kenne. Sicher, er sieht gut aus, aber was ich an ihm attraktiv fand, war etwas anderes. Etwas, was ich gern berührt hätte oder wovon ich mich gern hätte berühren lassen, etwas Zärtliches, Warmes und Ganzes. Ich weiß nicht, wie ich es nennen soll, aber ich erkenne es, wenn ich es höre … und ich höre es, wenn er zu Ihnen auf dieses Diktiergerät spricht. Viele Nächte habe ich zugehört, wenn er dachte, ich schliefe, aber ich blieb wach, nur um zu hören, wie er mit Ihnen sprach.*

*Mit mir hat noch niemand je so gesprochen. Mein Verlobter tut es jedenfalls nicht. Sicher, er ist nett. Aber Ben hat einen so greifbaren Gefühlsreichtum in sich, dass ich am liebsten meine Hände hineintauchen und darin schwelgen möchte. Ich weiß, ich spreche von Ihrem Mann, daher sollten Sie wissen, dass er mich die ganze Zeit, die wir hier verbracht haben, wie ein Ehrenmann behandelt hat. Ehrlich. Anfangs war ich gekränkt, aber dann erkannte ich, dass es mit dieser Sache zu tun hatte, von der ich eben gesprochen habe, und mit Ihnen. Das sitzt bei ihm tief in den Genen, man müsste ihn schon umbringen, um es ihm auszutreiben. So etwas habe ich noch nie erlebt. Es ist das Aufrichtigste, was ich je erlebt habe. Filme können es nicht wiedergeben, Bücher nicht beschreiben, Kolumnen nicht darstellen. Ich habe nachts wach gelegen, zugehört, wie er mit Ihnen sprach, Ihnen sein Herz ausschüttete, sich für Ich-weiß-nicht-was entschuldigte, und ich hatte Sehnsucht, habe geweint und mir gewünscht, dass ein Mann für mich empfindet, was Ben für Sie empfindet.*

*Ich weiß, ich sage Ihnen nichts, was Sie nicht schon wüssten, aber er sagt, dass Sie beide getrennt sind. Ich glaube, ich möchte einfach nur für ihn eintreten und Ihnen sagen, dass er Sie nicht mehr lieben kann, als er es jetzt schon tut. Ich hätte nicht mal gedacht, dass es eine solche Liebe gibt. Aber jetzt habe ich es gehört, gesehen, gespürt und daneben geschlafen. Und wenn Sie ihn nicht mehr haben wollen, was soll er dann mit einer solchen Liebe anfangen?*

*Ich habe mich in unzähligen Kolumnen, die ich geschrieben habe, über die Liebe lustig gemacht und die Leser aufgefordert, mir zu beweisen, dass es eine Liebe wie Bens tatsächlich gibt. Denn in Wahrheit ist das der Grund, weshalb ich schreibe: um mich mit einem Schutzwall gegen die Kränkungen zu wappnen, die ich erlitten habe, und alle herauszufordern, mir eine wahre Liebe zu zeigen, für die es sich zu sterben lohnt. Mehr noch, für die es sich zu leben lohnt.*

*Einzelheiten will er mir nicht erzählen. Er ist verschlossen, aber er hat gesagt, dass Sie beide sich gestritten haben. Dass er ein paar Dinge gesagt hat. Ich habe viel darüber nachgedacht. Was? Was hat er Schreckliches gesagt? Was kann er gesagt haben, das so etwas ausgelöst hat? Was hat er getan? Was hat er getan, dass er Ihre Liebe verloren hat? Wenn man eine Liebe wie die von Ben haben kann, wenn sie real ist, wenn ein Herz wie Bens tatsächlich existiert und einem anderen Menschen geschenkt werden kann, dann frage ich mich … Was ist so unverzeihlich? Was lässt sich nicht vergeben?*

*Ob im Leben oder im Tod, eine solche Liebe wünsche ich mir.*

Die Aufnahme endete. Ich stand auf und wollte gehen, aber Rachel bedeutete mir, zu bleiben. Sie hatte nie gewollt, dass ich ging. Ich sagte ihr, dass ich schon viele Male zurückkommen, zu ihr zurückkehren wollte, aber dass es leichter gesagt war als getan, mir selbst zu verzeihen.

Vielleicht hatte sich bei mir etwas verändert. Vielleicht bei ihr. Ich bin mir nicht sicher. Aber zum ersten Mal seit unserem Streit legte ich mich hin, ließ meine Tränen auf das Gesicht meiner Frau tropfen und schlief bei ihr.

# 50

Ich zog meinen Kummerbund zurecht, rückte die Fliege gerade, knöpfte mein Jackett zu, aber sofort wieder auf und ging um den Country Club herum. Es war einer der vornehmsten und exklusivsten Clubs von Atlanta. Viel Naturstein und dicke Balken. Ich zeigte dem Pförtner meine Einladung, worauf er mir das Tor öffnete. An dem gewundenen Weg beleuchteten Designerlampen die Bäume und vermittelten den Eindruck eines Gewölbes. Eine Menge Menschen hatte sich schon versammelt, funkelnd elegante Frauen und einflussreiche Männer, viel Gelächter, Getränke: das Abendessen nach der Hochzeitsprobe, der Vorabend der Hochzeit. Ein fröhlicher Anlass.

Drei Monate waren vergangen. Ich hatte wieder gearbeitet, einige Pfund zugenommen, Einzelheiten der Geschichte erzählt und die Aufmerksamkeit von mir abgelenkt. Seit ich das Krankenhaus verlassen hatte, hatte ich mich nicht mehr bei Ashley gemeldet. Ich hielt es für das Beste. Aber es war seltsam, sich einen Monat lang so nah, so aufeinander angewiesen gewesen zu sein, und diesen Zustand dann von jetzt auf gleich zu beenden. Das Band zu zerschneiden. Es erschien unnatürlich.

Ich hatte wieder in die alte Routine zurückgefunden und arbeitete mich immer noch durch die Trennung. Ich stand vor Sonnenaufgang auf, machte einen Langlauf am Strand, frühstückte bei Rachel und den Kindern, ging zur Arbeit, aß manchmal bei Rachel und den Kindern zu Abend, fuhr nach Hause, lief vielleicht noch eine Runde oder siebte den Sand auf der Suche nach Haifischzähnen durch.

Ich setzte einen Fuß vor den anderen.

Ashley stand am anderen Ende des Saals. Der Einladung war ein handgeschriebener Brief und ein Geschenk beigelegt gewesen: *Bitte kommt. Wir würden uns beide freuen, Euch zu sehen. Euch beide.*

Sie schrieb weiter, dass ihr Bein gut verheilt sei und sie schon joggte. Sie trainierte sogar schon wieder im Taekwondo-Studio und gab Kurse für Jugendliche, aber ihre Fußtritte hatten nur fünfundsiebzig Prozent der früheren Kraft.

Das Geschenk war eine neue Armbanduhr. Eine Uhr für Bergsteiger von Suunto, eine Core. Sie schrieb weiter:

*Die Leute in dem Laden sagten mir, dass alle Bergsteiger sie tragen. Sie zeigt Temperatur, Luftdruck und Höhe an. Und hat sogar einen Kompass. Du hast sie verdient. Mehr als jeder andere.*

Ich blickte versonnen auf den Brief. Das »Wir« störte mich.

Ich schaute von Ferne in den Saal. Ihrer Haltung war anzusehen, dass sie ihr Selbstvertrauen wiedererlangt und keine Schmerzen mehr hatte. Sie war schön. Zum ersten Mal seit langer Zeit hatte ich das Gefühl, dass es in Ordnung war, so etwas zu denken.

Vince stand neben ihr. Er wirkte glücklich. Er sah zuverlässig aus. In der Wildnis hatte ich mir eine Vorstellung davon gemacht, wie er aussehen und sich verhalten würde. Ich hatte ziemlich weit danebengelegen. Sie würde es schaffen. Mit ihr hatte er eine gute Frau gefunden. Wenn sie nicht gewesen wäre, hätten Vince und ich Freunde werden können.

Ich stand draußen im Schatten und schaute durch das Fenster. Dann warf ich einen Blick auf meine neue Uhr. Ich war spät dran. Nervös drehte ich das Päckchen in meinen Händen. Ich hatte zwei neue Diktiergeräte gekauft. Eins für sie. Eins für mich. Die neueste Technologie mit einer digitalen Karte, die doppelt so viel Speicherplatz und eine doppelt so hohe Lebensdauer der Batterie besaß. Früher war so was für mich mal reizvoll gewesen. Jetzt nicht mehr so. Ich packte sie aus, legte in ein Gerät Batterien ein und schaltete es an.

*He, ich bin's, Ben. Ich habe deine Einladung bekommen. Danke, dass du an mich gedacht hast. Mich einbeziehst. Ähm, uns. Ich weiß, du warst beschäftigt ... Es ist schön zu sehen, dass du wieder auf den Beinen bist. Wie es aussieht, ist dein Bein gut verheilt. Das freut mich. Hier sind eine Menge Leute. Alle hier, um mit dir zu feiern.*

*Nur damit du es weißt: Ich habe mein Versprechen gehalten. Ich war bei Rachel. Habe ihr eine Orchidee mitgebracht, die 258., und eine Flasche Wein. Ich habe ihr von unserem Trip erzählt. Bis spät in die Nacht. Ich habe ihr die Aufnahme vorgespielt. Alles. Ich habe bei ihr geschlafen. Seit langem das erste Mal.*

*Es war auch das letzte Mal.*

*Ich musste sie gehen lassen. Sie kommt nicht zurück. Der Abstand ist zu groß. Der Berg zwischen uns ist der einzige, den ich nicht erklimmen kann.*

*Ich dachte, das solltest du wissen.*

*In letzter Zeit habe ich viel nachgedacht, wie ich noch einmal von vorn anfangen kann. Das Singleleben ist anders, als ich dachte. Ich habe mir ein paar Tipps von dieser Internetseite für Singles notiert. Schon komisch, findest du nicht?*

*Aber es ist schwer. Rachel war meine erste Liebe. Meine einzige*

*Liebe. Ich hatte nie auch nur eine Verabredung mit einer anderen. Bin nie mit einer anderen gegangen.*

*Ich habe dir das nie gesagt, weil ich einfach das Gefühl hatte, dass es falsch wäre. Aber selbst in den schlimmsten Zeiten, als du ohne Make-up, mit gebrochenem Bein und mit einer frisch genähten Narbe im Gesicht auf einer Plastikflasche hocktest, war es …, na ja, besser, mit dir in der Wildnis herumzuirren, als allein zu Hause zu sein.*

*Dafür wollte ich dir danken.*

*Wenn Vince dir so etwas nicht sagt, wenn er dich nicht auf ein Podest hebt, dann sollte er sich schleunigst eines Besseren besinnen. Falls er es vergisst, ruf mich an, dann erinnere ich ihn daran. Ich bin Experte dafür, was ein Ehemann seiner Frau sagen sollte.*

*Nach Rachel wusste ich nicht, was ich tun sollte, wie ich leben sollte. Ich fegte den Scherbenhaufen meines Lebens zusammen, packte ihn in einen Sack und legte ihn mir auf die Schultern wie einen Sack Steine. Jahre vergingen, in denen ich diesen Sack mit mir herumschleppte. Eingespannt in mein Zuggeschirr, stemmte ich mich gegen die Last des Schlittens, und meine Geschichte schnitt mir in die Schultern.*

*Dann fuhr ich zu dieser Tagung, strandete in Salt Lake City, und aus mir unbegreiflichen Gründen setztest du dich neben mich. Als ich deine Stimme hörte, leerte etwas den Sack aus und verstreute die Scherben. Und als sie so offen und zerbrochen dalagen, fragte ich mich mit einem Funken Hoffnung, ob die Geschichte meines Lebens, die ich nicht erzählt hatte, vielleicht ein Ende finden könnte. Ein Ende, das nicht mit Schmerzen eingebrannt und voller Reue aufgezeichnet durch die Ewigkeit hallte.*

*Aber jetzt stehe ich hier unter diesen Bäumen und bin völlig zerrissen. Die Scherben passen nicht mehr zusammen. Ich fühle mich an Humpty Dumpty erinnert, den nicht einmal mehr der König mit all seinen Mannen zusammenbrachte. Auch ich schaffe es nicht, mich wieder zusammenzusetzen.*

*Komisch, ich habe in meinem Leben zwei Frauen geliebt, und jetzt kann ich keine von beiden haben. Was das wohl über mich aussagt? Ich wollte dir etwas schenken, aber was könnte ich dir schon geben, das an das heranreicht, was du mir gegeben hast?*

*Ashley, allein schon aus diesem Grund wünsche ich dir … alles Glück.*

Ich spähte an einem Hartriegelbaum vorbei durch die Scheibe in den Saal. Sie lachte. An ihrem Hals hing ein einzelner Diamant. Ein Hochzeitsgeschenk von Vince. Diamanten standen ihr gut. Alles stand ihr gut.

Ich ließ das Diktiergerät weiter auf Aufnahme laufen, holte die letzten beiden Ersatzbatterien aus meiner Tasche, schlang ein Gummiband darum, legte alles in die Schachtel und band sie mit einer Schleife zu. Dann schlüpfte ich durch die Hintertür hinein und schob die Schachtel ohne Karte unter die unzähligen anderen Hochzeitsgeschenke. In 36 Stunden würden die beiden im Flugzeug sitzen und in ihre zweiwöchigen Flitterwochen nach Italien fliegen. Mein Geschenk würde sie erst bei ihrer Rückkehr finden.

Ich ging durch den unbeleuchteten Garten zu meinem Wagen und fuhr auf der I75 nach Süden. Da die Nacht warm war, fuhr ich mit offenem Fenster und schwitzte. Das war mir nur recht.

Als ich nach Hause kam, zog ich mich um, nahm das zweite neue Diktiergerät und ging an den Strand. Am Wasser unten blieb ich stehen. Lange stand ich da mit dem Diktiergerät in der Hand wie Linus mit seiner Schmusedecke. Wellen und Gischt umspülten meine Füße, aber ich drehte das Ding weiter in meinen Händen und rang damit, was ich sagen, wo ich anfangen sollte.

Als die Sonne am Horizont aufging, drückte ich auf

RECORD, ging drei Schritte vor und schleuderte das Gerät von mir fort, so weit ich konnte. Es wirbelte durch die Luft und verschwand im Licht des anbrechenden Tages und in der Schaumkrone einer auslaufenden Gezeitenwelle.

# 51

Die Katzen auf meiner Veranda weckten mich. Sie waren in Scharen zurückgekommen und hatten Freunde mitgebracht. Einen schönen schwarzen Kater mit weißen Pfoten nannte ich Socks. Die zweite war verspielt und schnurrte immer an meinem Gesicht. Langer Schwanz, lange Schnurrhaare, wache Ohren. Sie strich mir ständig um die Beine und sprang auf meinen Schoß. Ich nannte sie Ashley.

Ich nahm mir den Tag frei und blieb zu Hause. Lehnte mit einem Becher Kaffee am Geländer, schaute aufs Meer hinaus, lauschte den Wellen, redete mit den Katzen. Horchte auf ein Lachen. Ashley war nie weit entfernt, weder die Katze noch die Erinnerung. Ich dachte zurück an die Wildnis und nickte irgendwann nach Einbruch der Dunkelheit ein. Im Traum sah ich sie mit Vince in der Nachmittagssonne in Venedig in einer Gondel sitzen. Sie saß neben ihm, und er hatte den Arm um sie gelegt. Sie waren braun gebrannt, und Ashley wirkte glücklich.

Das Bild gefiel mir nicht.

Ein paar Stunden vor Tagesanbruch wälzte ich mich von der Couch. Der Vollmond hing tief am Horizont, ließ jeden Wellenkamm glitzern und warf meinen Schatten auf den Strand. In einer warmen Brise band ich meine Schuhe zu. Über mir segelten Pelikane still in V-Formation mit den Aufwinden vorüber und ihre Schatten zogen über meinen hinweg.

Ich lief gegen den Wind nach Süden. Es war Ebbe, und ich hatte den Strand für mich allein. Ein, zwei Stunden lief ich dicht am Wasser entlang. Die Spur einer einzelnen Schildkröte führte vom Wasser in die Dünen. Sie legte ihre Eier.

Als St. Augustine in Sicht kam, machte ich kehrt, schob meine Sonnenbrille über die Augen und lief nach Hause. Die Sonne ging auf, und ich hatte Rückenwind. Von eisiger Kälte, peitschendem Schneefall, dem grellen Weiß, dem Hunger, der Last des Schlittens war nichts mehr zu spüren, vor allem aber fehlte Ashleys Stimme.

Auf halber Strecke lief mir die Schildkröte über den Weg. Sie war groß, alt und erschöpft von ihrem nächtlichen Werk und zog auf ihrem Rückweg ins Wasser tiefe Furchen in den Sand. Als die erste Welle sie erreichte, tauchte sie unter, ließ sich überspülen und schwamm dann an der Oberfläche. Ihr Panzer glitzerte. Nach einer Weile war sie verschwunden. Meeresschildkröten können bis zu zweihundert Jahre alt werden. Ich gönnte mir den Glauben, dass es sich um dieselbe Schildkröte handelte, die Rachel und ich vor Jahren beobachtet hatten.

Ich sah sie verschwinden und erlebte zugleich Sonnenuntergang und Sonnenaufgang.

Seltsam. Damit hatte ich nicht gerechnet.

Sobald ich den Eingang zum Guana River State Park hinter mir gelassen hatte, konnte ich schon meine Wohnung sehen. Ich lief langsamer, joggte und ging schließlich nur noch. Meine Rippen waren verheilt. Ich konnte wieder tief durchatmen. Ich war wieder gesund. Die Julisonne war höher gestiegen und schien grell und gleißend. Das Wasser war blau wie wogendes Glas. Einige Tümmler fischten in Küstennähe, aber von der Schildkröte war nichts zu sehen. In einigen Wochen würde das Gekrabbel am Strand allerdings von ihrem Besuch zeugen.

Ich hatte die Schritte nicht gehört. Ich spürte nur die Hand auf meiner Schulter und erkannte die Venen und die Sommersprossen an dem Handgelenk, an dem sie keine Uhr trug.

Als ich mich umdrehte, stand Ashley vor mir, in Windjacke, Shorts und Laufschuhen. Ihre Augen waren gerötet und feucht. Sie sah aus, als ob sie nicht geschlafen hätte. Kopfschüttelnd deutete sie hinter sich in Richtung Atlanta.

»Ich hatte gehofft, dass du kommen würdest. Als du nicht kamst, konnte ich nicht schlafen, schaute die Hochzeitsgeschenke durch und packte die aus, die interessant aussahen. Nur um mich von … heute abzulenken.« Sie hielt meine Hände fest und pochte dann sanft mit der Faust auf meine Brust. An ihrer linken Hand steckte kein Ring. »Mein Arzt hat gesagt, ich soll anfangen zu laufen.«

»Gute Idee.«

»Ich laufe nicht gern allein.«

»Ich auch nicht.«

Sie spielte mit ihrer Schuhspitze im Sand, verschränkte die Arme, blinzelte in die aufgehende Sonne und sagte: »Ich möchte Rachel gern kennenlernen. Stellst du mich ihr vor?«

Ich nickte.

»Jetzt?«

Wir gingen den Strand entlang. Drei Kilometer. Das Haus, das ich ihr gebaut hatte, stand auf den Dünen inmitten von Buscheichen und Gräsern.

Seit meiner Rückkehr hatte ich in den Dünen zehn Schildkrötennester mit Absperrband markiert.

Ashley musterte sie. »Schildkrötennester?«

Ich nickte.

Wir gingen durch die Dünen hinauf. Der Sand war weich und hatte viel Ähnlichkeit mit Schnee. Ich holte den Schlüssel heraus, den ich um den Hals hängen hatte, schloss die Tür auf, schob die Jasminranken beiseite, die ich noch nicht geschnitten hatte, und öffnete die Tür.

Gegen die Sommerhitze waren sämtliche Böden und Wände im Haus mit Marmor gefliest oder gekachelt. Im Wintergarten herrschte eine üppige Pracht. Viele der Orchideen blühten.

Ich führte Ashley hinein.

Rachel lag links von mir. Michael und Hannah rechts.

Ashley schlug die Hände vor den Mund.

»Ashley, darf ich dir Rachel vorstellen. Rachel, das ist Ashley.«

Ashley ging in die Hocke und strich über den Marmor. Ihre Fingerspitzen glitten über Rachels eingemeißelten Namenszug und ihre Lebensdaten. Auf der Marmorplatte, etwa in der Höhe, in der wohl Rachels Hände über der Brust gefaltet waren, lagen sieben Diktiergeräte. Alle von einer Staubschicht bedeckt. Alle bis auf eins, das ich in den Bergen bei mir gehabt hatte. Ashley nahm es, drehte es in der Hand und legte es wieder zurück zu den anderen. Am oberen Ende, wo Rachels Kopf sein musste, lag meine Jacke, zu einem Kissen zusammengerollt.

Ich setzte mich mit dem Rücken zu Rachel und den Füßen zu den Zwillingen und schaute durch die Blüten und die oberen Scheiben.

»Rachel war schwanger ... mit den Zwillingen. Sie hatte eine sogenannte Plazentalösung. Dabei reißt die Plazenta von der Gebärmutterwand ab. Wir verordneten ihr einen

Monat Bettruhe in der Hoffnung, die Ablösung zu stoppen, aber es wurde schlimmer, ohne ihre Schuld. In ihr tickte eine Zeitbombe. Ich versuchte, vernünftig mit ihr zu reden, ihr zu erklären, falls die Plazenta ganz abreißen sollte, würde es für sie und für die Zwillinge den Tod bedeuten. Ihr Arzt und ich wollten die Zwillinge holen. Sie starrte uns an, als hätten wir den Verstand verloren, und fragte: ›Wohin wollt ihr sie bringen?‹

Ich wollte Rachel behalten, selbst wenn das hieß, dass dazu die Zwillinge fortmussten. Dann mussten sie eben fort. Zu Gott. Sie und ich konnten noch mehr Kinder bekommen. Ich wollte, dass wir zusammen alt würden und gemeinsam über unsere Falten lachten. Sie wollte es auch, aber das Problem war, dass eine gewisse Chance bestand, eine ganz geringe Chance, dass die Kinder es schaffen würden, wenn wir nichts unternahmen. Dass alle es überstehen würden.

Am Roulettetisch hätte sie bessere Chancen gehabt, aber weil es diese Chance gab, ging sie um der Zwillinge willen das Risiko ein. Ich sagte ihr: ›Gib sie Gott. Überlass sie ihm.‹ Aber sie schüttelte nur den Kopf. ›Dieses Risiko sind wir eingegangen.‹ Ich wurde wütend, zweifelte an ihrer Liebe, schrie, brüllte, warf sogar Sachen durch die Gegend, aber sie hatte ihren Entschluss gefasst. Ich kämpfte gegen eine der Eigenschaften an, die ich am meisten an ihr liebte.

Ich schrie: ›Wie könnte Gott etwas dagegen haben? Wie könnte er es dir je zum Vorwurf machen? Er würde es bestimmt verstehen.‹ Sie wollte nichts davon hören. Sie tätschelte nur ihren Bauch und sagte: ›Ben, ich liebe dich, aber ich will nicht den Rest meines Lebens Michael und Hannah vor meinem inneren Auge haben. Wissen, dass sie es vielleicht geschafft hätten, dass es eine Chance gab und ich sie nicht genutzt habe.‹

Also zog ich wütend meine Laufschuhe an und rannte zur Tür hinaus, um bei einem Nachtlauf am Strand einen klaren Kopf zu bekommen. Als mein Handy klingelte …, schaltete ich das Gespräch auf die Mailbox. Ich kann nicht sagen, wie oft ich …«

Ich strich über Michaels Namen, dann über Hannahs.

»Soweit ich es mir zusammenreimen kann, riss die Plazenta ab, kurz nachdem ich das Haus verlassen hatte. Sie schaffte es noch, den Rettungswagen zu rufen, aber das Notfallteam kam zu spät. Nicht dass sie viel hätten machen können. Zwei Stunden später kam ich nach Hause. Signalleuchten blinkten. In meiner Küche sprachen Polizisten in Funkgeräte. Das Telefon klingelte. Ein Anruf vom Krankenhaus. Seltsame Leute standen in meiner Küche. Sie brachten mich ins Leichenschauhaus. Baten mich, sie zu identifizieren. Man hatte noch versucht, Rachel zu retten, indem man die Kinder in einer Notoperation holte. Man hatte die beiden neben sie gelegt. Irgendwie an sie geschmiegt. Die Nachricht, die du im Flugzeug gehört hast, hatte sie mir auf die Mailbox gesprochen, kurz bevor alles schiefging. Ich habe sie gespeichert, damit ich sie mir immer wieder anhören kann. Fast jeden Tag. Um mich daran zu erinnern, dass sie mich trotz allem, was ich getan habe, geliebt hat.«

Ich schaute Ashley an. Tränen liefen ihr über das Gesicht.

»Du hast mal gefragt, was so unverzeihlich ist.« Ich nickte. »Worte. Worte, die man nicht zurücknehmen kann, weil der Mensch, dem du sie gesagt hast, sie vor viereinhalb Jahren mit ins Grab genommen hat.«

Ich schaute mich um und deutete mit einer ausladenden Handbewegung auf den Marmorsarkophag. »Ein einfacher Grabstein erschien mir nicht angemessen, darum habe ich das hier gebaut. Hier liegen sie beieinander. Den Wintergarten habe ich gebaut, damit sie die Orchideen sehen kann. Und nachts die Sterne. Ich wusste, dass ihr das gefallen hätte. Ich ließ sogar die Bäume beschneiden, um Licht hereinzulassen. Manchmal sieht man den Großen Bären. Manchmal den Mond.

Ich bin oft abends hergekommen, habe mich an sie gelehnt, die Fingerspitzen auf die Zwillinge gelegt, über ihre Namen gestrichen und habe mir zugehört, wenn ich ihr unsere Geschichte erzählte.« Ich schüttelte den Kopf und deutete auf die Diktiergeräte. »Ich habe sie viele Male erzählt … aber das Ende ist immer dasselbe.«

Ashleys Lippen bebten. Sie hielt meine Hand mit beiden Händen. Ihre Tränen tropften auf den Marmor. »Du hättest es mir sagen sollen. Warum hast du es mir nicht gesagt?«

»So oft hätte ich mich am liebsten umgedreht, hätte aufgehört, den Schlitten zu ziehen, und es herausgelassen, dir alles erzählt, aber du hast noch so viel vor dir. So vieles, worauf du dich freuen kannst.«

»Du hättest es mir sagen sollen. Das warst du mir schuldig.«

»Jetzt ja. Damals nicht.«

Sie legte ihre Hand an meine Brust, schlang die Arme um meinen Hals und schmiegte ihr Gesicht an meines. Dann nahm sie mein Gesicht in beide Hände und schüttelte den Kopf. »Ben.«

Keine Antwort.

»Ben?«

Ich öffnete den Mund, wandte den Blick nicht von Rachel und rang mir ein Flüstern ab: »Es tut mir … so leid.«

Lächelnd schüttelte sie den Kopf. »Sie hat dir schon in dem Moment verziehen, als du es sagtest.«

Vergeben ist schwer – für den, der verzeiht, ebenso wie für den, dem verziehen wird.

Lange saßen wir so da. Durch das Glasdach des Wintergartens sah ich einen Schwarm Pelikane über uns hinweg fliegen. Und einen Fischadler. Jenseits der Brecher tollten Tümmler in Gruppen von sechs bis acht Tieren.

Ashley versuchte, etwas zu sagen. Setzte noch einmal an, fand aber nicht die richtigen Worte. Schließlich wischte sie sich die Augen, schmiegte ihr Ohr an meine Brust und raunte: »Gib mir die Scherben.«

»Es sind viele, und ich bin nicht sicher, ob sie sich je wieder zusammensetzen lassen.«

Sie küsste mich. »Lass es mich versuchen.«

»Es wäre besser für dich, mich allein zu lassen und …«

Der Anflug eines Lächelns lag auf ihrem Gesicht. »Ich lasse dich nicht allein. Ich gehe nicht allein.« Sie schüttelte den Kopf. »Ich will mich nicht jedes Mal, wenn ich die Augen schließe, an dich erinnern.«

Irgendwo tief im Inneren brauchte ich es, das zu hören. Brauchte ich das Wissen, dass ich es wert war. Dass Liebe mich trotz allem, so wie ich war, wieder ins Leben zurückholen, mich aus dem Feuer reißen könnte. Stundenlang saßen wir da und schauten aufs Meer hinaus.

Schließlich stand ich auf und küsste die Steinplatte über Rachels Gesicht. Auch die über den Zwillingen. Dieses Mal flossen keine Tränen. Es war kein Abschied. Nur eine Pause. Nur ein Winken durch den Nebel, den abziehenden Dunst.

Wir gingen hinaus, schlossen die Tür ab und streiften durch die Dünen. Ich hielt ihre linke Hand, die keinen Ring trug. Mit einer Furche zwischen den Augen blieb sie stehen und wischte sich die Nase am Ärmel ab. »Ich habe

Vince seinen Ring zurückgegeben. Ihm gesagt, dass ich ihn sehr mag, aber …« Sie schüttelte den Kopf. »Ich glaube, er war erleichtert, die Wahrheit zu erfahren.«

Wir standen auf der letzten Düne und blickten auf den Strand. In einem Nest rechts von uns waren die Schildkröten geschlüpft. Hunderte winziger Spuren führten ans Wasser. Wellen und Schaum füllten sie aus. Löschten sie aus. Weit draußen, jenseits der Brecher und Wellen, trieben winzige schwarze Onyxkreise auf der Wasseroberfläche. Glitzernde schwarze Diamanten.

Ich legte ihre Hand flach auf meine. »Fang langsam an. Es ist lange her, dass ich zusammen mit jemandem gelaufen bin. Ich weiß nicht, wie meine Beine sich darauf einstellen.«

Sie küsste mich. Ihre Lippen waren warm, feucht und bebten.

»In welche Richtung?«, fragte ich.

Sie schüttelte lächelnd den Kopf. Die Sonne ließ ihre Augen strahlen. »Egal. Du bist ein richtiger Läufer, ich nicht. Ich weiß also nicht, ob ich mit dir mithalten kann, wie schnell und wie weit.«

»LLS.«

»Was?«

»Langsame Langstrecke. Es kommt nicht auf die Kilometer an. Nur auf die Dauer. Also genau umgekehrt. Je langsamer, desto besser.«

Sie schlang die Arme um mich, schmiegte ihre Brust an meine und lachte. »Okay, aber eigentlich sollten wir durch Atlanta laufen.«

»Wieso Atlanta?«

Sie nickte mit einem verschmitzten Lächeln. »Du musst mit meinem Vater sprechen.«

»Ach ja?«

»Ja.«

»Bist du dafür nicht schon ein bisschen zu alt?«

»Vergiss nicht, ich stamme aus den Südstaaten und bin die einzige Tochter meines Vaters.«

»Wie kommt er mit Ärzten klar?«

Ein Lachen. »Schlecht.«

»Schlecht?«

Sie nickte.

»Was macht er beruflich?«

»Staatsanwalt.«

»Das ist nicht dein Ernst.«

»Keine Sorge, er mag dich.«

»Woher weißt du das?«

»Er hat den Artikel gelesen.«

»Welchen Artikel?«

»Den ich geschrieben habe und der …« Sie schaute auf ihre Uhr, »diese Woche erscheint.«

»Wo?«

Ein Achselzucken. »Überall.«

»Definier mal: überall.«

Sie verdrehte die Augen. »Überall.«

»Wovon handelt er?«

»Von einem Trip, den ich vor kurzem gemacht habe.«

»Komme ich auch drin vor?«

»Ja.« Sie lief los und lachte schallend. »Wir beide.«

Ihre Arme schwangen von einer Seite auf die andere und bewirkten zu starke Seitenbewegungen. Ihre Schrittlänge war sicher um zehn Zentimeter zu kurz. Und sie belastete ihre Zehen zu stark. Sie drehte den Fuß zu stark einwärts. Und sie bevorzugte das linke Bein. Und …

Aber sie lernte schnell. Das ließ sich alles korrigieren.

Und würde nicht lange dauern. Gebrochene Menschen müssen einfach wieder zusammengeflickt werden.

So lange hatte ich die Scherben mit mir herumgeschleppt. Ab und an hatte ich eine fallen lassen wie Brotkrumen, damit ich meinen Heimweg fand. Dann kam Ashley, sammelte die Scherben ein, und irgendwo zwischen 3300 Meter Höhe und dem Meeresspiegel nahm das Bild allmählich Gestalt an. Verschwommen zunächst, dann klarer. Noch nicht ganz klar, aber solche Dinge brauchten Zeit.

Vielleicht war jeder von uns früher einmal ein vollständiges Ganzes. Ein klares Bild. Aus einem Guss. Dann gab es irgendeine Erschütterung und etwas zerbrach in uns. Ließ uns zerrissen und zersplittert zurück. Manche von uns liegen in hundert Teilen da. Andere in tausend. Manche haben klare Konturen, manche matte Grautöne. Manchen fehlen Teile, andere haben zu viele. Jedenfalls stehen wir kopfschüttelnd davor. *Es ist nicht zu schaffen.*

Dann kommt jemand, repariert eine zersplitterte Kante oder bringt ein verlorenes Teil zurück. Es ist ein mühsamer, schmerzlicher Prozess, und es gibt keine Abkürzungen. Alles, was eine Abkürzung verheißt, erweist sich als Irrweg.

Aber wenn wir von der Absturzstelle weggehen, fort von dem Wrack, fangen ganze Partien irgendwie an, Gestalt anzunehmen, wie etwas, das wir vage aus den Augenwinkeln sehen. Für einen Moment hören wir auf, den Kopf zu schütteln und fragen uns: *möglicherweise … vielleicht.*

Es ist für uns beide riskant. Du musst Hoffnung in ein Bild setzen, das du nicht sehen kannst, und ich muss mich dir anvertrauen.

So funktioniert das Zusammensetzen der Teile.

Ashley lief den Strand entlang. Die Sonne schien auf ihren Rücken. Frische Fußspuren im Sand. Schweiß schimmerte auf ihren Schenkeln und bildete auf ihren Waden glänzende Perlen.

Ich sah sie beide: Rachel in den Dünen, Ashley am Strand. Ich schüttelte den Kopf. Das ergab für mich keinen Sinn. Ich begriff es nicht.

Ich kratzte mich am Kopf.

Ashley kam zurück, keuchend, lachend, strahlend. Sie hob die Augenbrauen und zog an meiner Hand. »Ben Payne?«

Noch mehr Tränen flossen, die ich nicht erklären konnte. Ich versuchte es erst gar nicht. »Ja?«

»Wenn du lachst, möchte ich lächeln. Wenn du weinst ...«, sie wischte mir die Tränen ab, »möchte ich, dass die Tränen über meine Wangen laufen.« Sie schüttelte den Kopf und raunte: »Ich lasse dich nicht allein.«

Ich schluckte. Wie soll man leben? Eine Erinnerung meldete sich von jenseits der Dünen. *Einen Fuß vor den anderen setzen.*

Vielleicht muss man die Scherben fortwährend zusammensetzen. Vielleicht braucht der Leim Zeit zu trocknen. Vielleicht brauchen Knochen Zeit zu verheilen. Vielleicht ist es in Ordnung, dass das Chaos, aus dem ich bestehe, eine Baustelle ist. Vielleicht führt ein langer, harter Weg von der Absturzstelle fort. Vielleicht ist er für jeden von uns unterschiedlich lang. Vielleicht ist Liebe größer als mein Scherbenhaufen.

Die Worte kamen mir nur zögernd über die Lippen. »Können wir zuerst ein bisschen gehen?«

Sie nickte. Wir gingen einen Kilometer, zwei, drei. Eine sanfte Brise wehte uns ins Gesicht. Am Hochstand der Rettungsschwimmer kehrten wir um.

Sie zupfte an mir. Der leichte Wind wehte nun von hinten. »Los, bist du bereit?«

Also fielen wir in Laufschritt. Ich war schwach, benutzte Muskeln, die ich längst vergessen hatte. Es dauerte nicht lange, bis wir liefen.

Und wir liefen lange.

Als mir irgendwo auf den folgenden Kilometern der Schweiß von den Fingerspitzen spritzte, das Salz in den Augen brannte, ich tief, rhythmisch und sauber atmete und meine Füße kaum den Boden berührten, schaute ich nach unten, und meine Scherben verschmolzen zu einem Ganzen.

# Danksagung

Dieses Buch ist nicht das erste, das ich nach *Wohin der Fluss uns trägt* geschrieben habe. Mehr über diese Phase meines Lebens findet sich auf meinem Blog »The Truth About My Next Book«. Wenn ein Manuskript abgelehnt wird, ist das für den Autor etwa so schwierig wie eine Entbindung, nach der die Ärzte und Hebammen kopfschüttelnd dastehen und sagen: »Nein, es wird es nicht schaffen.«

Dieses abgelehnte Manuskript ist für mich im Augenblick so etwas wie ein Auto, das aufgebockt in meinem Garten steht. Ich baue Teile daraus aus und habe vor, es in den kommenden Monaten und Jahren völlig auseinanderzunehmen und wieder zu verarbeiten, wie das vorliegende Buch zeigt. Da diese Erfahrung zum Glück weder für mich noch für meine Schriftstellerei das Ende bedeutete, kann nun dieses Buch erscheinen. Dafür habe ich vielen zu danken.

Stacy Creamer danke ich für die Rolle, die sie in meinem Schaffen, meiner Entwicklung und meiner Karriere gespielt hat, selbst für die harten Erfahrungen. Ich wünsche ihr in ihrer neuen Tätigkeit viel Erfolg, sie hat ihn verdient.

Michael Palgon hätte sich angesichts der Ereignisse des vergangenen Jahres von mir trennen und mich meinem Schicksal überlassen können, das ist mir klar. Vielleicht hat er sogar daran gedacht. Mir ist dieser Gedanke jedenfalls gekommen. Ich danke ihm für den sicheren Hafen.

Mein Dank gilt den talentierten Mitarbeitern von

Broadway und Random House: Diane Salvatore, Catherine Pollock, Rachel Rokicki, Linda Kaplan und der Abteilung für Auslandslizenzen sowie allen, die zur Gestaltung und Vermarktung meiner Bücher beigetragen haben und die ich nicht persönlich kenne. Ohne sie wäre ich nicht da, wo ich heute bin. Christy und ich können ihnen allen gar nicht genug danken.

Christine Pride danke ich für ihre Geduld, ihren Scharfblick, ihren Enthusiasmus und ihren engagierten Einsatz für mich. In ein laufendes Projekt einzusteigen ist sicher ebenso schwierig, wie aus dem Stand auf einen fahrenden Schnellzug aufzuspringen. Sie hat diesen Sprung gut gemeistert, und dafür gilt ihr unser Dank.

Es ist schön, L. B. Norton wieder zu haben. Ihm danke ich nun schon zum fünften Mal. Er sorgt dafür, dass die Arbeit Spaß macht und hilft mir auf vielfältige Weise, aus mir herauszugehen und meine Vorstellungen so zu Papier zu bringen, dass andere sie verstehen können.

Als ich mit den Recherchen zu diesem Buch begann, rief ich Bill Johnson, einen meiner abenteuerlustigeren Freunde, an. Ich bat ihn, mit mir nach Utah zu fliegen und eine Woche in den entlegeneren Teilen des Bundesstaates zu verbringen, die schwer zu erreichen und aus denen schwierig wieder herauszukommen ist. Er saß gerade an seinem Schreibtisch bei Merrill und beobachtete den Markt, der sich im freien Fall befand. Nachdem er eine halbe Sekunde überlegt hatte (manche Google-Suchen dauern länger), sagte er: »Okay.« Solche Freunde sind schwer zu finden. Von Mitchell bis in die Uintas erwies er sich als stahlhart. Er gibt niemals auf, es sei denn, es gibt in seiner Nähe etwas Süßes zu essen, frischen Kaffee oder so kalte Getränke, dass sich außen am Glas Kondenswasser bildet – dann ist eine Pause angesagt. Er lacht gern, eine seltene Gabe, die er großzügig mit anderen teilt und die allen guttut. An meinem Feuer ist er jederzeit willkommen, vor allem, wenn er seinen Bogenbohrer und seinen Jetboil-Kocher mit der Kaffeepresse mitbringt.

Vor zehn Jahren war ich nur ein Träumer aus Jacksonville, der versuchte, Aufmerksamkeit – und vielleicht sogar einen Verleger – für ein Manuskript zu finden (daran hat sich kaum etwas geändert). Damals las Chris Ferebee, ein zur Glatze neigender, abgehalfterter Baseballspieler mit schwachem Fastball, recht gutem Curve, praktisch nicht vorhandenem Changeup und üblem Slider, meine Texte und bot mir an, mich als Agent zu vertreten. Das liegt zehn Bücher zurück. Dieses Buch ist ihm gewidmet, denn das hat er aus vielfältigen Gründen verdient, die wichtigsten sind: Freundschaft, kluge Ratschläge, Anzahl an zurückgelegten Kilometern und verwirklichte Träume. Chris ist ein herausragender Mensch.

Als ich Christy bat: »Lauf mit mir …«, tat sie es. Sie ist die Heimat meines Herzens und wird es immer bleiben.

# Eine persönliche Anmerkung an die Leser

Im vergangenen Februar stand ich zwischen Salt Lake City und Denver in den High Uinta Mountains irgendwo in einer Höhe von 3350 Meter über dem Meeresspiegel vor einer Aussicht, die über hundert Kilometer weit reichte. Kein einziges elektrisches Licht war zu sehen. Es war kalt, der Schnee wehte mir ins Gesicht und brannte mir in den Augen. Das tun natürlich auch Tränen. Ich rang mit tiefgreifenden Problemen. Fragen, die sich nicht abschütteln ließen. Ich musste an die Worte eines meiner Helden denken, die mir seitdem nicht mehr aus dem Sinn gehen: *Ich erhebe den Blick zu den Bergen. Woher kommt Hilfe für mich …*